現代知識チートマニュアル

山北 篤
Atsushi Yamakita

新紀元社

はじめに

　現代人が過去やファンタジー世界に行ったら、その高度な自然科学知識や社会科学知識を活用して、どんなに活躍できるだろうか。

　そんな想像は楽しいもので、最も古い作品としては、マーク・トウェインの『アーサー王宮廷のヤンキー』（1889）が知られている。その題名通り、現代アメリカ人（と言っても、作品が書かれた19世紀末に生きていた現代人だが）が6世紀のアーサー王時代にタイムスリップして、最新の科学知識（と言っても19世紀の科学だが）を使って活躍する。

　このような、歴史改変ＳＦ、もしくは、異世界転移ファンタジーと呼ばれる作品は、100年以上も前から、幾度も書かれてきた定番の物語だ。現代日本では、現代知識チートものと呼ばれることが多い。

※

　このような物語を書く作者は、メインの改変テーマについてはたいてい詳しい。例えば、料理をメインに社会を変えていこうとする主人公を書く作家は、料理好きで、料理については詳しかったりする。このため、料理のことで間違えることは少ない。わざわざ、この本を参考にする必要はない。

　問題は、それ以外の部分だ。現代知識を持つ主人公は、料理だけではなく、化学や農業、医学や政治制度についても、アドバイスを求められるだろう。だが、転移者の知識は、本当に使えるのだろうか。その知識は、間違っていないだろうか。

　転移者が間違った知識で失敗してしまうというのなら、それはそれで主人公の苦境を演出するのに役に立つだろう。失敗したり成功したりすることは、転移者も人間であることの表現としてふさわしい。

　問題は、作者が間違った知識を持っている場合だ。この場合、間違った知識を使った転移者に間違えたままで成功させてしまう。そして、それが読者にばれた瞬間、その作品の評価は地に落ちる。

　このため、主人公に別分野でも成功させたいのなら、最低限でよいので嘘ではない知識を持たせておきたい。

※

　もう１つの問題は、改変すべき社会にはろくな科学技術が存在しないという点だ。

我々の持つ科学知識は、ほとんどが現代科学の存在を前提にしている。例えば、コンピュータプログラムの知識は、コンピュータがなければ何ひとつ役に立たない。化学合成の知識も、合成する基本物質がなければ使えない。

　自然科学だけではない。社会科学も同じだ。デリバティブの知識は、先物取引という経済システムが存在しているからこそ役に立つ。民主主義という概念すら、主権と人間の自然権という概念が発達してからでないと、誰にも理解されない。

　そのために現代の自然科学・社会科学に関する知識を、中世的世界で活用するための方法論が必要となる。元となる科学技術なしに、中世やファンタジーの技術レベルのままで現代科学の知識を活用する方法だ。

※

　もちろん、小説は架空のものだ。本当のことではない。

　けれども、せっかく作品を書くのだから、上手い嘘（＝小説）をつきたい。そして、最も上手い嘘とは、本当のことの中に、分からないように嘘を入れ込むことだ。

　上手い嘘（＝小説）を書くために、本当のことを知っておこう。この本が、その役に立ったら幸いだ。

※

　最後に、言うまでもないことだが、このような知識は、作品にのみ活用して欲しい。

　この本は、火薬や毒物といった危険物に触れた部分もある。本の内容は、あくまでも異世界や過去世界でのみ実行可能だ。現代において実行してしまうと、火薬類取締法・毒物及び劇物取締法などで逮捕されかねない。

　それだけではない。危険物でなくても、勝手に病人を診察したら医師法違反に、酒を作ったら酒税法違反にと、現代社会には様々な縛りがあって、勝手に行動すると様々な法令に違反することになる。

　創作でなら、違法行為を描写できる。そもそも違法行為が書けなければ、ミステリやサスペンスは書けない。

　この本の読者の方々は、創作中の違法行為と現実の違法行為を混同するような、偏ったものの見方はしないものと確信している。

山北　篤

目次

第1章

化学チート

化学合成は、現代科学の基礎であって、しかも非常に使い勝手の良い知識である。と言うのは、転移先に基礎的技術が存在することが期待できるからだ。

全くの無から新たな技術体系を作り出すのは非常に困難だ。例えば、プログラミングの知識は、コンピュータがないと何の役にも立たない。そして、無からコンピュータを作るのは、1人の人間の手に余る。

だが、化学の起源は非常に古い。数千年前から、人間は複数の物質を混ぜて新たな物質を合成するということを行ってきた。中世にもなると、フラスコやアルコールランプなど現代の化学実験で使う道具の先祖も存在している。そして、ある程度の試薬も既に存在している。このため、既に存在している技術の上に現代知識を上乗せして、大きな発明・発見を行うことが比較的簡単にできる。

このような理由から、化学チートは最も使いやすいチートの1つと言える。

✔蒸留

蒸留とは、沸点の違いを利用して、物質を分離する手法だ。基本的には、常温で液体の、100℃程度で沸騰する物質を分離するのに用いる。

右図は、実験室レベルの蒸留器の例だ。

例えば、2のフラスコの中に水とアルコールの混合液が入っているとする。これを加熱して、90℃程度にする。すると、アル

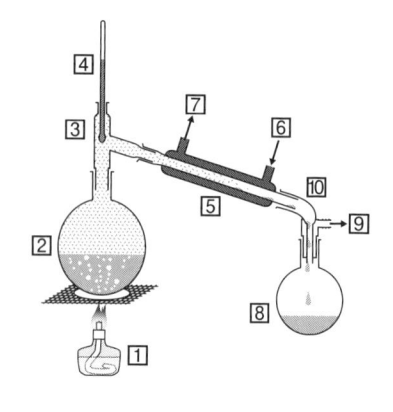

コールの沸点（約78.3℃）を超えているので、アルコールは盛んに気体になるが、水の沸点は超えていないので、水は僅かしか気体にならない。

こうして蒸発した気体は、9にある出口に向かって、5の位置に来る。ここでは6から冷水を流している。すると、冷えた気体は再び液化して、そのまま8のフラスコに溜まる。冷水は多少温まって、7から出て行く。

残念ながら、90℃くらいでも水は多少は気化するので、8に溜まる液体が100％アルコールになるわけではない。しかし、元の液体に比べて、アルコール成分が遙かに多く含まれていることは確実だ。これは、蒸留酒を作る手法として知られている。

ただし、2を加熱しすぎて、100℃を超えてしまうと、水もアルコールも盛んに気化してしまうので、意味がない。蒸留を行うためには、温度管理が重要で、そのためには温度計を作る必要があるだろう。

この理屈は、もっと高温のものでも可能だ。金を採取する時、水銀と混ぜて金と水銀のアマルガムをいったん作る。水銀の沸点は357℃、金の沸点は2856℃なので、400℃程度に加熱すると水銀が蒸発して、金だけが残る。蒸発した水銀は、再び回収して、次の金採取に利用する。と言うか、蒸発したままにしておくと、気化した水銀を吸い込んでしまい水銀中毒になるので危険だ。それに、中世ファンタジーの世界では、水銀だって結構なお値段だ。回収できるものなら、しておきたい。

✔石けん

　石けんは、記録にある範囲では、紀元前2800年頃のメソポタミアで使用された記録があるので、ほぼ5000年近い歴史がある。中東地域では、かなり古くから使用されてきた。そして、8世紀頃のヨーロッパでも手工業製品として製造されているので、中世ヨーロッパにタイムスリップした人は、初期なら別だが、後期になるとあまり意味がない。

　しかし、日本には安土桃山時代に南蛮渡来の品として初めて記録に登場するので、戦国時代にタイムスリップした人にとっては、十分商売の種として活用できる。

　化学的に言えば、石けんは、油脂とアルカリを合成した脂肪酸ナトリウムもしくは脂肪酸カリウムのことだ。これが界面活性剤として、油や油に混ざった汚れを水に分散させる。溶けているわけではなく、あくまでも分散しているだけだ。ちなみに、現代日本の石けんは、ほとんどが脂肪酸ナトリウムにグリセリンと香料を加えたものだ。ヨーロッパには、脂肪酸カリウムの石けんも存在する。

　石けんを製造するには、脂肪酸とアルカリが必要だ。

　まず、石けんを作る脂肪酸は、以下のようなものがある。これらは、炭素数が12〜18程度の脂肪酸で、炭素数の少ない脂肪酸は洗浄力が弱く、炭素数の多い脂肪酸は水に溶けにくいので、石けんには使いにくい。

正式名	慣用名	石けんにした場合			
		冷水に	洗浄力	泡立ち	皮膚刺激
ドデカン酸	ラウリン酸	溶けやすい	やや大	大	中
テトラデカン酸	ミリスチン酸	溶ける	大	大	弱
ヘキサデカン酸	パルミチン酸	溶けにくい	大	やや大	弱
オクタデカン酸	ステアリン酸	溶けない	特大	中	弱
cis-9-オクタデセン酸	オレイン酸	溶けやすい	大	大	微弱

　ラウリン酸やミリスチン酸はヤシ油、パルミチン酸やステアリン酸、オレイン酸は牛脂などから得られる。

　アルカリは、水酸化ナトリウムか水酸化カリウムを使用する。ただし、どちらも劇薬なので取り扱いには注意しなければならない。

中世の技術で石けんを作る場合、けん化塩析法を用いる。

1. 油脂に苛性ソーダ（水酸化ナトリウム）を加えてよく混ぜ、加熱して酸化反応を発生させる。
2. できた石けん膠を塩析して（塩水で洗って）、ニートソープ（石けん素地）とグリセリンや不純物を分ける。

　上の方法で塩析を何度も行えば、純粋な石けん成分だけが得られる。
　しかし、多少の不純物を気にしないのなら、2の塩析を行わないままでも、石けんとして使用できる。現代の手作り石けんなどは、1だけで作ることが多い。もっと簡単に作る方法として、混ぜるだけで加熱しないで放っておくという方法すらある。これでも、油脂とアルカリの反応熱でそれなりに温まって、反応が進む。
　塩析を行わない石けんは、グリセリンという保湿成分が入っているので、肌に優しい石けんになることもある。さらに、不純物によっては、良い香りがしたり、美容効果があったりすることもある。
　ただし、含まれる不純物によって変質が早まるので、現代の石けんのように作ってから何年も保つというわけにはいかない。
　問題は、脂肪とアルカリをどうやって手に入れるかだ。
　脂肪は比較的簡単だ。牛脂や菜種油、熱帯だったらヤシ油にパーム油など、動物性植物性の油脂なら、ほぼ何でも使える。
　問題は、水酸化ナトリウムや水酸化カリウムのようなアルカリだ。
　水酸化ナトリウムは、塩水の電気分解が最も効率が良い（電磁気学チートの章に電池の作り方がある）。

1. 中央をアスベストで区切った箱の陰極側に塩水を、陽極側に水を入れる。
2. 両側の水槽に電極を入れて、電流を流す。
3. 陽極側から塩素が発生する。塩素は毒物なので注意する。
4. 陰極側には、10%以上の濃度の水酸化ナトリウム溶液が生成する。
5. 得られた溶液を加熱して水を蒸発させると、水酸化ナトリウムが50%くらいになるまで濃度を高くできる。

　水銀法は、隔膜を必要としない。代わりに、陰極を水銀にする。すると、陰極にナトリウムアマルガムが析出するので、それを回収して水に

溶かせば、水酸化ナトリウムが得られる。

　ただし、水銀汚染の可能性があるため、石けんを作る水酸化ナトリウムには向いていない。

　現代では、イオン交換膜法を使っているが、現代の知識を持ってしても中世の技術ではイオン交換膜を作成することが困難なので、諦めた方が良い。

　実は、水酸化カリウムの方が、作成は簡単である。ものを燃やした後に残る灰は、酸化カリウム、酸化カルシウムなどの金属酸化物からなる。これらを水に溶かせば、そのまま水酸化カリウム、水酸化カルシウムなどになる。そして、油脂と混ぜれば、脂肪酸カリウムはもちろん、脂肪酸カルシウムもできあがる。どちらも、脂肪酸ナトリウムと同じく石けんとして使うことができる。

　確認された最古の石けんは、紀元前4000年頃のメソポタミアで、シュメールのくさび形文字で、動物の油脂と灰を混ぜた石けんを、織物の洗浄に用いたことが記録されている。これも、料理の時などに油と灰が意図せずに混ざってしまい、天然の石けん成分を作り出したからではないかと言われている。

　8世紀頃のスペインやイタリアでは、木灰と動物性脂肪を使った石けん製造が家内制手工業で作られていた。12世紀頃になると、海藻灰とオリーブ油で上質の石けんが作られている。

✔火薬

　化学の知識で、最も現代知識が活用できるものと言えば、やはり火薬だ。火薬は、爆発物として利用しても良し、銃器に利用しても良し、土木用の発破としても良しと、使いどころが大変多い。

○黒色火薬

　その最も古いものが、**黒色火薬**だ。

　その歴史は、紀元6 ～ 7世紀にさかのぼる。唐代の書物には、硫黄・炭・硝石を混ぜると爆発すると書かれており、おそらく初期の黒色火薬だったと考えられている。初期は大きな音を立てる薬として扱われていたらしい。

ヨーロッパに火薬がもたらされたのは、13世紀とされているが、確実な証拠はない。しかし、14世紀には既に火薬工場が存在していたので、その時期であることは確かだろう。

　日本への伝来も13世紀、元寇の時に「てつはう」という新兵器があったことが『蒙古襲来絵詞』に描かれている。ただし、この時は敵方の武器として伝わっただけで、日本側で使われたわけではない。また、現在の鉄砲ではなく、ロケット兵器か手榴弾のようなものだったとされる。

　黒色火薬は、硫黄・炭・硝石（硝酸カリウム）の混合物で、混合比は以下の通り。

成分	重量比
硫黄	15〜25%
炭	10〜20%
硝石	60〜70%

　硝石の比率が少ないと、燃焼速度が遅くなり爆発しない。硝石が50%以下では激しい燃焼はするが、爆発にはならない。しかし、焼夷弾としては十分に使える。風などで消えることがほとんどないし、水を掛けてもなかなか消えないからだ。黒色火薬の配合が決定される前は、硝石の配合がもっと少ない火薬が存在していた。

　火薬の製造は、まず個別の材料をパウダー状になるまで磨り潰す。その後、椀2杯ほどの水に入れて、さらに磨り潰しながら混合する。すりこぎは木を使う。石だと、すり鉢とぶつかって火花が出る可能性があるので、危険だ。材料が乾いてきたら、水を加えて磨り潰し続ける。生乾きの状態の火薬を、小さな豆粒状にして、天日干しで乾かす。これが黒色火薬だ。

　非常に湿気を吸いやすく、水分を含むと発火しなくなる。このため、水や雨には大変弱い。ただし、湿気た黒色火薬は、乾燥させれば使用できるので、捨てるのはもったいない。

　黒色火薬は、上のように3つの材料からなる。

　硫黄を手に入れるのはそれほど難しくない。火山の噴出口の近くなら、自然に存在している。日本なら、箱根の大涌谷などで地面が黄色くなっ

ているのは、硫黄である。また温泉の中でも硫黄泉では、湯ノ花として硫黄が結晶化している。日本なら、群馬県の万座温泉などが硫黄泉として有名だ。日本では、どんな土地でも近くで硫黄が手に入ると考えて良い。ヨーロッパでも、聖書にすら硫黄のことが載っているほどで、どこでも採取できるものではないが、イタリアなど火山の多い土地でなら、比較的簡単に手に入る。

炭は、さらに容易だ。木を切って、炭焼きをして炭にすれば、それだけで良い。木の生えているところならば、どこでも炭を作ることができる。もちろん、炭になりやすい木、なりにくい木はあるが、炭焼きも人類は遙か昔から行ってきており、よほどの未開地域でない限り炭焼きは行われている。炭を手に入れるのも、難しくない。

ただし、木の種類によって、火薬にした時の燃えやすさに差が出る。柳やハシバミ、ハンノキなど柔らかい木の木炭が硝石や硫黄と混ざりやすく、火薬を作るのに向いている。なぜ木炭によって差が出るのかと言うと、磨り潰した硫黄と硝石の粉が、多孔質の木炭の微細な穴に付着するからだ。このため、付着しやすい穴の空いている木炭が、火薬として優れている。

問題は、硝酸カリウムにある。しかも、硝酸カリウムは火薬の60～70%を占める最も大量に必要な素材だ。にもかかわらず、入手は必ずしも易しくない。

硝酸カリウムは、化学式ではKNO_3となる塩の一種だ。自然界にも、硝酸カリウムは存在して、硝石と呼ばれる。アンモニアなどの窒素化合物が自然界に存在する菌（硝化菌）によって硝酸イオンに変化し、それが土中のカリウムと結びついて硝酸カリウムとなる。つまり、硝酸カリウムは自然界において勝手に発生している。同時に、硝酸カルシウムや硝酸ナトリウムなどもできている。

しかし、硝酸カリウムは水溶性塩なので、雨が降ると流れてしまったり土中深くに潜り込んでしまったりする。また、栄養素として植物に吸収される。このため、雨のかかるところや植物の生えているところには、硝酸カリウムはごく僅かしか存在しない。

江戸時代の『塩硝製造弁』での硝石作成法を紹介する。これを土硝法もしくは古土法と言う。

1. 土中の硝酸カリウムは、雨のかからない、植物の生えていないところに多く存在する。このため、建物の床下やコウモリの棲む洞窟の地面などの土を集める。
2. 集めた土を水で洗う。硝酸カリウムなどの硝酸塩は水溶性なので、水に溶け出す。
3. この水溶液に灰（基本的には酸化カリウム）を混ぜると、硝酸カルシウムも硝酸カリウムに変化する。
4. この水を濾過した上で、濃縮し、静かに置いておくと、硝石が析出する。

　こうやって得られる硝石は、最初の土の重量の1％以下だ。しかも、一度土を採った箇所から次に採取できるのは、20年以上経ってからだ。つまり、非常に効率の悪い方法だ。

　コウモリの大群が棲む洞窟、鳥の繁殖地となっている横穴など、動物の糞尿が長年堆積した場所の土は、硝酸カリウムの含有量が多く、より高い比率で硝石を取り出すことができる。ファンタジー世界で、ダンジョンが存在した場合、ダンジョンの土は硝石を入手する土として最適だと考えられる。

　この土硝法をもう少し早く行うため、硝酸カリウムを含む古土を意図的に作り出すこともできる。

1. 籾殻や稲藁、その他植物の捨てる部分を集める。籾殻などではなく、蕎麦・稗・麻などの硝酸基が多く含まれる植物なら、さらに良い。
2. 麻畑の土を用意する。実は、硝化菌を含んでいれば、どんな土でも良いのだが、当時は菌という概念自体がなかったので、硝化菌の多く含まれる土壌が経験的に選ばれていた。
3. 雨に濡れないように、小屋の中で、植物屑と土と人間の尿を混ぜて山にする。
4. 山は、時々混ぜ返して、奥まで空気が通るようにする。その時に、新たな糞尿を追加する。
5. 数年で、土硝法に使う土ができる。しかも、普通に集めた土よりも、硝石の含有量が多かった。

　ただし、上の作業はものすごい悪臭と暑さに苦しめられる作業で、この作業に携わる人間には、様々な利益が与えられた。例えば、加賀藩では硝石を作成する者は、硝石を納めることで年貢が免除になった上に、作業代が与えられたほどだ。とても、現代人に実施可能な作業とは思えないが、それでもやれるのなら、十分チートとなりうる。

　ヨーロッパでも、事情は同じで、15世紀頃から、各国は硝石採取委

員という仕事を作り、彼らは硝石が採れると思われるところなら、あらゆる土地建物（家畜小屋、鳩小屋、洞窟、地下室など）に侵入し、そこの土を掻っ攫っていく権限を持っていた。そのような建物を委員に知らせずに勝手に取り壊すことは犯罪とされた。しかも、委員は兵役すら免除されており、これほどの特権を与えなければ誰もやりたがらない仕事だったということが分かる。

　1820年には、チリのアタカマ砂漠で硝酸ナトリウムの大鉱床が発見され、世界の火薬製造量が大幅アップした。硝酸ナトリウムは、硝酸カリウムと同じ硝酸塩の一種で、これを使っても、ほぼ黒色火薬と同じものが作れる。可能なら、チリのアタカマ砂漠を確保できれば、ものすごいアドバンテージになる。ちなみに、同砂漠には世界最大のリチウム鉱床（中国の2倍以上）も存在するので、ハーバー・ボッシュ法が発見されてチリ硝石の有用性が減少した後でも、十二分に役に立つ。これら鉱床が発見される前は、世界で最も雨の少ない（だから硝酸ナトリウムが、雨で流れてしまわず、植物も生えないから植物に吸収されることもなかった）、何の役にも立たない地域とされていたので、手に入れるのは比較的簡単だ。

　黒色火薬は、開発できれば素晴らしい効果を持つが、いくつか欠点もある。

1．湿気に弱い：雨に濡れなくても、湿気るだけで火が付かなくなる。このため、火薬の管理は水気厳禁だ。水分にやられないように、油紙などに包んだり、密閉できる容器に入れたりする。容器には乾燥剤を入れておくと良い。中世ファンタジーで比較的簡単に手に入る乾燥剤は、ゼオライトだ。沸石とも言い、多孔質の石で、その隙間に水を吸着する。地下水の多いところにある石だ。ただし天然のゼオライトは既に水を吸着しているので、加熱して水を飛ばしてから利用する。

2．硝石の量：銃を撃つのに必要な火薬は、約3.0gだ。これで、9.0gの弾丸を飛ばすことができる。そして、火薬3.0g中、硝石はほぼ2.0gだ。硝石は原料土の1％ほどしか採れないから、弾丸1発に原料土が200gも必要となる。土の比重は1.7だから、六畳間の下の土を20cmはぐとして、3300kgだ。つまり、33kgの硝石が採れ、16500発分の火薬が作れる。これは多いようだが、1人30発（2〜3会戦すればなくなる）持たせると、550人分しかない。つまり、硝石の用意が追いつかない可能性が高い。

3．煙が激しい：戦列を組んだ歩兵が銃の一斉発射をすると、向こうがよく見えない

ほどの煙が出る。どのくらいかと言うと、市販の手持ち花火に含まれている黒色火薬は通常1g以下だが、それでも結構な煙が出ることを知っているだろう。火縄銃を1発撃つのに使う黒色火薬が3.0g、つまり花火3〜10本くらいだ。100人が一斉に銃を撃っただけで、花火300本分以上の煙が出るのだ。煙で見えにくくなるのも当然だ。

　粉末だった火薬を、粒状にするコーンド火薬を発明したのは、ヨーロッパ人らしい。旧来の火薬（区別のためにサーペンタイン火薬と言う）を作る最終過程で、僅かな水とアルコールを加えペースト状にする。これを裏ごしして、一定の大きさの顆粒を作る（もちろん、粒にした後で、十分に乾かす）。

　この作業に使う水は、しばしば尿が使われた。ワインを多く飲む人間の尿を使うと良い火薬になると言われ、また聖職者、特に司教の尿も性能の良い火薬を作ると言われている。だが、このことに本当に効果があったのかどうかは疑問だ。

　コーンド火薬には利点が2つあった。この利点によって、実用的な銃が存在できるようになった。

- 木炭の粒子を硝石の皮膜で覆うことになり、燃焼速度が増して火力が上がる。つまり爆発力が高くなる。
- 粒子状なので、サーペンタイン火薬よりも湿りにくい。ダンプリング（顆粒を大きな固まりにしてまとめておくこと）することで、さらに湿りにくくなり、必要な時に砕いて使用した。

　コーンド火薬は、顆粒の粒の大きさによって、火力や燃焼速度が変化する。一般に、粒が大きくなると、燃焼速度が落ちるが、火力は上がる。このため、拳銃のような小さな火器には粒の細かいコーンド火薬を、大砲のように大きな火器には粒の大きなコーンド火薬を使う。ただし、あまり粒が大きいと、燃焼速度も火力も下がってしまう。米粒以上に大きくすると、性能が急激に下がる。

　コーンド火薬は火力が高いので、それまであった火砲は使うことができない。火力が高すぎて破裂するからだ。しかし、それでも湿りにくい火薬は朗報で、次々と新たな火砲（弾丸の初速度の高い砲）に置き換えられていった。

○無煙火薬への道

　黒色火薬は軍事にとって画期的な発明だったが、いくつか欠点もあった。その１つが、あまりに大量に発生する煙だ。遠距離射撃武器である銃が、煙幕を発してしまっているようなものだから、マイナスだ。

　そこで、なんとか煙の出ない火薬を発明しようと、誰もが考えた。だが、それが実用化されたのは、19世紀になってからのことだ。

　1832年に作られたのが、ニトロセルロースだ。デンプンや綿を硝酸に漬けて作られた。当時はキシロイジンと呼ばれ、いろんな物質の混合物でしかなかった。明確にニトロセルロースが作られたのは、1845年のことだ。ニトロセルロースは、中世ファンタジーの技術レベルでもなんとか作成可能な爆薬だ。

　ニトロセルロースは、熱した混酸（硫酸と硝酸を混ぜたもの）にセルロース（木綿の糸になっていない綿のままのもの）を漬けるとできる。しかも、できあがったものは、綿状のものなので、粉よりも管理が簡単だ。ただし、ニトロセルロースは、かなり不安定な物質で、爆発しやすい。

　混酸をどう作るかが問題だが、まず硫酸は、８世紀にイスラムの錬金術師が作成している。その方法は、緑礬（メラントライト、薄緑色の鉱物で水に溶けやすい）を乾留（水を加えずに蒸留する）して蒸発した部分を集めると硫酸になるというものだ。また14世紀には、ヨーロッパで硫黄と硝石を混ぜて燃焼させると硫酸になることを発見している。

　硝酸の方も、８世紀のイスラムが原点だ。緑礬と硝石を混ぜて乾留すると、硝酸になることが発見された。硫酸ができているなら、硫酸と硝石から硝酸が作成できる。多少硫酸が残っても気にすることはない。どうせ作成するのは混酸なのだから。

　次いで、1846年に作られたのが、ニトログリセリンだ。爆発物として非常に有名なニトログリセリンだが、まずグリセリンを製造しないといけない。オリーブオイルなどの生物油を加水分解（水を加えて加熱して分解すること）するとグリセリンと脂肪酸ができる。この分離は難しいが、脂肪酸を水酸化カリウムなどと混合して石けんにしてしまうと分離できる。こうして作成したグリセリンを混酸に少しずつ垂らす。するとグリセリンが硝化されて、ニトログリセリン（透明な、どろっとした液体）が得られる。できた反応液を水に注ぐ（一気に行わないように）

と、油のようなものが分離される。この水と分離された部分が、ニトログリセリンだ。

しかし、ニトログリセリンも爆発力こそ強いものの、非常に不安定で、ちょっとした衝撃で爆発してしまう、大変危険な物質だった。

ちなみに、ニトログリセリンには血管拡張効果もある。ニトログリセリンを僅かでも摂取すると、血管が広がる。普通の人は頭に血が流れすぎて頭痛を起こす。しかし、狭心症の患者は、心臓の血管が狭まって心臓の機能が落ちる病気なので、ニトログリセリンによって血が流れて胸の痛みが取れる。

だが、ニトロセルロースやニトログリセリンをそのまま使うのは危険すぎる。これらを安定化し、使いやすくする研究が始まった。

1866年に、アルフレッド・ノーベルは、ニトログリセリンに、その重量の1/3の珪藻土を混ぜると、粘土のような可塑性のある安定した物質になることを発見した。これがダイナマイトだ。ダイナマイトは、ニトログリセリンより爆発力は落ちるが、それでも黒色火薬の45倍の威力があり、しかも雷管で着火しない限り爆発することがなく、安全で爆発力のある火薬として、一気に広まった。ノーベルは、これによって大金持ちになり、その遺産を使って作られたのがノーベル賞だ。

その後もノーベルは研究を続け、不活性な火薬と混ぜると、ニトログリセリンに匹敵する火力を維持したままで、安定した火薬ができることを発見した。例えば、硝石と木炭の混合物にニトログリセリンを染み込ませたものが、その1つだ。

そして、綿状のニトロセルロースに、液体のニトログリセリンを染み込ませた、ニトロゲルという火薬も発明した。ニトログリセリンをニトロセルロースに染み込ませる時には、そっと振動を与えないように行う。染み込ませてしまった後は、ゲル状の物質になって、かなり安定性が高くなるので、無茶をしない限り大丈夫だ。

このニトロゲルが、中世ファンタジーの技術レベルでなんとか作ることのできる無煙火薬だろう。ニトロセルロース80%に、ニトログリセリン20%を染み込ませて作る。

現在では、珪藻土ダイナマイトは火力が非力なので製造されておらず、ニトロゲルを硝酸アンモニウムなどと混ぜたものがダイナマイトとして

用いられる。さらに食塩（減熱消炎剤）を加えて炭鉱内などでの安全性を増したダイナマイトもある。

✔ハーバー・ボッシュ法

　現代化学工業の基礎ともなるのが、アンモニア合成法であるハーバー・ボッシュ法だ。ハーバー・ボッシュ法は、磁鉄鉱を触媒として、水素と窒素を高温高圧に閉じこめることで、アンモニアを合成する。これによって、アンモニアから数々の窒素化合物を生成することができる。

　肥料を作るにしても、様々な火薬爆薬を作るにしても、とにかく窒素が必要だ。これができれば、その後の過程は中世ファンタジーの技術レベルでも可能なものが多いのだが、ハーバー・ボッシュ法だけは、中世ファンタジーの技術レベルでは困難だ。

　何より高温高圧が達成できない。1000℃、20メガパスカル（約200気圧）の環境を作るのが困難だ。特に、高圧が難しい。これに耐えるだけの金属ケースを作ることは可能だろう。しかし、ケースの隙間を埋めるシール技術がない。つまり、隙間から蒸気が漏れてしまって、高温高圧を維持できないのだ。

　過去に持っていって最も役に立つ品物は、**シリコンシーリング**かも知れない。高温高圧に耐え、化学反応にもほとんど影響を受けない。

✔プラスチック

　プラスチックは、現代の我々にはなくてはならない重要な資源だ。可塑性が高く、色づけが簡単で、加工しやすいプラスチックは、発明できれば圧倒的経済的有利を得ることができるだろう。ただ、大量の石油資源なしでプラスチックを産業化するのは大変なことだ。

○セルロイド

　セルロイド（硝酸セルロース）は、石油資源なしで製作可能で、なおかつ実用性のある最初期のプラスチックだ。

　製作方法は比較的簡単で、ニトロセルロース（p.017参照）を樟脳（しょうのう）と混ぜれば良い。もちろん、ニトロセルロースは起爆性のある危険な物質だが、セルロイドは非常に燃えやすいが爆発はしない。

樟脳は、楠（くすのき）の精油の主成分だ。精油は、植物に水蒸気を吹きかけ、その水蒸気を水で冷やしたものだ。冷やす過程で、液体になるタイミングが違うので、水と精油は分離できる。これは水蒸気蒸留法と言って、古代から植物の精油を採るのに使われてきた伝統ある方法だ。おそらく中世ファンタジー世界でも、存在しているだろう。

このため、石油化学工業の存在しない中世ファンタジーに、プラスチックを登場させたければ、セルロイドを製作するのが最も早い。90℃で柔らかくなり、整形が簡単だ。以下のような欠陥があるものの、他に適切なものがない。

- 燃えやすく、摩擦程度でも発火することがある。このため、危険であるとして、20世紀半ばには、後発のプラスチック製品に取って代わられた。
- 光と酸素のある環境では、セルロースと硝酸に分離する。表面がべたついたり、ひび割れてしまうこともある。さらに、発生した硝酸が近くのものを溶かしてしまったりする。

○熱可塑性プラスチック

家ごと転移したとか、学校ひとつ・町ひとつ転移したといった場合、現代の産物がそれなりにたくさん存在する。しかし、石油化学工場でも一緒に転移しない限り、プラスチック製品は再生産できない。

このような場合、熱可塑性プラスチックの重要性が高まる。

プラスチックには、熱硬化性プラスチックと熱可塑性プラスチックがある。熱を加えた時に、固まったままか柔らかくなるのかの違いだ。

熱硬化性プラスチックは、ポリウレタン、エポキシ樹脂、メラミン樹脂、ユリア樹脂、フェノール樹脂など、食器に使われているプラスチックの多くが熱硬化性だ。一度硬化した熱硬化性プラスチックは、加熱しても柔らかくならない。このため、今ある形でそのまま使用するしかない。

これに対し、熱可塑性プラスチックは、加熱すると柔らかくなって可塑性を持ち、冷やすと再び固まるプラスチックだ。このため、別の形に成形し直せるため、転移先の世界向けに新たな形のものを作り出すことができる。熱可塑性プラスチックの代表例が、ペットボトルの原材料であるポリエチレンテレフタレート（PET）だ。それ以外にも、ポリエ

チレン、ポリプロピレン、ポリスチレン、ポリ塩化ビニルなどがある。

　よく使われる熱可塑性プラスチックの融点は、以下の通り。融点以上になれば溶け出すので、適当な型に入れてやれば、新たな形状を作ることができる。

名称	略称	融点
低密度ポリエチレン	PE	95〜130℃
高密度ポリエチレン	PE	120〜140℃
ポリプロピレン	PP	168℃
ポリスチレン	PS	100℃
ABS樹脂	ABS	100〜125℃
ポリ塩化ビニル	PVC	85〜210℃
アクリル樹脂	PMMA	90〜105℃
ポリエチレンテレフタレート	PET	255℃
ポリカーボネート	PC	150℃

　ただし、プラスチックは、空気中の酸素で劣化し、また溶かして再成形されるたびに劣化する。この点において、プラスチックは何度でも作り直せるガラスなどに劣る。このため、熱可塑性プラスチックであっても、いずれは使用不能になる。それまでに、プラスチックが不要なシステムを作るか、プラスチックの生産を可能にしなければならないだろう。

✔錫ペスト

　錫という金属は、鉄や銅より融点も低く、鉛のような害もほとんどなく、展性もあり加工しやすく、しかも適度な堅さもあり、錆などにも強い。このため、古来、様々な錫製品が作られてきた。缶詰などにも使われている。

　しかし、錫には、1つだけ致命的な弱点がある。それが錫ペストだ。固体としての錫は3種の同素体がある。つまり、同じ固体でも、その性質が大きく違うのだ。

　18℃以上になると、全ての錫原子はβ錫（白色錫）となり、通常我々の知っている錫になる。そして、β錫はかなり温度が下がっても、β錫

であり続ける。

　しかし、−40℃以下になると、急激にα錫（灰色錫）になる。これを同素変換と言う。この時、展性が失われ、しかも大幅に体積が増える。すると、現在の構造が維持できなくなり、ボロボロになって粉のように崩れていく。

　この状況を錫ペストと言う。錫製品の一部の箇所がこのように変化し、それが急速に広がっていく。そして、他の錫製品にも感染するかのように広がり、そのうちに全ての錫製品が崩壊してしまう。

　これは伝説の１つであり、実際にそうだったという記録はないのだが、ナポレオンがロシア遠征を行った時、大陸軍の軍服は錫のボタンを付けていた。だが、ロシアの冬に晒されたボタンは崩壊し、寒い中で、服を閉じておくことができなくなった。これが、ナポレオン軍の崩壊に一役買ったという説がある。寒さに震える兵士は、両手を銃を持つためではなく、服の前をかき合わせるために使わざるを得なかったのだと。主敗因と言わないまでも、崩壊の一因くらいにはなったのではないかと考えることができる。

　実際の錫製品には、錫以外の不純物が多く混ざっているので、急速に崩壊するわけではない。しかし、−10℃以下になると、じわじわと同素変換が進んでいくのも確かだ。ボタン程度なら、10日もあれば崩壊しておかしくない。

　寒冷地での戦いが発生する場合など、考慮に入れておくと良いだろう。例えば、自国が寒冷地であるなら、仮想敵国の軍隊に錫製品ボタンを納入させる。もちろん、直接輸出は無理でも、格安で（何しろ、儲からなくても良いので）大量のボタンを製造する商会を設立して売り出せば、格安で大量に均一製品の欲しい軍隊などから引き合いがあるのは、おかしくない。

✔コンクリート

　現代文明は、コンクリートによる文明とも言える。かつては存在しなかった、コンクリートによる建造物が数多く建てられ、町の風景は一変した。

　しかし、コンクリートの歴史は大変古い。また、それに必要な技術も

それほど高いものではない。実際、ローマ帝国のコロッセオは、ローマンコンクリートと呼ばれるコンクリートの一種を利用して作られている。このように、中世ファンタジーの技術レベルでも、コンクリートの利用は十分に可能だ。

○セメント

コンクリートとは、セメントと土砂と水を混ぜて作られたものだ。つまり、固めるための要素は、セメントに入っている。

セメントという言葉自体の意味は幅広い。水（及び同様な溶液）によって固まるものなら、何でもセメントと呼べるので、その種類は様々だ。このため、用途に応じて使い分けが必要かも知れない。

セメントの主原料は、石灰石だ。これは比較的世界中に分布しており、日本でも充分な量の石灰石を採取することができる。もちろん、ヨーロッパでも同じだ。おそらく、ファンタジー世界でも、石灰石は容易に手に入れられるだろう。

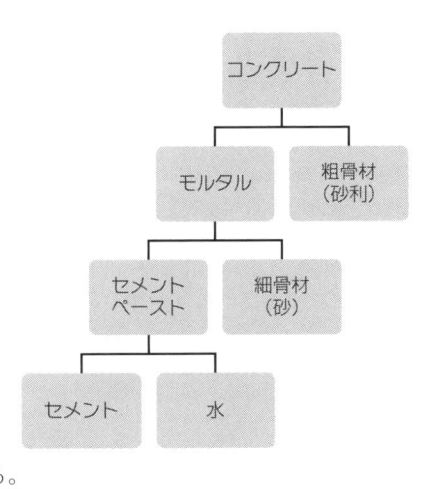

他に必要な原料は、粘土、珪石（石英）、酸化鉄鉱物などだ。いずれも、世界中に存在して、簡単に手に入れられる。

その比率は、石灰石10に対し、粘土２、その他が１～２くらいの割合だ。ただし、この配分は、石灰石の炭酸カルシウム含有率、粘土の石英分含有率など、様々な要因によって変化するので、それぞれの原産地ごとに、最適な配分は実際に作ってみて調整するしかない。現代なら、それぞれの元素含有率を調査して、そこから計算で求めることも可能だが、中世ファンタジーの技術レベルでは不可能だからだ。

まず、原料を細かく粉砕する。粘土は、湿気を含んでいるので、良く乾燥させてから混合する必要がある。粒が残ってはならない。粉になる

まで小さく粉砕する必要がある。

　これを焼成する。まず1000℃ほどで石灰石（炭酸カルシウム$CaCO_3$）の脱炭酸（CO_2が抜けて、酸化カルシウムCaOになる）を進める。次いで、1500℃くらいに温度を上げる。この時、原料の一部が融解するため、クリンカー（塊状になったもの）ができる。ここで、クリンカーを取り出し、可能な限り急冷する。急冷しないと、水硬性（水で固まる性質）が失われてしまうからだ。理論的に説明するなら、ゆっくり冷やすと、焼成でできたエーライト（珪酸3カルシウム）とビーライト（珪酸2カルシウム）のうち、ビーライトが低温安定なγ型に戻ってしまう。高温で生成されるα型α'型β型ビーライトは水硬性を持つが、γ型ビーライトは水硬性を持たないので、固まりにくいセメントができてしまう。

　こうして、セメントができあがる。

　実は、セメントを硬化するために必要なものは水だけだ（水とセメントの化学反応で硬化する）。このため、セメントと水を加えたセメントペーストだけで充分硬化するし、強度もある。ただ、これではあまりに高額になってしまうので、砂や砂利を加えてコストダウンを図っている。幸い、砂利と砂の隙間をセメントで埋めて作るコンクリートは、強度的には充分なので広く利用されているのだ。

○コンクリート

　コンクリートは、セメントを砂利と砂と水で混ぜて硬化させたものだ。一般的には、容積比で砂利：砂：セメント＝6：3：1くらいが標準とされる。強度が必要なら、セメントの配合比を高めて、砂利：砂：セメント＝4：2：1くらいにすることもある。

　モルタルというものもあるが、これはセメントペーストに砂だけを加え、砂利を入れていないものを言う。このため、何かの表面に塗るのに向いている。

　コンクリートは、圧縮強度は高くて堅牢だが、引っ張り強度はあまり強くないので、通常は中に鉄筋を入れる。鉄筋である理由は、鉄とコンクリートの熱膨張率が近いため、温度変化によって歪んだり割れたりが発生しにくいからだ。鉄筋が用意できない時でも、引っ張り強度を補うために引っ張りに強い素材を入れて強化すると良い。例えば、竹や炭素

繊維などの引っ張りに強い素材は、鉄筋の代用になるだろう（もちろん、熱膨張率の違いや強度の問題などで、鉄筋ほどの効果はないが、ないよりはずっとマシ）。

　コンクリートは優れた素材だが、硬化時間が比較的長いのが難点だ。表面が固まってそっと歩いても凹まなくなるくらいまで24時間、叩いても傷が付かないくらいまで１週間、上で馬が走っても平気になるのに２週間、家を建てても平気になるには４週間かかる。残念ながら、墨俣の一夜城などには使えない。

○ローマンコンクリート

　古代ローマ時代に使われ、その後滅びてしまったセメントの一種。そのため、現代でもその成分などは明確に分かっていない。しかし、一部機能においては、現代の通常のコンクリートを上回り、再現できないものかと研究がなされている。

　現代のコンクリートと異なるのは、中性であることだ（現代のコンクリートはアルカリ性）。このため、酸化することで強度が弱くなったりせず、うまくすれば1000年以上持つ（現代のコンクリートは100年程度）。

　ローマンコンクリートは、砂の代わりに火山灰を使ったコンクリートではないかと言われている。実際、イタリアも火山国であり、多くの火山灰や軽石が堆積している。この火山灰を砂の代わりにセメントに混ぜてコンクリートにすることが可能だ。実際、日本でもシラスコンクリートの実用化実験が行われている。

　ただ、火山灰は火山ごとに組成がかなり違うこと、火山性ガラスが多く含まれた火山灰を使うとシリカ反応が発生して骨材（鉄）を痛めることなど、その利用は実用試験を行ってからでないと危険かも知れない。

✔粉塵爆発

　粉塵爆発とは、可燃性の固体微粒子が空中に浮遊していて、そこに発火源が存在することにより、微粒子が一気に爆発燃焼することを言う。

　急激な燃焼により、発熱と空気の膨張が起こり、炎と爆発音を生じて、大きな被害を出す。

と言っても、粉塵爆発の発生には細かな条件があり、それを満たさない限り起こらない。コミックや小説のように簡単には発生しないのだ。

　主な条件は、以下の通り。

・粒子の大きさ

　粉塵の直径は10〜100μmくらいが良い。このくらいの粒子は、指で触れてみても非常になめらかで、粉塵を発生させた場合もすぐに地表に落下はしない。一応、200〜300μmくらいでも爆発はするが、その火力は弱い。現代の小麦粉は、強力粉で10〜130μm、薄力粉で5〜100μmなので、現代の小麦粉（特に薄力粉）ならば問題ない。コーンスターチは、3〜35μmと大変細かいので、粉塵爆発には最適だ。

・粉塵量

　1立方メートル当たり、小麦粉なら500gくらいの粉塵量が必要だ。一応、100gくらいでも爆発はするが火力が弱い。

　砂糖は小麦粉より強力で、小麦粉の約半分の1立方メートル当たり250gで充分な火力がある。もちろん、100gでも爆発する。

・水分量

　粒子が水分を多く含んでいると、爆発しにくい。

　片栗粉は、なめらかで粒子が小さいにもかかわらず爆発しない。これは、製法上、水分を多く含んでいるからだ。片栗粉から水分を抜けば（電子レンジで加熱するなど）、小麦粉以上の爆発が起こる。ただし、粉の状態の片栗粉を加熱して、失敗してレンジ内にまき散らされたりすると、本当に爆発して危険なので、しないように。

・融点と着火温度

　金属粒子は、融点が高いため着火しにくく、粉塵爆発はほとんど起こらない。ただし、アルミニウムだけは、他の金属より融点が低く、400gくらいで充分な爆発を起こす。ただし、中世ファンタジーの技術レベルでアルミニウムの精錬は難しいので、ほとんど使うことはないだろう。

　逆に、予想外なのが木炭で、ほとんど粉塵爆発を起こさない。これは、純粋炭素も融点が高くて、着火しにくいからだと思われる。高温の炎などを発生させることができれば、可能性があるかも知れない。

　石炭は、何度も粉塵爆発事故を起こしただけあって、木炭と異なり粉塵爆発を起こす。1立方メートル当たり500gくらいで小麦粉などに比べて、より明るい光を発して爆発する。これは、石炭に含まれる不純物（水素や硫黄など）が、先に着火することで、低い温度でも爆発を起こしているのだと思われる。

　このように、粉塵爆発は、

1. 粒子の大きさが充分に小さい。
2. 融点の低い燃焼剤。
3. 燃焼した時に発生する熱が大きい。
4. 水分を含まず、乾燥している。
5. 充分な量の燃焼剤が存在する。

　といった条件があって、初めて成立する。中世世界の石臼でひいた小麦粉程度では、粒子が粗くて、粉塵爆発を起こしにくいし、起こしても火力が弱い。粉塵爆発を起こすためには、現代の小麦粉並みの細かさが必要だ。

　また、量の問題もある。6畳間程度の小さな部屋で粉塵爆発を起こすだけでも、小麦粉12kgをぶちまけなければならない。もちろん、この量は部屋の体積に比例して増加する。

　このため、屋外での粉塵爆発はまず不可能で、可能なのは室内や洞窟、坑道での利用だけだろう。

　また、粉塵爆発は非常に瞬間的な炎なので、例えば水をかぶっていたりすると、それだけで耐えられたりする。残念ながら、粉塵爆発の炎で敵を一掃というのは、なかなか困難だ。

　どうしても、粉塵爆発で敵を一掃したい場合、かなり広い部屋（体育館のような）に充分な量の粉塵を発生させ、そこで粉塵爆発を起こす。爆発の火力は、当然体積に比例するが、その場にいる生物にかかる爆圧は面積に効いてくるので、その分だけ効果が大きくなる。鼓膜などは吹っ飛び、最悪肺にまで炎が侵入して肺を焼いてくれるだろう。

　しかし、爆発でなかなか敵を倒せないにもかかわらず粉塵爆発は致命的だ。

　と言うのは、粉塵爆発の最悪の影響は、その場の酸素を消費しきってしまうところにあるからだ。実は、粉塵爆発の粉塵は、上のデータ以上の量を撒いても火力が増加しない。と言うのは、小麦粉なら1立方メートル当たり500gを燃やすことでその場の酸素を使い切ってしまい、それ以上の燃焼が起こらないからだ。

　そして、人間は酸素濃度6％以下の空気（正常な空気は酸素濃度21％）を数回呼吸するだけで、意識を失う。そして、その空気の中で5～6分経つと、死亡する。酸素呼吸生物である限り、この制限からは

逃れられない。アンデッドかゴーレムでもない限り、粉塵爆発は致命的だということが分かるだろう。

　また、石炭などによる粉塵爆発では、一酸化炭素中毒も怖い。実際に起こった三池炭鉱炭塵爆発事故では、爆発による死者は20名ほどで、一酸化炭素中毒による死者が400名以上だった。高濃度の一酸化炭素を吸うと、あっと言う間に致命的事態になる（p.299参照）。

　中世ファンタジー世界で粉塵爆発を起こすためには、まず小麦粉か石炭を細かく製粉することだ。砂糖も手に入るだろうが、高価すぎる。

　次に、粉塵を起こさなければならない。鞴などで、強い風を起こして、粉を舞い上がらせる。天井に仕掛けておいてぶちまけるという手もある。ただしこの時は、粉を入れる箱はできるだけ小分けにした方が良いだろう。ファンタジー世界なら、風の魔法で散らす手もあるかも知れない。

　最後に着火だ。可能ならば、高温の火が良い。ろうそくでも着火するが、火力の高い火の方が失敗しにくいだろう。

第2章

材料工学チート

人類は、文明を発展させるために、様々な金属を利用してきた。青銅・金・銀・鉄など、異なる性質の金属を適切に使うことで、様々な道具を作った。そして、そのためには、金属を精錬しなくてはならない。

また、金属以外でも、人間は様々な材料を利用して、文明を発展させてきた。その最たるものが、紙だろう。

このような、様々な素材についてのチートは、人類の基礎工業力を高め、国力を根本から高めるのに大きく貢献する。

✔木炭

　木を密閉状態で加熱して、炭化させたもの。そのほとんどは炭素でできている。最古の木炭は30万年前のものが発掘されているので、ほとんど人類創世と同じ頃から木炭は使われてきたと言って過言ではない。

　木炭には、以下のような特徴がある。木が原料であっても、薪とは異なるので、使い方には差がある。

1．薪とは違って、炎や煙がほとんど出ない。
2．いったん着火すると、火はなかなか消えない。
3．燃焼時間が薪に比べて長い。
4．火力が安定している。
5．空気の量で、燃焼温度が調整できる。

　燃焼時間が長く、安定した火力で、しかも温度調整が利くという点が、調理などの他に、工業用途に使える理由だ。特に、製鉄は木炭があって初めて可能になった。

　木炭には、大きく白炭と黒炭に分けられる。

　黒炭は、主にクヌギ・ナラ・竹など多くの木で作ることができる。戦時中のような非常時には、あらゆる木を黒炭にしたという記録もある。黒炭は、木を蒸し焼きした釜を密閉し、酸素の供給を絶って冷えるまで置いておいたものだ。このため、炭素以外の成分が残っている。また、炭の香りがあり、茶の湯などでも黒炭が利用される。また火を付けやすく、燃焼時間は1〜2時間なので、使い勝手が良い。

　白炭は、まず薪で温度を上げて400℃くらいにして焚き口を密閉し5日くらい保つ。熱によって、煙からフェノールなどの刺激臭がするが、この臭いが消えるのを待つ。その後、焚き口を開いて燃焼を継続し、炭素以外の成分を焼き飛ばす。同時に、釜の温度は1000℃以上になる。そして、まだ熱いうちに取り出して、消し粉（水分を含んだ土と灰を混ぜて作ったもの）をかけて、1日ほどかけて消火する。この粉が付くため、白炭と言う。白炭は叩くと、キンキンと金属音のような音がするので、区別ができる。有名な備長炭は、ウバメガシを原料とした白炭の一種である。火はなかなか付かないが、いったん燃焼を始めると数時間は燃焼が続く。しかも、燃焼時に臭いがほとんど出ない。これは、炭素以

外の成分をほとんど焼き飛ばし、硫黄分などがほとんど含まれていないためだ。

　木炭自体は太古から作られてきたので、木炭製作でチートすることは不可能だ。しかし、火薬や製鉄の材料として、浄水器の素材として等、木炭を利用してチートする機会は多い。このため、木炭を入手できるようにしておくことは、知識チートを行うための基本と考えるべきだ。

✓ 製鉄

　鉄は、地殻中に含まれる金属元素としては、2位で、どこにでもあるありふれた存在だ（1位はアルミニウム）。鉱石として採取可能なもので比較すると、鉄鉱石が2320億tで、2位のボーキサイトの280億tの8倍も存在する。しかも、硬度もあり、また加工もしやすく、炭素含有量を変化させることで様々な性質を持たせることができる、まさに万能の金属と言っても良い。このため、現代文明は、鉄を基本として構築されている。「鉄は国家なり」は、ビスマルクの演説を元にした言葉だと言われているが、近代国家は鉄がなければ始まらない。

　現代に使われている鉄は、炭素含有量によって、以下のように分類される。

名称	炭素含有量	性質
銑鉄 せんてつ	4％以上	高炉で製造した炭素を多く含む鉄。1200℃程度で融解するが、硬くてもろいために素材としては使いにくい。鋳鉄などを作るための素材として用いられる。
鋳鉄 ちゅうてつ	2〜2.5％	鋼鉄に比べて弱いが、溶けやすく鋳造しやすい。摩擦や切削に強い。
鋼鉄	0.1〜1.7％	鋼鉄の中でも、炭素量の多いものを鋳鋼、低いものを軟鋼と言う。鋳鋼は、工具や刃物などの硬いもの、軟鋼はバネや鉄筋・車両用鋼板などの変形するものに用いる。
軟鉄	0.02％以下	柔らかくて展性が高いので、電磁気材料に用いる。ただし、融点は最も高い。

　特に、鋼鉄は炭素含有量と加工温度によって、結晶構造が変わってくるため、その性質がかなり変化する。日本刀の製作などは、この熱処理

と炭素含有量の変化を利用している。

　現代では、鉄は、最もありふれた材料だ。だが、鉄鉱石とははっきり言えば、酸化鉄のことだ。ここから鉄を作るということは、酸化鉄から酸素を奪う還元反応を起こすことを言う。だが、酸化物から酸素を奪うのは、本来かなり難しいことだ。製鉄の過程では、これを一酸化炭素を用いて行っている。

　鉄鉱石には、以下のようなものがある。いずれも、非常に大量に存在するので、鉄鉱石の入手に困ることはないだろう。

名称	化学式	性質
赤鉄鉱	Fe_2O_3	地球ではありふれた鉱物。ファンタジー世界でも、おそらく変わらないだろう。色は、黒・灰・赤茶・赤など様々だが、粉末にするといずれも赤錆色になる。
褐鉄鉱	$FeO(OH)\cdot nH_2O$	暗褐色もしくは黒色の塊。黄土色の顔料としても用いられる。
磁鉄鉱	Fe_3O_4	四三酸化鉄とも言う。火成岩に含まれ、黒く金属光沢がある。強磁性体で磁石にくっつく。粉末状になった磁鉄鉱が砂鉄だ。誤解している人が多いが、砂鉄は酸化鉄であって鉄ではない。
黄鉄鉱	FeS_2	黄色っぽい金属結晶。硫黄分が鉄をもろくするので、鉄鉱石としてはあまり価値がない。その色から愚者の黄金とも言われる。

　製鉄の基本は、炭素から一酸化炭素（CO）を生成し、一酸化炭素の強力な還元作用によって酸化鉄を還元することにある。

　最初期の製鉄は、鉄鉱石もしくは砂鉄と炭素（主に木炭）を層状に重ねて、鞴（ふいご）などで一気に燃焼させることで行われた。薪では、温度が上がらず、還元作用が発生しない。木炭は高熱を発するが、普通に燃やしただけではゆっくり燃えてしまい、放熱で温度が上がりきらない。

　そこで、鞴を利用する。代表的な鞴は、次ページの右上図のようなもので、ジャバラを開いて3の弁から空気を入れ、2（見えないが外向きの弁がある）の弁から吹き出す道具だ。これによって、大量の酸素を送り込み、木炭を一気に燃焼させることで、高温を得ようとした。

　最も古い製鉄は、温度が鉄の融点を超えられなかった（400〜800℃

くらい）が、それでも鉄鉱石（基本的には酸化鉄）の還元反応は発生させられたため、鉄鉱石の形のまま、小さな穴だらけのスポンジ状の鉄ができる。これでも、一応鉄なので、その後で叩いて伸ばすなどして、鉄器を作ることができる。実は、こうやって作る鉄器は、青銅器よりも低い温度で製造可能で、し

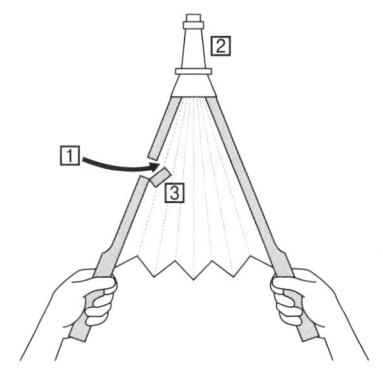

かも鉄鉱石の方が銅鉱石よりも遙かに多く存在する。このため、青銅器文明を作る技術があれば、実は鉄器文明を作ることも可能だ。

　14～15世紀になると、より高温の炉（最低でも1200℃以上）を作れるようになった。それが高炉だ。高炉の開発は、水車動力の発明が大きい。強力かつ継続力のある水車動力によって巨大な鞴を連続稼働させ、炉内に大量の空気を送り続けることができるようになった。これによって、今までは1000℃に届かなかった炉温が1200℃以上にまで上昇するようになった。

　実は純鉄の融点は1530℃であって、1200℃程度では純鉄は溶けない。しかし、木炭と一緒に加熱された鉄は、炭素を吸収する。そして、炭素を3～4％含む鉄は、1200℃程度で融解するのだ。こうやって作られた炭素を多く含む鉄のことを銑鉄と言う。

　高炉は、上から木炭と鉄鉱石を層状に積み重ねて入れる。これらは、上から降りていく時に、下から上昇してきた一酸化炭素と反応して、鉄に還元される。一番下まで来た木炭は、一部は大量の空気と反応して勢いよく燃えて一酸化炭素を生成し、一部は鉄に吸収されて融点を下げる。まさに一石二鳥の働きをする。

　高炉の炉の形状は、この目的に合わせて作られている。空気が入ってくる羽口のところで最も高温になるようにするため、ここで炉は狭くなっている。逆に、木炭の燃焼で大量の一酸化炭素ができるので、その上部では炉は広くなっている。また、素材が下に落ちるまでに充分に反応し、また温度が上昇できるように、高炉は背が高くなっている。初期

の高炉でも16m以上あり、現代では100m以上もある巨大な高炉も存在している。

　こうして、高炉の底には溶けた銑鉄（炭素保有量が４％以上の、硬くてもろい鉄）が溜まり、それを下から取り出すようになっているのだ。上図でも、人間が溶けた銑鉄を掻き出している。

　製鉄に使う木炭は燃焼が安定して長く続き、しかも不純物がほとんど含まれていない白炭が適している。黒炭で製鉄すると、できあがった銑鉄に硫黄分などが含まれてしまい、もろくなってしまう。

　後に、木炭はコークスに取って代わられる。しかし、これはコークスが木炭より優れているからではない。鉄の需要が高まり、木炭の供給が追いつかなくなったため、やむを得ずコークスが利用されるようになった。

　コークスは、石炭を乾留（空気から遮断して加熱することで、発火させないまま揮発成分を飛ばしてしまう）したものだ。石炭そのままでは、高温によって溶融してしまい、還元反応が起こりにくくなってしまう。

　この時、同時にコールタールもできる。コールタールは、木材の腐敗防止剤などに使われるが発がん物質なので使用には注意が必要だ（人類の発見した最初の発がん物質と言われる）。ただし、薄めたコールタールは、乾癬や脂漏性皮膚炎などの治療薬にも使われる。

コークスは石炭から不純物を取り除いたものだが、それでも木炭より多くの不純物、特にサルファー（硫黄分）や亜リン酸などが含まれており、硫黄やリンの含まれた銑鉄ができてしまう。また、コークスは石炭などより燃えにくいため、より強力な送風装置が必要となる。蒸気機関は、まさにこのために生み出されてきたようなものだ。

また、送風する空気をあらかじめ加熱しておくと、炉の温度が上昇しやすいため、製鉄に使うコークスの量を大幅に節約できるようになった。ちなみに、19世紀の技術では、鉄1tを製造するために必要なコークスは30tと言われる。ただし、高炉技術の進歩により、この量はどんどん減って、20世紀初頭には3t、現代では0.5tとされる。

銑鉄のままでは鉄として使えないので、銑鉄から炭素を適度に抜いて鋳鉄を作る方法が試みられた。

まず1783年に、反射炉が発明された。反射炉は1300℃くらいで稼働する。

右図を見て分かる通り、石炭を銑鉄と別の場所で燃焼させ、その火炎と反射熱だけを銑鉄に当てる。すると、銑鉄は1300℃くらいに加熱されて融解する。

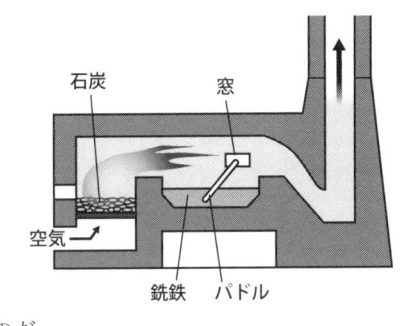

この状態で、空気を鉄に送り込むと、リンや硫黄、炭素などが燃焼して気化する。このために、銑鉄をパドルでかき混ぜるのだ。

ただ、この方法は、1回の製造に10時間以上かかる上に、一度に製造できる鋳鉄の量が少ない。このため、さらなる技術が求められた。

そして、より効率的な方法として1856年にベッセマーが開発したのが転炉だ。ベッセマー転炉は、1500〜1600℃の高温で稼働する。このベッセマー転炉によって、人類は初めて鋼鉄を溶融状態で製造することに成功した。僅か150年ほど前でしかない。

転炉の仕組みは非常に簡単だ。溶けた銑鉄の中に空気（鉄を冷やさないために加熱しておく）を送り込むと、炭素などが燃焼して減少する（二酸化炭素になって気体として分離される）。ただ、空気を送り込む羽

口に銑鉄が流れ込まないようにするため、銑鉄を流し込む時も、流し出す時も、常に空気を送り続けなければならない。これは非常にロスが大きい。

そこで、ベッセマーは1860年に転炉を改良して可動式転炉を作成した。

可動式転炉に銑鉄を流し込む時は、Bのように傾けて流し込む。すると、転炉の底の羽口（空気流入口）は上に来るので、銑鉄で穴が埋まることもない。

実際に稼働する時は、Cの向きにして、底の羽口から空気（もちろん高熱にする）を送り込む。すると、炭素は減少していく。

炭素が減って鋳鉄になったところで、再び炉をDのように傾けて、中の鉄を取り出す。

転炉は、転換炉のことで銑鉄を鋳鉄に転換することからこの名が付いた。しかし、このベッセマー可動式転炉が主流（現代でも基本的には同じ原理で転炉が使われている）になったため、転がる炉だから転炉と勘違いしている人もいるようだ。

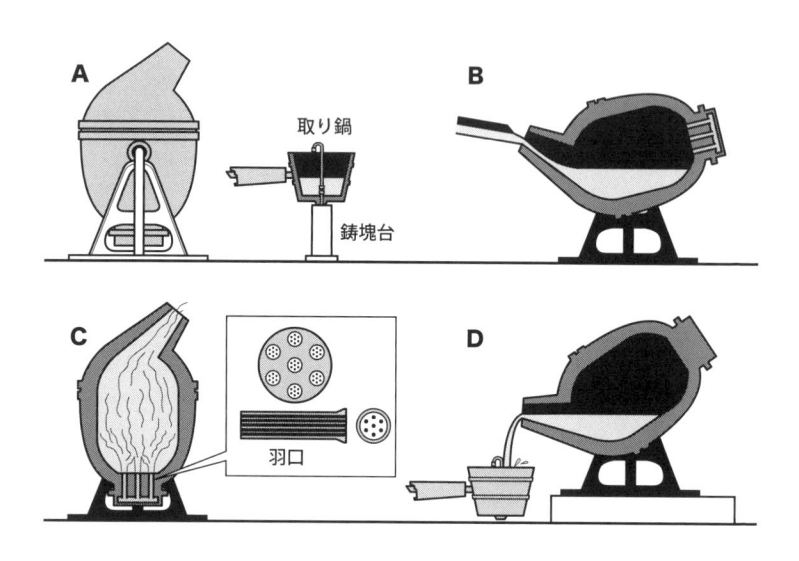

✔雲母

雲母は、ケイ酸塩の一種だ。電気用語では、マイカと言うことの方が多い。

マイカは以下のような性質を持つ。ただし、マイカには化学式の異なる多数の種類があるので、それぞれの性質は多少異なる。

- 高温に耐える。マイカならどれも1000℃単位の高温でも変化しない。
- 絶縁性がある。マイカならどれも絶縁体としてして使って問題ない。
- もろい。モース硬度2.5程度しかないので、すぐに傷付くし割れる。
- ほとんどの化学物質と反応しない。

このような性質のため、絶縁体、特にニクロム線のような発熱体の設置ベースなど、具体的には真空管のカソード（p.076参照）の保持や、ハンダごての絶縁体などに使われている。また、薄いマイカを挟んで端子を置くことで、マイカコンデンサを作ることもできる。

電気関係以外でも、高熱を発する用途に使える。ただし、10円玉で擦っただけで傷が付くほど柔らかいので、重いもの、大きいものには向いていない。

✔浮遊選鉱

金属鉱石から金属だけを分離する方法で、古代から使われているものに、浮遊選鉱がある。一般に鉱石の非金属成分は親水性があり、金属成分は疎水性があることを利用した方法だ。

1. 鉱石を、粉末になるまで細かく砕く。
2. 水と油を混ぜたものに、上記の粉を混ぜて混濁させる。ガスを吹き込んで泡立てる。
3. 非金属成分は親水性があるので水の底に沈むが、金属成分は油と混じって表面に浮く。
4. 油の部分だけをすくって、金属を取り出す。
5. 油などを除いて、金属だけを取り出す。

この手法は、金や亜鉛などの鉱石から金属を得るためにも使われる。

ただし、選鉱に使った排水には重金属が含まれており、これが鉱毒事

件を引き起こすので、排水の流れる流域の状況を考える。

✔灰吹法

　金銀を鉛に溶け込ませてから分離する方法で、古くから存在する。特に、銅鉱石からの灰吹法は、南蛮吹きと呼ばれて、銅から金銀を分離させる方法として有効だった。実際、日本でも同様の手法は古くから使われてきた。

　ところが、戦国時代の日本は、日本の粗銅に多くの金銀が含まれていることに気づかず、安土桃山時代になるまで粗銅を輸出しては中国朝鮮の商人に中の金銀を抜かれるという、間抜けな状況にあった。中国朝鮮の商人たちは、この儲けの種を確保し続けるために、日本人には決して教えないようにしていた。日本人が、このからくりに気づくのは、安土桃山から江戸初期の頃で、南蛮人（ヨーロッパ人）から聞き出して実用化したのは住友だったとされる。このため、この手法が南蛮吹きと呼ばれるようになった。

　このため、戦国時代に南蛮吹きをいち早く導入できれば、海外に貴重な金銀を流出させることなく、また国内向けには他の大名たちより遙かに多くの金銀を得ることができるため、非常に裕福になれる。日本の戦国時代でのみ通用する知識だ。

　具体的には、銅と鉛を1085℃以上にして融解させ、良くかき混ぜる。その後ゆっくりと冷やすと、銅だけが凝固して浮き上がる。金の融点は1064℃、銀の融点は962℃ではあるが、溶けた鉛に溶け込んでいるので、銅と同じように凝固することはない。鉛の融点は327℃なので、凝固するには時間がかかり、銅を取り出す時間は充分にある。こうして、浮き上がった銅を取り除いていくことで、金銀の溶け込んだ鉛ができる。

　後は、この鉛を骨灰や酸化マグネシウムなどで作った皿（キューベル）の上に置いて、空気を与えながら850℃くらいに加熱すると、鉛は酸化鉛となってキューベルに吸収される。キューベルは多孔質なので、酸化鉛を吸収するが、金銀などの液体金属は表面張力が大きく、多孔質に入り込めないほど大きな粒になる。この粒は、金と銀の合金なので分離する必要があるが、その技術は、当時の日本に存在したので、チートする必要はない。

✔紙以前の記録媒体

　紙は、人間が文化を形成するために必須の素材だ。紙が安く手に入るようになって、初めて文化・文明が加速し始めた。もちろん、それ以外の記録媒体に字を書き残すことは、古代から行われていたが、それらには様々な問題点があった。

素材	利点	欠点
粘土板	安い。筆記具が単なる棒で良い。	重い。かさばる。割れて壊れる。
羊皮紙	柔らかくたためる。長持ちする。	高価。分厚い。
パピルス	軽い。薄い。比較的安価。	折ると割れる（巻物にはできる）。
貝葉 （ばいよう）	簡単に作れる。	文字は刻まないといけない。
樹皮紙	軽い、薄い、透ける。	叩いて作るので製造過程で穴が空きやすい、破れる、燃える。
甲骨	長持ちする。	重い。かさばる。非常に高価。
木簡竹簡	まあ軽い。折りたためる。再利用可能。	分厚い。冊書がほどけると大変。
絹布	軽い。薄い。折りたためる。	高価。にじむ。
紙	安い。薄い。軽い。折りたためる。長持ちさせることも可能。	破れる。燃える。

　比較すると、紙の優秀さが分かる。しかし、自分の生きる土地に必ずしも紙の原料があるとは限らない。そのため、その他の記録媒体の作り方も、知っておいて問題はないだろう。

○粘土板

　粘土板の作成法は簡単だ。土から粘土を取り出し、平らな板にする。そして、乾く前に木の棒などで字を書き、書き終えてから天日で乾かせば良い。重要で長期に残しておかなければならない文書の場合、陶土に書いて焼き物にしてしまうという手もある。
　注意すべきは、乾かすと縮んで割れてしまう粘土もあるので、いろんな粘土を試して、乾かしても割れにくいものを選ばなければならない。
　重要な問題は、粘土板は非常に重く、しかも大変かさばるという点だ。

また、雑に扱うと割れてしまう。このため、法律の条文や、国の政策の記録など、後に残しておかなければならない重要な記録を残す以上の用途に使うことは不可能だ。

○羊皮紙

羊の皮（とは限らない、他の動物の皮でも羊皮紙と言う）は、紀元前2500年頃に既に存在していたと言われる。動物の皮を加工して作る記録媒体で、現在の植物紙よりも、分厚く（革製品のように分厚いわけではない）、動物の皮を手間をかけて加工するため高価だ。

その代わり、きちんと作った羊皮紙は、1000年以上保管が効く。

羊皮紙は、途中まではなめし革と同じ手順で作られ、途中で作り方が変わる。

1. はいだ皮（まだ毛が付いたまま）を、流水で水洗いする。保存用の塩蔵皮（塩漬けにした皮）などは、そのまま2日ほど水に漬けたままにして、塩を抜く。
2. 水を捨て、新しい水に消石灰を溶かし、溶液に3～10日ほど漬けておく（寒い季節ほど長く漬けておく）。この間、1日数回木の棒などで撹拌する。消石灰水はアルカリで手の皮膚が溶けるので、現代ではゴム手袋を使う。だが、ない時代は、皮で手袋を作る。毛をすくってみて、すぐはがれるようなら、溶液から出す。
3. 毛を、手で抜いたり、ナイフで剃ったりして除去する。
4. 鋭いナイフで、内側の肉や下皮を削り取る。外側も表皮を削り取る（下図）。失敗すると、羊皮紙が破れてしまうので慎重に行う。羊は、表皮のすぐ下が脂肪層なので、それもできるだけ除去する。
5. 表皮の下の乳頭層を取り除くかどうかは、用途によって決まる。片面しか使わないのなら、乳頭層を残し、裏側に字を書く。両面使う場合、乳頭層を除去すると、両側から字を書くことができる。
6. これで、消石灰水に漬ける手順は終わる場合もあるし、再び消石灰を溶かした溶液に漬けることもある。こうして、皮膚に存在する脂肪分を溶かして取り除く。脂肪分が残っていると、インクが乗らない。脂肪分の多い皮の場合、消石灰水に漬ける作業を合計で3回行うこともある。
7. 水に2日ほど漬けて、消石灰を取り除く。流水で消石灰を流してしまうこともあったが、現代では公害問題が起こるので、なかなか難しい。
8. 皮より大きい木枠を作る。木枠には、10cm間隔くらいに直径2cmの穴を

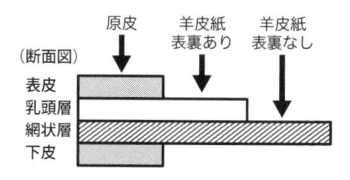

開け、そこに円錐型のくさびを差し込んでおく。これは近年の工夫で、かつては単なる木栓を作って、引っ張って結んでいただけだった。

9. 皮の端に何ヶ所にも金具を付けて、紐を通す。その紐を、くさびに結び付ける。皮全体がピンと張って緩みのないように、くさびを巻いて引っ張る。強すぎると、金具が取れたり、皮が裂けてしまう。弱すぎると、羊皮紙が平らにならない。

10. 刀を皮に直角に当てて、皮の表面を削る。最初は、水や油が出てくるが、残っている表皮なども削り取る。削っていると皮は伸びるので、削りながら、皮の引っ張り具合の調整を行う。

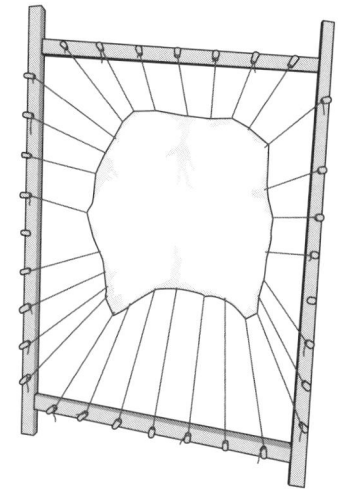

11. 乾燥させて、再び刀で削り、羊皮紙の分厚さを均一にする。

12. 軽石の粉をまぶして、布で擦ると、繊維の間に入り込んだ油脂も取り除ける。

13. 石灰の粉をまぶして全体にすり込むことで、羊皮紙を白くする。

14. 木枠から外して、適当な大きさの紙に切る。端切れは端切れで小さく整えて使う。

15. 使う時に、紙やすりなどで擦ると、表面の色が薄くなり、また多少毛羽だってインクに染まりやすくなる（やり過ぎると滲む）。

○パピルス

ペーパーの語源ともなったパピルスは、植物紙の走りとも言えるもので、パピルス（カミガヤツリ）の茎から作られる。羊皮紙に比べると安価で薄く、その点では使いやすいが、折り曲げると割れてしまうこと、カビなどに弱いこと、繊維の向きの関係で、裏面は使いにくいことなどから、羊皮紙に負けることになった。

だが、その製法は比較的簡単であり、簡易製紙としては、充分に使いものになる。

1. パピルスの茎を切る。茎の繊維を縦横に組み合わせて紙を作るので、紙の縦サイズに切った茎と、横サイズに切った茎を用意する。

2. 茎の断面はほぼ三角形なので、ナイフで3辺の皮をはぐ。一部に切れ込みを入れ

れば、残りはどんどん裂けていくので、簡単だ。

3. 茎を、分厚さ2mm位の短冊状にカットする。

4. 短冊を、木槌などで叩いて潰すと分厚さが減って、幅が広がる。同時に、水分も出る。ただし、強く叩きすぎると裂けるので、適度にする。

5. この状態のパピルスを、水に1週間ほど漬けておく。長期漬けておくと、茶色っぽくなる。この時、細菌の作用で、植物の繊維以外の組織が粘性のある物質に変化する。

6. 水から出して、布を敷いた上に、縦横に並べる。

7. 圧搾機で水を押し出し、そのまま圧力をかけて乾燥させる。圧搾機などがなかったら、重しを乗せて置いておくだけでも、製造可能だ。

8. できあがったので、周囲をカットして使いやすくする。

9. 表面を、軽石や貝殻などで磨いて、なめらかにする。現代なら、目の細かい紙やすりなどで磨いても良い。完成したパピルスは、厚さ0.1～0.25mm位の薄いものになる。

　パピルスは、多少なら、表面を削って消すことができる。

　ちなみに、パピルスは食べられる。プリニウスの『博物誌』には、「エジプト人はパピルスを生か煮てかじり、汁を吸った後で繊維をはき出す」とあるので、食べられたらしい。ただし、紙にするほど繊維が多いので、その部分は食べられなかったようだ。

　このように、パピルスは、羊皮紙よりも遙かに簡単に作れ、実用性も悪くない。ただ、丈夫さや保存性で羊皮紙に負けるため、元々高価な書籍に使うには、向かなかったようだ。また、そもそも、エジプト産のパピルスは、ヨーロッパでは輸入しなければ使えず、国内で生産できる羊皮紙が主になったのも仕方ないことだろう。

　逆に、原産地であるエジプトでは、その簡便さから広く使われた。それに、エジプトは乾燥しているので、カビなどが生えることもなく、保存する書類から、一時的書類（メモやノートなど）まで広く使われた。

○貝葉

　東南アジアや南アジアでは、巨大な植物の葉を利用して、記録媒体にしていた。これを貝葉もしくは貝多羅葉と言う。

　椰子の葉などから、葉柄（葉の茎につながる太くなった部分もしくは、その続きで葉の一部が太くなった部分）を取り除き、短冊状にカットし

たもの。そこに尖ったもので文字を刻む。

あっと言う間に腐ってしまいそうに思えるが、乾燥したところで保存すれば、意外と長持ちする。実際、初期仏教の経典は貝葉に書かれていたが、現代でも5～6世紀頃の貝葉に刻まれた経典などが発掘されている。

○樹皮紙

カジノキの生皮を、ビーター（ラケット形をした叩き伸ばす道具）で叩き伸ばして作った記録媒体で、少なくとも紀元前5000年頃から存在していたことが分かっている、ある意味最古の紙である。最古の樹皮紙は、中国南部で発見されており、そこから、東南アジアから南アジアへ、さらにアフリカへ、太平洋の島々を渡ってアメリカへと伝搬していったものと考えられている。

丁寧に叩いて伸ばした樹皮紙は最高級の和紙に匹敵する美しさがあり、薄く作った樹皮紙は、ほとんど透けて見える。インドネシアの影絵などは、この透けた樹皮紙を前提に発展した。また、うまく叩けば、すかしを入れることもできる。

日本でも、『古文尚書巻第三夏書禹貢篇』など、樹皮紙に書かれた書物が、国宝となって保存されている。

カジノキの他に、クワの仲間でも同様の樹皮紙を作ることができる。

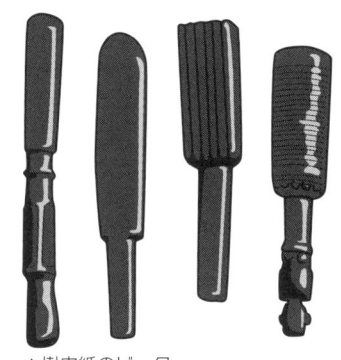

▲樹皮紙のビーター

○甲骨

亀の甲羅や、動物の骨に文字を刻むもので、あまりにも手間がかかるため、文書にはほとんど使われない。占いなどで使われた。

○木簡竹簡

紙が一般化する前、薄く切った木に文字を書くことが行われていた。これを木簡と言う。竹で同様のものを作ると、竹簡と言う。

木簡の利点は、材料の入手が簡単であること。形を整えるだけで良いので、他の紙に比べて、製作も楽であること。消したい時は、木を削れば消せることなどだ。

欠点は、木なのでどうしても分厚いこと。あまり幅のある木簡を作れないことだ。もちろん、年月を経た木なら幅のある木簡を作ることもできるが、そのような木は、材木として使いたいので、木簡に使ってしまうのはもったいない。どうしても、細い木や間伐材、材木を取った残りの部分などで作ることになり、幅の狭いものしか作れない。

中国の木簡が有名だが、同様のものは、世界中に存在していた。ただ、中国以外の木簡は、本当に木片に字を書いたもので、間に合わせ以上のものではなかったようだ。だが、中国では、木簡を紐で綴って、長い文書を書いて残せるようにした冊書が作られた。

中国の木簡は、1本の木簡の幅を1行分に決めてしまい、その代わり紐で木簡を綴って、すだれのようにして、大きな幅のある記録媒体を作ったものだ。こうして冊書を作ってみると、意外と使いやすかったので、中国では広く記録用に使われるようになった。ちなみに、木簡の縦の長さは、1尺（中国の尺は約23cm）が標準とされた。ただし、皇帝の文章だけは、1尺1寸（約25cm）のものを使い、差を付けた。

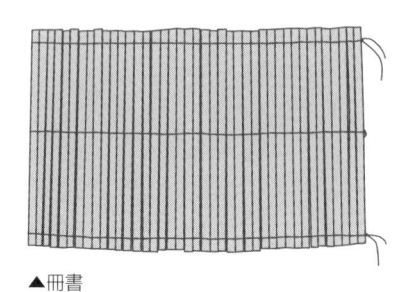

▲冊書

○絹布

絹の布を紙代わりに使うものだ。軽く、薄く、折りたため、適切な管理をすれば非常に長持ちする素晴らしい素材ではある。だが、布なのでどうしても多少滲むこと、何より非常に高価なことが難点で、よほどの用途でない限り、文字を書くのに使うことはなかった。

✔紙

　紙以前は、様々な記録媒体が使われたが、いずれも帯に短し襷に長しで、決定版は存在しなかった。紙の発明は中国で、紀元前2世紀には既に存在していた。だが、初期の紙も、残念ながら期待に添えるものではなかったようだ。

　しかし、紀元2世紀の蔡倫（さいりん）が紙を大幅に改良し使いやすくした。これによって、紙は普及することになった。そして、他の記録媒体を次々と駆逐していき、現代まで使い続けられている。このため、三国志の時代には、既に普通に紙が使われていた。

　紙が日本に伝えられたのは7世紀頃。その後、日本では材料の変更など、独自の発展を遂げることになった。これが、和紙だ。このため、源平時代や戦国時代などでも、紙はそれなりに高価なものではあったが、普通に使われるものだった。

　イスラムに伝わったのは8世紀で、751年に唐とアッバース朝ペルシャとの戦いで、捕虜に紙職人がいたのが始まりだと記録にある。アラブ人も、紙の材料に亜麻を使うなど、独自の改良を行っている。イスラム教の開祖であるムハンマドの時代なら、紙の製法は知られておらず、大きな利益を得ることができるだろう。

　ヨーロッパ世界には、11世紀頃に製法が伝わり、紙が作られるようになった。実は、アーサー王は紙を見たことがない。当時はイスラム世界にすら紙が伝わっておらず、見ることなど不可能だった。つまり、初期十字軍以前の中世ヨーロッパでなら、紙で大儲けができる可能性がある。

　紙は、木質繊維の取り出し、紙すき、脱水の3つの手順で作られる。

○パルプ

　パルプとは、製紙用の植物繊維のことだ。紙は、この植物繊維をからませてシートにすることで作られる。そのため、まず木や草などからパルプを作り出す。パルプの製法には、大きく分けて機械製法と化学製法の2種類がある。

　機械パルプとは、木材等を物理的に粉砕して、パルプにするものだ。現代では、機械的に粉砕しているが、もっと古い時代には、ハンマーで

叩いたりして人力で粉砕していた。水車による動力もあったと言われる。

化学パルプは、化学反応によって、木材に含まれるリグニンを溶かし、繊維質だけを取りだしたものだ。古くは、石灰や木灰などの灰分をアルカリとして使用していた。現代では、粉砕していない木材を加圧加熱して直接加工しているが、過去の時代には、粉砕してから化学処理を行っていた。

一気に行うなら、水酸化ナトリウムで煮る。数時間もあれば、繊維がバラバラになる。

ただし、これには熱源が必要で費用がかかるので、時間をかけて燃料を節約することも可能だ。さらに、時間をかける場合、水酸化ナトリウムのような危険な薬品を長く置いておくと、倒してしまって危険なので、保存して置いておいても危険の少ない薬品を使った方が良い。具体的には、重曹や木灰水などに数ヶ月漬け込んでおく。こうすると、繊維以外の部分が溶けて柔らかくなる。

一般に、パルプは木材から作られる。針葉樹でも広葉樹でもパルプは作れるが、針葉樹の方が丈夫な紙の原料となる。逆に、広葉樹は弱いがきめの細かいきれいな紙ができるとされる。コウゾやミツマタなどは広葉樹で、和紙の原料となる。

また、木以外の草でもパルプは作成できる。藁や葦、サトウキビやケナフなど、植物繊維が豊富な草からでも、パルプを取り出すことが可能だ。

最近では、古紙を回収してパルプに戻し、紙を作ることも盛んに行われている。古紙を、水で溶かして、界面活性剤などを利用して、植物繊維だけを残す。

もっと珍しい方法としては、草食動物の糞を洗い流し、残った繊維を利用するというものもある。草食動物でも消化できない繊維はあり、それが糞に排出されているからだ。実際に、タイやスリランカでは、象の糞を原料に紙が作られている。ちなみに、繊維以外の部分は肥料として使われている。1頭の象が1日に出す糞から、紙が100枚以上作成できる。ちなみに、無菌で無臭なので、普通に紙として使用するのに何の問題もない。

○紙すき

　パルプを大量の水に溶かして、植物繊維を1％くらい含んだものを紙料と言う。これを、網の上に乗せて紙をすく。

　紙すきの道具は、木枠に目の細かい網（身近なものなら、網戸の網くらい）を張ったものを使う。

　この道具を紙料に入れて、繊維をすくう。そして、網の上に繊維が均一になるようにする。繊維がすくわれ、水は落下するので、植物繊維が20％くらい含まれた物質が枠に残る。

　均一な紙ができるかどうかは、枠を動かす腕次第だ。かなり高度な技術が必要で、練習を重ねるしかない。

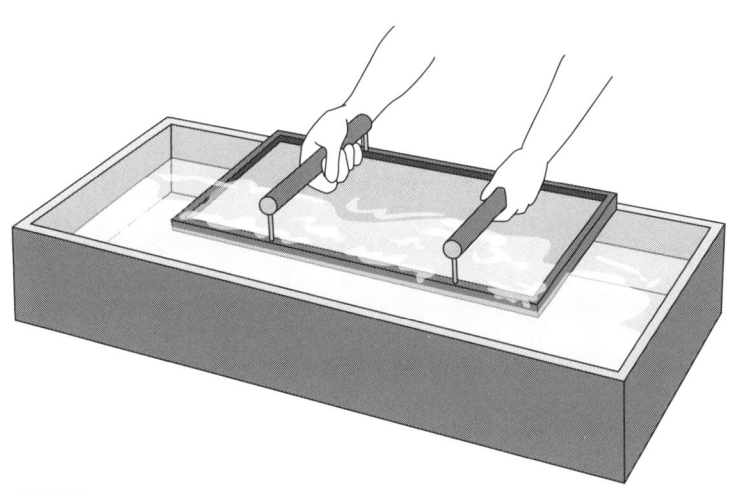

▲紙すき

○脱水

　ここから、水分を抜いていって、紙に仕上げていく。まずは、圧搾によって水分を絞り出す。これで、繊維分が50％、水分が50％くらいの湿紙ができる。圧搾の方法は様々だが、基本は板で上下から挟んで押さえ付ける。ただし、板で直接挟むのではなく、板にフェルトのような柔らかいものを当てて、圧搾する場合もある。このあたりの調整は、どん

な植物の繊維を使っているかで変わるので、その世界の繊維に合わせて工夫するしかない。

　湿紙を、加熱乾燥して、水分を蒸発させる。これも、加熱すると燃料費がもったいないとして、圧搾したまま時間をかけて乾燥を待つこともある。

　最終的には、繊維分が90％以上、水分が10％以下の紙ができあがる。

○薬品

　紙を白くきれいにしたり、字を書きやすくしたりするために、様々な薬品が使われている。

　炭酸カルシウム（石灰岩や貝殻を焼いた粉など）、カオリン（陶土の一種）などを紙料に混ぜておくと、つるんとした白っぽい紙ができあがる。

　またトロロアオイの根から採れる粘液は、和紙を作る時の添加剤として紙料に煮溶かして使う。中国では、楡の木の皮や枇杷の木の根などから同様の粘液を採って紙料に溶かしている。こうすることで、均質な紙ができあがる。

第3章

物理学チート

物理は、実際にものを作り動かすための基本だ。様々な
機械の原理も、砲弾の飛行経路も物理による計算が必要だ。
それ以外にも、様々なチートの基礎となる物理学を軽視
するわけにはいかない。

✔ パスカルの原理

17世紀の自然科学者パスカルが発見した流体静力学の基本法則だ。

密閉容器の中にある流体にかかる圧力は、容器の形や大きさに関わりなく、面に常に垂直で、単位面積当たりで全て同値である。

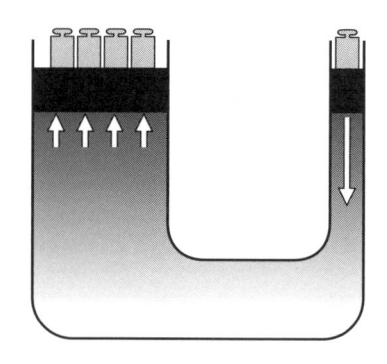

これを利用して、倍力装置などを製作することができる。

密閉された容器に、2つの大きさの異なるピストンを作る。すると、ピストンにかかる力は、そのピストンの断面積に比例する。なぜなら、単位面積当たりの力は同じだからだ。

大ピストンの断面積が小ピストンの断面積の3倍だったとすると、小ピストンを100Nの力で押すと、大ピストンは300Nの力で押される。その代わり、押して移動させる場合、小ピストンは3倍の距離を動かさなければならず、シリンダーの長さもそれだけ長いものが必要になる。しかし、この原理をうまく利用すれば、人力で10 t加重に匹敵する力を加えることすら可能になる。

さらに便利な点として、図だと、力の向きがちょうど逆になっているが、ピストンの設置の向きは自由なので、力のかかる方向を自由に設定することができる。

油圧ジャッキなどや油圧ブレーキなど、様々な油圧駆動システムは、この原理を利用している。油圧駆動システムは、てこの原理を使った倍力化機構よりも自由な設定ができるので、現代の機械工作などには必須のシステムだ。

また、圧力が全て同じという点を利用することもある。平面油圧印刷機などは、全面同圧力で紙に押し付けることができるので、紙の隅々まで同レベルの印刷ができる。

実際の油圧駆動システムでは、小ピストンではなく、ポンプを使うことが多い。と言うのは、倍力の倍率を上げると、大ピストンの移動の何

倍もの長い小シリンダーが必要になり、実用的でない。10倍力なら、シリンダーが10倍の長さが必要になってしまう。そのため、長いシリンダーに変わってポンプで油を送り込むことで、小ピストンの代わりとすれば、非現実的に長い小ピストンを作らずにすむ。

ただし、油圧駆動システムを製作するためには、ピストンとシリンダーの隙間から油が漏れてはいけない。特に、油圧ジャッキなど強い力を加えるためのシステムでは、油は高温高圧になっていることもあり、漏れ出した油が高圧によって高速に飛び出して怪我や火傷をさせることもある。そこまでいかなくても、油が漏れれば、エネルギーをロスして、必要なパワーが出せないこともある。

✔ 歯車機構

歯車は、力を伝え、さらにその速度を変換するのに便利な機構だ。しかも、歯車の噛み合わせを利用することで、回転がずれず、設計通りの回転速度を得ることができる。歯車自体は、紀元前から存在し、利用されてきた。

歯車の歯数の組み合わせは、本来は自由である。ただし、歯車を互いに素にするのが良いとされる。このことが発見されたのがいつかはっきりしないが、中世の職人などには、広まっていなかったようだ。

互いに素とは、2つの数字の最大公約数が1であることを言う。2つの数字自体は素数でなくても良い。例えば、9と8はどちらも素数ではないが、互いに素ではある。

互いに素だと、片方の歯車の歯は、他の歯車の全ての歯と、必ず噛み合うことになる。これが両方の歯車の全ての歯に対して適用できる。つまり、両方の歯車の全ての歯はもう一方の全ての歯と噛み合うのだ。このため、歯車の減りが均等になりやすく、故障が少なくなる。

約数があると、その約数ごとにしか噛み合わない。つまり、約数が3だと、片方の歯車の1つの歯は、3つおきの歯にしか噛み合わないので、歯車に不均等があったら、それは3つおきにしか影響されないので、歯車が偏って減る。つまり、故障が起きやすい。

✔遠心分離機

遠心分離機とは、物質を回転させ、その遠心力によって密度の高いものが外側に、密度の低いものが内側に来ることを利用して、物質を分離する機械のことだ。核兵器を作る場合も、ウランやプルトニウムの同位体を分離するために、遠心分離機を使う。

一般に数千Gかけられるものを遠心機、数万Gかけられるものを超遠心機と言う。αを加速度、ωを角速度（1回転／秒＝2π）、rを遠心機の半径とすると、加速度は以下の式で表される。

$$\alpha = \omega^2 r$$

このため、直径1mの遠心機を毎秒100回転くらいさせて、ようやく約2000Gとなる。このような超高速回転を行うためには、高精度のモーターや回転機構が必要で、中世ファンタジーの技術レベルでは不可能と言っても良い。僅かでも、回転体の重量に揺らぎがあれば、軸が曲がるもしくは折れてしまうからだ。

ファンタジー世界で遠心分離を行うためには、魔法の力が必要となるだろう。

第4章

動力チート

何かを動かす場合、最古の動力は人力だった。次いで、家畜を利用して動力にした。風や水力といった自然力を利用できるようにもなった。しかし、人工的な動力を実用化するのは、産業革命の時代になってからだ。

これら動力機関を得たことで、人間は生物としてはあり得ない力を得ることができるようになった。

✔帆とセンターボード

帆船の帆には、横帆と縦帆がある。それぞれ得意分野不得意分野があるが、その使い分けが適切に行われていないことも多い。これを適切に使うだけで、帆船輸送の効率は1割程度は上昇するだろう。一見僅かかも知れないが、これによって輸送費のコストダウン、ひいては商品の低価格化が起きて、流通が活性化する。それは、地域経済を発展させる大きな力となるだろう。

横帆とは、大型帆船などで見られる真後ろからの風を受けるために船の進行方向に垂直に張られた帆のことで、基本的には追い風を効率よく受けて、船の動力にしようというコンセプトで作られた帆だ。

横帆でも、帆の向きを変えることで、ある程度の風向きには対応できるが、風に向かって切り上がる（風上方向に進む）ことは可能ではあるが苦手だ。また、帆の操作に時間がかかるために、風向きの変化に機敏に対応するのも難しい。

つまり、横帆は風向きが安定しているところで、基本的には風下に向かって進むための帆だと考えれば良い。大洋で安定した気候の中を進むのに向いている。

縦帆とは、ヨットなどに見られる船の進行方向に向いて張られる帆のことだ。真後ろから来る風に対する効率は良くないが、その代わり風向きへの対応や、風上への切り上がりなどは得意だ。

つまり、風が頻繁に変わり、風上方向へ進むことも多い場合に向いている。例えば、陸の近くなどだ。実は、江戸時代の和船のように日本の沿岸輸送を主としていたなら、ヨットのような縦帆とセンターボードを用いた方が、安定して輸送できる。

センターボード（フィンキールとも言う）は、船の底からまっすぐ下ろされる重い（水に沈む比重の）板のことだ。特に、ヨットのような平底船で使われる。

センターボードの役割は、風によって受けた揚力のうち、船の横方向にかかる力を、センターボードにかかる水の抵抗によって打ち消すというものだ。そのため、船の進行方向への力のみが残って、ヨットは前へと進む。これをうまく使うことで、風上へと切り上がる（風上の方向に移動する）ことができる。

特に、和船のような平底船においては、センターボードを設置するだけで機動性が大きく上昇する。

また、センターボードには、船を安定させる錘（おもり）の意味もある。センターボードを重く作っておくと、船が傾いた時に復元力として働くので、転覆しにくくなる。さらに、横揺れを減らしてくれたりゆっくりにしてくれたりするので、荷物が転がりにくい。

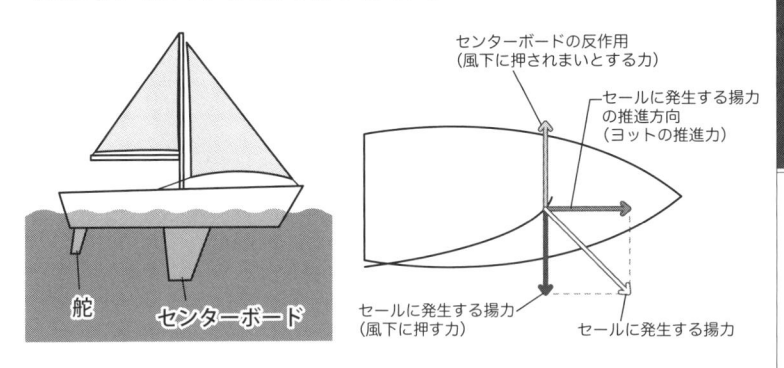

センターボードの反作用用
（風下に押されまいとする力）

セールに発生する揚力の推進方向
（ヨットの推進力）

舵　センターボード

セールに発生する揚力
（風下に押す力）

セールに発生する揚力

✓ 蒸気機関

蒸気機関は原動機の一種で、現在主流の内燃機関と異なり、外燃機関（燃料を燃やして熱を発生している部分が、動力発生部分と分かれている）だ。

外燃機関は、エネルギー発生部分と動力生成部分という2つの機構が必要であるために、どうしてもシステムが大きくなる。また、エネルギーを動力生成部分に伝えるところで伝達ロスが発生するために、エネルギー効率が低くなりやすい。

逆に言うと、巨大でも良い用途になら、外燃機関を使うことも検討に入れられる。

エネルギーロスの問題は、システムを巨大にすることで、ロスを減らすことができる。と言うのは、巨大にすると体積（燃焼室の大きさなど）は3乗で増えるが、表面積（熱が逃げる部分）は2乗でしか増えないからだ。つまり、理論的には大きさを3倍にすると、エネルギーロスが3分の1になる。

このため、現在では、外燃機関は、発電機や船舶といった、重量や大きさが問題になりにくい原動機に使われている。実際、現在、火力発電

でよく使われている蒸気タービンは、蒸気機関の一種である。小型で高効率の原動機を作るのに、外燃機関は向いていないのだ。

それでも、原動機の中で、最も初期に成功したものが、ワットの蒸気機関だ。蒸気機関自体は、もっと前からあったが、効率が悪すぎて実用に供するのは難しかった。蒸気機関の利点は、内燃機関ほど高温高圧にならないので、あまり信用できない中世ファンタジーの冶金工学でも製作できる可能性が高いという点だ。

動力源となる蒸気は、ボイラーで水を沸かして作る。燃焼室で燃やされた熱気は、ボイラーの水の中を通過する多数のパイプを通して煙突につながっている。そして、まだ暖かい排気は、煙突から煙として排出される。煙突から熱を持った煙が排出されることで、図で言うと燃焼室の左側の口から新しい空気が入って、燃焼を続けられるのだ。燃焼室の熱も捨てるのはもったいないので、燃焼室の周囲もボイラーの水で覆うようにする。

ただし、あまりに煙突に続くパイプを長くしてしまい、熱気の温度が外気並みに下がってしまっては、煙突からうまく排気されない。こうなると、燃焼室が不完全燃焼を起こし、危険である上、熱効率がかえって下がってしまうのだ。

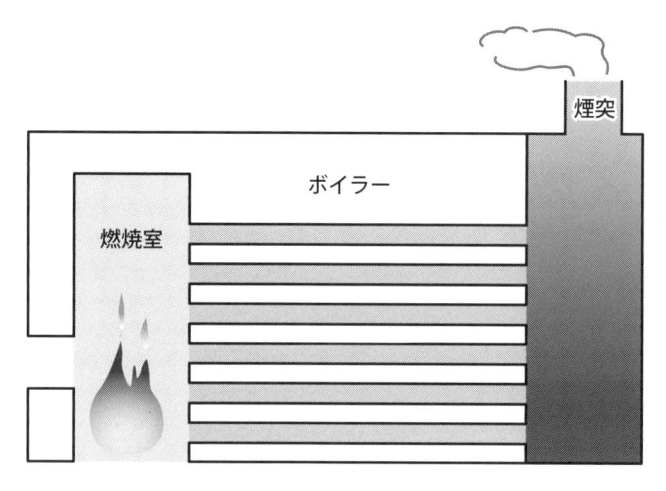

このように、水を温めて蒸気を作るため、蒸気機関に火を入れて実際に稼働するまでは、かなりの時間がかかる。D51やC57のような大型

蒸気機関車を例に取れば、完全に停止して冷えた状態の蒸気機関車を稼働状態にするためには、ボイラーに火を入れてから丸1日かかる。このため、いったん動かし始めた蒸気機関は、できるだけ停止させない。駅に着いた蒸気機関車は、走行時ほどではないにせよ、ボイラーが冷えない程度の燃焼を継続して、ボイラーを温めておく。

　ボイラーで温められた水は蒸気となる。これによって、ボイラー内は高圧となる。この高圧蒸気によって、蒸気機関は稼働する。高圧と言っても、蒸気機関の高圧はたいしたことはない。D51などの蒸気機関車はおよそ15気圧で動いている。これは、当時の日本の技術レベルにおける限界だ（一点ものならもっと高圧の機関も作成できるが、量産することを考えるとこれが限界）。ただし、中世ファンタジーの冶金技術・密閉技術では、15気圧もの高圧蒸気は扱いきれないだろう。重く分厚いシリンダーなどを作れば、ファンタジー世界の冶金技術でも、<u>乗り物の動力には不向きだが、設置型の動力なら可能かも知れない</u>。だが、密閉技術は難しい。金属部品の隙間を埋めて（これに使う材料をシーリング材と言う）高圧蒸気などを漏らさないようにするのが密閉技術だが、中世ファンタジーの技術レベルでは、高温高圧に耐えて、なおかつ漏らさないシーリング材が存在しないのだ。

　一般に、シーリング材にはゴムが使われることが多いが、ゴムは高温に弱い。油紙などを使うこともあるが、密閉度が低い。鉛や錫などの柔らかい金属を挟んでシーリングとすることもあるが、金属加工精度そのものが低い世界では、当然漏れが発生しやすい。

　現代は、シリコンゴムという、優秀な材料があるが、中世ファンタジーの技術で作るのは困難だ。

　だが、蒸気機関そのものの開発は困難ではない。最低5～6気圧もあれば、小型の蒸気機関くらいなら動くので（著者は実際に稼働させてもらったことがある）、そのあたりから始めるのが良いだろう。内燃機関だと爆発の瞬間は何十気圧以上にもなるため、中世ファンタジーの技術レベルでは、シリンダーやバルブが耐えきれない、もしくは密閉技術が足りずにシリンダー内のガスが漏れるのではないかと思われる。

　ボイラーで高圧蒸気を発生させたなら、それをシリンダーへ導く。

　次ページの図だと、シリンダーの右側に蒸気が入っていって（1）、

ピストンを左へと移動させる（2）。ピストンの左側の空気は、排気される（3）。

　すると、クランクの働きで、駆動輪は時計回りに回転する（4）。

　クランクが一番左へと移動したあたりで、Aのパーツを左へと移動させる（5）。すると、蒸気は今度はピストンの左側へと導かれピストンは右へ移動しようとする（6）。

　ピストンの右に詰め込まれていた蒸気は、Aのパーツが左へと移動してしまったので、排気として排出される。

　もちろん、Aのパーツの移動は、駆動輪の回転運動を利用して、タイミング良く移動させる機構を作る。

　蒸気は、ボイラーを加熱すればするほど高圧になる。そして高圧になればなるほど、ピストンを押す力が強くなる。つまり、ピストンが早く動いて、より速く駆動輪が回る。機関車なら速度が上がるわけだ。しかし、蒸気機関の耐えられる圧力限界がある。これを超えると、故障したり、最悪爆発する。このため、通常はボイラーもしくは蒸気を送るパイプにバルブを付けて、一定以上の圧力になるとバルブが開いて蒸気を逃がす仕組みを付ける。そうすることで、一定以上の圧力が蒸気機関にか

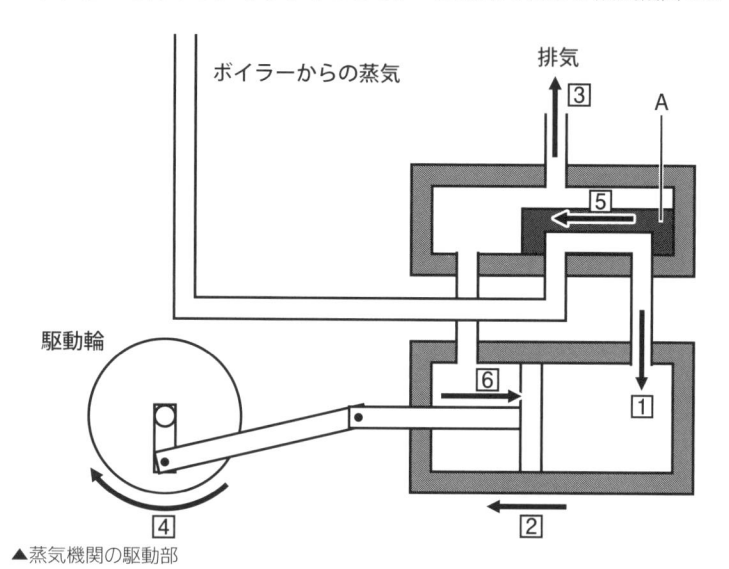

▲蒸気機関の駆動部

からなくするのだ。

　蒸気機関は、比較的作りやすいが、エネルギー効率が低いという欠点がある。つまり、燃料を燃やして得られたエネルギーの10%以下しか運動エネルギーに変えることができない。これをいかに高めるかで、様々な工夫が行われた。

　有名なのが、多段膨張機関という方法だ。

　上のように蒸気機関で使った蒸気は、排気されるわけだが、この排気される蒸気にもまだまだ充分なエネルギーが残っている。特に、10気圧以上の蒸気を使う蒸気機関なら確実だ。

　そこで、その蒸気を次のピストンに送り込んで、より低圧で動く蒸気機関を回す。さらに、そこで使い終わった排気を、さらに低圧で動く蒸気機関に回す。

　ただし、低圧ということは、体積が増えているということなので、低圧のシリンダーは、それだけ直径が大きくなければならない。

　実例として、タイタニック号の蒸気機関は、4クランク3段膨張機関という仕組みを使っている。高圧蒸気機関と中圧蒸気機関と低圧蒸気機関をクランクで同じシャフトにつないで、動かしているのだ。

　タイタニック号では、高圧シリンダーの直径が137cm、中圧シリン

低圧シリンダー　　　　　中圧シリンダー　高圧シリンダー

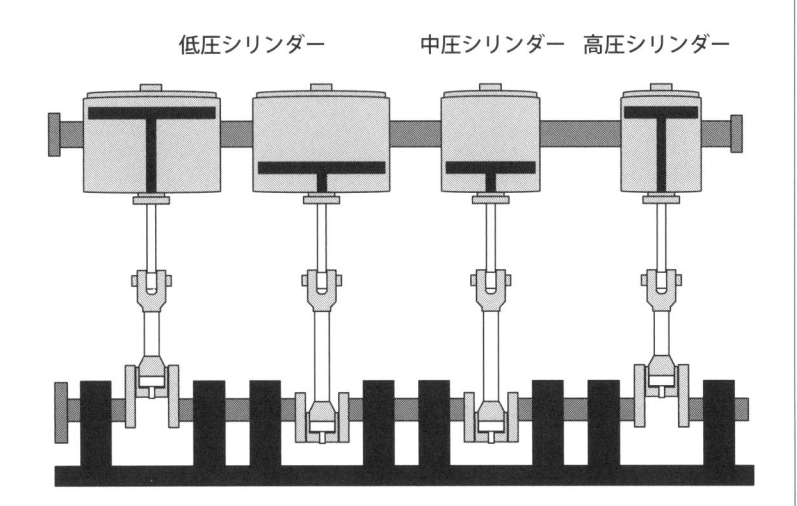

ダーが213cm、低圧シリンダーが246cmが２基（中圧シリンダーからの蒸気を２つに分けて使っている）となっている。

正確には、２つのスクリューそれぞれに、この機関が付いているので、船全体では８本のシリンダーがある。

外燃機関の最大の利点は、熱エネルギー発生部分と動力発生部分が分かれている点にある。このため、熱を作る方法は、何でも良い。蒸気機関の主なエネルギー源は石炭だったが、薪でも効率は悪いが蒸気機関は作ることができる。それこそ、ファンタジーなら、錬金術や魔石などファンタジー的熱発生法を使っても構わないのだ。

✔ 内燃機関

内燃機関は、現在小型原動機の主流となっている方法だ。エネルギー発生部分が即動力発生部分となっているために、原動機をコンパクトに作ることができる。その中で最も簡単に実現できるのが、自動車などで現在も使われているピストンエンジンだ。

シリンダー（円筒）の中で、燃料を爆燃させて、その力で直接シリンダーを動かすという単純な構造だが、これを成立させるには、様々な付属技術が必要になる。

まず、燃料を液体のままで燃焼させても、爆燃とならない。このため、燃料を微粒化して霧のようにシリンダー内に吹き出す必要がある。このため、まずキャブレター（気化器）を発明しなければならない。これは、ベルヌーイの定理（1738年発表）の、細い管を流れる流体は、速度が上昇すると共に圧力が下がるという現象を利用して作られた。

まず、燃料チャンバーに少量の燃料を入れる。ここは大気圧がかかっている。チャンバーはジェットという細い管でベンチェリにつながっている、空気がベンチェリを通過して、シリ

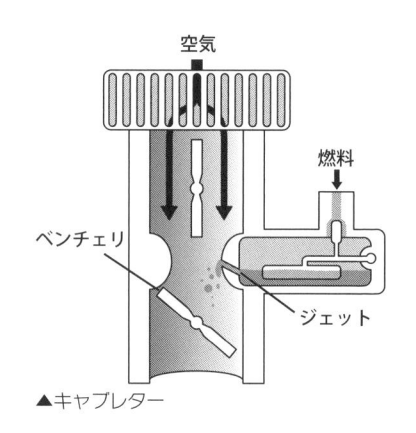

▲キャブレター

ンダーに送られるが、この時ベンチェリは細くなっている。すると、そこを流れる空気は速度が上がり、圧力が下がる。すると、チャンバーの燃料は気圧差によってベンチェリの方に送られる。また、その時チャンバーは圧力が低いので、燃料は細かく分裂して霧状になる。そして、空気と混合して霧状になった燃料が、シリンダーに送られるのだ。

レシプロエンジンの仕組みを、分かりやすい4サイクルエンジンで説明しよう。

まず、左のカムという蓋が開き、前回のサイクルで燃焼した空気が排出される。そして、1のようにピストンがてっぺんに上がったところで、左のカムは閉まり右のカムが開く。

2のように、ピストンが下がっていくと、右のカムが開いているので、右側のパイプからキャブレターによって霧化した燃料と空気がシリンダーの中に入ってくる。ピストンが一番下に下がったあたりで、右のカムが閉じる。

3で、ピストンが上昇して、シリンダーの中の霧化した燃料と空気が圧縮される。そして、最も圧縮されたタイミングに点火プラグによって電気的火花を発して、燃料を爆燃させる。

4で、この爆燃の圧力によって、ピストンは押し下げられる。ピストンが下がりきったところで、左側のカムが開く。このままピストンが惰性で上に上がると、燃え終わった燃料と空気は、左のパイプを伝って排気される。

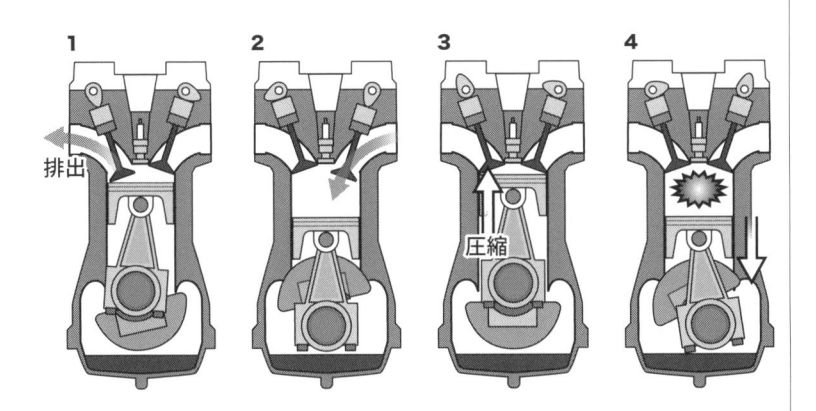

つまり、4サイクルエンジンでは、2回転するうちで1回しか燃焼しない。これでも、一度燃焼してしまえば、その後は勢いが付いて次の燃焼まで回り続けるので問題はない。また、シリンダーを多数組み合わせた場合、燃焼のタイミングをずらすことで、よりスムーズな回転が得られる。

　以上がピストンエンジンの一種で、その中でも早めに実用化された4サイクルガソリンエンジンの仕組みである。ただ、これら内燃機関を実現するためには、以下のような条件が必要となる。

- 高温高圧に耐えるシリンダー・ピストン・その他の部品。金属部品も、高温高圧の連続運転に耐えるためには、蒸気機関に比べて遥かに高度な冶金技術と工作技術が必要となる。
- 高温高圧に耐える密閉技術。隙間から高圧ガスが漏れたりしては、事故を起こす。このため、工作精度を高め、さらに接合部のシーリングは高温高圧に耐えるものが必要となる。
- 燃焼や排気などのカムの開閉タイミングは、0.1秒以下の精度が必要である。このため、精密工作技術が必要だ。
- 燃料は均質でなければならない。さもなければ燃焼タイミングや、燃焼温度・圧力などが揺らいでしまい、エンジンがまともに動かない。最悪爆発や火災につながる。つまり、ピストンエンジンを動かす前に、石油精製技術が必要となる。

　このような問題によって、蒸気機関に比べて内燃機関を作成する技術レベルは大幅に高くなっている。中世ファンタジーの技術レベルではかなり困難だろう。

第5章

電磁気学チート

現代科学は、電気によるところが非常に多い。逆に言えば、電気を作り出すことができれば、それだけで様々なチートを行うことができる。

では、そもそも電気や磁気はいつ頃発見されて、いつ頃から使い始められたのだろうか。

✅ 磁石

天然磁石が発見されたのは、紀元前のことで、紀元前4世紀のアリストテレスの著作や、紀元前3世紀の『呂氏春秋』に記述がある。このため、磁石そのものでは、古代人ですら驚かせることはできない。

方位磁石は、11世紀中国の「指南魚」がある。これは、魚型の薄い鉄片を炭火に入れ、南北の向きに固定した状態で、水で急冷することで作る。これを水に浮かべると南北を指す。また、鉄片や鉄針を磁石で擦っても、同様のものができることが知られている。

それどころか11世紀北宋の政治家・科学者沈活の『夢渓筆談』(1088) には「方術家が磁石で針の先を擦れば、南を指すことになるが、いつもやや東に偏寄り、完全には南を指さない」とあり、偏角（磁石の方向と実際の南北の間のずれ）についても知られていたことが分かる。

以下は証拠の存在しない推測でしかないが、おそらく本当の発明はもう少し前だと思われる。軍隊にとって方角を知ることは非常に重要だ。軍事行動の時に、方角を確定できること。特に太陽の出ていない状態でも方角が分かることは、軍隊の移動の確実性を高め、速度を大幅に上昇させてくれる。それを考えると、書物に書かれる前に、軍事機密として扱われていた時期があったはずだからだ。とは言え、100年以上も機密を保てるとも思えない。

ということは、三国志の時代（180−280）なら、方位磁石は非常に有用だ。諸葛孔明は、方角を知るために指南車を作ったという伝説があるが、それより遙かに小さく、確実に南北を指せる方位磁石は、孔明をも驚嘆させる超軍事技術となっただろう。

日本にいつ方位磁石が伝わったかは明らかではないが、平将門の乱(935) の時には、確実に存在しなかった。ただ、平安末期には伝わっていてもおかしくない。もしかしたら源義経が、一ノ谷の戦い（1184）で、山の中を突っ切って鵯越に到着できたのは、当時の最新技術（100年かけて中国から伝わったと考えれば）だった方位磁石を使えたからかも知れない。

ヨーロッパでは、ペレグリヌスの『磁石についての手紙』(1269) が初期の重要文献で、既に以下のようなことが書かれている。

- 天然磁石には2つの極がある。
- 極同士は、反発するものと吸引するものがある。
- 磁石を砕いても、それぞれが2極を持つ磁石になる。
- 弱い磁石を強い磁石の側に置くと、磁力が減少したり、反転したりすることもある。
- 磁石をピボットで支えた羅針盤についての説明。

　偏角については、ヨーロッパでも15世紀頃には知られていた。当時の磁石付き日時計（南北を向けて設置すると、影の角度で時間が分かる）には、偏角補正が組み込まれている。

　ヨーロッパでの磁石は、おそらく十字軍（1096-1272）の時代に中東からもたらされた新たな知識だと思われる。このため、初期の十字軍は方位磁石について知らなかっただろう。少なくとも、5～6世紀のアーサー王たちが知らなかったことは確実だ。

　ファンタジー世界で、南北の磁力があるのかどうかは、試してみないと分からない。だが、もし方位磁石が確実に働くのなら、マジックアイテム扱いされてもおかしくない。

　また、磁石が鉄を吸引することは、おそらく変わらないと思われる。このため、強い磁石を鉄鉱山のある山から出る川の河原などに持ち込んで引きずって歩くことで、砂鉄を集めることができる。鉄が貴重な社会なら、十分に金儲けの種になるだろう。大人の仕事としては辛いかも知れないが、孤児に与える仕事としてならいけるかも。

✔ 静電気

　電磁気学の初期は、まだ電気が流れるものだという考えがなく、現在の静電気の研究が主流だった。

　1663年にドイツのゲーリケが摩擦起電機を発明している。

　硫黄の球体に心棒を通して、表面に手を触れながら回転させると、静電気が溜まる。静電気によって、以下のような事象が発生する。

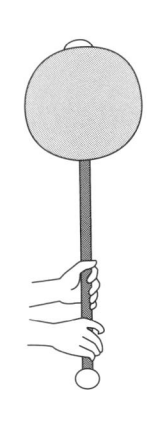

- 羽や紙のような軽い物体を引き付けるようになる。
- 引き付けられた羽や紙は、触れた後は逆に反発するように、球体

から離れる。
- 綿毛が触れると、その毛は開く。
- 硫黄の球体を擦ると、パチパチと音を立て、かすかに光る。

　後に、硫黄の球体は、ガラス球に、さらに1750年にはガラス板起電機が作られている。

　静電気を集めるものとしては、1745年のライデン瓶が有名だ。瓶の内側と表面に、電気を通す金属を塗って薄膜を作り、両側に電圧をかける。間のガラス部分が誘電体となって電荷が溜まる。ガラスを媒体とした一種のコンデンサである。

　内側の金属薄膜には、金属の鎖などを垂らして、外の金属球とつなげている。十分な電気を溜めれば、触れた人間に苦痛とショックを与えることができる。現代のスタンガンのように。

✔電池

　電流としての電気は、電池の発明から始まる。バグダッド電池と呼ばれる紀元3～7世紀頃のオーパーツに電池ではないかと考えられているものもあるが、実際に電池だったのかどうかは、大いに疑問視されている。

　現在確実な電池の発明は、ボルタによるボルタ電池（1800）が最初だ。＋極に銅、－極に亜鉛、電解質に希硫酸を用いた電池だ。それぞれの電極では、以下の反応が発生している。

＋極	$2H^+ + 2e^- \rightarrow H_2$
－極	$Zn \rightarrow Zn^{2+} + 2e^-$

　電圧は約1.1Vだが、以下の問題があって実用的ではない。

- ＋極からは水素が発生するために、＋極を水素の泡が覆って反応の邪魔をする。
- 水素が銅極で逆反応（$H_2 \rightarrow 2H^+ + 2e^-$）を起こし、反応の邪魔をする。
- －極の近くで、Zn^2の濃度が高くなって亜鉛が分解しにくい。
- 電気を発生させていなくても、亜鉛が溶け続ける。

　ボルタ電池は、数秒で電圧が低下してしまう（分極）上に、亜鉛が溶けていくために保存しておくこともできない。しかし、このボルタ電池

によって、電池というものが化学者に知られ、様々な極と電解質の電池が試作されるようになった。

　実用になる電池としては、ダニエル電池（1836）がある。電解槽（電解質を入れておくバケツ）を素焼きの板で区切って、＋極側の電解質に硫酸銅、－極側の電解質に硫化亜鉛を入れたもの。電圧は、1.1V。

　次いで、ルクランシェ電池（1868）がある。現在のマンガン電池の原型で、＋極に炭素棒、－極に亜鉛、電解質に塩化アンモニウムを用いた電池で、減極剤（分極を起こさない薬品）に二酸化マンガンを用いる。電圧は1.4Vだ。

　現在のマンガン電池は、電解質に塩化亜鉛を用いるが、現在でも塩化アンモニウムを使ったマンガン電池も存在する。

　いずれも、1800年以降のことなので、中近世の時代ならどこにも電池は存在しない。電池を発明できれば、大きな利点となる。

　ただし、電池は電池であるだけでは役に立たない。電池を使って、何らかの電気機器を動かすことこそが、目的となる。

✔電磁石と銅線

　電磁石とは、電流をコイルに流すと、磁力を発生させる機構だ。これは、1825年にイギリスのスタージャンによって発明された。ファラデーの電磁誘導の法則は、これらを受けて、1831年に発見された。

　発電機・モーター・変圧器などは、全てこの電磁誘導を利用したものなので、これ以前には、存在しなかった。

　このため、コイルが用意できれば、発電ができ、またモーター動力を利用することも可能になる。だが、このためには、絶縁銅線が必要となる。

　金属線自体は、紀元前3000年頃のエジプトで、既に作られていた。初期には、金を叩いて伸ばして作られていたらしい。青銅や鉄・銅などの線も、紀元前には作られていた。

　その手法は、銅の板を作り、細く切って帯状の板を作る。台に細い溝を作り、その上に帯状の銅を置いて叩いて伸ばし、溝に入れて成型するというものだ。職人技で作っているので、量産は難しい。

　1500年頃には、線材圧延機が作られて、金属線を機械的に製造できるようになった。線状の金属を焼き鈍して、潤滑油を塗った上でダイス

を通して細くし、水車で巻き取る。これを何度も繰り返して、だんだんと細い線を作っていく。1568年には、既に金属線の製造会社が設立されている。つまり、この時代以降なら、銅線を手に入れることが可能だ。

　19世紀には、金属線は、スカートをふくらませる型枠として量産されていた（主に鉄線）。銅の方が鉄より柔らかいので、同じようにして製造できる。だが、銅線のままでは絶縁されていないので、コイルを作るのが困難だ。スタージャンのコイルは、銅線にリボンを巻いて絶縁したとされる。

　初期の絶縁銅線は、婦人帽子のボンネットワイヤと同じ手法で作られていた。帽子の型を整えるために、鉄線に絹の布を巻いたものを使っていた（鉄がむき出しだとかぶれる人がいるから）。初期の絶縁銅線は、それを銅線に対して行って作られていた。1837年には、既に絶縁銅線の生産が始まっている。

　日本でも、1832年（天保3年）に大坂で銅線の製作に成功している。1849年（嘉永2年）には、佐久間象山が絹で巻いた絶縁銅線を製作していて（電信機を作るため）、1854年（安政元年）には、京都で銅線の量産が開始されている。

　銅線のような基礎的素材を個人で製作するのは困難なので、タイムスリップしたなら、当時製作されている金属線を利用する方が良いだろう。電気のない時代、金属線は帽子やスカートなどの型を保つために使われていることが多かったので、服飾関係に問い合わせると分かったりする。絶縁材も、絹などが使われていたので、初期の電気機器製作には、服飾業界の人間の協力が役に立つことが分かる。

✔電気回路という概念

　18世紀までは、電気とは静電気だった。すなわち現代の我々の持つ「流れる電気」という概念自体がなかった。当然、電気回路という概念もない。電気回路を考えるためには、電気が流れるもので、電圧や電流というものがあることを考える必要がある。

　オームの法則は、電磁石の実験で、コイルの巻き数を増やすと磁力が強くなるが、どんどんコイルの巻き数を増やすと、今度は逆に磁力が低下するという謎の現象を考えるところから発見された。

現代の我々には、コイルを巻きすぎて電気抵抗が高くなり、流れる電流が減ってしまったために磁力が低下したと分かる。しかし、当時の人々には、これが分からなかった。多くの実験により、オームは現在のオームの法則に相当するものを発見し、1826年に発表している。

✔️モーターと発電機

　世界初の発電機は、1832年に作られたピキシの発電機だ。下図のように、上にコイルを2つおいてつなぎ、下のU字磁石をハンドルで回転させる。

　ただし、発生するのは交流電気だったので、直流（と言っても、電圧が脈動する脈流と呼ばれるものだが）にするために、ピキシは整流子（図の、U字磁石のすぐ下）を発明して、回転のタイミングに合わせて、電気の流れる向きを逆にした。ただし、整流子があることで、摩耗やバネの弱体化による接触不良が発生するので、メンテナンスが必要になる。

　現在は、交流発電が普通で、わざわざ整流器で直流にはしない。これには、以下の理由がある。

・いざという時に電気の遮断がしやすい。

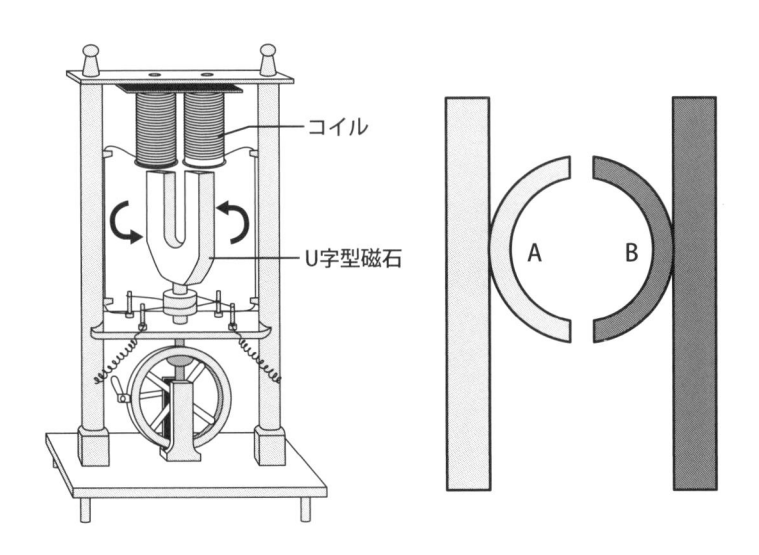

コイル

U字型磁石

A　B

- 電圧の昇降がしやすい。
- 送電ロスが少ない。

　最大の理由は、送電ロスの少なさにあった。送電線に大きな電流を通せば通すほど、ロスは大きくなる。このため、超高電圧小電流で送信するとロスが少なく同じ電力を送れる。しかし、直流を昇圧するのは困難で、交流なら簡単だ。このため、交流で高圧送電し、それを降圧して使ってもらうという交流送電が主流となった。

　様々な発明をしたことで名高いエジソンだが、送電に関しては直流送電にこだわり、ニコラ・テスラに破れている。ただ、最近になって、超伝導直流送電がより送電ロスの少ない方法として再注目されている。ただ、現在でも実用化はされていない技術なので、本書の趣旨からは外れてしまう。

　現在の送電は三相交流（サインカーブを描く電圧をそれぞれ120°ずつずらして、3本の伝導線で電気を送る）が標準になっているが、最初からこれにこだわる必要はない。2本の線での、通常の交流で構わないだろう。

　発電機とモーターは、同じものだ。発電機に電気を外から供給すると回転するし、外部動力で回したモーターは電気を発生する。

✔電気通信

　電気による通信は、有線通信、今で言う電信から始まった。

　電信の発明者はモールスとされているが、モールス以前にも、様々な有線通信が発明され試みられてきた。

　その中には、35本もの線を束ね、受信側は水溶液の入った瓶に漬けられており、送信側で文字に対応した電線をつなぐと、受信側で電気分解をして泡が出るので、その瓶の文字を読むという、キワモノすらあった。

　モールスがモールス符号式電信機を発明したのは1837年のことだ。モールスの電信機は僅か2本の送信線で情報が送れ、しかもオペレータの習熟度によって高速で通信できた。

　しかし、モールス符号の送受信のできるオペレータを養成しなければならなかったため、その普及は遅れた。

　例えば、フランスは腕木通信網（p.084参照）の操作員を電信オペ

レータとして使ったので、モールス式ではなく、指字電信機（ダイヤルを回して、受信側でそのダイヤルに相当する位置まで針を動かすことで通信する）が採用された。

　有線による通信でも、海底ケーブルを設置することで、海外にまで電信を送れるようになった。ただ、初期の海底ケーブルは、よく破損してしまい、通信不能になることも多かった。

　だが、1842年に、マレーシアのガタパーチャ（ゴムの木）がイギリスにもたらされた。通常の天然ゴムは、南アメリカ産のパラゴムノキの樹液から作るが、このガタパーチャから作られたゴムには、ちょっと違う性質があった。温めると軟化し、冷やすと硬化する。空気中では酸化しやすいが、水中ではほとんど変質しないというもので、海底ケーブルの被膜に適していた。20世紀後半になるまで、海底ケーブルの被膜はガタパーチャが使われたほど、それに向いている素材だった。もし、ガタパーチャを1年でも早く押さえることができれば、莫大な利益を生むことは確実だ。イギリス以外の国なら、イギリスがこのゴムの木の価値に気づく前に、いち早く苗木を手に入れて自国勢力圏へと持ち出すべきだろう。

　それまでの被膜は、海底ケーブルに使うには様々な難点があって、トラブルを頻出していたが、このガタパーチャによって安定した性能を発揮できるようになった。イギリスは、安定した海底ケーブルを用いることができるようになり、本国からジブラルタル、マルタ、スエズから紅海を通ってアデン経由でインドまで、さらにはシンガポールから香港へと伸びる一大ケーブル網を設置した。そして、その世界支配に大いに役立てた。

　だが、他国は性能の低い海底ケーブルしか使えなかった。そのためトラブルが頻出したし、イギリスはしばしば海底ケーブルの切断といった妨害にも出た。後には、他国も世界中に海底ケーブルを設置したが、そのどこかではイギリス資本のケーブルを利用せざるを得なくなっていた。つまり、海底ケーブル通信の内容はイギリスに筒抜けだったし、必要とあればわざと遅延させたりすり替えたりすることすらできた。このイギリスの通信独占が打破されたのは、第一次大戦後に、指向性アンテナを利用した短波無線通信をドイツが実用化してからである。海底ケーブル

ではイギリスと対抗できないと考えたフランスやドイツは、無線通信の研究に力を注いだのだ。

技術のキーとなる素材を独占することで、自国の利益を図ることは、当然のこととされていたことが分かる。それに対抗して、他国が代替技術の開発に努めることも、これまた当然のことである。

現在でも、中国によるレアアース禁輸など、同レベルのことが行われていることは、国際関係に詳しい人なら常識である。また、それに対して日本がレアアースを必要としない代替技術を開発して、中国のレアアースの価値を下落させたことも、当然の対抗措置なのだ。

電信の普及は、社会に大きなインパクトを与えた。そして、その例は、現代知識チートの元ネタとしても、大いに使えるものばかりだ。

1840年代ロンドン郊外のスラウで起こった殺人事件で、犯人のトーウェルは、鉄道に乗ってロンドンへ逃げ込もうとした。大都会の人混みに紛れ込もうと考えたのだ。しかし、スラウからロンドンのパディントン駅に電信で知らせがあったため、犯人は駅で即座に逮捕された。当時のハイテクを使った逮捕劇で、新聞にも大きく取り上げられて、ロンドンっ子の話題となった。

そして、もちろん電信は軍事に大いに用いられた。

電信の本格的利用は、1853−1856年のクリミア戦争から始まる。黒海のクリミア半島を巡ってフランス、オスマントルコ、イギリス同盟軍対ロシアの戦いだ。当時、モスクワーセバストポリ間は、腕木通信で2日かかった。だが、ロシアはこれでは遅すぎると、ドイツに発注して、電信設備を設置した。

これに対し、イギリスはクリミア半島からブルガリアの港まで蒸気船、ブカレストまで馬を走らせ、そこから郵便という遅さで、パリ（パリーロンドン間は海底電信ケーブルが引かれていたので、そこからは実時間0で送れた）まで12〜14日もかかっていた。この情報格差を打破するため、イギリスはクリミア半島からブルガリアまで555kmの海底ケーブルを引くという大事業に取り組んだ。これによって、ロンドンとの通信時間は僅か1日に縮まり、戦争指導が容易になった。とは言え、将軍たちはロンドンから前線に干渉してくる電信を嫌ったらしい。

電信が戦争に決定的影響を与えた例として、インドのセポイの乱

（1857－1858）がある。当時、インドの電信網は主要都市を結ぶ大規模なものになっていた。もちろん、反乱軍も電信の重要性を認識しており、多数の電信局を襲撃して破壊した。だが、デリーから反乱勃発の1通の電信が発せられるのを防ぐことはできなかった。そして、パンジャブのインド総督府はこの電信を受けて、反乱の情報が麾下のインド兵に伝わる前に、彼らの武装解除を行った。このため、反乱軍は武装したインド兵を手に入れることができず、反乱は兵力不足となった。この電信が着かなかったら、イギリスのインド支配はここで終わっていたのではないかとまで言われる。

　アメリカの南北戦争（1861－1865）でも、電信は重視された。戦争終結までに、北軍だけで総延長25000kmもの電信網が引かれた。戦後、これらの電信網は民間会社に払い下げられた。

　ちなみに、日本における電信は、1871年（明治4年）に海外への海底ケーブルがデンマークのグレート・ノーザン・テレグラフ株式会社によって設置された。この影響で、日本はその後100年近く、第二次大戦の終了後まで、電信分野における不平等に苦しみ、莫大な通信料を支払うことになった。このため、日本も無線通信の研究には熱心だった。

✔電話

　電信が発明された後、当然のように考えられたのが、音声そのものを有線で送る電話というシステムだった。

　電話の発明者は、ドイツのライスで1861年のことだ。だが、彼の発明は事業にはつながらなかった。電話事業につながる電話は、1876年のアメリカのベルの発明だ。

　初期の電話は、交換機というものが発明されていなかったので（そもそも電話にダイヤルもプッシュボタンも付いていなかった）、電話交換手の手動で、つないでいた。当時は女性の働き先がほとんどなかったので、電話交換手はタイピストと並んで、女性のあこがれの職業とされた。

　手動でつないでいたので、どこからどこに電話がかけられたのかは丸分かりだった。通話内容も、聞こうと思えば聞けてしまう。電話は、秘密の会話をするためのものではなかった。

✔ 無線通信

　無線通信が行われるのは、1888年、ドイツのヘルツによる火花送信機の発明からだ。火花送信機とは、空中に2つの電極を置いて、この2つの電極の間に高圧をかけることで、火花を飛ばし、その時に発生する電波の有無で情報を送るものだ。モールス符号のような音の有無によって情報を送る場合、火花を発生している期間を音が鳴っている、発生していない期間を音が鳴っていないとすることで、モールス信号が送れるのだ。

　だが、ヘルツはあくまでも物理学者であって、電波の存在を証明するために送信機と受信機を発明しただけだった。しかし、電波の存在証明は、それを利用しようとする技術者を生み出した。

　その1人が、イタリアのマルコーニだ。1901年には、大西洋を横断する無線通信に成功している。彼らは、初期の火花通信機を使用して無線通信を行った。ただ、火花通信は、火花が飛ぶ時に発生する電波を利用するものだが、火花によって発生する電波は周波数帯域が広く、混信が多いという欠点を持つ。このため、真空管送信機の発明によって、単一周波数の電波を発生できるようになると、消えていくことになる。

　無線通信は、周波数によってその性質が大きく異なる。

　最初期のヘルツの実験では、アンテナは1mくらいだったので、周波数は80MHz（Hzはヘルツから名付けられた。当時は周波数について分かっていなかった）程度の超短波だったと考えられている。

　だが初期の実用無線は300kHz以下の長波や300kHz〜3MHzの中波が主に使われた。

　火花通信機では、通信周波数はアンテナの長さで決まる（アンテナ長の4倍が波長、光速度÷波長＝周波数）ので、周波数が低いと波長が長くなり巨大なアンテナを用意しなければならない。つまり、設備費用がかさんで不利になる。

　しかし、電波は直線的に飛ぶ。そのため、アンテナを高く上げれば上げるほど、見通し距離が増えて遠くまで飛ぶ。さらに、本来なら見える範囲にしか届かないはずの電波だが、波長が長いと、地表波や回析現象によって、見通し距離以上の距離まで届くのだ。

　これによって、ついに大西洋の向こうまで電波を送れるようになった。

マルコーニは850kHz（波長353m）の電波で大西洋を越えた。だがそのためには、80mほどのアンテナが必要なので、固定局でなければ無線通信は難しい。それでも、船舶にとっては海上を移動中の唯一の通信手段なので、なんとか無線機を搭載した。日本海海戦の旗艦であった戦艦三笠に搭載された三六式無線機は500kHzの中波帯無線機で、通信距離600kmほどだったとされる。

しかし、中長波にも問題がある。と言うのは、無線で送れるデータ量は、周波数に比例するからだ。100MHzの電波なら、100kHzの電波の1000倍の情報が送れる。しかし、送信距離の利点には及ばないとして、商業通信は周波数の低い電波を独占し、アマチュアには1.5MHz以上のみを割り当てた。

だが、1920年代始めに、あるアマチュア無線家が、周波数の高い電波が遠距離まで届くことを発見した。1923年には 3 MHzの周波数を使ったアマチュア無線家たちが、アメリカ－フランス間の無線通信に成功する。電離層の反射による短波通信が、ここで発見されたのだ（当時は、その理由までは分からなかったが）。

つまり、第一次大戦の時期までなら、短波による長距離通信は発見されておらず、一種のチートとなりうる。10MHzの短波なら、アンテナは7.5mですむ。このくらいなら、トラック 1 台もあれば移動無線局を作ることができる。もちろん、無線は日露戦争時期にも利用されているが、直接連絡できる速度の利点は大きい。「天気晴朗なれども波高し」を東京の大本営が直接受信できるのだ。それどころか、シベリアに派遣した師団ですら、本国と直接連絡できる。これは非常に大きい。

第二次大戦期には、アメリカは既にトランシーバーを実用化していた。これによって、小隊レベルまで無線通信が行えるようになり、部隊の統合運用性が高まった。

✔真空管

無線通信その他の電気回路製作において、真空管の発明はエポックメイキングな出来事だった。火花送信機は、要は電磁ホワイトノイズを発生させる装置であり、アンテナなどでその一部の周波数以外を抑制しているだけだ。

そこで、特定の周波数だけを発振する電気回路が要求されるようになった。そのための最も重要なパーツとなったのが、エジソン効果（1884）を利用した真空管だ。整流や検波に使われる二極管（図1）は1904年に、増幅に使われる三極管は1906年に発明されている。

真空管の基本理論は、カソードを加熱すると、そこから電子

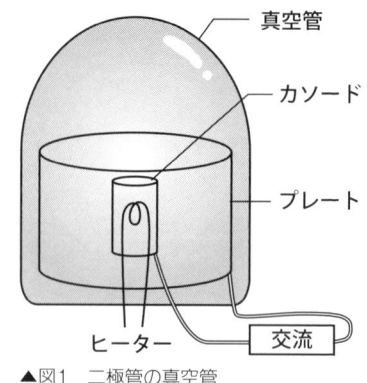

▲図1　二極管の真空管

（マイナス電荷を持つ）が飛び出して、プレートに吸収される。つまり、プレート側が＋でカソード側が−になれば電気が流れるという仕組みだ。

真空管が真空になっているのは、電子が飛び出しやすくするためだ。空気があると、どうしても、電子が金属から飛び出しにくい。

二極管は、交流を直流にするために使われる。二極管のことをダイオードと言う。現代では、整流用の半導体をダイオードと言うのは、二極管真空管の名称から来ている。

真空中のカソードとプレートの間に交流を流そうとする。しかし、この2つはつながっていないので、このままでは、一切の電気が流れない。しかし、カソードをヒーターで温めると、カソードからは温められた電子が飛び出し、プレートへと飛んでいく。このため、プレートが＋、カソードが−の時のみ電流が流れる。これによって、交流が整流されて、波はあるものの直流になる。

三極管（図2）は、増幅に使われる。二極管に加えて、カソードの周囲に、グリッドというコイル状の線のような電極を作ることで、カソードからプレートへの電子の流量を変化させる。

グリッドにマイナスの電荷がかかっていると、−電子がカソードから飛び出してもプレートまで届きにくい。さらにマイナスの電荷が高ければ、全く流すことができなくなる。それに対し、グリッドに一切の電化がかかっていなければ、カソードから出た電子は素通しでプレートまで届く（図3）。

このように、グリッドにかかる電圧によって、カソードープレート間の電流量を変化させることができるのだ。うまく調整すれば、グリッドにかかる電圧の僅かな変化で、カソードープレート間の電流を大幅に変化させられる。これは、すなわち、電流を増幅したことになる。

カソード・プレート・ヒーター・グリッドを支えるのは、電気を通さず、しかも熱にも強く、真空に耐える素材でなければいけない。このため、マイカ（雲母）（p.037参照）などのシリコン系素材がよく使われる。

真空管は、高周波高出力に向いているが、熱源用電源が別に必要となること、熱源となるフィラメントなどがあるため寿命が短い（数千時間）ことなど

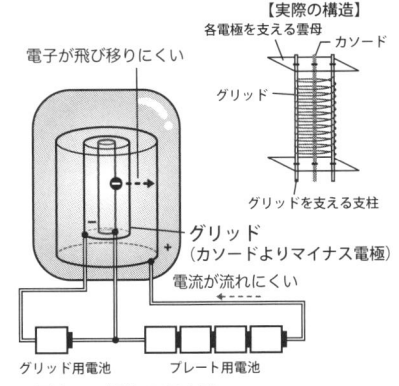

【実際の構造】
各電極を支える雲母
カソード
グリッド
グリッドを支える支柱

電子が飛び移りにくい

グリッド
（カソードよりマイナス電極）

電流が流れにくい

グリッド用電池　　　プレート用電池

▲図2　三極管の真空管

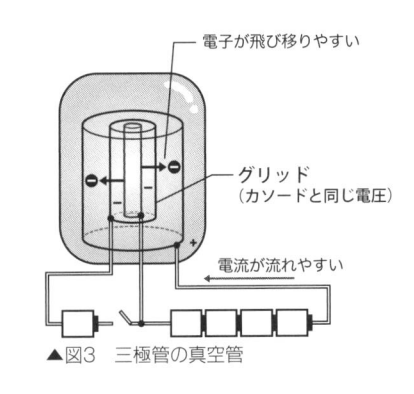

電子が飛び移りやすい

グリッド
（カソードと同じ電圧）

電流が流れやすい

▲図3　三極管の真空管

が欠点だ。このため、半導体が開発されると、特別な用途を除いて、半導体に置き換えられていった。

真空管は、無線機などの重要部品であり、第一次大戦の時代には、多くの無線機が使われた。しかし、それまでの19世紀の戦争では、有線通信しかなかった。つまり、戦線が動くたびに、いちいち有線通信のケーブルを延ばすという作業が必要になる。つまり、防衛戦ならまだしも、敵地へ侵攻して戦争する場合、前線まで有線通信ケーブルを引くのは大変だ。つまり、最も早い通信が必要な最前線で、高速な通信ができないという問題があった。

このため、真空管の開発に先んじることができれば、それだけで目の

前の戦争に勝利できるのではないかと思われるほどの利点がある。

✔半導体

半導体とは、導体と絶縁体の中間ではなく、外部からの影響によって、その伝導性が変化する物質のことを言う。

その性質を利用して、整流作用を持つ半導体ダイオード、増幅作用を持つトランジスタなどが開発された。光によって伝導性が変化する性質を利用した受光素子やイメージセンサ、ガスセンサなどの様々な半導体センサも、現在では利用されている。

真空管との差は、以下のようになっている。

- 熱源などが要らないので、少ない電力で動く。
- 寿命が長い。
- 高周波高出力の半導体を作るのが難しい。

特に、コンピュータを作る時、寿命の差が大きく利いてくる。と言うのは、コンピュータ作成には少なくとも万単位の素子が必要だからだ。寿命が数千時間しかない真空管では、30分に1本の割合で真空管が切れてコンピュータが止まってしまう。

また、省電力で動くので、電池で動く持ち歩き可能なラジオや通信機を製作できる。これによって、軍隊内での無線連絡が、個人レベルまで可能になる。

トランジスタの発明は、1948年アメリカのベル研究所だとされているが、それ以前にもいくつかの国で同様の発明がなされている。1925年にはオーストリア・ハンガリー生まれのユダヤ人リリアンフェルトが現在のFETトランジスタを発明しているし、1934年にはドイツのハイルがほぼ同じ発明をしている。

トランジスタは、回路の小型化・低消費電力化・長寿命化に大きく貢献する。正直に言えば、コンピュータをまともに運用しようと思ったら、真空管では無理があり、トランジスタが必要だ。

第二次大戦期のイギリスやアメリカは、莫大な費用をかけて真空管コンピュータを開発し運用した。しかし、その費用と手間たるや大変なも

ので、戦争という異常事態に、アメリカやイギリスという当時の超大国だからこそ無理矢理行うことができたという代物だ。とても、大日本帝国程度の国が出せる金額ではない。

　また、電力消費とシステムの設置面積も膨大で、しかも壊れやすいため、地上に置くしかない。だが、トランジスタコンピュータなら、軍艦などに搭載することも可能なのだ。うまくすれば、大型爆撃機などに搭載することもできる。つまり、出先の軍艦や飛行機の上で、地上の暗号解読部署以上の解読能力を発揮できるのだ。また、軍艦の砲術計算なども、ほぼ瞬時に行える。

　このため、トランジスタの開発に成功すれば、それだけで軍艦などの性能が何割も上昇すると考えて良いだろう。

✔️八木・宇田アンテナとマグネトロン

　第二次大戦前に日本で発明されたにもかかわらず、日本の軍部に見る目がなかったために、アメリカやイギリスに使われた発明がある。戦争が始まって、米英の機材を鹵獲して初めてその価値を知ったが、発明されてから15年以上経ってからのことだったという愚かな事例だ。

　その１つが、宇田新太郎と八木秀次によって発明された八木・宇田アンテナだ。現在も、地上波デジタルTVアンテナとして使用されている。アナログ地上波時代のVHFもUHFも、この八木・宇田アンテナだった。それほど、汎用性が高く、しかも安上がりに高性能のアンテナが作れる技術だ。

　八木・宇田アンテナは、1925年東北帝国大学で偶然から発明された。欧米の学会では、1926年に発表された英文の論文に注目が集まり、レーダーの性能を飛躍的に高めることに成功したが、日本の軍部は愚かにもレーダーの重要性に着目せず、無視されることになった。

　1942年に日本がシンガポールを占領した時、非常に優秀なレーダーの説明書に"Yagi"という言葉が入っていた。その単語を理解できなかった日本人がイギリス人に質問して初めて、"Yagi"が優秀なアンテナを発明した日本人の名前だと分かって、驚愕することになった。

　同様の問題は、マグネトロン（発振用真空管）の発明でも起こった。

　マグネトロン自体は、1920年にアメリカで発明されたが、それは低

周波しか発振できず、レーダーに使うようなマイクロ波の生成には役に立たなかった。だが、1926年に東北帝国大学の岡部金治郎が分割陽極型マグネトロンを開発した。これはマイクロ波を大出力で発振できる、レーダーにうってつけの真空管だった。

だが、1928年に英文論文が発表されたにもかかわらず、1934年にアメリカ人によって特許が取られ、それを利用した優秀なマイクロ波レーダーが開発された。だが、日本軍はこちらの価値も気が付かず、マグネトロンを発見したのも、1942年になって敵のレーダーを鹵獲してからのことだった。

これも、日本軍が独占しておけば、レーダー戦で勝利できる鍵となるはずだった技術である。にもかかわらず、アメリカ人に特許を盗まれ、日本軍がマグネトロンを利用したレーダーを作ったのは、敗戦直前だった。

1926年から八木・宇田アンテナと、マグネトロンを日本が機密技術として独占して、実用化研究に力を入れていれば、第二次大戦のレーダー戦で勝利したのは、日本軍だったはずなのだが、自らの見識のなさによって敗北することになった。

ちなみに、マグネトロンは、現代でもレーダーの高周波源として使われていると共に、電子レンジの高周波源としても使われている。

✔コンピュータ

技術的計算機の歴史は、1642年にさかのぼる。この年、フランスの哲学者パスカルは機械式の加算計算機を作った。1671年にはドイツのライプニッツが、加減乗除のできる歯車計算機を発明している。しかし、これらは天才によるワンオフの製品でしかなかった。

商用に生産された計算機は、1820年に作られた。その後、60年ほどかけて1500台ほどが生産されている。

そして、現代のコンピュータの基礎理論は、アメリカのフォン・ノイマンにより1945年に考え出された。現在使われているノイマン式プログラム内蔵計算機である。それまでの計算機は、別の計算をさせようとすると、配線を変更したり大変だった。ところが、プログラム内蔵式なら、ソフトウェアを交換することで、全く別の計算を行わせることができる。こうして作られたのが世界初のコンピュータだ。ほぼ同時期に、

EDSAC（最初に実用計算を行った）、EDVAC（最初に設計された）、Baby（最初に試験稼働した）と作られたので、どれが最初なのかは微妙である。

　実は、第二次大戦までの電気技術でも、コンピュータを作成することは可能である。実際、第二次大戦中に暗号解読などに使われていたENIAC計算機（プログラム式ではないのでコンピュータとは言えない）と第１世代コンピュータに、電気技術レベルでの差はほとんどない。それどころか、ENIACが18000本もの真空管を使っていたのに対し、EDSACは稼働時間を延ばすためか3000本ほどの真空管で作られている。

　ただ、トランジスタの項でも書いたが、真空管コンピュータを開発し運用し続けるためには、莫大な費用と人手と電力が必要だ。大日本帝国には荷が重いだろう。大日本帝国でコンピュータを開発するには、トランジスタ技術が必須と言って良いのではないだろうか。

第6章

軍事チート

軍事が学問なのかと疑問に思うかも知れないが、軍事学はれっきとした学問の一分野だ。軍事が学問としてまともに研究されていないのは日本くらいだ。

そして、当然のことながら、軍事学的に進んでいるかどうかは、戦争の勝敗に直結する。つまり、過去やファンタジー世界では、国の興廃を決する要素となる。おろそかにすべきではない。

✔ 腕木通信

軍事と言いつつ通信から始まるのに疑問を持つ読者もいるかも知れない。

しかし、通信速度の優劣は、明らかに戦争の帰趨を決める一大要素である。大勢力が、通信速度の差によって小勢力に敗北した例は、歴史上いくつも存在する。

その例の1つが、腕木通信によるフランス革命の勝利だ。

腕木通信という通信システムをフランスのシャップ兄弟が開発したのは、1793年のことだ。腕木とは、3本の木の棒を操作し、それを望遠鏡で遠方から見ることで、文字を送信するシステムだ。

初期には、その効用に疑問が持たれていたが、同年7月の公開実験で、25kmの間で28文字を11分で送信し、その有用性を証明した。

当時は、1787－1799年のフランス革命の真っ最中であり、フランス国内は、革命派と王党派に分かれて、内戦を繰り返していた。

だが、そんな状況下であるにも関わらず、いやそんな状況下だからこそ熱心に、腕木通信網はフランス国内で整備が進んだ。革命期間の数年だけで、フランスを東西に横断する通信網が築かれている。

当時、革命政府は、王党派の反乱と、外国からの反革命連合軍の攻撃

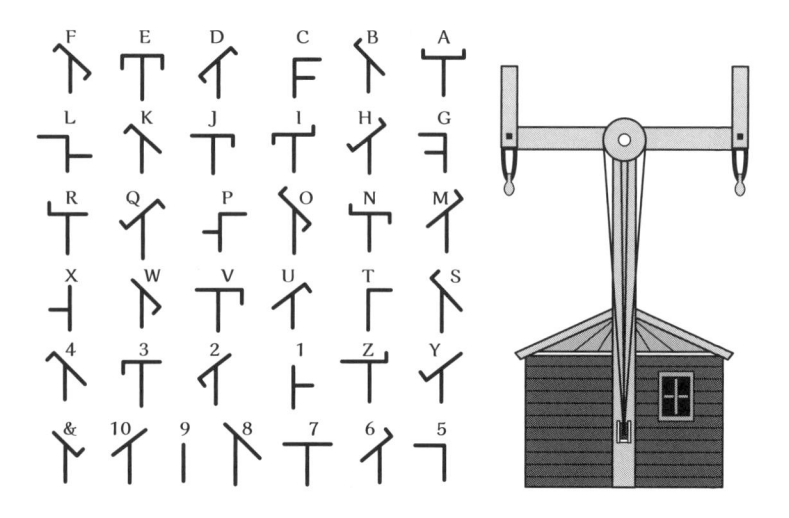

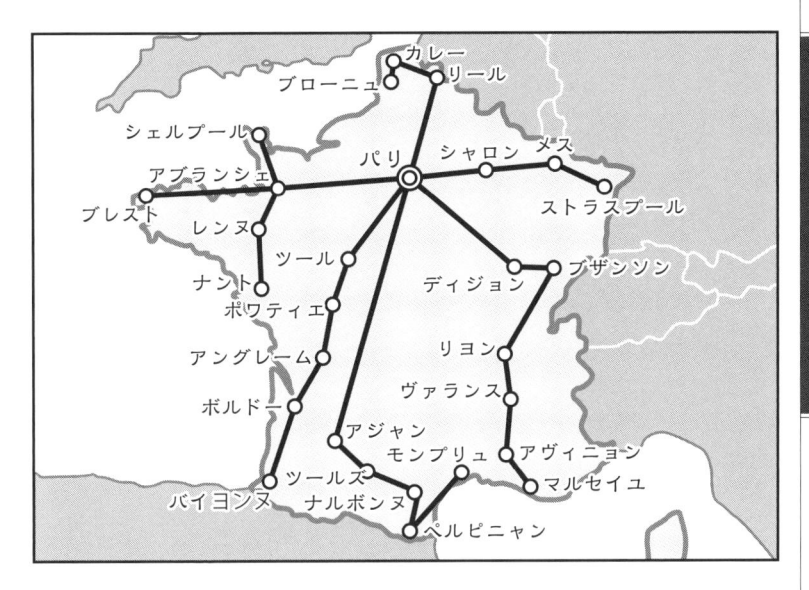

に悩まされていた。革命政府軍よりも、連合軍の兵力が多かったので、本来なら革命軍の勝利は難しかった。しかし、連合軍は各国の軍がばらばらに行動していたのに対し、革命軍は腕木通信による素早い連絡により、効率的に軍を動かすことができた。

　ちなみに、当時腕木通信網を利用したのは革命派だけだった。新しいものへの不信感から王党派が使用しなかったのか、シャップ兄弟が熱心な革命派だったので王党派に利用させなかったからなのかは分からない。もちろん、連合軍側には、腕木通信はまだなかった。

　革命が終了しナポレオンの帝政時代になっても、ナポレオンは熱心に腕木通信網の整備に取り組んだ。発明から四半世紀も経った頃には、フランス国内で600km以上の腕木通信網が整備されており、最盛期の1852年には、フランス国内だけで、総延長4800km、通信局556局もの巨大腕木通信網が広がっていた。

　腕木通信は、可視距離（望遠鏡で見ていた）の関係で、10マイル（16km）ごとに通信局を設置する必要があり、また夜や悪天候の時は使えないという欠点がある。しかし、それでも、パリ－リール間（230km）を僅か2分で通信できるという速度は、何よりも大きかった

（さすがに、これはデモ用の速度で、実際はもっと遅かった）。通常なら、替え馬を用意しながら飛ばしても、丸1日かかる距離だからだ。

　ちなみに、電信を意味するテレグラフも、元は腕木通信のことを意味する言葉だった。テレ（遠くへ）＋グラフ（図）ということだ。

　創作作品にも、腕木通信は登場する。デュマの『モンテ・クリスト伯』では、主人公モンテ・クリスト伯が、復讐としてダングラールを破産させるために、腕木通信の操作員を買収するというシーンがある。ダングラールに、戦争の勝敗を逆に伝えて、株で大損させようという計画だ。

　大衆小説に登場するほど、腕木通信が一般的なものになっていたことを示していると同時に、通信インフラを操作できれば他人を破滅させることすら可能だということ（現代では、さらに影響力が大きい）を教えてくれる。

✔塹壕

　塹壕とは、地面に人間が入れるほど大きな溝を掘って、そこに自ら入ることで、敵の射撃を防ぐことができるという軍事技術だ。敵の飛び道具を防ぐ盾を用意する必要がなく、しかもどんな強力な銃弾も通さない（何しろ盾となるのは地面そのものだ）。

　第一次大戦において、塹壕は非常に有効で、敵味方共に膠着状態となってしまった。両軍共に、塹壕を直接攻撃しても抜くことができなかった。

　イギリスは、塹壕を人間の足で通り抜けることを諦めた。代わりに、塹壕に突撃しても破壊されず直接乗り越えるための巨大な戦闘車両＝戦車を作ることで、塹壕を直接攻略しようとした。

　ドイツは、塹壕で大規模な戦闘をしないで、少人数でこっそり後ろへと通り抜ける浸透戦術という新たな戦術を開発した。つまり、塹壕があまり意味を持たないタイプの戦いを行うことで、間接的に塹壕を無効化しようとした。

　つまり、両軍共に人間の力で直接塹壕を攻撃するのは不可能（損害が大きすぎる）だったのだ。

　そんな強力な塹壕だが、過去やファンタジー世界において、役に立つのだろうか。

役には立つが、思ったほどではないというのが答えだ。

○飛び道具の差

第一次大戦では、既に兵員の武器は銃だった。そして、銃弾はほぼ直線的に飛ぶので、塹壕で防ぐことができる。

しかし、過去やファンタジーの飛び道具は、基本的に弓か弩だ。弩の矢は、基本的に直線的に飛ぶので、塹壕の効果がかなり大きい。しかし、弓の矢は、近距離に射る場合は直線的に飛ばすこともあるが、ある程度以上の距離なら、弓なりに飛ばすので、上から矢が降ってくることになる。このため、塹壕の効果が薄れる。

矢戦を行う戦争では、塹壕には屋根を付ける必要があるだろう。

○騎馬への対応

騎馬兵は、歩兵にとっては非常に恐ろしいものだ。何しろ、自分より１ｍ以上大きく、上から攻撃してくるからだ。ちょっとした巨人に攻撃されているのと同じだ。

しかし、馬に乗っている人間は、あくまでもただの人間で、巨人並みの腕の長さがあるわけではない。このため、騎馬兵の攻撃は、地面近くには届きにくい。騎馬兵の白兵戦武器で地面まで届く可能性があるのは、ランスくらいだ。

塹壕に入っている兵士の頭は、地面近くにあるので、騎馬兵の攻撃が届きにくい。サーベルのような騎馬兵の剣では、身体を思い切り傾けない限り、地面にいる敵を攻撃することができないのだ。

槍やランスのような武器ならば届くが、目の前に塹壕（つまりは穴だ）があるのに突撃するのは危険すぎる。結局、塹壕の前で立ち止まって、槍を突くくらいしかできない。

ところが、塹壕に入っている兵士（おそらく槍を持っている）の攻撃は、騎馬に届くのだ。もちろん、馬の上の兵士には届きにくいが、馬になら簡単に届く。しかも、その攻撃は騎馬兵には防ぎにくい。そして、馬を失った騎馬兵など、歩兵にも劣る存在だ。

もちろん、塹壕の中に馬で飛び込めば、中の敵を攻撃することができるが、塹壕は歩兵用のサイズで作られているので、騎馬では向きを変え

るのも困難だ。つまり、後ろから攻撃されてしまう。

　塹壕を飛び越えて後方へと突撃することはできるかも知れないが、敵に騎馬がいるなら、塹壕だけでなく、馬防柵（ばぼうさく）も作っているだろう。

　つまり、塹壕を掘って、その向こうに馬防柵を置くのは、対騎馬兵を考えると、非常に有効だ。ただ、塹壕を掘るので、馬防柵は塹壕の底に埋め込まないと馬の体当たりで倒れてしまう。このため、通常の馬防柵よりも、長い材木が必要になる点だけが、難点と言える。

○塹壕の問題点

　このように、色々と役に立つ塹壕だが、欠点もある。

　もちろん、掘削するのに手間と人手がかかるのが一番の理由だが、これはなんとかなる。人数とスコップさえあれば、数日もかからず簡単な塹壕なら掘れるからだ。最低限の防御力を作った後で、時間をかけて設備を整えていけば良い。

　逆に言うと、塹壕戦で最も重要な準備は、兵士の人数分のスコップを調達することだ。ちなみに、スコップは優秀な白兵戦兵器にもなり、第一次大戦の塹壕における白兵戦で最も敵を殺したのは、銃でも剣でもなくスコップだと言われている。

　塹壕で一番の危険は、敵の銃でも突撃でもない。兵士の健康問題だった。塹壕に長期間滞在していると、兵士が病気になる確率が高いのだ。

- 地面から湿気が出て、最悪の場合、足元が水浸しになる。このような塹壕で一日中過ごしていると、足が皮膚病に罹ってしまう（塹壕足と呼ばれた）。最悪、切断しなければならないほどの症状にまでなる。唯一の対策は、足を乾燥させることで、西部戦線（第一次大戦における、ドイツとフランスの戦い）では兵士は靴下だけは３足以上携帯するよう命じられた。
- 地面の寒さが底冷えとして身体を苛み、風邪や肺炎を起こす。
- 狭い塹壕に多数の兵士がいて、混み合っているため、感染症が発生すると、一気に蔓延してしまう。

　対策としては、水を排出するための溝を掘って、そのまま河に流したり、木の台を塹壕内に設置して、人間はその上に立つようにした。それでも、塹壕自体が寒く湿気ていて不健康であることからは免れず、多く

の人間が戦争ではなく病気によって死んだり戦闘不能になったりした。

　塹壕を有効に使うためには、防水長靴などの足元を守る装備、塹壕の水を排水するポンプ（手動でも良い）、寒さを防ぐ防寒具（トレンチコートはまさに「塹壕（trench）」コートとして開発された）など、塹壕の問題をカバーする準備が必要だ。

　もちろん、数日程度で塹壕戦が終わるのなら、問題はない。しかし、互いに塹壕を掘って、長期戦になった場合、兵士の健康管理能力こそが、勝敗を左右することになる。

✔鉄条網

　鉄条網は、攻撃側にとって非常に厄介な防御システムだ。

- 金属で、ある程度柔らかいので、ぶつかって破壊して通り抜けることができない。引っかかるので、強引に抜けるのも難しい。
- とげが出ているので、ぶつかると負傷する。分厚い鎧を着た兵ならある程度耐えられるが、それでも鎧のない部分に当たると怪我をする。騎馬兵では馬が怪我をしてしまうので、突撃できない。
- とげが出ているので、取り除こうとする時も、雑には掴めないので時間がかかる。その上、とげととげが引っかかって絡まるので、ますます手間がかかる。

　鉄条網は、敵を直接攻撃することができるわけではないし、突破することもできないわけではない。だが、ただひたすら面倒で、時間がかかる。しかも、鉄条網のところで立ち止まって作業すると、敵の射撃武器の良い的だ。

　このように、敵の足止めと嫌がらせだと考えると、鉄条網は非常に有効だ。ただし、鉄条網は鉄材を消費し、また製作にも手間がかかる（鉄線の作り方は別項で）。それを考えると、鉄線の大量生産ができるようになってから作った方が良いだろう。

✔鞍と鐙

　木枠の付いた硬い鞍は、紀元前2世紀の中国で生まれた。そして、ヨーロッパに伝わったのが紀元1世紀頃と言われる。馬の背に単なる布を置くサドルクロスは、もっと古い時代から騎馬民族に利用されていた。

鞍のない時代、騎馬上での戦闘は、騎馬民族だけの特殊技能だった。不安定な馬体の上での戦闘は、幼少から馬に乗り慣れた騎馬民族の騎手でなければ、ほとんど不可能だったからだ。両脚で馬の胴体を挟み込み身体を支えるのだが、言うは易く行うは難しで、多少の練習程度では身に着けることはできない。

　だが、鞍の発明によって、馬が急発進急減速しても、騎手の位置がずれたりしない。このため、馬に乗ったまま槍で突撃することができるようになった。

　鐙は、4世紀初頭に中国で発明されたらしい。ヨーロッパには、7世紀に入ってきて、8世紀には一般化した。

　鐙は、鞍に取り付けて足の踏み台となるもので、この発明によって、馬上で踏ん張ることができるようになった。それまでは、馬体を足で挟んで体を固定するしかなく、そんな状態で槍を振り回したり敵を突き落としたり、弓を射るような行動は、非常に困難だった。そんなことができるのは、生まれた時から馬に乗っている騎馬民族か、さもなければよほどの豪傑英雄のみだ。

　三国志（3世紀）の時代には、鞍はあっても鐙はなく、そんな状態で、青龍偃月刀を使う関羽や方天画戟を使う呂布が一騎当千とされるのは当然のことだ。一般の兵士は、槍を握ってまっすぐ進む（これだけなら鞍が支えてくれる）ことしかできなかった。

　だが、呂布や関羽は、敵の攻撃をちょっと横にずれて避け、同時に振り回した長柄の武器で、敵を攻撃できる。雑兵が何人いても、彼らを倒すのは困難だ。

　それが、鐙を使うことで、曲がりなりにも豪傑の真似事ができるようになるのだ。鐙のなかった時代に、鐙の発明が超級の秘密兵器となりうるのは当然だ。鞍が100年で中国からヨーロッパまで伝わったのに、鐙が300年以上かかったのは、それだけ秘密にされてきたからだ。

ちなみにヨーロッパなら、アーサー王の時代（5〜6世紀）にも、鞍はあっても鐙がない。つまり、鐙を装備した騎士団は、それだけで倍の敵に勝てるほどの力を発揮できる。最終決戦でアーサー王をモードレッド軍に楽に勝たせることも可能だろう。

✔️火器の発展

　中国で黒色火薬（p.011参照）が開発される以前にも、様々な配合の火薬が試作され、そして実用化されていた。硝石の配合が50％以下の火薬がその例だ。それらは激しく燃焼するが、爆発はしないものだった。

　爆発しないということは、失敗しても火傷を負うだけで助かる可能性が高い。技術が高くなるまでは、硝石の％が高い火薬を作るのは、危険だ。硝石の配分量は段階的に増やしていくことを薦める。

　しかし、爆発しない火薬にも意味がある。このため、銃器が発明される以前にも、様々な段階の火薬を使った様々な兵器が開発された。火器の発達は、5段階に分かれる。

　最初期の火薬は、消えにくい着火剤として使われた。硝石の割合が少なくとも、風くらいではなかなか消えないし、水を掛けてもすぐに消えたりしない（硝石が酸素を供給するから）。そこで、火薬を紐に振りかけたり、編み紐に練り込んだりして使うと、消えにくい導火線ができあがる。これを、火箭（矢の先に油脂のような燃焼剤を入れた容器を付けて射ることで、敵の城や船に火事を起こす）や火毬（焼夷弾の一種で、油脂などを固めてまたは容器に入れて、投石機で飛ばす）の導火線として使う。単なる紐を導火線にするよりも消えにくく、着火率が格段に上がった。もちろん、火縄銃の火縄にも使える。

　第2段階は、油の代わりに、火薬自体を火箭や火毬の燃焼剤として使う。油脂よりも激しく燃え、しかも水などで消えにくいので、より効果的だった。火炎放射器の燃料の成分として、使うこともあった。火薬だけでは粉で使いにくいし、費用の面でも高価になるので、油脂などと混ぜて使うことが多かった。

　第3段階になって、初めて火薬の爆発力が使われるようになった。火薬を詰めた容器を爆発させて敵を攻撃する兵器、すなわち爆弾が発明された。その最古のものは、紀元1000年頃の霹靂砲だ。竹や紙の容器に

入れた火薬が爆発するもので、ま
だ破砕効果（硬い容器の破片が飛
び散って周囲の敵を傷付ける）が
知られていなかった時代の爆弾な
ので、火薬の爆風のみで敵にダ

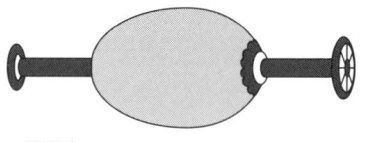

▲霹靂砲

メージを与える。そして、爆風を阻害しないようにと、柔らかい容器に
入れていた。このため、かえって敵に大ダメージを与えることができな
かった。この霹靂砲の導火線に焼け火箸で火を付け、投石機で投げると
敵陣で爆発する。

　後世になると、破片による敵の致傷という効果が分かってきて、最初
は爆薬の中に陶器の破片を混ぜるといったことも行われた。後には、爆
薬の周囲を釘でつつむようにしたり、容器そのものを鉄などで作るよう
になった。この現代の爆弾と同じ、鉄容器の爆弾を震天雷と言う。それ
どころか、1300年代には、自犯砲という地雷を開発している。

　第4段階は、爆発的燃焼を推進力に使う、つまりロケット兵器が開発
された。初期には、爆発すると危険だったので、硝石の成分の低い火薬
を燃焼させていたが、十分な推進力を得るために、飛火薬という硝石
60％ほどの火薬が用いられるようになった。これを使うことで、1250
年頃には500m近く飛ぶロケット兵器が作られた。ややこしいことに、
このようなロケット兵器も「火箭」と言う。

　ただ、ロケット兵器の問題は、精度だった。火薬の威力の揺らぎに
よって、飛んでいく方向が変わってしまう。そこで、数でカバーすると
いう方法が用いられた。多発火箭
のような、下手な鉄砲も数撃ちゃ
当たるという発想の武器だ。逆に、
それだけ多数のロケットを、様々
な方向に打ち出すことで、面制圧
が可能になるという利点もあった。

　そして、最後に作ったのが、爆
発力を使って弾を飛ばす兵器、す
なわち銃や大砲だ。このために必
要なのが、内部で火薬が爆発して

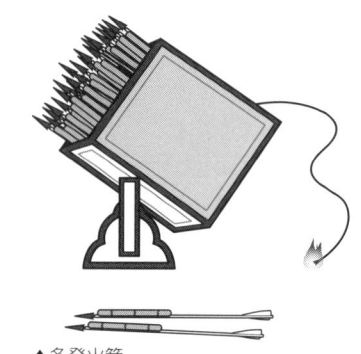

▲多発火箭

も壊れることのない砲身だ。

　初期の砲は、砲径と同等の弾丸を撃ち出すものではなかった。噴火器といって、小さな弾丸が多数詰め込まれたものだった。火薬の爆発力で、これら小さな弾丸を多数撃ち出す、現在で言う散弾銃のようなものだった。

　14世紀まで、中国は戦乱の時代が続いたため、兵器の開発が進み、数々の火器が発明されたことが分かる。その後も、中国はヨーロッパの発明品であるコーンド火薬（p.016参照）をいち早く取り入れるなど、最新の火器技術を保持し続けた。だが、17世紀に清朝が成立してから、中国は長い平和の時期を迎え、兵器の発達は止まってしまった。日本でも、ほぼ同時期に徳川幕府による平和が訪れ、これまた兵器の進歩は止まってしまう。

　ヨーロッパでも、遙かに年代的には遅れているが、同様の過程を経て、火器は発達していった。

　現在分かっている限りでは、砲が攻城戦で決定的な働きをしたのは、1377年にブルゴーニュ公国軍が、フランスのオドリュークの町を攻略した時とされる。当時公国は90kgの石を飛ばせる大砲を持ち、これでオドリュークの城壁を破壊して攻略した。

　15世紀になると、巨大砲が城攻めに使われるようになっていた。このような砲は、冶金技術の低さから衝撃に弱いので火力の高い火薬を使うことはできなかったが、火力の低い火薬を使うことで、低速ながらも数百kgの石を発射できるため、敵の城壁を破壊できた。

　そして、16世紀には、火縄の発明によって、銃が一気に広まり、その他の飛び道具を駆逐していった。火縄とは、麻縄（木綿縄などもある）に生石灰と硝石を染み込ませて天日干しにしたものだ。

　その後も、ヨーロッパは多くの対外戦争に明け暮れたため、また海外侵略を進めたため、兵器の開発が進んだ。このため、14世紀までは文明に遅れた辺境だったヨーロッパが、兵器の質において世界文明の中心であった中国やオリエントを抜き去るという異常事態が起こったのだ。

　その意味では、東アジアで17世紀以降も火器の開発を進めておけば、ヨーロッパのアジア進出は不可能もしくは困難だった可能性は高い。元の技術が上だったのだから、そのまま発達し続けていれば、ヨーロッパに勝っていてもおかしくない。ただ、それでも平和な時代には兵器の進

歩は遅れてしまうので、技術で上回り続けることは困難だろう。だが、同等であり続けることは可能だったのではないかと思われる。

✔弾丸

　拳銃の弾丸は、ドングリ型をしている。小銃弾は、さらに細長い。

　これは、空気抵抗を減らすためだ。空気抵抗は、速度の2乗に比例するため、速度が速ければ速いほど、その空気抵抗はものすごく大きくなる。そして、受けた空気抵抗によって、弾丸の運動エネルギーが失われていく。これが、銃に射程距離がある理由だ。真空中なら、速度はいつまで経っても落ちないので、超遠距離に命中させるだけの精度があれば、遙か遠くのターゲットにダメージを与えることすら可能だ。

　ところが、空気抵抗は断面積にも比例する。また、運動エネルギーは弾丸の重量に比例する。つまり、細長くして弾丸の重量を同じにしたまま断面積だけ減らせば、同じ運動エネルギーを持っているのに、空気抵抗だけ減る。つまり、なかなか速度が落ちず、それだけ遠くまで飛ぶのだ。

　現代の小銃弾の初速は、700〜1000m/sほどだ。拳銃弾は、300〜400m/sほど。いずれも音速に近いかそれ以上の速度があり、衝撃波の発生も考えると、その抵抗は大変なものだ。

　では、中世ファンタジーの銃はどうなのだろうか。火縄銃やマスケット銃の弾丸の初速度は、500〜600m/sもあった。拳銃弾よりずっと速い。つまり、十分な殺傷力がある。

　だが、問題は弾丸の形状にあった。つまり、これらの弾丸は、本当に丸いのだ。球状の弾丸は、空気抵抗が大きい。このため、せっかく初速が速くても、あっという間に速度が落ちてしまい、殺傷力が失われる。150mも離れれば、殺傷力はほとんどなくなってしまう。

　また、空気抵抗が大きいということは、空気の揺らぎによって軌道が大きく揺らぐということだ。つまり、命中しづらい。20発に1発くらいしか命中しなかったのではないかと言われている。

　このため、当時の火縄銃は距離100m以内、可能なら50mくらいで発射するものだった。そうでないと、敵に命中しないし、命中してもダメージを与えられないからだ。

　逆に言えば、現代の小銃弾のような細長い弾丸を作成すれば、断面積

が３分の１くらいになるから、射程は３倍になるし、命中率も大きく上昇する。300mほど飛んでも、殺傷力が残っているだろう。

大砲の弾丸も、丸いものが使われていた。だが、こちらには意味がある。

中世ファンタジーの技術では、着弾の衝撃で炸裂する榴弾を作るのが困難だ。このため、弾丸自体の運動エネルギーで攻撃することになる。大砲であっても、これは同じだ。

このため、仰角（地面からどのくらい上を向いた角度で発射するか）が大きいと、敵陣にほぼ真上から降ってくることになり、そのまま地面にめり込んでしまう。つまり、落ちたその場所に敵がいないと、何の役にも立たない。

そこで、大砲は、ほぼ水平もしくはちょっとだけ仰角をかけて発射する。球形の弾丸をこのように発射すると、地面で跳ね返って転がっていく。このため、落ちた場所だけでなく、そこから一直線上にいる敵を攻撃することができる。敵を殺せなくとも、少なくとも転がって行った先の兵士は必死で避けるので、敵の戦列を崩すことができるのだ。これが、ドングリ型弾丸ではできないので、野戦では球形弾丸の砲が使われる。

攻城戦においては、的が巨大な城壁や盛土なので、弾丸が転がる必要がない。このため、攻城戦用の大砲なら、ドングリ型砲弾で、敵の弾の届かない遠距離から射撃する意味がある。また、同じ距離から射撃した場合、空気抵抗が少ない分だけ、より大きな運動エネルギーを城壁にたたきつけることができるだけ、有利と見ることができる。ただ、攻城戦と野戦で異なる大砲、異なる砲弾を用意するのは、費用や補給が二重に必要となる。それでも、戦争に勝利するためならやむを得ないと考える場合もあるだろう。

✔兵站

兵站は、英語でロジスティクスと言う。軍隊において、戦闘以外の後方組織・運営全てを表す言葉だ。具体的には、補給・整備・建設・衛生などを言う。

「**戦争のプロは兵站を語り、戦争の素人は戦略を語る**」という有名な言葉がある。つまり、ちょっと知っている素人は、一番分かりやすい戦術を避け、通ぶって戦略を語る。しかし、本当のプロは、戦略を成立さ

せる背景にある兵站について語るのだ。

18世紀フランスの軍事学者ジョミニは、戦争の理論を3つの要素、戦術・戦略・兵站で語っている。つまり、兵站は、戦術や戦略と同価値のある重要要素だ。にもかかわらず、兵站の研究がちゃんと行われるようになったのは、19世紀になってからのことだ。つまり、中世ファンタジー世界で、きちんと兵站について考えられるということは、軍事上大きな利点となる。

兵站の基本は、「必要なものを（ここで言うものとは、物資だけでなく人員・建物・サービス等も含む）」「必要な時に」「必要な場所に」「必要な量だけ」用意することだ。

特に、中世の兵站は、現地での略奪や市場（軍に付いてくる従軍商人たち）からの調達に頼っていたので、非常に不安定だった。

当時の軍が常に移動するのは、一定の場所に居続けると、そこの食糧が尽きてしまい、軍を維持できなくなるからだ。

逆に、軍が一定地域にいられるのは、そこに河川（中世の最重要輸送路）などがあり、あちこちから食料などの兵站物資を集めることができるからだ。

ただ、その程度の兵站でも、当時は基本的にはなんとかなった。

守っている側は、周辺の町や村は自分の領地なので、兵站物資の徴発は行っても略奪まではしない（すると領地が荒廃して自分が損）。町や村も、後の税の減免など何らかの対価を約束されて、徴発に応じた。自分の領地を略奪するようなバカ領主は、あっという間に没落するので、長いことそういうことにはならない。

守っている側が負けると、周辺の町や村は放っておいたら略奪されて失われるので、食料などは軍に付いてくる商人たちに安くても良いからさっさと売ってしまった。売らないでいた食料は、後からやってきた軍が略奪していく。

いずれの場合も、勝っている方は物資があることになる。

負けた方はバラバラに逃げるので、どうでも良い。一部は野盗になるが、どうせ元からそういう連中は一定数いるので、そう変わりはない。

このようないい加減なシステムで、中世の軍は回っていた。中世の軍は、基本的に数百～数千人程度だったので、これでもなんとかできたの

だ。逆に、中世に万単位の軍を集めて戦わせるためには、あらかじめ（当時としては）大量の物資を集積しておかなくては不可能だった。このため、そのような大戦闘は、数～数十年に一度しかできなかった。

だが、中世が終わり近世になると、これらは全て不可能になった。と言うのは、軍の規模が大きくなり、特定地域からいかに略奪しようとも、軍を養うことが不可能になったからだ。基本的に、軍の規模が数万を超えると、このような問題が発生すると考えて良い。

軍は、膨大な補給物資を供給するシステムを持たない限り、一歩も動けなくなったのだ。

中世の軍が活動する場合、15人に1台の割合で、2頭か4頭だての荷馬車が必要となる。これが遠征ともなると、8人に1台くらいの割で必要になる。ただし、これは将校と一般兵の平均であって、全体の1％に満たない将校が、荷馬車の15％ほどを使用していた。つまり、15000人ほどの軍は、1000台の荷馬車を使用しているが、そのうち150台を100人ほどの将校が使い、残り850台を15000人近い一般兵が使っていた。ただし、この15000人の中には、荷馬車の御者や馬の世話係なども含んでいるので、戦闘員の数は12000人くらいだったのではないかと考えられている。

○標準化

兵站を考える上で、まず重要なのが、装備の標準化だ。

軍が行動すると、どうしても装備が傷む。そして、いずれは壊れてしまう。また、矢や弾薬など、消耗品も多い。

だが、弓や弩の大きさによって、使われる矢の大きさも変わってくる。銃の口径によって弾丸の大きさも異なる。槍兵の槍の長さが一部だけ異なると、ちゃんとした槍衾を作ることができない。

中世の軍隊は、王の下に各領主の領軍の寄せ集めだったので、装備が統一されていなかった。それでも問題なかったのは、それぞれの軍の補給は、それぞれの領主の責任だったからだ。そして、それぞれの領軍ごとに運用されていたので、運用上の問題もあまりなかった。複数の領軍を統一して運用したくても、装備も異なれば、そもそもそんな訓練すらしたことがない。それを戦場で初めて行うなど、ほぼ不可能と考えて良い。

しかし、王が一元的に軍を支配するようになると、軍の中で仕様の異なる武器を使うのは、補給上の制約が大きい。下手をすると、矢や弾薬が使えない部隊に届いてしまったり、槍兵の槍の長さが違うなどという事態があり得るからだ。

このため、補給物資はできるだけ単一のものにする。矢なら、矢Aと矢Bとがあるような状態はまずい。しかし、例えば武装の切り替え時期など、どうしても複数の補給物資を使わなければならない時期もある。その時は、箱の大きさを変える、色を塗るなど、一目で違うことが分かるようにする。

○河川の利用

中世ファンタジーの技術レベルでは、まともな道路を作り、整備し続けることができない。それができるのは、ローマ帝国並みの巨大帝国か、さもなければ産業革命を終えて近代技術を持った国家かのいずれかだ。

そこで利用されるのが、河川だ。船は、荷車などに比べ、遙かに大量の荷物を運ぶことができる。海はさらに大きく、さらに大量の荷物を運ぶことができるが、その代わり荒れることがあり、荷物が遅れたり、最悪船と共に海に沈んでしまう可能性がある。その点、河川はよほどの嵐でもない限り、安定して通行できる。

また、水の補給も簡単だ。

このため、行軍は可能な限り川に沿って行われる。

これは、こちらは敵の進軍路を読みやすいし、こちらの進軍路も読まれやすいということだ。高速通信手段のない中世ファンタジーの軍隊が、なぜ遭遇できるのかと言うと、軍隊が進軍できる経路が少数しかなく、互いにその経路に沿って動くために必然的に出会ってしまうのだ。

逆に言うと、あえて少数の部隊を進軍路以外に進ませられれば、その部隊は見つからずに行動できる可能性は高い。見つかったとしても、その連絡を受けてから敵軍が動いても、間に合わない可能性の方が高いのだ。

このあたりは、中世ファンタジーで軍隊を運用する場合には、考慮しておくべきだろう。

○略奪と軍税制度

　古来、敵の領土において、軍隊の補給を維持するのは困難なことだった。このため、軍隊は、通常組織的略奪を行う。勝手な略奪は、以下のような問題があるからだ。

- うまく略奪できた兵士は良いが、できなかった兵士が飢えてしまう。
- 無学な兵士は、美術品や書物など、学のある人間にとっては高価な品物の価値を見抜けず、無駄に損壊してしまう。
- 敵領主の館など、敵地を占領した後は、良い宿舎になるのに、ボロボロにされてしまっては困る。
- 何より、略奪の騒ぎで、火事などが起こって燃えてしまったら、儲けが無駄になる。

　また、略奪される側の町や領主も、略奪されるのはもはや仕方ないにしても、後に立ち直れなくなるほど壊されるのは避けたい。

　町を壊しても、占領軍にも町にも何ら利点はないから、それをしないというだけでも、交渉の余地はある。占領軍は力を見せて、できるだけ多く奪おうとするし、町はなんとか少しでも残そうとする。それでも、占領軍が、力ずくで略奪した方がマシだと考えた瞬間に、全ては崩壊するので、基本的には町側が譲歩して終わる。このシステムを、17世紀の傭兵隊長ヴァレンシュタインが考え出した**軍税制度**と言う。軍税には、免奪権（略奪されない権利）が付いていたので、その点では町や領主にとってありがたいものだった。しかし実際には、略奪によって都市が崩壊するより少しマシ程度のものだったので、大変恐れられ嫌がられるものだったとされる。

　ただし、これは戦争が野戦になり、町がその野戦の結果を聞いて、開城することになった場合の話だ。また、町そのものが戦場となる攻城戦でも、城壁が破られて町が落ちる前なら、こういう交渉も成立する。

　だが攻城戦で町が落ちてしまったら、残念ながら交渉の余地は残っていない。攻め込んだ兵士が、そのまま略奪を始めてしまうので、指揮官にも止めようがない。指揮官にできるのは、せいぜい忠実な少数の兵に、重要な建物（領主の館とか）を守らせて略奪から逃れさせる（正確には、指揮官たちが安全に略奪できるようにする）ことくらいだ。

　この軍税制度が機能するのは、軍隊の規模が１万程度だった16世紀

までのことだ。ちょっと大きい町なら、そのくらいの人口を食わせるだけの食料を手に入れることは、不可能ではない。

　しかし18世紀には、軍の規模は何倍にもふくれあがり、10万の兵を集めることも可能だった。そして、これだけの規模の軍を食わせるだけの余裕は、どんな都市にもない。18世紀には、略奪は、軍のお楽しみではあったものの、軍の主要補給源とはならなかったのだ。

　軍税制度は、略奪よりも効率的に資金を集めることができるため、この制度を利用して常備軍を作ろうという動きが成立した。実際、軍隊の規模は大きくなった。だが、10万になった時には、軍税の負担に都市も諸侯も耐えかねた。軍税制度は、あくまでも過渡期の制度にすぎなかったということだろう。

　だが、最初から完全に国家の予算による軍を作るのは、やはり無理がある。これができるのは、国民国家の成立以降のことだ。それまでは、過渡期の制度ではあるが、軍税制度をうまく利用して軍を大きくしていく方が有効だろう。

政治チート

どんなに科学技術を進めても、根本たる政治が悪ければ、社会に広まっていくことはない。単なる一個人のチートにしかならない。科学思想と政治思想にはある程度関係があって、遅れた政治思想の下では、進んだ科学思想は理解されないか排除される可能性が高い。

✔政治システム進歩の要件

自分だけがチートをしても、政治システムが合わなければ排除されてしまう。そこで、ある程度で良いから政治思想と政治システムを進歩させる必要がある。政治チートは、成功すれば国力をそれこそ倍増させるほどの効果がある。しかし、既得権者を敵に回すことになるので、成功率が高くない。政治システムの変更のためには、次の既得権者となりうる層が存在し、彼らに現在の既得権者に対抗できるだけの力が必要なのだ。

現実世界でも、政治システムが進歩するのは、以下の条件が満たされた時である。

- 現在の政治システムが、機能不全を起こしていることが、多くの人の眼に明らかであること。
- 新たな政治システムを担うことのできる人材が、曲がりなりにも存在していること。
- 旧来の既得権者を抑えうる、新たな既得権者が存在すること。

例えば、封建領主制の世界に突然民主政治を持ち込もうとしても、それは不可能だ。もし、封建制が行き詰まっていて、どうしようもないことが誰の目にも明らかであったとしても（つまり前者の条件は成立しているとしても）、次の政治システムが民主政治になることはない。

なぜなら、後者の条件が成立していないからだ。庶民のほとんどが無学な農奴や小規模農家である世界で、民主政治など成立しない。強引に施行したとしても、彼らは字が書けないので投票することすらできない。仮に投票したとしても、村の村長か代官、さもなければ領主様の名前を書くことしかできないだろう。なぜなら、他に偉い人の名前を知らないからだ。

民主政治を成立させるには、最低でも字を読み書きできる国民と、その国民が候補者を選択するための情報の2つが必要だ。そして、封建制の中にいる領民たちは、このどちらも持っていない。

封建制度の次が絶対王政になったのは、広域商圏を求める大商人たちが、王権の強化つまり国内の統一（＝国内の関所の廃止）を欲したからだ。彼らのような、狭い貴族領が無数にある世界を嫌がる人間がいて、なおかつ彼らにそれなりの力があるからこそ、絶対王政への移行は成功

した。

味方なしに、封建制から絶対王政への移行は成功しない。彼らが台頭するまでは、いかに王が貴族を抑え付けたくても、不可能だった。

✔政治制度の変遷

カール・マルクスの唯物史観は、人間社会にも科学的法則が存在しているというものだ。生産力が発展すると、生産関係（生産者と所有者の関係）に矛盾が生じて、現在の社会制度（政治・法律）が成り立たなくなる。これが限界に達すると、革命が起こり、新たな歴史段階へと移行するという説だ。これを「下部構造（生産力など）が上部構造（政治など）を規定する」と言う。

これが、いかにも現代科学チートにうまくはまる。つまり、現代科学の導入によって生産が変わり、生産が変わることによって社会構造そのものも変化していく。現代科学で世界を変えるという、物語のあり方にぴったりはまるのだ。

もちろん、唯物史観の誤りは、社会主義国家が次々と破綻して資本主義へと回帰していくことからも明らかだ。だが、原始共産制から資本主義への流れはどうなのだろうか。

マルクスの誤りの原因には色々な説があるが、マルクスの言う19世紀的労働者が、現代の先進国にほとんど存在しないからというのも、その説の1つだ。19世紀の工場労働は、単純肉体労働だった。しかし現代は、労働者の主な労働は、頭脳労働か、肉体労働でも熟練を要する高度技術へと転換している。

しかし、この説なら、単純労働の多かった時代である19世紀までなら唯物史観が適用できる。もちろん、これ以外の説や、これ以外の社会の発達過程も考えられるが、まずはマルクスの説に則って、社会制度の変遷を見てみよう。

政治制度	解説
原始共産制	自力で食物を手に入れて生きている状況、常に生存ぎりぎりなので、食物採取能力が高い者が偉い。
奴隷制	奴隷の所有者がいて、奴隷の生産力は全て所有者のものとなる。その代わり、所有者は奴隷の生存を保証しなければならない。
封建制	上位者が下位者に対して、その領地支配を認め、何らかの地位（爵位など）を与え、代わりに奉仕を受ける制度。それぞれの領地は、それぞれの領主に治められる。その最下層は、農奴（奴隷ではないものの、土地に結び付けられて支配されており、土地の譲渡はその地に住む農奴の譲渡でもある）である。
絶対王政	封建制のような地方ごとの権力をなくし、王による中央集権政治が行われる。もちろん、完全な絶対王政など存在しないが、王権が強く、国内を統一的に治める時代は存在した。
ブルジョワ市民革命	絶対王政の下で力を付けたブルジョア（財産を持つ商人や資本家のことで、現代の市民とは意味が異なる）が、ついに王の権力すら邪魔になり、自分たちの政権を作った。そして、近代資本主義へと移行する。
近代資本主義	私有財産の絶対と市場による支配を前提とした政体。厳密には、資本主義と民主主義は別物だが、ほとんどの場合は資本主義と民主主義は不可分とされる。

　マルクスの説では、近代資本主義の後は、社会主義から共産主義へと移行することになっていたが、これは事実により否定された。現代では、社会の福祉などを重視した修正資本主義へと移行するという説や、まだ見ぬ新たな政体へと移行するのだという説、資本主義が最後の政体だという説など、様々あって定説はない。しかし、幸いにして、今回の過去もしくはファンタジーにおける現代知識チートとは関係ないので、問題はない。

　いずれにせよ、現在の政治制度と、力を持っているのに現在不遇の状況にある社会階層を考えて、次の政治制度を考える。

　しかし、別の見方もある。例えば、封建制から絶対王政への変遷は、火薬と火器によるという見方もある。

　火器の発達は、剣と槍と弓の時代、武器の製造は小領主の村に住む鍛

冶屋でも可能だった。だが、火器の発達、特に大量の火薬製造には、大型の兵器工場を必要とする。そのような工場は、王もしくはそれに匹敵する地位と資金力がなければ維持できない。このため、小領主は王に全く勝つことができず、王の権力に屈服するしかなかったという考え方だ。

　また、そのような大規模工場を維持し、そこから軍に補給を行うためには、多くの官僚を必要とした。王が多くの官僚を抱えて国家を支配するのも、軍事技術の進歩によって軍事状況が変化したからだと考える。

✔️税制

　政府は租税をできるだけたくさん取りたい。税収が多ければ、より強い軍隊を作れるし、その軍隊で他国を侵略することもできる。国王や領主になったキャラクターなら、同じことを考えるはずだ。

　そして、強国を作るためのキーワードが、「**富国強兵**」だ。同じ税率でも、経済規模が大きくなれば、それだけ税収も大きくなる。当然、予算の大きくなった軍隊も強くなる。

　そもそも、中世レベルの世界では、洋の東西を問わず税率は40〜60％くらいだ。40％なら税を安くしてくれる良い領主（戦国時代の北条家など）で、60％ならきつい領主だ。

　この状況で、より多くの税収を得る方法を考えてみる。

　まず、最初に思いつくのは税率を上げるということだが、これは最低の手段だ。特に、60％の税率を上げるなど、自分の首を絞めるに等しい。

　100人がそれぞれ10の収入を得ているとしよう。税率60％なら、10×0.6×100＝600の税収がある。これを、税率80％に値上げしたらどうなるだろうか。10×0.8×100＝800となって税収が増えると考えていては、失敗する。

　確かに、初年度だけはそうやって税収が増えるかも知れない。しかし、残りの2の収入では生きていけないので、領民は飢え死にするか、逃げ出すか、借金で奴隷になるかしていなくなって、翌年以降は領民が減ってしまう。半分もいなくなれば、10×0.8×50＝400となって、かえって税収が減る。もっと最悪は、反乱が起きて自分が殺されるという結末だ。

　ではどうするかと言うと、いくつかの方法がある。

○自国内完結型

他国との交易などが当てにできず、自国・自領だけで富国を望む場合の手段だ。

まず、税率を下げる。例えば、60％を40％にする。

ただし、そのままでは税収が減ってしまうので、軽減分を消費に回すよう仕向ける。例えば、60％と40％の差の20％は、消費したことを証明できれば（普通は領収証などで証明する）、その分だけ税額を下げるとかする。実際には、中世ファンタジーの世界では、わざわざこんな税制を作らなくても、消費は上昇する可能性が高い。と言うのは、貧しい領民は元々ぎりぎりで生活しているので、現在の税制では最低限の食を得るのが精一杯だ。だから、税が下がっても、それを全部貯金するほどの余裕は誰にもない。それよりも、もう少し食事の量を増やすとか、既にボロボロになっている服を替えるとか、そういった消費に向かう可能性の方が高いのだ。

こうすると、領内で消費が盛んになる。すると、商人が来て商売をする、職人が商品を作るといったことが起こる。つまり、領内で産業が発達し始める。

そして、商品の売れ行きが良くなったことを背景に、商人や工場主に投資を促す。商売の規模を大きくする、工場を拡張する、新製品の開発を行うといった投資に使った金は、成功すれば経済規模の拡大として領地に還元される。こちらは、領地内への投資は減税する仕組みを作ると良いだろう（他人の領地に投資する分まで減税してやる必要はない）。

つまり、経済規模を大きくするのが目標だ。一番単純なのは、みんなを豊かにして収入が増えるようにする。全員の収入が20になれば、税額を40％に下げても、$20 \times 0.4 \times 100 = 800$となって税収が増える。しかも、税率が下がって領民もうれしいし、領主も領民から慕われるようになる。まさにWin−Winの方法だ。

残念ながら、この方法は、現代日本のような既に発展を遂げたところでは、必ずしもうまくいかない。と言うのは、既に大量の消費を行っている日本では、税が下がったからと言って、必ずしも消費が増えるわけではないからだ。

しかし、消費税率上げによって景気が悪化し、かえって税収が減って

しまったなど、マイナスの方向では目に見える結果が出やすい。

○加工貿易型

他国との交易が可能なら、開発独裁という方法が使える。明治期の日本も行ったし、第二次大戦後のアジアも行った方法だ。そして、現在もいくつもの国で行われている手法でもある。

まず、人件費の低さを利用して、他国に売れる商品を作る。すると、商品が他国に売れて税収が増える。その税収を、産業の発展につぎ込むのだ。

ここで注意しなければならないのは、売れているからと言って、今売れている産業の発展だけに金をつぎ込んではならないという点だ。

と言うのは、

- そんなに売れているものなら、他国も真似して生産し始める。
- 自国・自領が発展すると、収入が増え、それだけ人件費が上昇し、だんだんとその商品の優位性が失われる。

という事態が発生するからだ。

このため、得られた税収は、基礎的インフラの整備や、自国の基礎技術力のかさ上げ、新たな産業の発展などに使う。

ただ、総花的に、あらゆる産業に少しずつ金をつぎ込むと、どれも資金不足で、どれも失敗するという結果に終わる。それを、独裁的権力を用いて、重点産業に集中的につぎ込むことで、順番に得意な産業分野を増やしていく。

こうして、独裁的政治権力によって、明確な目的意識の下に開発を行って、国を豊かにする。

ただし、この方法では、国内の需要がなかなか拡大できないので、いつまで経っても外需に左右される国であり、その点で脆弱だ。最初はこの方法を使っても、いずれは国民の収入を上げ、内需を拡大する方向に持って行く必要があるだろう。

開発独裁は、一時的には大変有効ではあるが、問題点もある。

不正蓄財・汚職・贈収賄などによって、開発の恩恵を腐敗した権力者

一族が独占している場合、開発独裁の正当性は失われる。開発独裁が許されるのは、（多少の余得は許されるとしても）権力者が国家の金を国家のために使うと国民が信じているからだ。この点のみで開発独裁は、正当化される。初期の権力者が、いかに清廉潔白であったとしても、後継者がそうとは限らない。権力者の腐敗を防ぐ、よほど強力な制限システムが必要だ。

国民にも、豊かさを少しずつでも分配すること。得た利益を全部国民に撒く必要はないが、自分たちが豊かになっているという実感を僅かでも持てない限り、開発独裁の苦しい努力を続けることはできない。

国民が豊かになると、次に欲しいものは自由など政治的権利である。これを抑圧し続けると、反乱や革命が発生する。

つまり、開発独裁には賞味期限があり、永遠に続けることは困難だ。適当なところで、開発独裁の看板を下ろした方が良い。だが、一度得た権力を手放すのは最も難しいことなので、後継者など作らず、初代で止めておくのが安全だろう。

これが富国強兵だ。経済規模の拡大は余剰金の存在を必要とする。ぎりぎりで回っている経済では、拡大させるための資金が足りないのだ。

このため、まず最初にどこかに余剰金を作らなければならない。そこで、輸出商品があるなら外国から得る。それが無理な場合領内での消費を刺激するために、領民に余剰金を持たせる。とにかく、どこかから金を持ってこないと話にならないのだ。

✔検地

検地とは、土地の調査を行って、農地の面積を正しく計測し直すことだ。

元々、戦国時代の税制は農地に税をかけるというものだった。このため、平安時代の頃から隠田（秘密裏に作られた田）を作る者が多かった。もちろん、隠田は違法であり、摘発されれば死刑になることもある重大犯罪とされた。

そもそも、人の眼から隠して作る田なので、山間部や谷間などの耕作

に今ひとつ不適な土地で行わねばならず、適切な土地での耕作に比べて収穫が少なくなる。さらに、人の通らず、遠くから見えない場所で、本来の村からも遠い場所に作るしかないので、行き帰りだけでも無駄な時間がかかる。つまり、隠田は、耕作する側にとって、税こそ取られないが、手間の割に収穫の少ない田だ。

つまり隠田は、政権側にとっては税が取れないで損、農民側も労力の割に収穫が少なく損と、双方損になる仕組みだ。隠田を作っている状況は、誰にとっても損なのだ。

しかし、それでも農民が隠田を止めないのは、税が重く、隠田でも作らないとやっていけないからだ。

最も良い解決のタイミングは、他国を占領した直後だ。次に良いタイミングが、全国（かどうかは別として）統一した時の、国家の統一方針を打ち出す時だ。

税率を下げることを宣言し、一定期間の間に隠田の申告を行ったら免責する。ただし、期間を過ぎて隠田がばれたら、きっちり刑罰を下す。税率を下げることで人々の支持を得つつ、隠田を許さないことで法の厳密な適用を明示する。そして、今までの隠田問題は、以前の領主がきちんと領内を統治しなかったからだと責任を押し付けてしまう。

検地は、**法治主義**を領民に明確化する良い機会でもある。

法治主義という概念は、古代ローマから存在する。法によって権力の恣意的使用を制限しようという考えだ。英米法型の法の支配と大陸型の法治主義というよく似た微妙に違う概念があるが、そこまで細かく考えなくても良いだろう。いずれの場合も、王といえども従うべき高次の法があるというものだ。

法治主義が広まることには、大きな利点がある。それは、王によって政治が恣意的に変えられることがないということだ。王といえども、政治に変化をもたらすためには、法に則って行わなければならない。これは、一見すると王にとって不利なことに見える。

しかし、これは王の支配下にいる貴族・商人・職人などに、政治的安心感を与えることができる。つまり、彼らは長期計画を立てることもできるので、短期的刹那的な利益よりも、長期にわたる利益を目的として行動できる。

そして、短期的利益を求めるよりも、長期的利益を求める人間の方が、社会全体の利益になることが多い。短期的利益だと、どうしても他人から収奪することが多くなるが、長期的利益だと、経済的発展によって利益を得ることを目的とする可能性が高くなるからだ。

自分の国内で、限られたパイを奪い合っていても、王にとっては何も良いことはない。しかし、国内が発展していくのなら、王にとっては大きな利益となる。

✔ 植林

植林とは、木を切った土地に、新たに苗木を植えて、森を再生することを言う。

森は、森林資源の採取地であると共に、水源地であり、生態系の維持機能を持ち、地盤を安定させ、下流の土地や海洋を富ませる。

森の木の繁殖力と人間の採取量が釣り合っていれば、問題はない。しかし、採取量が多いと、森はだんだんと減少していく。そして、ある程度以上になると、一気に森が壊滅する。

この問題の困ったところは、最初のうちは目に見える問題が発生しないという点にある。それどころか、森を畑に変えることができて、人間の営為の成果だと喜ばしいことにすら見える。そして、ある程度までなら森林が減っても、文明を育む環境が悪化するわけではない。

ところが、森林面積が一定以下になると、一気に地域の崩壊が起こる。その最たる例が砂漠化だ（ただし、どのくらい少なくなると崩壊の原因となるのかは、その地域の気候や地形などによって異なるので、確定したことは言えない）。世界には、一時栄えたものの突然崩壊した古代文明が、いくつも存在し、その遺跡が発掘されている。これらの多くは、森林を伐採しすぎて、国土が砂漠化し、崩壊したという説が有力だ。砂漠化まではいかなくても、土壌の流出や、漁獲高の減少、土壌の地力低下など、地域を劣化させる様々な問題が同時発生して、文明を衰退させる。

現代でも、森林の減少により国家が崩壊しようとしている国が存在する。北朝鮮だ。森林を伐採しすぎたことによって、多くの山がはげ山となり、その影響でその下流の平野まで荒廃し、農産業が衰退している。

特に、現代知識チートを行おうとすると、製鉄産業の発展が必要だ。

そして、石油石炭が使われる以前の製鉄は、木炭を利用して行われていた。つまり、チートをすればするほど、森は伐採され、文明崩壊が近づく。このことを考えると、現代知識を広める前に、木炭を使わない製鉄を広めておく必要があると思われる。

　これは、文明進化によって、逆に文明が崩壊するというものなので、主人公が使うには向いていない。しかし、この失敗を起こすと最悪10年以下で文明の維持が困難になるほど、地域が荒廃する。敵が主人公の真似を下手に行って、自国を荒廃させるというパターンに使えるかも知れない。

第8章

経済チート

結局は、お金を持っている人間が一番強い。そう考えると、経済チートは、その持っている金を2倍にも3倍にもする、打ち出の小槌だ。

しかし、経済チート、その中でも特に金融チートは、失敗すると、全財産を失う可能性のある危険な賭にもなる。1929年に発生したブラックサーズデー（アメリカのウォール街で発生した株の大暴落）と、そこから発生した世界恐慌については、世界史の教科書にも載っている。2008年のリーマンショックは、実際に体験したり見たりした人もいるだろう。

そこで、経済とビジネスがなぜ儲かるのかを理解しておこう。意味が分かれば、儲けを大きくすることができるし、その世界の経済システムとは異なっていても、似て非なる別のシステムを考えることができる。

✔宝くじ

元手が少なくても、金を集めて儲かる仕組みとして、宝くじを紹介する。ただし、宝くじはあくまでも虚業であり、社会に何も生み出さない。このため、流行が変わったり、人の興味を惹かなくなると消えてしまう。手っ取り早く金になる仕事ではあるが、それだけに危険性もある。

宝くじの仕組みは簡単だ。安い金額で多くの枚数のくじを売り、大金を集める。そして、そこから一定のマージンを取って、残りの金を1等から分けていくのだ。

例えば、日本の宝くじを例にとって考えよう。

300円の宝くじを1000万枚売ると、30億円になる。

ここで、当たりは以下の通りとなる。

当選	賞金額	当選数	賞金総額
1等賞	4億円	1	400,000,000
前後賞	1億円	2	200,000,000
2等賞	3000万円	3	90,000,000
3等賞	100万円	100	10,000,000
組違い賞	10万円	99	9,900,000
4等賞	10万円	1,000	100,000,000
5等賞	3000円	100,000	300,000,000
6等賞	300円	1,000,000	300,000,000
全体		1,101,205	1,499,900,000

つまり、賞金総額は約15億円だ。つまり、くじを売り出した日本政府は15億円も儲かる（実際には、くじの発行経費や事務経費がかかっているが）。

賞金が15億円しか戻ってこないで、何もしない政府が15億円も持って行くという、ボッタクリな宝くじを、なぜ人々は買うのだろうか。

これには、人間の心理を突いた2つのポイントがある。

- 当選者の多さ：くじは、最低の6等まで含めれば、110万枚もの当選がある。つまり、9枚に1枚は当選くじなのだ。このため、意外とたくさんの人間が当選するような

気がする。

- 低確率への無理解：1等賞は、1000万本中1本しかない。つまり、1等賞の当選確率は、0.00001％しかない。そして、3等賞は100本あるので、当選確率は0.001％だ。しかし、人間は、0.00001％と0.001％の区別をイメージできない。

特に後者の問題が大きい。人間は、あまりに低確率の場合、その確率の差を実感できない。「どちらも低いなあ」という風にしか理解できない。どのくらい以下を実感できないのかは人によるが、一般には0.001％以下は一律に小さいとしか感じられないようだ。

年間交通事故死は現在4000人強、つまり0.004％くらいある。ただ、現在の日本人の多くは交通事故死がもっと多く、1万人くらいいた時代に育って交通事故教育を受けたので、0.01％くらいと感じているだろう。このくらいだと、多くの人は交通事故は危険だと感じ始める。

だが、餅で喉を詰まらせて死ぬ人間は年間1000人くらい、つまり0.001％くらいあるが、これを多くの人はほんの僅かで危険と感じていないようだ。

つまり、0.01％と0.001％の間くらいに、「結構ある」と「ほんの僅か」の敷居があるようだ。そして、それより小さい確率は、一律に「ほんの僅か」と理解されてしまう。

ここで問題になるのは、それより小さい確率は、一緒くたにされてしまうということだ。つまり、0.001％も0.0001％も0.00001％も全て同じに感じられてしまう。逆に言うと、0.00001％しかない1等の当選確率を、0.001％もある3等の当選確率くらいに感じてしまうのだ。これによって、宝くじを買う人は、もしかしたら1等賞が当たるかもというような気になってしまう。

これが宝くじを買う心理の分析だ。この分析を元にして考えると、宝くじで金を稼ぐには、以下のようなくじであることが望ましい。

1. 1等賞の賞金は、可能な限り高額にすること。その代わり、確率はいくら低くても構わない。
2. くじの価格を安くして、できるだけ枚数を売ること。最低でも、10万枚売りたい。そうすると、1等賞の確率が0.001％となり、一律の低い確率に入る。
3. 最低賞は、可能な限り数多く当たるようにすること。その代わり、賞金は低くても構わない。

１の重要性が高く、３の重要性は低い。このような設定でくじを作成すると、人は本来の賞金以上にありがたみを感じるので、売れ行きが上がる。

　もう１つ、これはくじ自体とは関係ないが、くじの発行母体に信用がおけることも重要だ。くじを買ったはいいが、発行元が逃げ出して賞金がもらえないとなったら大事だ。くじの発行元が、昔は神社や寺などの地元に根付いた宗教団体だったり、現代では政府だったりするのは、逃げ出したりしない安心感があるからだ。

　まず資金もない、信用もない状態から始めるなら、どうすれば良いだろうか。

1. どこかの寺や神社、教会に話を持ち込んで、少額賞金でも良いからくじを始める。国を動かせるのなら、それでも良い。おそらく、儲けの半分以上は寺や神社に奉納することになるだろうが、信用を買っているのだと割り切る。
2. くじが売れ残って、賞金を出して赤字になることだけは避ける。初期のくじは経費も含めて赤字がなければ良しとする。そして、必ず賞金は支払うこと。
3. 次回以降のくじは、売れ残りがないように発行部数を調整する。そして賞金をきちんと出すことで、信用を得る。
4. だんだんと発行部数が増やせるはずなので、１等賞金を上げることで、射倖性を高める。
5. 発行枚数が全て売れるようになればきちんと儲かるので、発行枚数や発行頻度を上げすぎないようにして、安定した儲けになるように調整する。
6. 一度でも、賞金支払いをごまかすと、一気に信用は失われる。賞金の支払いだけは、決してごまかさないこと。
7. 他が真似をするかも知れないが、先行者利益で発行部数が多ければ、より高い賞金を出せるので、負けることはない。もし、発行部数が少ないのに、同じ賞金を出すようなくじ団体があるなら、それは怪しいので、注意する。そんな連中と、自分のくじは違うぞと噂を流しておくこと。さもないと、詐欺くじ団体の悪評によって、自分のくじの評判も下がってしまう。

　気を付けなければいけないリスクは、宝くじが成功した後で、もはや用ずみとして追い出されたり、殺されたりすることだ。君に払う金をなくせば、さらに儲かると考える欲深い人間は必ずいる。その対策として、宝くじ運用のノウハウは決して手放してはならない。とは言え、実際に運用していけば、最初はノウハウを持たなかった出資者も、だんだんと

ノウハウを吸収していくだろう。

　それに、一見すると、くじを発行して、当たった人間に金を払うだけに見えるので、君がいなくても運営が可能に見える。そう考える愚か者は必ずいて、君を追い出しにかかるだろう。こういう愚か者に限って、無駄に権力を持っているので、厄介だ。

　いつか追い出される可能性があることを覚悟して、他の事業を始められるように、自分の資金を確保しておくことが重要だ。そして、追い出されたなら、無駄に逆らうのではなく、手切れ金などを要求して（こういう連中は、君も金で動くと考えているので、金をねだれば君が納得したと思い込む）、縁を切った方が良い。何だったら、そいつらがくじの営業を行っている限り、新たなくじを始めたり他にノウハウを売らないという契約をして、契約金をもらっても良いだろう。相手に先んじて、他の商売がしたいからという理由で、相手が自分を邪魔に思う前に、くじの発行権を売ってしまう方が安全かも知れない。そして、それまでに儲けた金で、実業に進出するのだ。

　宝くじは、しばらく休みと考えていれば良い。と言うのは、こういう連中は欲深すぎて、当選金を減らしたり、当選確率をいじって人々の購入意欲を削いだり、最悪当選金を支払わずにごまかそうとしたりして、失敗するからだ。

　愚かな連中が壮大に失敗した後、しばらく空けてほとぼりが冷めてから、再び始めれば充分だ。そのため、契約も永遠ではなく、連中が営業している限りという契約をすべきだ。

✔為替 <ruby>為替<rt>かわせ</rt></ruby>

　為替とは、現金を使わない安全な決済を行うための金融システムだ。

　AがBに金を払うことにする。ところが、Bの本拠地（自宅なのか本店なのか）は遠隔地なので、このままではBは現金を持ったままで遠くまで旅しなければならない。これは、中世レベルの治安しかない世界では、大変危険である。盗賊に殺されて、命と金の両方を奪われてしまうかも知れない。盗賊に出会わなくても、海路を進んでいたら船が沈む危険もある。それに何より、大金は（貨幣なので）重くて運ぶのが大変だ。

　そこで、為替を利用する。

1. Aは為替商Cに金を預け、CはAに預かり証を発行する。
2. AはBに預かり証を渡す。
3. Bは預かり証を持って旅をする。
4. Bは本拠地で、両替商Dに預かり証を渡すと、代わりに金を受け取れる。
5. CとDとの間で、金の決済を行う。

　ここで、CとDの間で金を送っていたのでは、同じ危険が発生する。しかし、為替商は当然数多くの取引を行っている。その中には、DからCへ金を送る取引もあるはずだ。DからCへ直接の送金がなくても、DからEへ、さらにEからCへの送金などがあったりする。そうやって、数多くの取引を均していけば、最終的にはほとんどの送金が相殺されて消えてしまう。つまり、実際の送金はほんの僅かになり、ほとんどは書類のやりとりだけですんでしまう。

　つまり、現金の移動が最小限ですむので、盗賊や船の沈没といったトラブルで金を失うことはほとんどなくなるのだ。

　Bの安全度も高まる。現金を持って歩いているBは盗賊に狙われる。しかし、預かり証では盗賊にとって役に立たない。と言うのは、預かり証は現金をBにのみ支払うといった制限が書かれているからだ。Bを殺して預かり証を奪っても、無駄だ。当然、そんな相手を襲う盗賊も減るから（ゼロにはならないだろうが）、Bはより安全になる。

　もちろん、預かり証が奪われたり海に沈んでしまったりすると、再発行は面倒になる。しかし、面倒になったとは言え、現金自体が失われたわけではないので、いずれは取り返せる。その意味での安心感も大きい。

　このように素晴らしい為替だが、問題点が２つある。幸いにして、解決策も分かっている。

○為替発行元の信用

　一番の問題は、為替の発行元の信用だ。大事なお金を預ける相手が信用できないようでは、誰も為替など利用しない。

　洋の東西を問わず、為替の発行は両替商が行っていた。両替商とは、ヨーロッパでは、国と国との通貨の交換を行う。日本では、可変である金通貨と銀通貨と銅通貨の間の交換を行う。いずれにせよ、大きな金を動かす大商人で、そうそうつぶれるとは思えないところだ。

　さらにヨーロッパでは、その上にキリスト教会の信用も追加されていた。教会は10分の1税を取るために両替商を教会御用達にして、そこに教会の信用を与えて為替を発行させた。こうすることで、さらに信用を高めたのだ。

　残念ながら、このような信用のあるところと組まない限り、個人の力で為替チートというわけにはいかない。しかし、うまく説得できれば、教会の信用をバックにして為替商を立ち上げるという手もできるだろう。

○収入源の確保

　為替商は、為替を発行するだけでは利益にならない。100円の為替を発行して、遠くで100円支払うので、為替の発行手数料や事務手数料分だけ損をするからだ。かと言って、高い手数料を取っていては、為替を使う人が減ってしまう（多少の手数料なら、危険を考えて利用する者も多いだろう）。

　では、為替商は何で稼いでいるのだろうか。実は、預かった金で稼いでいる。預かった金は、預かり証を受け取って支払うまでは、預かったままだ。つまり、無利子の銀行と考えることもできる。

　もちろん、1枚1枚の預かり証は、しばらく経つと払い戻されて現金は失われる。しかし、為替取引が一定量以上になると、為替商の手元には、常にある程度の現金が残されていることになる。

　単純な方法としては、この手元の金を、誰かに貸す。すると、利息が取れて、その分儲かる。商人なら、その金で何かを仕入れて余所で売れば、その差額だけ儲かる。いずれにせよ、手元に金があれば、それを使って金儲けができるのだ。

○為替と国家経済

　為替は、国家経済にも大きな影響を与える。多くの人が為替を使うことによって、国の経済規模が拡大するのだ。これが、国家レベルにおける為替の最大の利点となる。

　経済を回すにはお金が必要だ。事業を始めるにも、商品を仕入れるにも、相応のお金がかかる。そして、国家で流通しているお金の量は一定だ。

　現代の国家なら、紙幣を刷ることでお金を増やすことができる（やり

過ぎると、通貨の暴落が起こるので、無茶はできない)。しかし、中世ファンタジーレベルの国家には、紙幣をお金として流通させるほどの信用がない。このため、通貨はどうしても貴重な金銀銅などを使った貨幣になる。このため、通貨の流通量を増やすことは難しい。

　ここに、為替が発行されるとどうなるか。

　例えば、為替商に100万円預けて、100万円分の為替を発行してもらったとする。すると、以下のことが同時に可能になる。

- 100万円の為替を、100万円分の支払いの代わりに渡す。
- 100万円持っている為替商が、その100万円を一時的に使う。

　つまり、100万円の為替も、100万円の通貨と同じ価値があるので、通貨と同じように支払いに使うことができる。そして、為替商は100万円を持っているのだから、支払いの時期までなら自由に使うことができる。

　つまり、100万円の為替を発行するということは、2人の人が100万円持っているのと同じ効果が得られる。国家レベルで見ると、通貨の流通量が100万円増えたのと同じだ。為替取引が大量に発生しているなら、通貨の暴落が起きないままで、通貨の流通量を増やすことができる。すなわち、その国の経済規模は通貨発行額より大きくなる。

　これが、為替の発行を国家が許可する最大の利点だ。

○為替のまとめ

　今まで書いてきたことをまとめてみると、為替とは非常に便利かつ有効なもので、どのレベルにおいても利用すべきものであることが分かる。

1. 為替の利用者となるのは、何の問題もない。普通に、送金の手間が省け、しかも金を失う危険を減らせる便利なものだ。
2. 為替の発行元になるのは、さらに有利だ。為替の発行元になれば、無利子で大金を手元に置くことができる。大金が手元にあれば、それを利用していくらでも儲け口を考えることができる。
3. 国家の為政者レベルになっても、為替は大変ありがたい。国家の経済規模を拡大してくれるからだ。経済規模が大きくなれば税収も増え、税収が増えれば軍備も充実する。

✔楽市楽座

楽市楽座とは、日本の戦国時代に始められた制度だ。当時は、商売をするためには、その商品の独占販売権を持っていた座に加入しなければならなかった。例えば、油を売るためには、油座に加入しなければならない。

これを廃し、誰でも自由に取引を許可することを楽市楽座と言う。織田信長の楽市楽座が有名だが、実は六角定頼や今川氏真の方が先に行っている。信長に敗北した父親の仇も取らずに無為に時間を過ごしたと思われている今川氏真だが、実は内政には力を発揮していたのだ。

当時の経済は、座が既得権として商売の独占を行い、時には非課税権（税金を払わないですむ権利）まで持っており、大きな利益を上げていた。しかし、これは座の会員の利益ではあったが、社会全体の利益にはなっていなかった。

そこで、座によらず商売ができることにして、座の権限を弱めた。また、新規参入者を増やすことで、適切な競争を喚起し、市場の活性化を狙った政策だった。さらには、自国の城下町に商人を多く集めて、税収を増やそうという狙いもあった。

実際に、楽市楽座を実行すると、多くの商人が集まり、商業が盛んになった。もちろん、多くの商品が取引されることから、そこで必要とされる商品の製造も盛んになり、全体として経済規模が大きくなり、国が富んだ。

ただし、座が常に悪しきものというわけではない。産業の立ち上げ時期などは、過剰参入による共倒れを防ぎ、零細業者を保護する仕組みでもあった。産業の立ち上げ時に国家もしくはそれに類する政体によるサポートがあれば、成功率が大きく高まるからだ。

よって、座を許可すべきか、それとも解散させるべきかは、現在の産業状況による。可能ならば、座を認証する時に、座の解散時期と解散条件を明確にしておくのが良い（このようなルールを法律に入れる場合、その条項をサンセット条項と言う）。さもなければ、座を解散させるのに、大変な抵抗がある。解散条件を明確にしておいても抵抗はあるだろうが、それでも最初に決めておくのと、後から言い出すのでは、抵抗の度合いが全く違う。

何らかの政策を行う時には、サンセット条項を決めておくと、無駄な政策をだらだらといつまでも行わなくて良いので、有効だ。

　中世ヨーロッパにも、座に相当するギルドが存在した。ギルドは商業ギルドと職人ギルドがあった。

　商人ギルドは、ギルドに入っている商人のみに商売を許可するものだ。

　職人ギルドは、職人の親方の団体で、親方になって初めて徒弟を採って技術を教えることができる。

　いずれにしても、初期には、貴族や教会から構成員を守るための互助団体だったはずだが、時代の変遷で既得権者が新参入者を排除する利権団体へと変わってしまった。

　商人ギルドは、新規参入を狙う商人の目の敵になってしまったし、職人ギルドは、親方の枠が足りないために、いつまで経っても親方になれない徒弟達の反乱まで生んだ。

　その意味で、ギルドも座と同じように、その歴史的意義を失い、解体されることになった。

　ただし、座やギルドの解体には、大変な抵抗がある。ではどうすれば良いかと言うと、産業規模の拡大を利用するのが最も抵抗が少ない。分かりにくいので、解説をする。

　ある産業の総売上が、100億円だとする。そして、この100億の売り上げは全て座を経由しているとする。ここで、産業を振興させて、総売上を200億にする。そして、そのうち120億くらいを座での売り上げとなるようにする。つまり、80億は楽座での売り上げだ。楽座には苦々しいものを感じる座も、座の売り上げ自体が上がっており、それが楽座の影響だとすると、やむを得ないとして我慢する可能性が高い。そして、さらに総売上が増えて400億になった時、座の売り上げが150億だったとしよう。座は、確かに売り上げを増やし続けている。しかし、いつの間にか楽座の売り上げ（250億）の方が、過半数を占めているのだ。

　こうなると、もはや座の産業への支配力は薄れてしまっている。座が楽座の商売を邪魔しようとしても、もはや楽座の市場の方が大きいので、たいした邪魔はできないのだ。そうなると、座という余計なもの（座を管理する人員の雇用費用や、オフィスの維持費などもかかる）を抱えている側は、コスト的に敗北するだけになる。

こうして、座の自然消滅を待つというのが、比較的抵抗が少ない方法だ。ただし、数十年単位の時間がかかる。

✔単位統一

多くの世界では、単位は地方ごとにばらばらで、統一されていなかった。これが、経済的にいかにマイナスかは、ちょっと想像しただけで分かるだろう。

単位が異なると、そもそも買い物をするにも困難だ。我々が、豚肉を200g欲しいと思った時、店に並んでいる豚肉が、oz単位で売られていたとしたら、どうすればいいのか。そもそも、ozってどんな単位なのだろうか。答えは、ozはオンスのことで、1oz＝28.35gなので7.05oz買えば良い。

こんな状態では、取引を行うのは困難である。取引自体は可能だが、取引ごとに、互いの単位が何なのかを確認しなければならない。

同じ単位名を使っていても、全く信用ならない。例えば、イギリスで過去に使っていた帝国フィートと現在使っている国際フィート、アメリカの使う米国慣用単位のフィート、さらに過去のアメリカが使っていて現在でも一部の州で使っている測量フィートは、それぞれ微妙に異なる。もちろん、1ヤード＝3フィートであるヤードの長さも、1フィート＝12インチであるインチの長さも、違う。

日本だって、他国を笑えない。畳1枚を表す1畳という単位だが、これが地方ごとにかなり違う。以下の表のようになっているので、関西の人間が関東に引っ越すと、部屋が狭く感じられてしまう。

名称	採用場所	サイズ（尺）	サイズ（cm）
六一間	山陰	6尺1寸×3尺5分	185cm×92.5cm
京間（本間）	関西	6尺3寸×3尺1寸5分	191cm×95.5cm
中京間	中京	6尺×3尺	182cm×91cm
江戸間	関東以東	5尺8寸×2尺9寸	176cm×88cm
団地間	近代のアパート	5尺6寸×2尺8寸	170cm×85cm
琉球畳	沖縄	2尺9寸×2尺9寸	88cm×88cm

現代において、莫大な資源と土地を持つ超大国となっているアメリカが、18世紀に独立してから100年以上も大国となれなかった理由の1つが、州ごとに異なる単位体系だった。このため、州間取引が活発にならず、アメリカの潜在能力が発揮されないままで、ヨーロッパ諸国に田舎扱いされ続けた。当時は大国アメリカは存在せず、小さな田舎国家が多数あっただけだったのだ。これが解消され、単位の管理が連邦機関（合衆国政府）に移管されたのは、なんと1901年つまり20世紀になってからのことだ。

　日本の戦国時代でも、地方ごとに升のサイズが異なるため、油の取引の時などでも、升のサイズを合わせるところから始めなければならなかった。そして、自分たちの普段使っている升と、今回の升の比率を計算して、升当たりの価格を計算し直すところから話を始めなければいけなかった。江戸時代には、全国を商圏とする大きな商家がいくつもできて、升のサイズが統一された。縦横4寸9分、深さ2寸7分で、1升入る。

　ちなみに、江戸時代に統一された体積単位は、以下のようになっている。

単位	別単位	西洋単位	重量
合		180 mℓ	
升	10合	1.8 ℓ	
斗	10升	18 ℓ	
俵	4斗	72 ℓ	米だと60kg
石	10斗	180 ℓ	

　単位がバラバラの状態を解消し、国内の単位を統一することは、商品の国内流通を促進し、経済の活性化につながる。もちろん、単位統一はしばらくの間は混乱を発生させるが、最終的には国の利益となる。

✔️**通貨統一**

　単位の統一よりもさらに効果があるのが、通貨の統一だ。要するに、両替しなくてもどこに行っても品物が買えること、他の地域から品物を

入手する時も自地域の通貨で支払えることは大きなメリットだ。

　つまり、商売をする人間にとっては、商圏が一気に広がるということだ。それは、経済活性化につながる。実際に、ユーロ導入によって、ヨーロッパ連合（EU）での商取引は確実に増加した。

　一般論ではあるが、国内における通貨統一は、デメリットが少なく、メリットの多い政策だ。

　しかし、ユーロのような多国籍統一通貨には、メリットもあるが、デメリットも大きい。

　その最大のデメリットは、通貨政策を行えなくなることだ。一般に、貧しい国は通貨が下がる。つまり、A国の通貨AとB国の通貨Bが、最初は１A＝１Bだったとする。だが、B国が貧しいと、B国の通貨は価値が下がり、例えば１A＝1.5Bになってしまう。

　通貨が下がる国は貧しいということなので、世界的には恥をかくことになる。また、海外のものを買うのに高い金額を払わなければならない。しかし、通貨が下がると、A国では、今まで50Bの品物は50Aの価格だったが、B国の通貨が下がった後は、50Bの品物を33Aで買える。安くなるので、B国の商品はより売れるようになる。つまり、B国は輸出で潤うことになる。つまり、恥をかいても、経済的には利益になる。現代でも、中国や韓国は、自国通貨を安くしようとする為替操作国と考えられている。

　しかし、統一通貨Xを布いてしまうと、このような調整機能が働かない。いつまで経っても、B国の50XはA国の50Xだ。

　また景気調整機能も失われる。

　A国で不景気なら、A国は通貨を増やして、景気の上昇を図る。逆に、B国で景気が良すぎる場合、通貨を減らして、景気を引き締める。だが、A国とB国が統一通貨を使っていた場合、どちらの政策も採れない。つまり、A国は不景気のままで、B国はバブルが止まらない。

　だが、１国内での通貨統一には、上のようなデメリットはあまり発生しない。１つの国の中のA地方だけ極端に豊かでB地方だけ極端に貧しいということは、滅多にないからだ（例外としては、統一ドイツ成立後の、旧西ドイツ領域と旧東ドイツ領域のような、元々別の国だったところを統一した場合くらいだ。もし統一朝鮮が作られたら、同じ問題が発

生するだろう）。

　だが、ここに中世封建社会特有の問題がある。

　中世封建社会では、各領主の領地が、それぞれ小さな国のように経済的に独立している。このため、領地ごとに豊かな領地・貧しい領地、景気の良い領地・悪い領地がある。すると、これを統一してしまうと、ユーロで発生したような問題が起こる可能性が考えられる。

　だが、封建制度では、ユーロで起こっている問題が発生する可能性は低い。

　1つの理由は、EUでは、人・物・金の移動の自由がある。このため、貧しい地域の人間は、そこから逃げだそうとして、豊かな地域へ移動する。そして、豊かな地域で低賃金労働者となって、豊かな地域の豊かさを支えることになる。結局、貧しい地域は貧しいままだ。しかし、封建制度では、人の移動の自由がない。このため、豊かな地域に低賃金労働者が流れ込むことがなく（全くないわけではないが、基本的には違法で取り締まりの対象となる）、低賃金で人を働かせようと思ったら、貧しい地域で人を集めることになる。つまり、曲がりなりにも貧しい地域に金が落ちるのだ。

　もう1つは、貧しい地域の存在を利用することができる。つまり、領地を貧しくする領主、領民に逃げられてしまう領主など、いなくなった方が良いという考えだ。幸い、国としては1つなので、領地経営に失敗した領主の領地を口実を付けて取り上げるのだ。こうすることで、封建制から絶対王政へと移るきっかけを作るというのは、王にとってメリットだ。取り上げた領地を王の直轄領にするだけでも、大きな利益だ。EUでは、領主の上の王のような、各国の上に立つ権力がないので、これができない。

　封建制には、EUと異なり様々な強権がある。この強権が、EUで起こっている問題をある程度だが押さえ込んでくれる。つまり、<u>国内の通貨統一はした方が王にとっての利益は大きい</u>。

✔大量生産と標準化

　かつての日本は、一品もので性能の良いものを作ることはできても、それを規格として、同じものを大量生産する能力に欠けていた。このた

め、同じ製品でも、製品ごとにパーツのサイズや形状が異なっていた。

これで何が問題なのか。

最大の問題は、部品の共有ができないという点だ。

製品が故障してしまった時、部品の交換をしようとすると、サイズが微妙に違って填まらなかったり、仕様の違いでまともに動かなかったりする。

こうなると、現場で無理矢理サイズの調整をしたりして、なんとか稼働するようにするのだが、当然無駄な時間がかかる。つまり、製品の稼働効率が落ち、また必要な個数が集まらなかったりする。

実際、第二次大戦中の日本は、歩兵に何十万丁と配布するはずの小銃ですら、2つの銃を比べるとネジのサイズが合わなかった。つまり、同じ形状・同じサイズのネジを大量生産する技術すらなかったのだ。

製造現場でも、手に取ったネジが、今組み立てている銃に合うかどうか分からない。合わなかったら（他の銃には合うかも知れないから）ネジを箱に戻して、他のネジを取り出し、それが合うかどうか確認する。そして合うネジが出るまでこれを繰り返す。さらにどうしようもない場合、やすりで削ったりして、無理矢理合わせる。

このような無駄な手間をかけて製作していたのだから、同じ作業時間をかけても、アメリカより少ない数の銃しか製造できない。やむを得ず、長時間労働を行って労働者が疲弊していくだけという状況になる。

戦場でも同じだ。ネジの壊れた銃があったとして、他の故障した銃から同じネジを取り出して使おうとしても、同じネジのはずが填まらなかったりする。互換性がないので、ニコイチ（稼働しない2つの品物の使える部分を集めて、稼働する1つの品物を作る）ができないのだ。

このような状況で、標準化された製品を大量生産できるアメリカに勝てるはずもない。第二次大戦で日本が敗北したのは当然と言えよう。

それでも、当時の日本ですら大量生産という考え自体はあった。同じものを大量に作ることによって、均一な製品を低コストで製作できるという考えは、産業革命によって発生したものだった。産業革命以降の西洋に学んだ日本は、当然大量生産と標準化の利点は理解していた。実行できなかっただけだ。

つまり、中世ファンタジーの技術レベルになると、そもそも大量生産

という概念すら存在しない。全ての製品は、1つずつ異なる一品もので あり、共通する部品すらほとんど存在しない。せいぜい同じ工房の中で、 ある程度の使い回しができただけで、他の工房とは、規格も形状も全く 異なっていた。

　工業は、一般に以下の順で発展すると言われる。

分類	解説
家内制手工業	各家庭で、職人が手仕事でものを作っている。ノウハウは属人的で、規格も職人ごとに異なる。
問屋制手工業	生産の増加に成功し富を集めた者が、問屋を作り、設備を職人に貸し出して注文を出す。工程ごとに別の職人に仕事をさせることができる分だけ、生産性が上昇する。多少のノウハウと、問屋ごとにある程度の規格が作られるため、生産性が少し上昇する。
工場制手工業	マニュファクチュアとも言う。設備を工場に設置して、そこに職人を集めてできる限り大量に生産する。いちいち一品ものを作っていられないので、工場内における規格化は行われ、同じ製品を数多く生産しようとする。人間のできる範囲ではあるが、生産性はかなり高くなる。
工場制機械工業	工場で機械を用いることで、大量生産を行う。機械を使用するので、基本的には同じ製品を生産することになる。機械によって、人間の限界を超えた生産性が得られる。

　中世ファンタジー世界だと、家内制手工業から問屋制手工業くらいま でが限界だろう。このため、工場制手工業を実施できれば、コストと生 産量を両立させて、他に勝つことができる。

　工業の発展としては、ここまでだ。

　しかし、工場ごとに規格が存在していると、別の工場の製品とは規格 が合わないことになる。しかし、国家単位で製造しなければならないよ うな工業製品（軍備なども含む）は、多数の工場で同じ製品を製造する ということも多い。

　そこで、次に国が規格を決めて、あらゆるものを規格の範囲で作るよ う命じる。これが工業規格というものだ。現代では、国際貿易が重要で あるため、他国の製品にも自国の部品が互換性がある方が良い。このた め、工業規格を多国籍間で定めた国際規格が広がっている。

規格があった方が何故良いのだろうか。

　例えば、ネジは銃から自動車、家電製品に至るまで、様々な工業製品に使われる。このネジのサイズを規格で決めることができれば、あらゆる製品で同じ大きさのネジは共通して使えることになる。これが、いかに便利かは、現代の我々にはもはや理解できない。なぜなら、我々はネジの共通規格が当然である世界に生きているからだ。

　だが、パソコンを組み立てたことがある人なら、ハードディスクを留めるアメリカ基準のインチねじと、CD（DVD・ブルーレイ）ドライブを留める日本基準のメートルねじが混在していて、面倒に思った人がいるだろう。あの程度ですら、面倒なのだ。

　かつては、ネジの規格を各社が勝手に決めていたので、一見同じサイズのネジでも、ピッチ（1回転でどれだけ奥に進むかを表す。ピッチの大きいネジはねじ山の傾きが大きい）やねじ山の角度（JISメートルねじ規格では60度）が違うなど、使い回すことができなかったのだ。各製品ごとに、それぞれ専用のネジを使わなければならず、その面倒さは今考えると耐えがたいものだ。

　そして、この面倒さが、ネジだけでなく、あらゆる部品に発生した。電気回路を使うと、コネクタや電圧、正負の向きなど、さらに面倒が増える。

　そこで、標準化を行う。標準化とは、標準値を決めるだけではない。例えば、ネジの太さや長さ、ねじ山のピッチや角度などを決めるだけでは終わらない。なぜなら、どんな製品であろうと、製造誤差が発生するからだ。そのため、標準値だけではなく許容値（例えば、ネジの太さが4mmが標準値なら、3.8〜4.2mmまでを許容するなどと決めておく）を決めないといけない。

　そこで、標準化には、以下のような条件が必要である。

1．最大許容値の部品と最小許容値の部品を使って、問題なく製品が作れなければならない。
2．現在の技術レベルで製造した場合、できあがった品物は許容値内に95%以上入っていなければならない。
3．標準化することによって、あまりにコストアップになってはならない。

これはどういう意味だろうか。標準値4mmで許容値±0.2mmのネジを例に考えてみよう。

1は、4.2mmのボルトと3.8mmのナットでもきちんと入れることができ、逆に3.8mmのボルトと4.2mmのナットでもゆるゆるにならないということだ。つまり、互換性の確保のために必要な条件だ。

2は、例えば、許容値標準値3.7mmや4.3mmといった許容値を外れて廃棄しなければならないネジが5％以上できたのでは、捨てる部品が多くて損だし、製造の時に悪い部品に当たる確率が高くて生産性が落ちてしまう。標準化しても、現在の技術レベルで粗悪品が多数できてしまうほど高度すぎる規格では、結局使いものにならない。少なくとも、平均的技術力のある工場で普通に製造可能でなければ、意味がないのだ。

3は、標準化するために精密すぎる加工を行えば、今度は製造コストが上がる。それでは、標準化によって大量生産でコストダウンという目的そのものが消えてしまう。現在の日本の製造業などが、過剰性能でコスト高と呼ばれているのは、ここだ。許容値を限りなく小さくして、しかも作成した品物がその許容値内に99.9％入っているようにするなど、過剰な精度を誇ったために、コストアップになってかえって売れなくなっているのだ。

標準化とは、高度すぎず低劣すぎず、生産性とコストの両立を目指して制定されなければならない。

✔簿記

簿記は、ある団体（国家から企業、趣味のグループまで）の金銭の出入りを記録し、それによって、その団体の収支バランスを検討するための記録だ。

組織の会計を行うということまでさかのぼれば、その歴史は紀元前数千年前までさかのぼる。少なくとも、古代エジプトでは、王国の会計を司る会計記録官が存在していた。古代バビロニアでは、粘土板に記録された会計資料が発掘されている。

封建社会では、租税が穀物などだったので、金銭記録、穀物記録、家畜記録の3つの資料が会計として必要だった。

この頃までの会計は、単式簿記と呼ばれる記録法を使っていた。現在

の企業会計などで使われる複式簿記が発明されたのは、13〜14世紀のイタリアだ（イタリアの複式簿記自体が、12世紀のイスラム商人の真似だという説もある）。これによって、企業の収支がより見やすくなり、複雑な経営がやりやすくなった。

このため、13世紀以前に複式簿記を導入して経営を行うと、経営の破綻の危険をより早く察知でき、また効率的に利益を得ている部門がどこなのか分かりやすくなるなど、経営がやりやすくなる。つまり、他よりも、より効率的に稼ぐことができるようになり、一種のチート知識として役に立つ。

日本では、複式簿記の導入は明治になってからであり、江戸時代であっても複式簿記を用いれば有利に働くだろう。

○単式簿記

子供の、お小遣い帳などと同じで、収入があればそれを記録して残高を増やし、支出があればそれを記録して残高を減らす。

期首残高＋収益＝その期の全収入であり、費用＋期末残高がその期の全支出であるので、単純で分かりやすい。

その代わり、自社にどのくらいの資産（資金に加えて原料や製造機器なども含む）があるのか、把握しにくいという欠点がある。

○複式簿記

複式簿記とは、取引には二面あることを重視した会計だ。

例えば、金を払ってメロンパンを買ったとする。個人の会計では、財布から金がなくなってメロンパンを手に入れたが、そのメロンパンはいずれ食べてなくなってしまう。このため、財布から金がなくなったことだけ記録すれば良い。このため、個人の家計などでは、複式簿記を使う必要はほとんどなく、単式簿記レベルで充分だ。市販の家計簿もそうなっている。

ところが、企業が金を払ってメロンパンを買った場合、事情は異なる。手に入れたメロンパンは資産であり、いずれどこかに出荷してお金になることが期待できる。つまり、金が出て行ったことと、メロンパンを手に入れたことの両方を記帳しておかないと、企業の会計の記録にならな

いのだ。

複式簿記では、基本的に資産が増えることを借方、資産が減ることを貸方と言う。そして、借方を左側に、貸方を右側に記帳する。先ほどのメロンパンの例で言うなら、メロンパンという資産が増えたので借方にメロンパンの増加を書き、お金が減ったので借方に現金の支払いを書く。

ここで、貸方・借方という呼び名は、明治の頃福沢諭吉が翻訳したものだ。なぜ資産が増えることを借方と言うかというと、初期の複式簿記は銀行で使われていたため、借りる方にお金が行くことを借方と呼んでいた。しかし、現在では銀行以外の帳簿にも広く使われている複式簿記は、もはや初期の貸し借りの意味は完全に失われてしまい、ほぼ無意味な記号になっている。貸方借方の意味を考えると混乱するだけなので、右の欄左の欄という意味だと思っていた方が良い。

名称	意味
借方	複式簿記の左側の欄。資産の増加。費用の発生。
貸方	複式簿記の右側の欄。資産の減少。収益の発生。

✔ 特許権・著作権

技術チートで様々な発明品・アイデア品を製作して儲けようと思った場合、一番問題になるのは、中世ファンタジー世界には権利保護の仕組みが存在しないという点だ。他の人間がコピー商品を作るのを止めることができない。

現代ならば、特許権や著作権、意匠権、商標権などを、政府が無料で守ってくれる（それを無視してコピー品を作る中国のような国もあるが）。しかし、中世ファンタジーの世界には、そのような権利そのものが存在しないことが多い。

もちろん、製造法などを秘密にしておけるなら問題ないが、オセロ盤のようなものは誰でも製造できてしまう。いろんな方法で権利を守らなければならない。

・職人が製造ノウハウなどを漏らさないように、きちんと給与を払って優遇してやる。
・スパイなどを使って、技術を盗もうとする敵に対抗する。

- 1人や2人裏切ってもコピーを製造できないように、分業化して、それぞれの職人の知識の範囲を狭める。
- 職人の個別の知識ではなく、それを統合して使用するノウハウこそが重要な商品を作る。
- 工場制手工業化などでコストダウンを図り、他がコピー商品を作っても量産効果によって価格競争に勝つ。
- 王や教会といった権威と権力のあるところから、お墨付きをもらう（それなりの支払いが必要になるだろう）。例えば、紋章などの使用を許可してもらう。王の紋章を勝手に使って偽物を作ったら、死刑すらあり得るので、それなりの強制力になる。

　残念ながら、これ1つで絶対という方法はない。上のような方法をいくつも使って、複合力で守るしかないだろう。

第9章

生活チート

人々の生活においても、実は現代知識の適用できるところは大きい。しかも、全ての人間は生活しているので、下手な産業チートよりもよほど効果が大きいこともある。

✔発火

　火をおこせることは、人類最大の武器と言って良い。多くの獣は火を恐れるし、寒さにも耐えることができる。さらに、手に入れた食料を加熱すればほとんどの細菌を殺すこともできる。マッチやライターがあれば良いが、そんなものがなくても、拾い集めた物資で火をおこすことは可能だ。

　最低限の文明があれば、発火の方法は存在するだろうが、良くある異世界転移ものでは、町中ではなく荒野や森の真ん中に突然現れたりすることも多い。そんな場合、人間の文明と出会う前に死んでしまっては意味がないので、最低限の発火法は身に着けておいた方が良いだろう。

○レンズ

　虫眼鏡もしくは遠視用眼鏡（老眼鏡）を使えば、太陽光を一点に集めて発火させることができる。太陽光を当てるのは、綿埃や枯れ葉など、乾燥して細かくて燃えやすいものを選ぶ。

　間違えてはいけないのは、近視用眼鏡は凹レンズなので、太陽光を集めることはできないということだ。そんなこと当然だと思うかも知れないが、ノーベル賞作家ウィリアム・ゴールディングですら『蠅の王』でこの間違いを犯している。

○摩擦

　摩擦熱によって火をおこす方法は、多くの未開種族で様々なやり方で行われている。

　基本的には、前後に直線上に動かして擦る方法と、回転させて擦る方法の２つがある。

直線法	火溝式（ひみぞ）	丸太や板に細い溝を作り、そこに木の棒を押し付けながら往復させる。慣れたものなら、溝がなくても同じ箇所を前後させて擦ることができる。腕力と根気のいる方法だが、力持ちの熟練者なら、10～20秒で火を付けることもできる。
	鋸式（のこぎり）	木の板や竹に割れ目を作り、そこに竹や木の棒を押し当てながら、鋸のように前後する。その摩擦熱で火をおこすのだ。火溝式より時間がかかるが、割れ目がある分だけ、外しにくい。
回転法	錐揉式（きりもみ）	木の板に凹みを作り、そこに棒を押し当て、錐のように回す。熟練者なら、10～20秒で火種を発生させる。
	紐錐式（ひもきり）	錐揉み式に似ているが、1人は縦棒の上をへこんだ石などを使って支えて、下の木に押し付ける。もう1人は、錐に相当する木の棒に紐を1～2回巻いて、左右に引っ張って回す。これなら、非力な子供でもできるうえ、上からは体重をかけて押し付けることができるので、錐揉み式より火が早く発生する。
	弓錐式（ゆみきり）	紐錐式の紐を、弓の弦で行う。このため、片手で上から押し付けて、もう一方の手で弓を動かすことで、1人で紐錐式を行うことができる。

　いずれの方法も、発生する火種は大変小さいものなので、綿埃のような燃えやすいものを使って、火種を大きくしてやらねばならない。

○火花

　火打ち石などをぶつけることで火花を発生させ、火をおこす方法。熟練すれば、一発で火を付けることもできるが、何と何をぶつけると火花が出るかなど、ノウハウが必要な方法である。

　ヨーロッパで火打ち石と呼ばれるのは、堆積岩の一種の燧石と呼ばれる硬い石だ。黄土色から茶色で、石器時代には石器の材料にも使われた。この燧石、黄鉄鉱、鋼鉄を互いにぶつけることで、火花が出る。

　黄鉄鉱（FeS_2）は黄色っぽい金属結晶で、あちこちの鉱山で算出する。鉄より硬いが、湿気などで変質しもろくなる。黄鉄鉱は鉄より硬く、鉄のハンマーなどで叩くと火花が飛び散る。

　日本では、硬い石と鉄をぶつけることで、火打ち石として使っていた。硬い石には、石英や黒曜石など、結構いろんな石が使われた。

　ただし、いずれも火花しか出ないので、火花によって火を付けて火種

となるものの選択が重要だ。多いのは、ここでも綿埃だが、火縄（硝石を煮込んだ綿の縄）などがあると、火が付きやすい。

✔浄水

水を飲めるようにすることも、重要だ。これは、初期のサバイバルだけでなく、水質の悪い井戸水しかない地域で生活する時にも必要な知識だ。

浄水には、砂や泥などの粒子の除去、化学物質の除去、殺菌といったいくつもの面がある。

○濾過

濾過は、水の濁りや汚れを除去するものだ。

単純な濾過は、バケツや桶などの底に穴を開けて、一番下に木炭や竹炭を置き、その上にきれいに洗った砂と小石を交互に敷き詰める。これらが混ざらないように、境界には布などを挟むこともある。そして、一番上には、布を置いて、大きな粒などを濾す。

布
小石
細かい砂
小石
細かい砂
木炭

こうすることで、おおよその汚れは取れる。ただし、人体に有害な水溶性化学物質、細菌などは濾過することができない。ただ、鉱山の近くなどでなければ、有害化学物質が混ざった水は多くない。また、井戸水などに細菌が混ざるのはくみ上げ口の周辺の汚染などが多く、くみ上げ口の周辺さえきれいにしておけば、滅多に細菌が混入することもない。このため、通常の水なら、このような仕組みで飲める水にできる。

使い方は、上から水を入れて、濾された水がバケツの底から出てくるのを待つという原始的な方法だ。

現代の水道では、濾過膜が多用されているが、このような膜の作成はさすがに困難だ。このため、まずはこの方法から始めるのが良いだろう。

○太陽光殺菌

ペットボトルがあれば、殺菌も行える。世界保健機構（WHO）が推

奨しているSODIS法だ。透明ボトルで、変な模様などのない円筒形のものが良い。ラベルははがしてしまうこと。あまり巨大なボトルは紫外線が通過できないので、2ℓ以下のものを使う（日本国内で販売されているペットボトルは、酒類の大型ペットボトルを除いて使用可能だ）。できれば、内部をきれいに洗っておく。

　これに濾過した水を4分の3くらい入れて、蓋をし、20回ほど振る。これは、水にできるだけ多くの酸素を溶かし込むためで、殺菌効果と風味の改善に効果がある。後は、直射日光の当たるところに6時間ほど放置する。曇っている場合は、2日ほど必要だ。可能ならば、太陽光を吸収する黒いトタン板などの上に置いておくと、効果が高い。水温が50度以上になり、紫外線が当たることで、水は殺菌される。

　太陽光線がボトルに直角に当たった方が効果が高いので、緯度によってはボトルを斜めに立てかけるなど、工夫が必要になるだろう。また高緯度帯だと、太陽光線が大気圏を斜めに通過している分だけ紫外線が減衰しているので、より長時間太陽に晒しておく必要がある。6時間というのは、緯度が15度以下の熱帯での数値である。

　残念ながら、ガラス瓶やポリ塩化ビニル（PVC）瓶（青みがかった瓶）は紫外線を遮るため、このような用途に使えない。あくまでもペットボトル（右のリサイクルマークが付いているボトル）でのみ使用可能な方法だ。コンビニの帰りに異世界転移してしまった場合、中身を飲み切った後でも、決してペットボトルは捨ててはならない。

　太陽光線が奥まで差し込まないほど濁っていたのでは、殺菌にならないので、SODIS法を使うためには、少なくとも透明できれいに見える程度には、あらかじめ濾過しておく必要がある。

○薬品

　水道水に入れる塩素のような薬品を使って、水を浄化することもできる。例えば、どこの家庭にでもある漂白剤、あれを通常の濃度にして飲めば毒だが、ごく僅かに入れるなら水道水に入っている塩素と同じで、殺菌効果があり人体に影響はない。

液体漂白剤には、塩素系（次亜塩素酸ナトリウムが主成分のもの）と酸素系（過酸化水素が主成分のもの）がある。ちなみに、この２つを混ぜると塩素が発生して、大変危険だ。

　次亜塩素酸ナトリウムは、プールの消毒剤としても知られている。プールの水の独特の臭気や味は、次亜塩素酸ナトリウムのものだ。つまり、プール程度の濃度なら、人体に悪影響を与えないが、味が悪いのでもっと薄めた方が良い。

　次亜塩素酸ナトリウムを主成分とする漂白剤なら、1ℓ当たり数滴（0.25mℓくらい）入れれば、水道水の消毒と同じ程度になる。ただし、この場合は、成分表をよく見て、他の毒性成分が入っていないかどうか、確認すること。食器用漂白剤なら、次亜塩素酸ナトリウム以上に危険なものが入っている可能性は低いが、確認はした方が良い。

　ごく普通の食品用漂白剤１本で、２t以上の水を殺菌できる。これは、人間の飲み水で換算すれば、２年分以上になる。

　過酸化水素は、発がん性が見られるし、刺激もあるので、あまり飲料水には向かない。ただし、腸内で分解されるので、少量なら影響はない。ワカメに含まれている過酸化水素と同じくらいの割合なら問題がないと考えれば、酸素系漂白剤でも、1ℓ当たり0.2mℓくらいなら良いだろう。

　次亜塩素酸ナトリウム（もしくは次亜塩素酸カルシウム）は、海水を電気分解して生成した塩素ガスと、苛性ソーダ（水酸化ナトリウム）もしくは消石灰（水酸化カルシウム）とを反応させて作ることもできる。

✔️井戸

　中世ファンタジーの技術では、完全な上水道を整備するのは難しい。ほとんどの地域では、井戸を利用することになるだろう。自噴井戸（帯水層にかかった圧力によって、何もしなくても地上に水が出てくる井戸）を除けば、人間の力で深い位置にある水を汲み出さなければならない。

　ところが、初期の井戸は、井戸にロープの付いた桶を投げ込んで、手で引っ張り上げるという単純なものだった。これは、かなりの重労働だ。このため、様々な工夫がなされるようになった。

○釣瓶

　釣瓶は、井戸の上に滑車を付けて、引っ張り上げるものだ。これだと、桶を持ち上げるのと違って、自分の体重で引き下げれば桶が上がるので、単に引っ張り上げるより、遙かに楽に持ち上げられる（図左）。

　だが、これはまもなく改良され、桶の反対側に錘を付けるようになった（図右）。錘の重さは、水の入った桶の半分くらいにする。こうすると、錘を持ち上げるのにも力が必要だが、その代わり今までの半分の力で桶が持ち上げられる。この方が、楽なのだ。

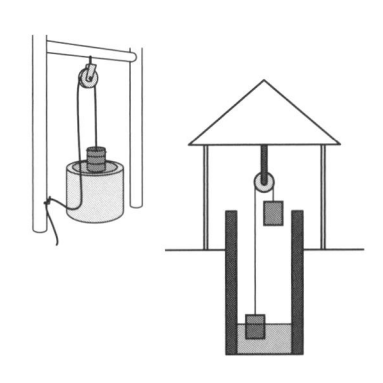

　もう１つの方法として、両側に桶をぶら下げるという方法も使われる。この場合は、桶の重さによって、水の入った桶を持ち上げる力が、少し少なくてすむ。また、ロープを引き下げるたびに水をくみ上げられるので、効率が２倍になる。

○跳ね釣瓶

　釣瓶はどうしても人間の力が必要だ。これをできるだけ少なくしようと考えられたのが、跳ね釣瓶だ。

　その仕組みは簡単で、てこの原理で水を入れた桶を持ち上げようというものだ。桶を下ろす時は、てこの桶の側に人間が体

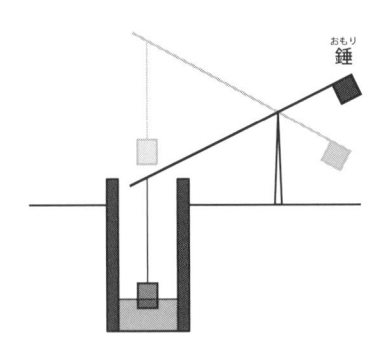

錘

重をかける。持ち上げる時は、錘の側に体重をかける。

　これによって、一気に桶が井戸の底から上がってくる。

　跳ね釣瓶は、大変便利で、かつ高速に水を汲むことができる優れものだが、2点の問題がある。

- どうしても設備が大きくなり、井戸の周囲に広い設置面積が必要になる。
- てこの可動範囲が井戸の深さの限界で、あまり深い井戸には使えない。

○手押しポンプ

　手押しポンプは、人力で行う水汲みで、最も楽な方法だ。しかも、工作精度もそれほど高い必要はないため、中世ファンタジーの技術レベルでも問題なく製作できる。

　そのような簡単な機構であるにも関わらず、小さな子供でも軽いレバーを上下に動かすだけで、水が出てくるので、今まで戦力にできなかった子供を活用することができる。もちろん現代の視点では、児童労働であって問題があるが、中世の世界観では子供であっても働けるものは働くのが当然だった。また、そうしないと、家族が飢えて困るのだ。

　手押しポンプの原理は以下の通り。

1. ポンプに水が入っている状態。
2. ピストンを押し下げると、シリンダー内の水が弁を通って、ピストンの上に移動する。

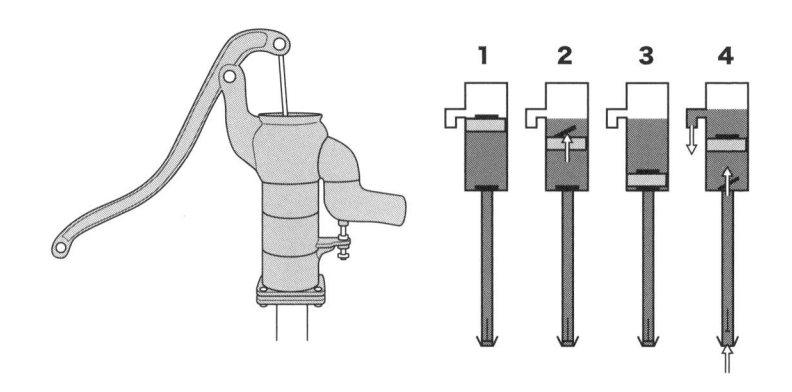

3. 水がピストンの上に移動し終わった。
4. ピストンを引き上げると、ピストンの上の水が蛇口から流れ出す。同時に、下から弁を通って水が上がってくる。

　ピストンの上げ下げは、思いの外軽いが、これには理由がある。ポンプの水は、ハンドルの力ではなく、空気圧の力で押し上げているからだ。
　地上に存在する水には、大気圧がかかっている。4でピストンを持ち上げると、シリンダー内の水圧がゼロになるので、大気圧によって、シリンダー内に水がやってくるのだ。ピストンで地下深くにある水を持ち上げているのではないため、意外と軽く動かせる。
　ただし、大気圧で上昇しているため、大気圧による力の分までしか水は上がらない。理論的には、約10mまで上昇させることができる。しかし、実際にはピストンの漏れなどによってシリンダー内が完全にゼロ気圧にならないため、8mくらいが上昇限度である。
　つまり、手押しポンプは、地下水面が8m以下の深い井戸では、水を汲み上げることができない。それ以上の深井戸では、別のポンプを使用する必要がある。
　注意すべきは、1の状態で、シリンダーや下のパイプに空気が入っていると、空気は減圧すると膨張してしまうため、水を汲み出すことができない。このため、最初はポンプの上から水を入れて、シリンダー内の空気を抜いていく必要がある。この水を、呼び水と言い、これを最初に入れないとポンプは働かない。ポンプを常用している限り、水が抜けてしまうことはないので、呼び水は最初の1回だけで良い。ただし、しばらく放置したポンプを久しぶりに使う場合など、呼び水が必要となるだろう。
　通常、ピストンは木玉と言ってシリンダーの内径に合わせて木材で作る。木玉は常に水に浸かっているのが前提で、乾燥させて放置しておくと、ひび割れなどが発生して水を汲み出せなくなる。もちろん、すり減ったら交換する。木のピストンなら、鉄のシリンダーが摩耗することは少ないので、木玉さえ定期的に交換すれば、長く使えるのだ。

○井戸掘り
　人間には水が必要だ。このため、集落には、必ずと言って良いほど、

井戸が作られる。だが、井戸掘りは重労働でしかも危険だ。そこで、様々な井戸掘りの方法の中で、人力のみで行え、それほど大量の資材を必要とせず、しかも比較的楽な方法として、竹を利用した上総掘りが考えられる。

　元々、日本の井戸は、掘り井戸と言って、人間が中に入って地面を掘り進むものだった。だが、この方法は、人間が入れる穴を掘るため直径１〜３ｍもある大きな縦穴を掘らねばならず作業が大変であり、また掘っている人間が生き埋めになる危険と隣り合わせだ。このため、せいぜい10〜20mが限界だった。地下水位が高くて水の豊富な地域で使われる方法だ。

　だが、作業の大変さと、掘れる深さの限界から、江戸時代には、鉄の棒で地面を突いて穴を開ける掘り抜き井戸の手法が開発された。こちらは、直径数十cmの穴で良いので、作業が少なくてすむ。ただ、鉄の棒の重さの関係で、人間が棒を持ち上げられる最大深度30mほどが限界だった。

　そこで、1882年（明治15年）に千葉県で樫棒式が開発され、そこから工夫が重ねられて、1895年（明治28年）には、現在の上総掘りが完成した。僅か５〜６人で、１日当たり４ｍほどの穴が掘れ、500m以上の深さまで掘れるという画期的な方法だった。

　500m以上の深さまで掘れるため、井戸だけではなく、温泉や油田などの掘削にも使用可能だ。実際、別府温泉は、明治中頃にこの手法を導入することで源泉を増やし、14軒しかなかった旅館が1000軒以上に増えて大温泉地となっている。

　もちろん、現代ではボーリングマシンの普及によって日本で実用的に上総掘りが行われることはなくなった。しかし、現在でも、発展途上国向けの井戸掘り技術として上総掘りの技術指導が行われている。何より、人力のみで行え、材料もほとんどが木と竹で良いので、中世ファンタジーの技術レベルでも実行可能なところが素晴らしい。

　上総掘りは、チート植物である竹（p.228参照）の能力を縦横無尽に活用したもので、竹なしにはこのような効率の良い井戸掘りは難しい。現代のハイテク材料か、ファンタジーの謎素材が必要になるだろう。

　上総掘りは、鉄管を地面にぶつけて穴を開けるという点では掘り抜き

井戸の一種だ。ただ、このような鉄管を長く伸ばすと重すぎて持ち上げることができない。そこで、竹ひごをつないで長く伸ばし、その先に鉄管を付けることにした。

竹の引っ張り強度は、孟宗竹3～4年もので、710～1760kg/cm^{2}である。そこで、孟宗竹を縦に割って幅16mmほどのひごを作る（3～4年ものの孟宗竹は厚さ8mmほど）。1.6×0.8＝1.28cm^{2}なので、少なくとも1tの重さに耐える。実耐力試験では2～3tの重さに耐えたという結果もある。

竹ひごと竹ひごは、節のところで引っかかるように噛み合わせて、外から鉄の輪で締めておく。

鉄管を一番下にして、穴の深さまで竹ひごをつないで伸ばし、一番上には綱を付けて、綱はハネギに結んでおく。すると、2本の竹が弓状にしなってバネのようになり、鉄管を上下させて地面にぶつける時に、持ち上げる力を小さく、勢いを調整してくれる。

竹ひごの一番上の、地面に出ている部分には、シュモクという横木を付けて、両側から2人の人間で持ち上げたり、地面にぶつけるように下げたり、回転させて衝撃で穴の底をよりえぐるようにさせたりといった、

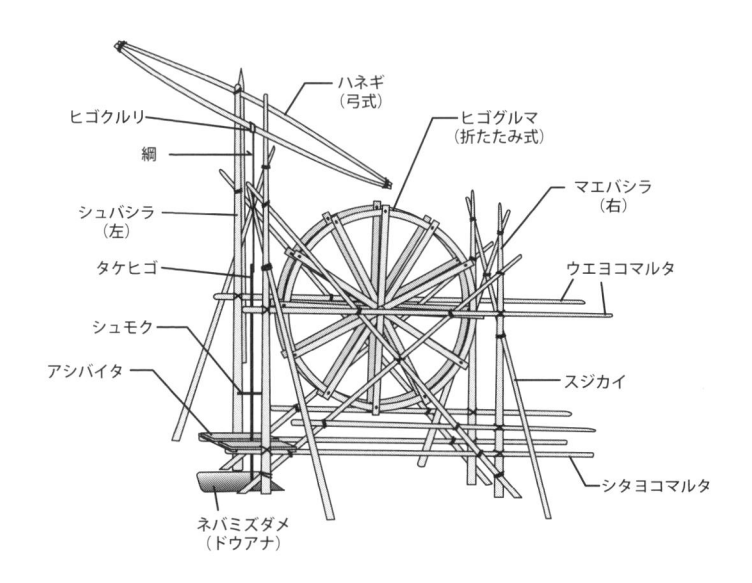

ハネギ
（弓式）

ヒゴクルリ

綱

ヒゴグルマ
（折たたみ式）

マエバシラ
（右）

シュバシラ
（左）

タケヒゴ

ウエヨコマルタ

シュモク

アシバイタ

スジカイ

シタヨコマルタ

ネバミズダメ
（ドウアナ）

操作を行う。

　通常、40cmほど持ち上げては、下に落として、その衝撃で底を掘り進む。この打撃を、1分に50回ほど行い、打撃2〜3回ごとにシュモクを少し回して、均等に垂直に穴が掘れるようにする。

　だいたい、鉄管の長さ（50cmくらいのものを使う）相当掘り進んだら、いったん引き上げて鉄管の状況を確認する。中に詰まった土を掻き出して捨て、また鉄管が摩耗して短くなっていたら交換する。

　予備の竹ひごは、ヒゴグルマに巻いておき、必要に応じてつないでは伸ばしていく。鉄管を引き上げる時は、ヒゴグルマの中に人間が入って、ネズミ車のように歩いて回す。

　深い穴が掘れたなら、長いパイプを差し込んで、水なり温泉なり石油なりをくみ上げる（自噴するならありがたい）。この時も、節を抜いた竹を組み合わせて長く伸ばすことで、パイプ代わりに使うことができる。

✔ストーブ

　冬場の暖房は、特に冬の寒いヨーロッパもしくは同等の世界に行ってしまったキャラクターにとって、死活問題だ。

　しかも、暖房には薪を使うので、人口が増えると木材の使用量が激増する。実際、そうやって森が失われて荒廃してしまった土地も多数ある。

　ファンタジーや過去世界の家庭において、暖炉とは、素晴らしいものだ。体も心も暖めてくれるし、雰囲気もとても良い。暖炉のそばでくつろぐシーンは、激しい戦いの後の癒しのシーンとしても最適だ。

　しかし、実は暖炉には致命的な弱点がある。それは熱効率の低さだ。暖炉では、薪を完全燃焼させた時の10%程度の熱量しか部屋に供給されない。90%は、不完全燃焼と、煙突から出て行く熱となって無駄に捨てられてしまう。

　つまり、この熱効率の低さを改善すれば、それだけで森林の保護になり、住民は金と体力を節約できて、一石二鳥だ。これによって浮いた人手と金銭を活用できれば、冬場の金稼ぎができて、チートとして使えるだろう。

○フランクリン・ストーブ

　暖炉の熱効率の低さを憂いて新たなストーブを発明したのが、アメリカ建国の父でもあるベンジャミン・フランクリンだ（雷が電気であることを証明した人物でもある）。彼が1741年に発明したストーブを、フランクリン・ストーブと言う。別名、循環式ストーブ、またはペンシルバニア・ストーブとも言う。

　フランクリン・ストーブの利点は、何よりその熱効率だ。40％もの熱効率があり、通常の暖炉の4倍にもなる。つまり、フランクリン・ストーブを利用すれば、薪が4分の1ですむのだ。

　しかも、フランクリンは、人々がこのストーブで生活が楽になるようにと、ストーブのパテント（特許・実用新案・その他の権利）を取らなかった。このため、誰もが自由にフランクリン・ストーブを作ることができた。このため、フランクリン・ストーブは急速に普及した。

　フランクリン・ストーブの基本構造の特徴は3つある。

- 燃焼室の一番上から排気口が出ている。
- 排気口は、U字型になっており、いったん下がってから上に上がる。
- 燃焼室の下から空気が入る。

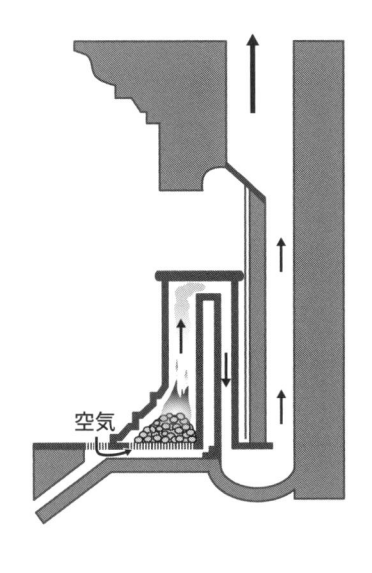

　フランクリン・ストーブは、薪から出る揮発成分（燃やすことができる）を燃焼室の上に集め、そこで燃焼させることができる。今までの暖炉やストーブでは、空気より軽い揮発成分は、そのまま煙突から逃げていってしまい、部屋を暖める役に立たない。しかし、フランクリン・ストーブは揮発成分が逃げていかないようにするため、排気口は下に向けてあるのだ。これによって、燃焼効率が上がる。

　元々通常の暖炉だったところでも、以下の改造を行うことで、フランク

空気

リン・ストーブと同じ構造を持たせることができる。

- 奥側に暖炉の天井から下向きのついたてを、そのすぐ手前に床から上向きのついたてを設置する。
- 手前側に、天井から下向きのついたて（上から半分くらいで、薪と炎は十分見える程度で構わない）を付け、揮発成分が室内に漏れ出しにくくする。
- 暖炉部分に、格子に足を付けた台を置いて、その上で薪を燃やし、下から空気が入るようにする。

　こうして、フランクリン・ストーブの発明後は、家の暖炉を改造してフランクリン・ストーブに近い燃焼率を出すことができるようになった。

　暖炉の改造ではなく、フランクリン・ストーブならば、ストーブの天井部分がとても熱くなるので、やかんで湯を沸かすこともできる。

　フランクリン・ストーブで注意しなければならないのが、煙突の扱いだ。煙突の中は、燃焼後の熱い空気が通っており、そのまま外に流すともったいないように思える。煙突からも放熱して室内を暖めたいと考えてしまう。

　しかし、あまり煙突から熱放射で煙突内の空気を冷やしてしまうと、冷えた空気が煙突から外に出て行かずに滞留してしまう。すると、ストーブ内で、揮発成分の完全燃焼が行われなくなり、かえって熱効率が下がってしまうのだ。

　このため、フランクリン・ストーブでは、煙突を断熱材で覆い、あまり冷えすぎないようにすることが大事だ。煙突内の空気を流し、薪の下から常に新しい空気を入れて、燃焼室の上部で揮発成分を燃焼させる。これが、フランクリン・ストーブを効率よく燃やすコツなのだ。

○ロケット・ストーブ

　フランクリン・ストーブによって、熱効率が4倍になったが、それでもまだ半分以上の熱が無駄に捨てられている。しかし、今さら薪ストーブの熱効率アップを考える人などいなかった。だが、それが1982年のロケット・ストーブによって覆された。

　ラリー・ウィニアルスキーによって発明されたロケット・ストーブは、熱効率80〜90％をたたき出す、驚異のストーブだ。熱効率が高いとい

うことは、不完全燃焼をほとんどしていないということで、不完全燃焼による一酸化炭素中毒の発生も防いでくれる。

　しかも、ロケット・ストーブの素晴らしいところは、中世の鍛冶屋の能力で十分作れる単純さにある。元々、発展途上国における薪の使用量削減と排気の清浄化による安全な暖房を目的として設計されたロケット・ストーブは、発展途上国の低い技術力でも簡単に作れるような単純な構造だからだ。

　ロケット・ストーブの原理は、高温燃焼にある。

1. 断熱された比較的狭い空間で燃焼することで、燃焼筒内が非常に高温になる。
2. 高温によって強い上昇気流が発生する。
3. 上昇気流によって、焚き口からは常に新しい空気が供給される。
4. 高温の上昇気流によって、縦の燃焼筒で薪から出た揮発成分が再燃焼して不完全燃焼を防ぐ。燃焼筒は、このような用途に使われるので、あまり太すぎる大きな燃焼筒は、かえって効率を下げる。
5. 強い上昇気流によって押されるので、煙突内の排気が冷えていっても、問題なく煙突の先から押し出される。

　フランクリン・ストーブでは、燃焼後の排気を冷やさないように断熱して、排気の上昇力を維持したままで煙突から屋外へと出していた（ここに熱効率の無駄があったが、構造上やむを得なかった）。しかし、ロケット・ストーブでは、ストーブ内で発生する強い上昇気流によって排気が押し出されるので、煙突から輻射熱を出して排気が冷えても構わない。30度くらいまで冷えても、問題なく外に押し出される。このため、わざと煙突を室内に長く引き回して、輻射熱をぎりぎりまで利用するのが賢い使い方だ。ロケット・ストーブの利用者は、室内に曲がりくねった煙突を設置している人も多い。こうすることで、高い熱効率を作り出しているのだ。

ロケット・ストーブの断熱材は、パーライトを使うことが多い。パーライトとは、黒曜石や真珠岩などのガラス質の火山岩を、小さく砕いてから、1000℃くらいに熱して膨張させたもので、軽量（通常の岩の10〜20％ほど）で断熱性が良い。もしパーライトを作れないのなら、中空にしておくのでも構わない。空気は、十分能力の高い断熱材だからだ。ただし、隙間などが空いていて、外部と空気の出入りができると対流が発生して断熱にならないので注意する。

　このように優れたロケット・ストーブだが、1つの欠点がある。それは薪を突っ込む焚き口が小さいことだ。この小さい焚き口に突っ込まれた薪が燃焼し、それと同時に空気が室内から薪の隙間を通って、燃焼筒へと向かう。ここで、焚き口が大きすぎると、揮発成分が燃焼筒へと流れてくれないのだ。このため、大量の薪をいっぺんに突っ込んでおくことができない。こまめに薪を入れていく作業が必要になる。夜中、皆が寝静まってしまうと、1時間ほどで薪が燃え尽きてストーブが消えてしまう。

　ロケット・ストーブは、燃焼させ続けるのに、30分に1回くらいの割で、新たな薪を少しずつ投入しなければならないことが、最大の欠点だ。このため、常に人がついていられる状況ならロケット・ストーブ、夜中など放置しておく時間が長い場合はフランクリン・ストーブと、使い分けると良いだろう。

✔かまど

　人間は調理をする時、どのようなかまどを使うか。

　最も古いかまどは、大きい石を3〜4個丸く並べて、それで鍋を支えるというものだ。人間の数が僅かしかいない時代ならまだしも、人が集まって定住するようになると、困ったことになる。まず、非常に熱効率が悪く2〜3％ほどしかないため、森林資源を消費しすぎる（実際、アフリカなどでは近場の森が失われて、国土の森林率が下がるほどの影響がある）。さらに、赤外線が目や顔などに直接当たるため視力や皮膚を痛めるし、火が直接触れられるところにあるため子供が転んで火傷をするなど事故も多い。

　このため、周囲をレンガや粘土などで囲った、いわゆる昔ながらのか

まどが使われるようになった。このようなかまどは、日本だけではなく、中世ヨーロッパでも使われている。これによって、熱効率は10%くらいになった。石の台に比べれば、3～4倍の効率化である。実際、使用する薪の量が4分の1ですむようになったという報告もある。しかし、昔ながらのかまどは、空気の取り込みに難があり不完全燃焼を起こしている。このため、まだまだ熱効率が悪い上に、一酸化炭素が発生しやすく危険でもある。

　そこで、昭和初期に、前項のストーブと同じように完全燃焼しやすくするための改良かまどが作られ、より少ない燃料で調理ができるようになった。

　改良かまどは、下から空気を入れるという点でフランクリン・ストーブと共通している。これによって、新鮮な空気が入って、不完全燃焼が起こりにくくなる。さらに、通風口の空気取り入れ口を調整することで、火力を変えることができるので便利だ。

　もう1つは、煙突の利用だ。煙突を付けることで、煙が部屋の中に広がることを防ぐ。これは室内の空気を汚さず、調理をする人間の健康を守る意味がある（WHOによれば、現代でも1年で200万人ほどが台所の空気の汚れが原因で死亡していると言う）。だが、例えばアフリカなどでは、台所に煙があると、マラリアを媒介するハマダラカが寄ってこ

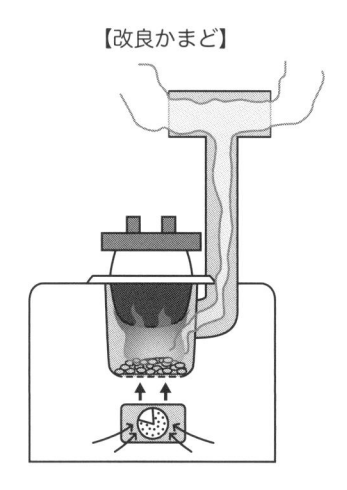

【昔ながらのかまど】　　　【改良かまど】

ないという利点もある（マラリアの患者は年間2億人ほどいる）。しかも、アフリカでは台所は開けっ放しのところが多いので、室内の空気が健康を損ねるほど汚れるということがあまり考えられない。このため、煙突を付けるかどうかは、その土地の気候や住環境などによって判断すべきで、画一的に決めるべきではない。

改良かまどによって、熱効率が20%近くになり、昔ながらのかまどに比べて、2分の1の薪ですむようになった。石を並べただけのかまどから考えると、8倍の改善だ。それだけ、より少ない薪ですむわけで、森林伐採も8分の1ですむ。

フランクリン・ストーブのように、煙突の向きを下に向けて揮発成分がかまど内できっちり燃えるようにすると、より効果の高いかまどができるかも知れない。

✔ 懐炉

懐炉とは、その名の通り、懐の中で燃える炉で、寒さ対策として有効だ。

現在では、使い捨てカイロが主流だが、かつては白金カイロというベンジン（ホワイトガソリンとも言う）を使ったカイロが主流だった。と言うのは、白金カイロは、その名の通りプラチナ触媒によって、ベンジンが二酸化炭素と水に分解される時に発生する熱を利用するものだ。このため、2つの利点がある。

- 空気中の酸素を使わないので、着物の中に入れておいても不完全燃焼することがない。
- 二酸化炭素と水という無害な生成物しか出さないので、有害物質で人間がダメージを受けることもない。

ベンジンは、石油に含まれる成分で、揮発性の高いものを言う。このため、熱による蒸留で初期に分離できる透明な成分が、ベンジンと考えて良いだろう。加圧高熱にした石油に水素を吹き込むことで、分解蒸留してベンジンを大量に製造することも可能だ。

懐炉を活用することで、冬場の軍事行動がかなり楽になる。人間は、0℃以下の温度の中ではまともに行動できない。どんな武勇の持ち主で

も、身体が動かないのを防ぐことはできない。寒さに震えてまともに行動できない敵軍を、懐炉を配布した味方の軍で蹴散らすことも可能だ。

✔保存食

保存食には、4つの面がある。

- 保存しているうちに食べられなくなる食品をなくし、食料の無駄をなくす。例えば、牛や山羊の乳をチーズに加工するといった方法で、牛乳が腐って飲めなくなることを防ぐ。
- 腐りやすい食品を、その食品の存在しない地方に持って行って、新たな食材として消費される。例えば、魚を干物に加工することで、海のない山の中に魚を売ることができる。
- 軍事行動の時に、持って行ける食料にする。携行しやすく、調理が簡単だと、さらに良い。
- 非常食にする。飢饉の時や、大火の後など、食べ物がなくて困った時のために、残しておくことができる。

適切な保存食を開発することは、国力の上昇、無駄に捨てられる食料の減少、軍事行動の高速化など、様々な面で有用だ。特に、兵站における有利は、戦争の勝敗を左右するほど大きな影響がある。

ナポレオンの言葉に、「軍隊は胃で動く」というものがある。中世ファンタジーの軍において将軍の最大の仕事は、兵に食事を与え続けることなのだ。これができない将は、どんなに武勇に優れ、戦術の才があっても、勝つことはできない。

○籾

籾の状態の米は長期保存可能な食品で、味こそ落ちるものの、数年経った米でも問題なく食べることができる。このため、籾の状態の米・麦は、保存食としても有用だ。

誤解している人が多いのだが、江戸時代でも日本の米の生産量は、当時の人口全員が食べるのに足りるだけの量があった。そして、武士や貴族でも、通常人の何倍も米を食べるわけではない。つまり、農民の食べるべき米は、飢饉でもなければ充分にあった。しかし、江戸時代のドラマなどでは、「百姓は米を食べられない」とよく言われている。ではいっ

たい何を食べていたのだろうか。稗や粟は、米よりも土地当たりの効率の低い作物なので、米ではなくそんなものを育てていたのでは、かえって飢えてしまうので、稗や粟を主に育てていたとは考えにくい。実は、米の一部は非常用に保存されていた。そのため、その非常用倉に新米を入れて、代わりに古米を出荷していた。つまり、正確には「百姓は、新米を食べられない」だったのではないかと言われている。

○瓶詰

　瓶詰は、食品をガラス容器に封じ込め、密封後に加熱殺菌したもので、1804年にフランスのアペールによって開発された。加熱殺菌しないものは、瓶入りとして区別される。

　当時のフランスは、フランス革命のさなかで、ナポレオンが東奔西走していた。このため、ナポレオンは保存性が良い軍用糧食を求めて懸賞金を付けて新たな方法論を求めた。その応募の中から賞金を得たのが、アペールの瓶詰だ。

　加熱殺菌は、ガラス瓶が割れないように、ゆっくり行う必要がある。急に沸騰する湯に漬けたり、沸騰している湯から取り出して冷水に漬けたりすると、割れる恐れがある。特に、中世ファンタジーの製造能力では、ガラスはもろいので、割れる危険が高い。

　食品を大気に触れさせずにおいたり、加熱したりすると、保存性が良くなることは古くから知られていた。ガラスは酸・アルコール・塩分などで傷むこともなく、一切の気体・液体を通さないため、口の封印さえできれば、非常に保存性が良い。

　アペールは、蓋を開けたままで瓶を湯煎し、沸騰させてからコルクの蓋をした。沸騰した瓶は高熱で細菌も死んでおり、コルク栓をきっちり閉めれば新たな菌が入らず、長持ちした。当時は、細菌による腐敗は知られておらず、空気が腐敗を起こすと信じられていた。このため、水蒸気で空気が追い出された瓶だから腐敗しないと思われていた。細菌による加熱殺菌の理論は、60年後にパスツールが発見している。

　コルクの蓋でも、ちゃんと沸騰させた湯で殺菌したコルクを使い、きっちり蓋をするなら、現代の瓶詰ほどではないにせよ、細菌はなかなか入ってこられないので、十分長期の保存ができた。とは言え、その後

は蓋の方法も発達し、その閉め方には、以下のような方法がある。

方式	解説
アンカー・キャップ式	ゴム輪をはめて上からはめ込むだけなので、簡単。その分、密閉度は低く、高温殺菌には向かない。
ハネックス・キャップ式	強くフタを押さえることで、フタの裏側のゴムパッキンを強く当てて密閉する。押さえ込む力は、てこで押さえ込む方法と、ネジで押さえる方法がある。
ケーシー瓶	いわゆる王冠。操作が簡単なので、ビール瓶などに使われている。
ネジ蓋式	ハネックス・キャップ式で、ネジで押さえる場合、こう呼ぶ。

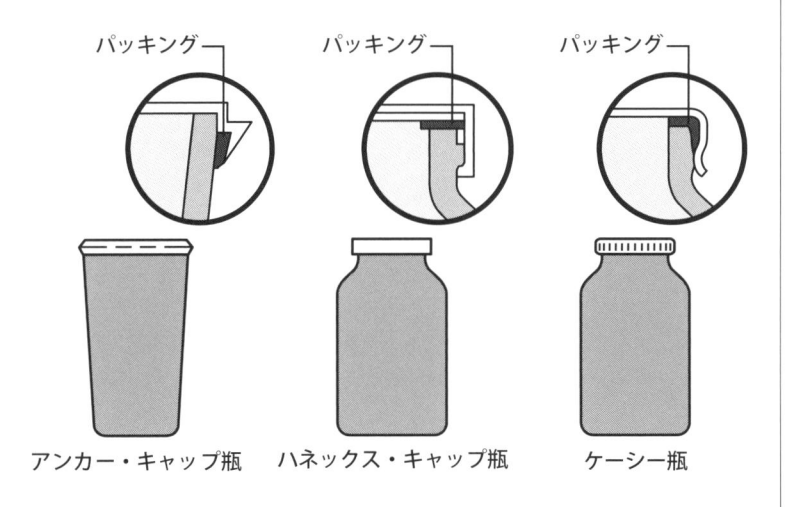

アンカー・キャップ瓶　　ハネックス・キャップ瓶　　ケーシー瓶

　瓶詰の利点は、ガラスなので中が見えることだが、逆に光を通すので、光で変質するタイプの食品には向かない。また、ガラスなので、重くて割れやすく、行軍などに持って行くには難点がある。

　ガラスの調達が難しい場合、磁器などに詰めて密封しても、近い効果が得られる。ただ中が見えないので、開けてみるまで腐敗しているかどうか分からない。ただ、光を通さない分、光に弱い食品も入れられる。

　ガラス瓶がなくても、適当な磁器とコルク栓があれば、十分長期の保

存が利く（何年とは言わないが、何ヶ月かは保つ）軍用糧食を作ることができる。

○缶詰

缶詰は、原理的には瓶詰と同じで、密封したものを加熱殺菌すると、保存性が良くなるという発見から作られた。瓶に詰めて行ったものを瓶詰、金属ケースに詰めて行ったものを缶詰と言う。

缶詰はイギリスの発明だ。ナポレオンが懸賞金をかけて軍用糧食を求めたら、その仇敵であるイギリスも当然ながら、便利な軍用糧食を求める。そして、1810年にイギリスのデュランドが発明したのが、ブリキ缶を使って、食料を加熱殺菌して保存する缶詰だ。

当時の缶詰製法は、筒の上下に蓋をハンダ付けしたものだ。筒の下側にハンダ付けで底を作る。そうして作った容器に中身を入れて蓋をハンダ付けする。その後、沸騰する湯に漬けて加熱し、蓋に小さな穴を開ける。すると穴から空気が吹き出してくるので、封蝋で穴をふさぐというものだ。

現代にある蓋と底を二重巻締めした缶詰は、1896年にアメリカのアムスが発明したものだ。蓋と胴の接合部分が、二重になっているので、この名がある。蓋の裏に塗られたシーリングコンパウンド（ゴム状の弾力のある素材）が、この二重部分を密封している。

これによって、密封作業が機械化できるようになり、効率が上がった。蓋や缶の縁をこのような形にあらかじめ整形しておく必要があるが、これはプレス加工の技術が必要となる。

缶詰は、瓶詰より軽く、衝撃に強いので、軍用糧食とするのに向いている。現代では瓶詰を軍用糧食に採用している国はないが、缶詰ならば現代でも利用されている。

ちなみに、瓶詰や缶詰の瓶や缶を残しておくと、その数から軍の人数を推測される。このため、自衛隊などでは、軍事行動時には缶詰は食事の後で地面に埋めて隠すように指導されている。

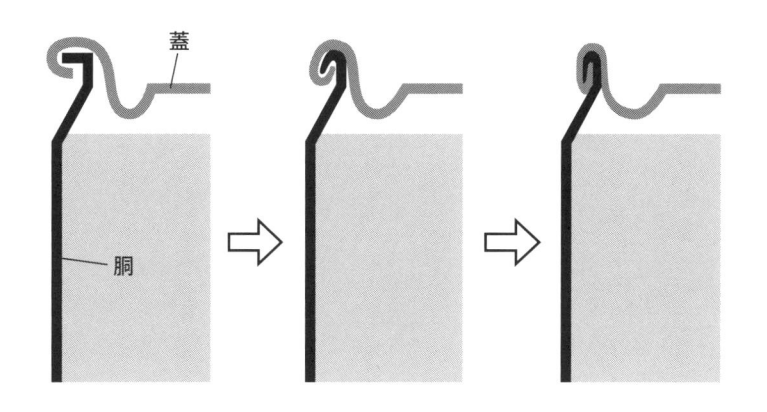

○砂糖漬けや塩漬け

砂糖漬けや塩漬けは、実は乾燥食品の一種と考えることができる。水溶性の物質を大量に使うと、その濃縮された溶液は、水を吸収しようとする。このため、入り込んできた細菌は水を吸われてひからびて（正確には細胞内の濃度が濃くなりすぎて）死ぬ。

塩では、海水の5倍の濃度（1ℓの水に180gの塩を溶かす）なら、ほとんどの細菌は生きていけない。

○酢漬け

酸性度が高ければ、やはり細菌は生きていけない。そもそも腐ったものが酸っぱくなるのは、繁殖した耐酸性のある細菌が自分以外の細菌の繁殖を阻害するため、酸を作っているのだ。ヨーグルトが酸味があるのも、乳酸菌が牛乳を発酵（人間に都合の良い腐敗を発酵と呼んでいるだけで、起こっていることは同じ）させて乳酸を作っているからだ。

これを人工的に起こしてしまうのが酢漬けだ。酢に含まれる酢酸が、食物を酸性にして、耐酸菌以外の発生を抑えている。

しかも、酢は古くから作られており、中世ファンタジーの世界でも比較的豊富にある。このため、酢漬けは非常に作りやすい保存食だ。ただし、既に一般化していて、チートにならない可能性もある。

○燻製

　燻製は、主に木クレオソートの効果で腐敗を止めるものだ。木材の成分が熱分解されて生成したフェノール系化合物の総称だ。

　燻製をするためには、木を不完全燃焼させないといけない。こうすることで、木クレオソートが生成されるが、これが殺菌成分となる（正露丸などにも入っている）。

　次に熱が加わることで、水分を飛ばし保存性を高めている。

　それに、燻製の前処理として味付けに塩を使うことが多く、塩漬けの効果もある程度ある。燻製前に乾燥させれば、その効果も得られる。

　このように、燻製はただ１つではなく、色々な腐敗防止の相乗効果によって食品を保存するものだ。

　基本的な手順は、以下のようになる。

1. 肉や魚を塩漬けする。チーズなど、あらかじめ塩の入っている食品はそのままで良い。
2. 陰干し・日干しなどである程度乾燥させる。
3. 木や木のチップ、茶葉などを不完全燃焼させて、煙を出し、それを食材にあたるようにする。暖かい煙で食材が60℃くらいになるのが、最も普通の温燻という手法。

　燻製という手法も、かなり古いものなので、既に一般化している可能性はある。

✔料理

　現代になって新しく作られた料理は、中世ファンタジーの住民にとってとても珍しく、美味しいものだ。これだけでチートができるとはとうてい考えられないが、人々の好意を得るという点では重要だ。

　ただ、現代の料理は、豊富な香辛料・塩・砂糖・食用油の裏付けがあって、初めて成立するものが多い。例えば、日本人の多くが愛好するカレーは、何種類もの南方産スパイスがあって初めて作成可能だ。中世ヨーロッパでカレーを食べようとすれば、それは金塊を食べているのと同じだと考えれば良い。

　また、塩もかなり高価なもので、料理に大量に入れるのはもったいな

かった。このため、中世の食事は基本的に薄味だ。そのため、味を加えるために、その地に生えるハーブなどを利用していることが多い。

さらに言うと、砂糖は非常に高価なもので、薬として使われる程度の量しか手に入らない。当然、庶民の口になど入るはずがない。貴族なら入手できるが、それでも毎回の食事に使えるような安いものではない。食事に甘味を簡単に利用できるようになるのは、砂糖の大量生産が可能になってからのことなのだ。残念ながら、甘いプリンが作られるようになるのは、その後のことだ。

蜂蜜を使って甘味を作ることも可能だが、これまた養蜂技術の発達が必要だ。ミツバチの巣を探して、そこから蜂蜜を奪ってくるという方法では、蜂蜜も高価すぎる食材となる。

油も、基本的には高価なものだ。灯りに使うにも高価すぎる。だからこそ、当時の人々は暗くなったらすぐに寝てしまう。これは、庶民だけではなく、貴族も同じだ。当時の食事が煮込みがほとんどで炒め物が珍しいのは、油を使わないですむからなのだ。天ぷらやフライに使うために大量の油を使うといった贅沢は、貴族が饗宴を開く時のような特別な場合のみ可能だった。残念ながら、マヨネーズは高価すぎて、普通の人の口には入らない。

香辛料はまだしも、油や砂糖の材料となる作物なら中世ヨーロッパでも栽培可能（p.200参照）だ（甜菜から砂糖が採れるという知識もなかったわけだが）。では、なぜ作られないかと言うと、農業生産性が低すぎて、人間の食べ物を作るので精一杯だからだ。それ以外の余計な作物など作っている余裕などなかった。

つまり、料理の進化のためには、以下の手順が必要になる。

1. 農業の生産性が上昇して、商品作物を作る余裕ができるようになる。
2. 商品作物として、菜種などの精油可能な作物や、甜菜などの砂糖の原料となる作物などが開発される。
3. 油や砂糖などを利用した料理が発明される（ここだけが料理チートの範囲）。

美味しい料理を庶民の口に入れるためには、料理の才能だけでは全く足りないことが分かるだろう。

確かに、金に飽かせて美味しい料理を作ることは可能だ。大金を積め

ば、香辛料も砂糖も手に入る。王族や貴族に食べさせて、感心させることなら可能だろう。ただ、大金をかけて作った料理なので、料理人の才能というよりは、金をかけた料理として感心される可能性が高い。料理人としては不本意かも知れない。

✔菊割

非常に有用な植物である竹だが、何より便利なのは、竹ひごを非常に高速に作ることができる点だ。

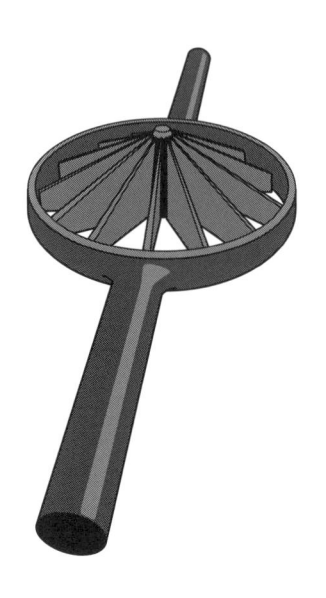

菊割は、輪の中に、いくつもの鉈状のものをまとめたもので、片方は図のように尖っている。この尖った方を竹（通常根元側）に当てて、上から体重をかけて竹を分割する。図では15分割しているが、これは大きな竹を細かいひごにするもので、竹の太さやひごの大きさに応じて、分割数は変わる。このため、竹細工を行う職人は、分割数の異なる菊割を多数所有しており、必要なひごの太さに合わせて使い分ける。最低4分割くらいから20分割くらいまでの菊割がある。

この菊割によって、鋸などで時間をかけて切る必要がなく、一気に均等な太さの竹ひごを量産することができる。

✔リアカーと大八車

日本の江戸時代、荷物を運ぶのに最も良く用いられたのは大八車だった。一般に、大八車は、前で車を引きつつ、大声を出して注意を喚起する役が1人、後ろから押す役が1～2人で動かす。だが、大八車は、車輪が車

軸でつながっている。これによって、以下の問題が発生した。

- 車輪が同じ回転しかできないため、カーブを曲がる時には、大八車の引き手と押し手が無理矢理引きずって曲げないといけない。これによって、人間は疲れるし、車輪が摩耗する。
- 荷台が車軸より高い位置にあるため、重い荷物を持ち上げるのに苦労する。重心が高くなるため、転倒しやすい。車輪を小さくすれば、荷台を低くすることは可能だが、この場合、悪路走破性が落ちる。そして、江戸時代の日本の道路は舗装などされていない土の道なので、悪路走破性の低いものは役に立たない。

　リアカーは、1921年（大正10年）に、オートバイのサイドカーを見た望月虎一が、後ろに付けて引っ張った方が便利だと考えて、サイドカーに対してリアカーと名付けて発明した。基本的には、大八車の発展形だ。本来は、オートバイで引っ張るものだったが、自転車や人間が引っ張っても、充分に役に立ったため、広く使われるようになった。

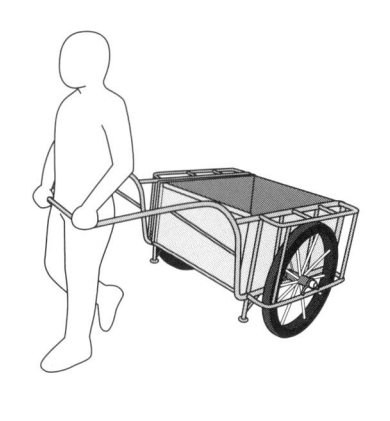

　リアカーの優れている点は、左右の車輪が独立して回転するところにある。

- 車輪が別の速度で回転できるので、カーブを曲がる時も、外側の車輪だけ速く回転させることができ、楽に曲がれる。
- 荷台を車軸の高さより低くできるので、荷物の上げ下ろしが楽で、しかも重心が低くなって安定性が増す。

　このため、大八車のような構造をリアカーにするだけで、輸送能力が高まる。中世ファンタジーの軍隊にリアカーを配備すれば、それだけで兵站能力が上昇し、敵地への侵攻能力が向上する。

　しかし、リアカーを作成するには、問題もある。左右の車輪を独立させているため、車軸を車輪の両側で保持しなければならない。車台もそ

の分だけ丈夫に作って歪まないようにする必要がある。リアカーが大八車と違って荷台に枠が付いているのは、荷物を落としにくくするという利点もあるが、そうした方が車台が頑丈になって歪みにくいという意味もあるのだ。けれど、このような作りは、どうしてもコストと重量が増える。ただし、重量の増加は、取り回しの楽さによって充分にカバーできる。

✔洗濯板

中世の洗濯方法は、桶に突っ込んだ洗濯物を、叩いたり足で踏んだりして洗っていた。これを、水を何度も交換して、洗い水がきれいになるまで行う。時間もかかるし、洗濯物の酷い汚れがなかなか落とせなかった。これは、18世紀になっても変わらず、多少石けんが入手しやすくなったくらいだった。

洗濯板（scrub board）は、1797年にヨーロッパで発明された。洗濯板は、木の板を波形に削ったものだ。だが、この簡単な工夫によって、効率的に汚れを落としてくれる、優秀な道具として普及した。日本でも広く使われ、昭和30年代くらいまでは、多くの家庭で洗濯と言えば、洗濯板だった。

洗濯板は、洗濯をするのに動力を必要とせず、木の板を削るだけなので中世ファンタジーの技術でも簡単に製作可能だ。

その使い方は簡単で、桶に水と洗濯物を入れて（洗剤があれば、さらに良い）、桶に斜めに突っ込んだ洗濯板でゴシゴシ擦るだけだ。

注意するのは、洗濯板のギザギザが、洗う時は、洗う人から見て向こうに凸に見えるように板を置くことだ。上下逆にすると、布が左右に引っ張られて傷む。また、洗浄液が溝に溜まるので、すぐに洗剤がなくなってしまうこともない。

使い終わって乾かす時は、凸に見えるように立てかけておく。こうすることで、溝に溜まった水分が左右から滴って溜まらないので、乾燥が早くなる。

洗濯板ひとつで、家庭の主婦の洗濯時間を1時間くらい減らすことができる。つまり、余った時間を、学習や内職などに使うことができるのだ。それだけでも、庶民の家計を多少なりとも助けることができるだろう。

✔娯楽

中世ファンタジーの世界には、娯楽も少ない。飲酒とセックスくらいで、それ以外のゲームのたぐいはほとんどない。

このため、コストパフォーマンスの良い娯楽を提供できれば、多くの人に楽しんでもらえる。

ただし、著作権などが存在しないので、コピー商品の販売を阻止できない。これで金儲けを狙うなら、著作権の項（p.130参照）などを参考にして、コピー商品がなるたけ少なくするように工夫すべきだろう。

○チェス

チェスの先祖は、インドのチャトランガとされる。それが西に伝搬してチェスとなり、東に伝搬して中国の象棋や日本の将棋となった。

チェスがヨーロッパに伝えられたのは、9世紀頃と言われる。つまり、アーサー王はチェスを知らない。また、当時のチェスには、現代のチェスにあるようなキャスリングなどのルールが存在しなかったと言われている。

ルネサンス頃（15世紀）から、チェスは知識人の遊びとして流行し始めた。チェスのルールが確定したのは16世紀頃とされる。

チェスは、駒さえ保有していれば、いくらでも遊べるので、コストパフォーマンスの良い遊びだ。しかし、以下の2点に問題がある。

- 駒の形が複雑で、どうしても価格が上がる。
- ルールが複雑なので、プレイヤーはそれなりの知識人でなければならない。

このため、もっと簡単な形状の駒を使ったチェスを広めた方が、早いかも知れない。ルールの難しさは、どうしようもない。知識人の趣味とするしかないだろう。

○囲碁

囲碁は中国起源のゲームで、紀元前から存在した。

ルールは非常に簡単で庶民でも理解できるにもかかわらず、その複雑さはチェスを遙かに上回り知識人の嗜好にも合う。このため、庶民から皇帝まで、広く愛された。

また、駒は白と黒の石であり、大量に必要とされる以外は、チェスの駒より簡単に製造できる。

さらに、現在の19路盤以前は17路盤だったことが分かっており、また練習用の13路盤、9路盤など簡易版も全く同じルールでプレイできるところに利点がある。

このため、中世期に囲碁をヨーロッパに持ち込んで普及させることは、充分に可能だと考えられる。ファンタジー世界でも同じだ。

最初は、13路盤くらいから広める方が、石の数が少なくて価格も安くてすむので、普及には向いているかも知れない。

○オセロ

オセロは、囲碁やリバーシなどを元にして作られたゲームで、ルールは囲碁よりもさらに簡単で、その割には奥も深い。ゲームとしての奥行きはチェスや囲碁ほどではないが、それでも人間の思考能力を超える複雑さがあり、充分に楽しめるゲームである。

駒は、表裏を白黒塗り分けなければならない分だけ、囲碁よりは手間がかかるが、その分駒の数が少ないので、最終的には囲碁よりもコストが安くなるだろう。

その意味で、ゲームを普及させるために、コストと奥行きのバランスを考えると、オセロから始めるというのは、悪い考えではない。

第10章

農林水産業チート

農業と言うと、人糞を使った堆肥のことを思い出す人が多いかも知れないが、実は堆肥の利用は、奈良時代から行われてきた歴史の長い農法で、それこそ弥生時代にでもタイムスリップしないと、チートにはならない。

林業や漁業も、古い時代から行われてきたものなので、何を改良すべきかが重要だ。

では、実際に現代の知識を使って過去やファンタジーの農業や漁業を改革する場合、どこに着目して、何を行うべきなのだろうか。

✔現代農業の問題点

　植物は、遙か太古から勝手に育ち、勝手に結実し、勝手に発芽していた。このため、その辺に種を蒔いておけば勝手に実が成るものと、農業を甘く見る人も多い。しかし、それは間違っている。農業とは、特定の植物を、その他の植物全てを除去した土地に隔離して栽培し、均一な作物を作り出すという、非常に人工的で自然に反する行いなのだ。このため、人の手が加わらないと、あっと言う間に崩壊してしまう。

　人間の手が入らない原野や森では、植物はそのまま枯れるか動物に食われる。そして食べた動物もいずれは土に返る。このように、物質が循環するシステムだ。しかし、農業とは、できあがった植物の主要部分を人間が食べるために余所に持って行ってしまうので、基本的に土地は痩せていくしかない。

　過去には、人間の排出物は土地に返されたため、ここである程度リサイクルがなされていたが、現代先進国では、それらは下水として処理され、畑に戻されることなく海に流れて行ってしまう。

　このため、現代農業は、失われる栄養素を化学肥料として土地に入れることで、成立している。特に窒素は、ハーバー・ボッシュ法（p.019参照）によって工場で生産される。また、農業用機械の生産や稼働に関して、大量の化石燃料を必要とする。現代農業は、ほとんど石油を食料に変換するプロセスと言っても過言ではない。食料1カロリーを生産するために、化石燃料を10カロリーほど消費しているからだ。

　しかし、過去やファンタジー世界では、このような無駄を行うことはできない。我々は、現代農業の常識をいったん全て忘れて、過去に学び直す必要がある。

✔2つの生産性

　農業を発展させようとする時、基本的なポイントは2つの生産性にある。

項目	解説
1人当たり農業生産性	これが低いと、自前の食料を作るのに精一杯で、非農業人口（職人・商人・兵士・学者・貴族など）の食料を作ることができない。結果、ほとんど全ての人間が農作業に携わらなければならない。逆に、高いと、農民1人で何人もの非農業人口が養える。つまり、多数の非農業人口を抱えることができる。
土地当たり農業生産性	これが、その土地で生きていける最大人口を決める。例えば、江戸時代の日本の農地は3000万人分の食料を生産することができた。もし、その時代に土地の農業生産性を倍にすることができれば、6000万人が生きていける。当然のことながら、軍隊も倍以上の規模にすることができる。

　農業チートを行おうとする時には、どちらの生産性を上げるべきなのかを考えなければならない。もちろん両方上げるに越したことはないが、どちらが優先なのかは考えておく必要がある。

　日本のように土地が狭く、面積の割に人口が多い国では、土地当たり農業生産性の上昇が望まれる。1人当たり農業生産性は高いに越したことはないが、土地当たり農業生産性の方が優先となる。自然、江戸時代の日本のような、労働集約型農業になる。

　アメリカのように土地が余っており、土地の広さの割に人口が少ない国（特に過去の時代はそうだった）では、1人当たり農業生産性が優先される。広大な農地を少ない農民で面倒を見なければならないからだ。もちろん、土地当たり農業生産性は多少劣るが、そこは農地の面積でカバーし、1人当たりの農業生産性を増やすことになる。

　国力は、人口に比例する。すなわち、強国を作るためには、何より人口を増やさなければならない。軍の規模も、基本は人口に比例する。

　次に、国の発展には、非農業人口が必要である。と言うのは、学問を修め、発明・発見を行うのは、たいてい非農業人口だからだ。つまり、人口の中で、非農業人口の割合が、人口そのものに次いで重要となる。もちろん、軍隊も非農業人口なので、非農業人口の割合が増えれば、軍の規模も大きくできる。

✔米と麦

実は、米こそが最大のチート植物だということは意外と知られていない。

10アール（1000平方メートル）当たりの収穫量は、現代農法を用いた場合と、古典農法（現代の知恵を使いつつ、農業機械や化学肥料、農薬などを使わない場合）、中世そのままの農法では、それぞれ以下のようになっている。以下の収穫量は、籾殻を取り除いた状態、つまり米で言うなら玄米の状態での重量である。

作物	現代農法	古典農法	中世日本	中世ヨーロッパ
米	520kg	200kg	180kg	
麦	350kg	150kg	120kg	70kg
蕎（そば）	100kg	70kg	50kg	

現代日本において、面積当たりの収穫量を競うコンテストがあった時は、最大で1060kgの収穫があったとされる。

いずれの農法でも、米の収穫量が多い。いかなる時代であれ、同じ面積の農地から、麦は米の7割ほどしか収穫できない。

同じ中世でも、日本に比べてヨーロッパの収穫量が少ないのは、ヨーロッパは雨が少なく、灌漑もままならないため、僅かな雨を頼りの天水農法だったからだとされる。穀物を育てる場合、1kgの収穫を得るためには、水が通年で1t必要と言われる。雨の多い日本は、麦を育てた場合ですら、ヨーロッパより有利だった。

まして、米を使えば、同じ面積の土地でも、より多くの人間が生きていける。また、同時に、同じ人口でも、その中の戦闘階級を高い比率で保持できるということでもある。

計算してみよう。1人の農民が面倒を見られる農地面積は、米でも麦でも大差ない。しかし、その同じ農地から得られる作物の量は、上のように大きな差がある。このため、1人の農民が養える余剰人員（農民でない人間、つまり商人・職人・武士など）の数が、欧州に比べて多いのだ。

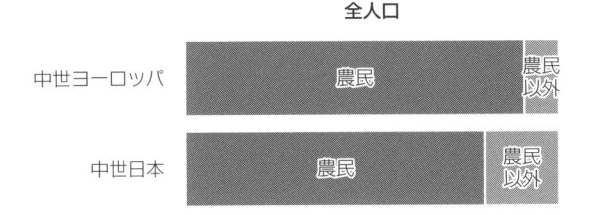

全人口

中世ヨーロッパ　農民　農民以外

中世日本　農民　農民以外

　上のグラフのように、中世ヨーロッパでは、人口の９割を農民にしないと、食っていけないと言われている。しかし、同時期の日本では、７〜８割が農民なら、なんとか食っていける。つまり、総人口が同じでも、非農業人口（上のグラフの右側の部分）が、２〜３倍もいるということだ。

　これが、中世東アジアの軍隊が、中世欧州の軍隊に比べて圧倒的大軍をそろえられる理由でもある。

　では、これほど素晴らしい米が、なぜ欧州でほとんど栽培されていないのだろうか。欧州の人々は、米の力を知らない愚か者だったのだろうか。

　そうではない。そもそも、米は中国南部の亜熱帯地方が原産地とされる。つまり、かなり暑い地域でしか栽培できない。現代の米が、北海道でも栽培されているのは、長年の品種改良によって、寒い地方でも栽培可能な品種を作り出すことに成功したからだ。

　実際、江戸時代になっても蝦夷地（北海道）では、ほとんど米は栽培できなかった。それどころか、東北地方ですら、かなり無理をして（換金できる商品作物である米を栽培するように、各地の大名が百姓に命じていた）栽培していたため、ちょっと夏の気温が低くなると、それだけで壊滅的被害を受けてしまう。特に、戦国時代から江戸初期にかけては、小氷期であり現代より平気気温が１〜２℃低かったため、米の生育にはますます不利だった。

　当時の東北地方に、北海道で栽培できるよう作られた米、例えばキタヒカリやきらら397のような品種を持ち込めば、かなり安定した生産ができて、東北諸藩の国力を上げることができるだろう。もしかしたら、戊辰戦争（王政復古を唱えた薩摩・長州・土佐などの新政府軍と、旧幕

府勢力＋奥羽越列藩同盟が戦った戦争で、新政府軍が勝利して明治維新がなった）で奥羽越列藩同盟が勝利することになるかも知れない。

このことを考えれば、北海道よりも緯度の高いヨーロッパ（フランスの避寒地として有名な地中海沿岸のニースが、札幌と同じ緯度）の北で米を栽培するのは、非常に困難と考えて良い。

このため、ヨーロッパで栽培できて、米に次ぐ収穫量を持つ小麦を栽培している。小麦すら栽培できない土地では、小麦に次ぐ収穫量を持つ大麦が栽培されている。過去やファンタジーの人間は、科学的知識こそないものの、決して愚かではない。彼らなりに最適の作物を選んでいるのだ。

次に、米は多くの水資源を必要とする作物だ。例え気温が高くても水の少ない地域では、米は栽培できない。つまり、雨の少ないヨーロッパでは、暖かい地中海地方でも、稲作に向いていない。アフリカ地中海沿岸部は気温は十分高いが、雨が少ないために米の栽培は難しい。それでも、スペインやイタリアでは、10世紀頃には米が栽培されていたと言われている。イタリアだと、アルプスからの雪解け水が豊富な北イタリ

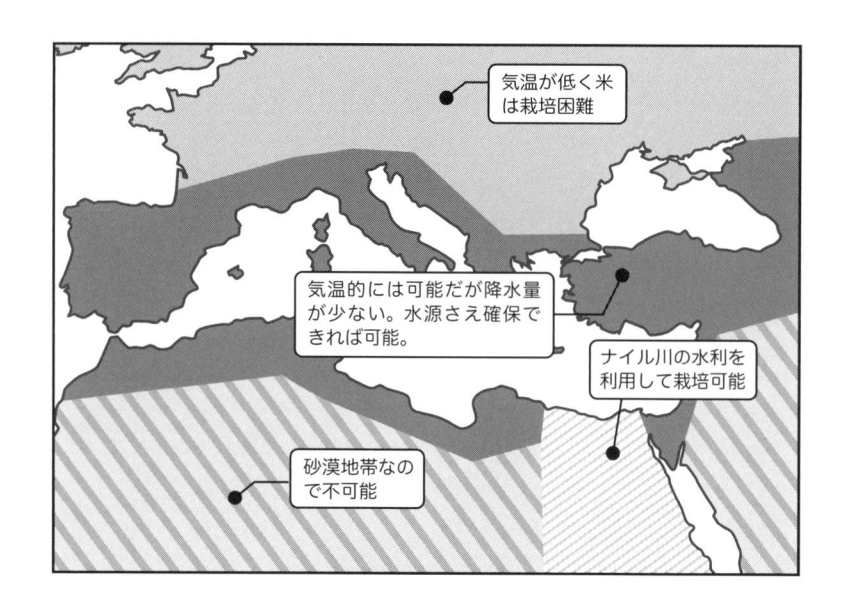

アのポー川流域などが、米の産地として知られている。

　ただし、ヨーロッパ方面でも大々的に米を生産できる可能性のある地域がある。

　ローマ帝国時代のエジプトはローマの小麦生産地だったが、現代のエジプトは、ナイル川の水を利用した米（水稲）の生産大国だ（年間生産量500万t、ちなみに日本の生産量が800万t）。ちなみに、エジプトの米は、日本が生産指導を行ったので大半がジャポニカ米だ。2割ほど生産されているインディカ米は輸出用で、ジャポニカ米は国内消費されている（エジプト人の1人当たり米の年間消費量は、日本人の7割くらい）。このため、エジプトのスーパーマーケットに行けば、日本と同じジャポニカ米を普通に売っているので（しかも一般国民向けなので安い）、自分で炊けば日本風のご飯が食べられる。

　ただ、あまりに米が多くの水資源を消費するので、現在ナイル川の水が足りなくなっており、問題になっている。水争いエジプト版が起こっているのだ。

　ちなみに、エジプトの10アール当たり収穫量は600kgにも及ぶ。日本より多いのは、食味より収穫量の多さを重視した品種、亜熱帯の強烈な太陽光線、ナイル川が運んでくる肥沃な泥などの相乗効果と考えられている。

　つまり、ローマ時代に日本の米（さらに良いのは、現代エジプトで栽培されているギザ171やギザ172、さすがエジプトだけあって米の品種にギザという名前を付けている）を持ち込んで、エジプトで生産させれば、一気に食料生産量を増やすことができる。その生産力を活用すれば、それこそ北欧からロシアまで征服した大ローマ帝国が実現するかも知れない。

　その代わり、ご飯を食べて温泉に入るという、まるで日本人のようなローマ人が出現してしまうが。さらに、腐敗しにくい携行食糧としてローマ軍団に梅干しなど供給すれば、ますます日本人化しそうだ（残念ながら梅も紫蘇も中国原産なので、未来から持ち込まないといけないが）。

✔稲作

　我々は、稲作と言うと、即座に水田を想像してしまい、それ以外の栽

培方法を考えることができない。しかし、米は水田でなければ育てられないわけではない。

　稲を育てる方法には、大きく3種類ある。

種別		解説
水稲	湿田	水を完全に抜くことができない水田。戦国時代までは、低湿地を開墾しただけの田んぼは、湿田が多かった。常に水と泥で埋まっており、全身泥に埋まってしまうほど深い湿田すらあった。
	乾田	水を完全に抜くことができる水田。牛馬などを用いて耕しやすい。また、暖かい地方なら、冬場の田んぼを畑として二毛作を行うことも可能だ。現在の日本の水田は、こちら。
陸稲		稲を育てている間も水で浸かっていないで畑のようになっている。

　現代日本では乾田以外を見ることはないが、実は日本においても、乾田が主流となったのは、江戸時代になってからと言われる。それまでの稲作は、畑で陸稲を育てるか、さもなければ湿田で水稲を育てるのが主流だった。乾田も存在したが、面積的には少なかった。現在のような一面の水田風景というものは、江戸も中期になった頃にようやく見られるようになったものでしかない。

　この湿田は、ぱっと見には乾田と区別が付かない。このため、乾田のつもりで馬などで踏み込むと馬の身動きが取れなくなって進退窮まる。戦争の時など、動けなくなって弓矢の的状態だ。このため、基本的に攻め込む側は水田には足を踏み込まないようにする。ところが、守備側はどこが乾田なのか知っているので、そこを通って敵の後ろに出ることもできる。攻め込む側は、どこが乾田なのかを調査しておく。ただし、見ただけでは分からないので、調査は大変だった。

　宮本武蔵が吉岡一門との戦いで、田んぼに誘い込み、畦道で戦って勝利したという話が残っているが、これも当時の田んぼが湿田だった（少なくともその可能性が高くて踏み込めなかった）からだ。乾田なら、歩きにくくて戦いにくいが、武蔵を囲むことができるので有利に戦える。だが湿田では、畦道に一列に並んで戦うしか手がなかったのだ。

　現代は水稲に統一されたと言っても、陸稲の生産性が低いわけではない。特に、焼畑農業は、短期的には高い生産性を誇る。以下は、焼畑農

業によって陸稲を育てた場合の収穫量（10アール当たり）の変遷を表す。

	焼畑1年目	焼畑2年目	焼畑3年目
米生産量	250kg	180kg	110kg

　上のように、1年目は焼畑農業の方が中世農業よりも生産性が高く、2年目で同等、3年目は低くなる。つまり、2年間だけ使うのなら、焼畑農業は通常の古典農法よりも多くの収穫が望める（3年間でも平均すれば同じ）。これは、焼畑によって燃やされた植物灰が肥料となって、米がよく実るからだ。そして、その養分は毎年消費されて収穫が減っていく。

　多くの作物には**連作障害**がある。同じ作物を同じ畑で栽培し続けていると、その作物に必要な栄養素が少なくなってしまう。また、作物の一部には、他の作物の生育を阻害する物質を出すものもある。これらによって、同じ畑で連続して同じ作物を栽培し続けていると、どんどん収穫量が減ってしまうのだ。

　小麦などの連作障害は有名だが、米に関しては連作障害がないと誤解している人が多い。しかし、実は米にも連作障害はあることが、上の表から分かる。ただ、水稲の場合、上流から流れ込んだ水が土壌の状態をリセットしてくれるので、連作障害が目に見えないだけだ。陸稲では、小麦などと同じように連作障害がある。そのため、上の表のように、毎年収穫量が減ってしまう。

　焼畑農業は、土地に比して人口が少ない場合に行われる農法で、2～3年耕作を行ったら、その耕作地は放棄し、次の土地に火を付けて焼畑にする。元の耕作地は、数年かけて元の荒野に戻る。もっと時間が経てば、森林にすらなる。そうして、再び地力を取り戻してから、再び焼畑にするのだ。土地が余っている地域では、これは手間もかからずに収穫が得られる優れた農法だ。

　そこまでの土地がない地域では、連作障害を抑えるために、米は水田に、麦は三圃式農法（p.187参照）やノーフォーク（p.188参照）農法を採用している。

　明治時代になるまで、稲は籾を田んぼにばらまいて植えていた。このため、現代のようなきちんと稲穂の並んだ田んぼなどはなく、適当に蒔いてバラバラに生えていた。

　このような植え方だと、稲と雑草が混ざって生えてしまうため、雑草取りが大変だ。また、生え具合も、混みすぎて稲に栄養が回らなかったり、少なすぎて土地が無駄になったりと、効率が良くない。また、稲の発育には日光と風通しが必要であり、この点でも密集しすぎると収穫がかえって下がってしまう。

　そこで、正条植えを行う。正条植え自体は、江戸時代からあったが、ほとんど普及していなかった。田植えの手間が倍以上かかるからだ。正条植えの普及は、明治になってから近江の大岡利右衛門によって広まったものだ。

　正条植えとは、縦横に一定間隔（一般には20～30cmほど）ごとに数把の苗を植えていく手法だ。これは、苗床の作成と同時に行う。

1. まず、稲の籾を苗床に植えて、ある程度まで育てる。この時点で生育の悪い苗を排除し、最初から田に植えないようにすることで、質を揃える。
2. 田植定規で線を付けたり、20～30cmごとに模様を付けた縄を引っ張ったりして、20～30cm間隔ごとに、苗を植えていく。

　田植定規とは、田植の時に定規を当てながら田植をするか、さもなければあらかじめ定規で田んぼに線を入れておくかして、正条植えを正確に行うためのものだ。右図は、回転式六角田植枠と言って枠を転がすことであらかじめ田に型を付けるものだ。この枠に合わせて、苗を数本ずつ植えていく。これが正条植えだ。

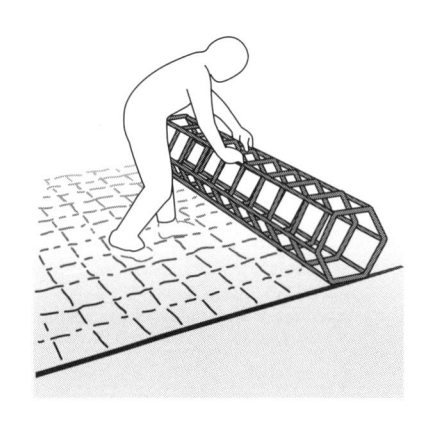

　田植縄という、20～30cm間隔に印を付けた縄を使うこともある。両

側の畦から畦に縄を引っ張る。そして、印のところに苗を植え、終わったら縄自体を20〜30cm移動させる。

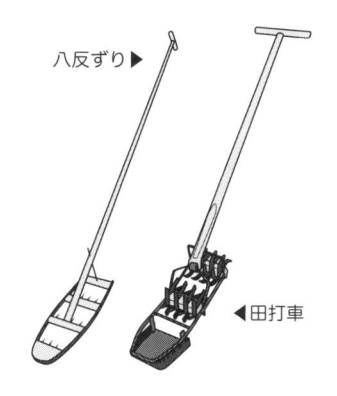

八反ずり▶

◀田打車

正条植えは、明治の頃に八反ずり（図左）や田打車（図右）のような、除草機が考案されることによって普及した。と言うのも、正条植えをしても、結局手作業で除草などを行っていたのでは、田植えの手間が増えるだけだったからだ。

だが、正条植えによって稲の位置が格子状に並んでいると、その隙間に生えるのは雑草のみとなる。このため、八反ずりや田打車などで間に生えた雑草を一気に取ってしまうことができるのだ。これによって、田の除草作業が大幅に省力化できる。最終的得失としては、田植えの手間が増えても、雑草取りの手間が減って、プラスマイナスで作業が楽になった。

八反ずりは、柄を前後に押し引きすることで、釘に草を引っかけて除草するというものだ。

田打車は八反ずりの発展型で、柄を前後に動かすとツメが回転して土をかき回し、除草と中耕（作物の成育中に浅く耕すことで、土に酸素を送り込む）を同時に行え、雑草は切り裂かれて地面に埋められるため肥料にもなるという、一石三鳥のすぐれものだった。後には、田打車を横に3〜5個並べて家畜に引かせる大型の田打車も開発された。

実際、田打車は昭和40年代でも、まだ使われていたほどだ。

また、正条植えを行うと、刈り入れも簡単になる。1ヶ所の稲束を手で握り、図のような稲刈り鎌で一気に刈り取ることができるので、バラバラに生えた稲を何度も刈り入れるよりも効率が良い。ま

た、同じ位置で刈ることができるので、稲藁のサイズがほぼ同じになり、後で藁細工を行う場合にも、藁の大きさが揃って製作が行いやすい。

　戦国時代に、苗床と正条植え、田打車の組み合わせは、農作業の省力化（同じ人数で広い面積を耕作できる）と生産力のアップ（同じ面積でより多くの作物を得られる）に貢献し、さらにその後の藁製品の製作をも効率化するため、いち早く採り入れた大名家は、農民１人当たり1.5〜２倍程度の生産力を得ることができ、その経済力で他家を圧倒することもできるだろう。しかも、ある程度の鍛冶能力は必要であるものの、田打車は戦国時代の鍛冶屋で充分製作可能だ。田打車を作る費用が捻出できなければ、初期は八反ずりでも充分だろう。こちらの方が、簡単で安く製作できる。

○穂

　米も麦も、原種は今のような背の低い植物ではなく、ススキや葦のように背の高い草だった。それどころか、近世になってすら、穂の高さが２m近くある米や麦が栽培されていた。古代や中世の絵画を見ると、刈り取りした穂が非常に大きく見える。あれは、収穫を誇張して描いているのではなく、本当に背が高かったのだ。

　しかし、穂の高い作物には、大きな欠点がある。

- 穂の成長に多くの栄養が必要で、その分だけ、実の成長が阻害される。
- 上の方の葉には太陽が当たるが、下の方の葉には太陽が当たらず、多くの葉を茂らせた割に、光合成があまりできない（過繁茂）。
- 風や雨で倒れやすく、倒れた穂には実が付かない。実が付いてから倒れた場合、刈り取りが非常に面倒で、大変な重労働になる。

　中世の米麦の収穫量が少ないのは、この長穂種の影響もある。このため、長年かけて穂の短い品種が作られてきた。現代で栽培されている米も麦も、この短穂品種だ。つまり、この短穂種を持ち込むだけで、収穫量は何割か上昇する。

　ただし、背の高い穂にも生活上の意味があった。

- 長い穂を利用して、藁縄などを作りやすかった。日本のしめ縄など、元々は穂の長

い藁で作っていた。現代の短い藁を使って神社で使う巨大なしめ縄を作るのは大変だ。

- プライバシーを作ることができた。当時のヨーロッパの農奴たちの家屋は、家族で1部屋、それどころか家族でベッド1つが多かったので、夫婦生活など屋内では不可能だった。背の高い麦の穂は、彼らの姿を隠し、畑の真ん中で人に見られないようにセックスをしていたと言われる。つまり、穂の短い麦ばかりだと、子供が生まれにくくなる。
- 当時のヨーロッパの物語では、逃亡シーンでしばしば逃げる側が麦畑に飛び込む。これは、麦の背が高く、人の姿を隠してくれるからだ。現代でも、ライ麦は穂高1.3〜1.8mほどあり、（小柄な女性なら）ライ麦畑で少し身をかがめれば隠れることができる（だからこそ、『ライ麦畑でつかまえて』という小説タイトルに欧米の読者は納得できる。決して、匍匐前進して隠れているところをイメージしているのではない。そして、麦畑でつかまえるということは、上記のようにセックスすることの暗喩にもなっていて、読者もそれを分かっている）。

　米の場合、一般に熱帯ジャポニカは穂が長く、温帯ジャポニカは穂が短い（代わりに穂の数が多く出る）。熱帯ジャポニカは、肥料を多くやると、その分だけ茎が伸びて過繁茂になりやすい。つまり、肥料をやり過ぎると、かえって収穫が減ってしまう。温帯ジャポニカは、肥料を多くやると、肥料当たりの効率は下がっていくものの、それでも収穫は増える。

　実は、肥料なしで育てる場合、熱帯ジャポニカの方が生産性が高いと言われている。つまり、粗放農業を行うのなら、熱帯ジャポニカの方が良い。東南アジアあたりで、収穫量が多いと温帯ジャポニカを勧めるのは必ずしも正しくないのだ。あくまでも、肥料を大量に与えるという状況下において、生産性が高いだけなのだ。

○種籾の選別
　種の中には、栄養不足のために中が空っぽで植えても生えてこないもの、生えてはくるがひょろひょろの弱い芽しか生えないものもある。そのような種を植えるのは、土地の無駄であり、農業生産性を下げる。

　しかし、小さな種の重さをいちいち量るなど、とてもできるものではない。

　この問題の解決策として、明治15年に横井時敬が開発したのが、塩水選だ。

その理屈は簡単だ。塩水に入れて沈む重い種を植え、浮いてしまう軽い種は植えないというだけのものだ。ただ、種の種類によって、どのくらいの種が重いのか差がある。このため、以下のような手順で行う。

1．種が全て浮かぶような、濃い塩水を作る。
2．少しずつ水を入れて薄めていく。
3．少量の種子が沈む。この種子は、重すぎてかえって異常（石が入り込んでいるなど）なので使わない。
4．この時点で、底にザルを入れて、沈む種を受けられるようにする。
5．少しずつ水を入れて薄めていく。
6．ある時に、一気に大量の種が沈み始める。この種が、普通の種であり、植えるべき種となる。
7．半数以上の種が沈んだ時点で、ザルを取り出す。
8．ザルに入った種を真水に漬けて（塩を取り除くため）から植える。
9．最後まで浮いていた種は、軽すぎて良い苗にはならないので植えない。ただし、食べられはするので、普通に使う。

　米の場合、比重1.13の塩水が選別に最適とされるが、あくまでも米の基準であり、他の作物では選別に使う塩水の比重は異なる。

✔ 肥料

　肥料は、植物に必要な栄養素、特に窒素・カリ（カリウムのこと。農学ではカリと言う）・リン酸の三大栄養素を補うものだ。人間が育てる食用植物は、大きな実を成らせるために、土に含まれる栄養素を多く消費する。このため、肥料を与えてやらないと、どんどん実りが減ってしまう。

　雑草などは、土の栄養素を食用植物ほど消費しないし、枯れた後の葉や茎などが土に帰ることで、逆に土の栄養素を増やす。ここが、食用植物と雑草類の違う点だ。

　肥料を使う時には、その肥料成分比がどのくらいかによって、使用量が異なってくる。肥料成分比とは、肥料の中に三大栄養素がどれだけ含まれているかを表す。

　肥料には、大きく以下の区分がある。

区分	解説
堆肥	稲藁や雑草、糞尿などを好気性微生物によって分解したもの。肥料成分の量は少ないが、土質改良効果がある。
有機肥料	油粕、骨粉、魚かすなどで、堆肥より肥料成分比が高い。
化学肥料	肥料成分を化学合成したもので、有機肥料よりさらに肥料成分比が高い。

堆肥の成分組成（重量%）※C/N比は全炭素÷全窒素　pHは酸・アルカリ

原料	全窒素	全リン酸	全カリ	全炭素	C/N比	水分	pH
牛糞	0.6	0.8	0.8	8.7	16.7	49.9	8.4
牛糞おがくず	0.3	0.42	0.46	6.7	21.0	57.8	8.3
豚糞	1.9	3.6	1.5	17.6	9.9	29.0	8.2
豚糞おがくず	0.79	1.7	0.8	9.72	14.2	43.8	8.4
鶏糞	2.3	4.7	2.5	18.0	8.4	19.7	8.4
鶏糞おがくず	1.5	2.4	1.2	12.4	11.0	37.1	8.6
稲藁	0.46	0.21	0.7	6.30	13.9	79.4	7.1
木質資材	0.47	0.33	0.28	15.8	36.0	60.7	7.4
籾殻	0.47	0.49	0.41	12.7	44.3	55.4	7.1

　堆肥は、他の肥料に比べれば、肥料成分比は低い（カリだけは普通にある）。特に窒素が少ないため、10アールにつき500kg～3tもの堆肥を入れる必要がある。米麦で1tほど、野菜や果樹は2t以上も必要とされる。

　多くの作家は、この量について誤解している場合が多い。中世の農家は、数百アールの畑を耕しているので、1軒の農家ごとに数十tもの堆肥を作成し、運び、撒かなければならない。これは大変な作業量であり、現実的ではない。

　肥料成分を補うためだけなら、可能なら化学肥料、さもなければ有機肥料を使用した方が良い。数十分の1、数分の1の量で、必要な肥料成分を撒くことができる。

　しかし、堆肥には堆肥だけの利点が3つある。

・土壌改良効果：堆肥は、土に団粒を作り、隙間を作る。このため、土壌に空気が含

まれるようになるので、水分保持力が高まる。また、土がふかふかに軟らかくなるので、根を張りやすくなる。

- 遅効性肥料：通常の肥料と違って、堆肥の肥料成分は微生物によって分解されてできる。このため、撒いても即座に効果がないという欠点の裏返しで、長い間少しずつ効果を発揮する。それどころか、残された成分は翌年以降も効果をもたらす。このため、毎年堆肥を撒いていれば、土壌有機物が蓄積されて、長期的養分供給力が高まる。
- 微量成分：三大栄養素は少ないが、それ以外の、鉄・亜鉛・マンガン・銅といった微量成分も含まれている。

このような利点があるため、通常の肥料と堆肥を併用することができるなら、高い育生効果が期待できる。

有機肥料は、堆肥の数倍の肥料成分を含む。このため、重量も数分の1ですむ。有機肥料は動物性有機肥料（魚かす、肉骨粉）と、植物性有機肥料（油粕など）に分けられる。

有機質肥料の成分組成（重量%） ※C/N比は全炭素÷全窒素

肥料名	全窒素	全リン酸	全カリ	全Ca	全Mg	全炭素	C/N比
魚かす	9.75	8.54	0.47	0.09	0.37	35.53	3.64
肉骨粉	7.21	10.25	0.23	32.09	0.40	30.56	4.24
菜種油粕	6.22	2.84	1.38	0.94	0.90	35.72	5.74
綿実油粕	5.66	2.29	1.38	0.29	1.09	32.94	5.82
大豆油粕	7.72	1.69	2.22	0.40	0.48	32.95	4.27

上のように、個々の有機肥料は、栄養素に偏りがある。一般に、動物性有機肥料はリン酸が多くカリが少ない。逆に、植物性有機肥料はカリが多くてリン酸が少ない。このため、両者を混合して使うのが良いとされる。

骨とは、リン酸カルシウムの堆積物なので、骨を茹でて粉砕した肉骨粉は、非常に有効なリン酸肥料だ。実は、この骨粉を硫酸と反応させたものは、さらにリン酸が植物に吸収されやすく有効だ。1841年に作られた世界初の化学肥料工場は、ロンドンのガス工場でできた硫酸と、市内の食肉処理場で出た骨粉を反応させた過リン酸石灰の顆粒を作っていた。

　ただし、過リン酸石灰は、日本のような火山性土壌では、アロフェン（アルミニウムケイ酸塩）と結合して植物が吸収できなくなる。このため、有機肥料や土壌改良材と一緒に使って、吸収されやすくする。

　カリウムを与えるには、植物灰か炭酸カリウムなどを使う。木を燃やして残った灰を農地に撒くことでカリウム量の調整が可能だ。

　有機肥料は、一度にたくさん与えすぎると微生物が発生するので、作物植え付けの2週間前に土に混ぜ込むようにする。

　化学肥料は、肥料成分を化学合成したものなので、有機肥料よりもさらに肥料成分比が高い。同重量の肥料で、有機肥料の数倍の肥料成分を含んでいる。このため、有機肥料のさらに数分の1の量で、同じ肥料の効果が得られる。

　ところが、このことを知らずに、有機肥料と同じように化学肥料を使ってしまう人もいる。すると肥料成分が多すぎて、窒素過多状態になる。こうなると、かえって植物は生育できなくなる。

　化学肥料が環境を汚染すると言われるのは、化学肥料の成分に無知な素人が有機肥料並みに使ってしまうことが原因の1つだ。肥料成分といえども、多すぎれば環境を悪化させるのだ。

✔堆肥

　糞尿を肥だめに入れておけば堆肥になると考えている人も多いかも知れないが、それは間違いである。そもそも、堆肥＝糞尿と考えること自体が誤りだ。堆肥は、多くの材料から作られる複合肥料なのだ。

　堆肥には、大きく2種類ある。

種類	解説	窒素	リン酸	カリ	炭素率
積み肥	稲藁や雑草などを主体にした堆肥	1.5%	1.0%	2.0%	20〜25
きゅう肥	家畜糞尿を主体とした堆肥	2.0%	2.0%	2.0%	15〜20

　まず、積み肥の作り方。

1.　稲藁を敷いて、その上に稲藁と糞尿を同量混ぜたものを、1ヶ月ほど積んでおく。これを仮積みと言う。

2. 本積みの土台を作る。土を固めて20cmほど高くしておく。さもなければ、丸太や竹で水が切れる台を作る。
3. 土台の上に、稲藁を30cm積む。その上に仮積みしたものと家畜糞尿を混合したものを30cmほど積む。これを交互に繰り返して、1.5～1.8mほどにする。
4. 本積みは1週間以内に発熱し始める。60～70℃くらいに保つ。80℃にもなると窒素が飛びすぎるので少し水をかける。
5. 1ヶ月経てば、切り返しを行う。内部を外に出し、外部を内に入れるように混ぜる。その後も、1～2ヶ月ごとに切り返しを行う。数週間で、温度は下がってくる。
6. 3～4ヶ月すると、完熟した堆肥になる。完熟堆肥は、暗褐色で悪臭はしない。また手触りも柔らかく、手で簡単に砕ける。

きゅう肥の作り方。

1. 尿を分離してある敷き藁（家畜小屋に敷いてある藁）と糞だけのものは、そのまま積み上げる。ただし、30cm積むごとに、過リン酸石灰を4～5kg撒いて、上からよく踏み付ける。
2. 尿を分離していないものには、水分調整のために稲藁やおがくずを同量混ぜる。上と同様に、30cm積むごとに、過リン酸石灰を4～5kg撒いて、上からよく踏み付ける。
3. 発熱は、低い方が窒素が失われないので良い。しかし、有害微生物などを殺すためにも、70℃くらいにした方が良い。
4. 切り返しは、2～3週間後に行う。実施方法は積み肥と同じ。その後3～4週間空けて2回目の切り返しを行う。
5. 夏期で2ヶ月、冬期で3～4ヶ月で完熟した堆肥になる。
6. 鶏糞の場合は、敷き藁がない分だけ稲藁を多く入れる。また、豚糞・鶏糞・人糞はリン酸分や石灰分が多いので、過リン酸石灰は必要ない。

いずれの場合も、糞尿臭以外の悪臭がし出したら、堆肥化に失敗している。原料を破棄して、新たに作り直した方が良い。

きゅう肥の連続生成法は、効率よく大量の堆肥が作れるので、大規模農業を行う場合に都合が良い。できあがった堆肥の一部を原料に混ぜて新たな堆肥を作るので、戻し堆肥化法とも言われる。

1. 原材料は、牛糞・豚糞・鶏糞・人糞など何でも良い。また、稲藁や雑草、野菜屑など混ぜても構わない。ただし、牛糞以外では、悪臭が発生するので、作成場所

には注意が必要だ。

2. 糞尿と同量の種堆肥を混ぜる。糞尿の水分量は80%ほどなので、堆肥は乾燥させて水分量40%くらいにしておくと、混合すれば水分量60%になるので望ましい。

3. 積み上げた堆肥は、数日中に70℃くらいになる。数日おきに切り返しを行うと、1ヶ月ほどで堆肥ができあがる。

4. できあがった堆肥の半分を使用し、残り半分は次回の種堆肥とする。

連続生成法は、種堆肥が水分調整と共に、有用微生物の供給源となるので、1ヶ月という短い期間で堆肥ができあがる。

ただし、この方法では、塩分がだんだんと濃縮されていくため、時々は連続生成を止めて、全く新しい堆肥の生成を行う。また、糞尿だけで作った堆肥は、だんだんと通気性が低下していくので、稲藁や籾殻といった繊維質を原料に適宜混ぜ込んでいく方が良い。

どんな堆肥を作成する時でも重要なポイントがいくつかある。

• 堆肥の含水率は60%くらいであること。思ったよりも、原料の含水率は多い。このため、既に十分に水を含む材料に水をかけてしまい、ダメにしてしまう人が多い。含水率を調整するには、籾殻やおがくずを使う。60%とは、強く握ると僅かに水がにじむが、したたり落ちるほどではなく、手を広げても崩れない状態だ。

原料	含水率（%）	炭素率（%）
牛糞	70〜85	14〜16
豚糞	65〜75	9〜12
鶏糞	40〜70	6〜8
人糞	75〜85	6〜8
生ゴミ	70〜85	10〜15
食品かす	77〜84	10〜12
野菜屑	37〜93	8〜21
剪定屑	55〜70	42〜87
籾殻	10〜12	80〜100
おがくず	10〜15	100〜

• 同様に、炭素率（炭素が窒素の何倍かを表す）は20%を目安にする。これらの調整のために、原料をうまく混ぜて使うこと。

- 堆肥は、嫌気性微生物による発酵ではなく、好気性微生物による分解作用で作られる。このため、堆肥化の進行には空気が必須となる。このため、切り返しを行って、原料の空隙率を30％以上に保つ必要がある。あまり高く積み上げると、下の部分が圧縮されて空隙がなくなり堆肥化に失敗する。
- 人糞は、人体に棲む腸内寄生虫などの卵や、病原菌などを含んでいるため、堆肥化せずに使用すると危険である。ただし、完熟堆肥にすれば、生成途中に70℃以上の温度に24時間以上晒されるために、これらを殺すことができてほぼ安全になる。ただし、完熟させる自信がないのなら、堆肥作成に人糞を使用するのは避けた方が良い。とは言え、中世の住人などは、ほとんど腸内寄生虫を飼っているので、今さら寄生虫を退治する必要はないという考えもある。

　実際には、日本のような集約農業（狭い土地にマンパワーを大量に投入して、高い土地生産性を求める農業）でない限り、堆肥を全面的に農地に用いるのは困難だ。ヨーロッパの農家が堆肥を全面的に採用できず、代わりに休耕という方法を用いたのには、ちゃんとした理由があった。

- 農地面積当たりの人口が少ないため、十分な量の堆肥を作れない。
- 農地面積当たりの労働人口が少ないため、大量の堆肥を製造し、運搬し、撒くことができない。

　もちろん、休耕畑を再利用する時に、適量より少なくとも堆肥を撒いて耕すことで、土地の改良になり、より多い実りを期待することは可能である。ただ、残念ながら、堆肥を作ってチートというわけにはいかないことは明らかだ。

　ただ、東アジアの都市で熱心に排泄物を回収し利用していた時代、ヨーロッパの都市は道も庭も糞尿で悪臭まみれだった。しかも、それによって非衛生で疫病が発生しやすくなっていた。それを考えると、マンパワーを投入してでも、糞尿の処理と利用を行った方が、社会全体のコストダウンと生産性アップにつながったのではないかと考えられる。

　人間は、1年でおよそ50kgの大便と500kgの小便を出す。これは、10アールの土地に必要な窒素・リン・カリウムを含んでいる。大便はきちんとした処理をしなければ、寄生虫やばい菌を含んでいるので危険だが、小便を単独で回収できるなら、小便単体は無菌なので、水で薄めて畑に撒くこともできる。

✔農地面積

中世ヨーロッパの農民は、どのくらいの土地を持っていたのか。下は、中近世のイギリスのデータである。1エーカーは約4047平方メートルなので、40アールとして計算している。

階層	エーカー	アール	土地所有農家中の比率
富農層	30エーカー以上	1200アール以上	22%
中農層	8〜30エーカー	320〜1200アール	33%
貧農層	8エーカー以下	320アール以下	45%

現代日本の農家1軒の平均耕作面積1.5ヘクタール（150アール）に比べれば、広いように見えるが、以下の問題がある。

- この土地は、休耕地を含む面積である。二圃式農法なら50%、三圃式農法でも33%は休耕地である。
- 米より効率の低い麦を育てていた。
- 当時の技術レベルから、同じ面積でも現代の半分以下の収穫しかない。

こう考えると、決して十分な面積とは言えない。特に、貧農層はかなり苦しい生活を余儀なくされていたはずだ。

また、1軒の農家（数人の労働力）が人力（＋家畜力）で耕作することを考えると、面積が広すぎると、労働力の限界を超える。自家だけで耕作できていたのは、貧農層と中農層の下位までであって、中農層の上位と富農層は、小作農をかかえていた。

自家で耕作していた農家が男手を失って没落するのは、農作業という重労働が不可能になるからだ。このため、畑を持っていても、十分な実りを得ることができず、税が払えなくなる（税は畑の面積で決まるので、実りが近くの畑より少なくても税は減らない）。

このため、農地を持っていて夫を失った妻は、一刻も早く、近くの農家の次男坊三男坊などを次の夫に選び（もしくは、少々幼い娘でも夫を取らせ）、労働力を確保する必要があった。幸い、農地を継げない次男坊以下の男たちのほとんどは、妻が再婚であっても（もしくは妻にするには幼すぎても）土地さえ持っていれば、喜んで夫となった。死んだ夫

を愛しているとかわけの分からないことを言って、次の夫を選ばない愚かな妻は、子供と一緒に飢えて死ぬしかないのだ。少なくとも、それが中世農民層の常識だ。

現代日本の三ちゃん農業（かあちゃん、じいちゃん、ばあちゃんで農業をし、とうちゃんは外で働く）は、農業機械と化学肥料、農薬のある時代だからこそ成立することを忘れては、作品のリアリティが失われる。

✔ヨーロッパの農法

古代ヨーロッパでは、地中海沿岸が先進地域だった。現在の北フランス・ドイツ・イギリスなどは、野蛮人の住む未開の土地であり、狩猟や遊牧が主体で、農業は盛んではなかった。

○二圃式農法

古代の地中海沿岸では、二圃式農法が行われた。農地を半分に分け、小麦と休耕を毎年入れ替える農法だ。地中海沿岸の夏は暑いが雨が少なく、穀物を育てるのに向いていなかった。このため、冬に小麦を育て、翌年は地力の回復のために休耕する。二圃式農法では、50％が休耕地となる。

二圃式を、冬は小麦、夏は葡萄などの果樹と勘違いしている人もいるが、これは二圃式の説明ではない。圃とは農地のことを言い、圃を2つに分けるから二圃式なのだ。果樹は木なので、一度植えたら何年もその土地で育てなければならない。夏場に果樹が育っているところで冬に小麦を育てられるはずがない。

冬は小麦、夏は果樹とは、農民の仕事の割り振りを表した言葉だ。地中海地域は、冬も割合暖かく、しかも雨も降るので、小麦などの穀物を育てる。夏場は、牛馬の世話をしたり果樹の世話と収穫を行う。これを二圃式農法と混同しているのだろう。

土地	耕作地	休耕地
作物	冬小麦	放牧地

元々は、ゲルマン人は遊牧民だったので、西ヨーロッパに定着して農

業を始めてからも、穀草式農法を行っていた。何年か農地として利用したら、その後は放置して放牧地として使うというものだ（これを穀草式の中でも原始的なので原始穀草式と言う）。焼畑農業も、原始穀草式農法の一種だ。当時のゲルマン人にとっては、牧畜が主体で、農業はそれを補完するものだった。土地が余っているのなら、穀草式農法は悪い手段ではない。農地の地力が高い間だけ耕作し、下がったら休耕して他の土地を耕せば良いからだ。そして、ある程度休耕して家畜が出入りしていた土地は、地力も回復して豊かになり多くの作物が採れる。

○三圃式農法

　8世紀頃になると、ゲルマン人も農業が主体になっている。農法も、三圃式農法が発明されている。ただし、西ヨーロッパ全域にまで広がるのは、10～11世紀になってからのことだ。

　三圃式農法は、農地を3つに分け、それぞれ夏穀地・冬穀地・休耕地のサイクルをくりかえす農法だ。このため、休耕地の面積は33%となり、二圃式農法に比べて効率が良い。この農法は、実際有効だったので、農業革命が定着する19世紀になるまで、長く使われた。1000年以上も使われただけあって、三圃式は当時の農業技術・社会環境に合致した農法だった。

土地	夏穀地	冬穀地	休耕地
作物	大麦 燕麦（えんばく） 豆類	小麦 ライ麦	放牧地

　三圃式農法を行う場合、狭すぎる農地では効率が悪い。特に放牧地とする土地が狭いと、家畜の育生にも良くない。幸い、この時代には、荘園制が広まっていた。貴族が広大な農地を所持し農奴に耕作させるという荘園制と、三圃式農法はうまくマッチしていた。

○輪栽式農法

　三圃式農法が廃れたのは、18世紀に発明された新しい農法、輪栽式農法が広まったことによる。輪栽式農法は、ベルギーのフランドル地方

で生まれたフランドル農法、その影響を受けてイギリスのノーフォーク地方で生まれたノーフォーク農法などが知られている。

フランドル農法は、16世紀末頃から広まった、三圃式の影響の強い、6年もしくは9年サイクルの輪栽を行う農法だ。ベルギーは国土が狭い割に人口が多く、しかも大規模荘園よりも小規模農家が多かった。このため小規模農園に対応した農法が求められた。しかも、土壌もあまり良くない。その代わり、商品作物への需要が高く、都市への輸送も簡単だ。

このような土地では、家畜の放牧を行うだけの広い土地がない。このため、家畜は畜舎で育てることになる。

フランドル農法には多くのバリエーションがあるが、その一例をしめしておく。19世紀のベルギーで行われていたものだ。

土地を下の表の順に利用していく。つまり、商品作物を作った土地は、次の年には冬穀を育てる。その次の年には夏穀を育てる、そして6年間で1周するのだ。

土地	商品作物	冬穀	夏穀	牧草	冬穀	根菜
作物	ジャガイモ 亜麻（あま） 菜種（なたね）	ライ麦	燕麦	クローバー	小麦 ライ麦	蕪（かぶ）

ノーフォーク農法は、フランドル農法の影響により、17世紀イギリスのノーフォーク地方で始まった。当時、イギリスは16世紀に始まった第一次囲い込み運動によって、大規模農地が作られ始めていた。そして、そこで数多くの小作人が働いていた。そのような大規模農地に、ノーフォーク農法はぴったりだった。また、家畜を厩舎で飼う手間も、数多くの小作人を雇い入れることで、可能になった。

この時期を、第一次農業革命とも言う。これによって、農業生産性は大きく上がり、必要な農民の人数が減った。さらに、余った労働者を工場で使えるようになり、イギリスの繊維工業が盛んになる元となった。

ノーフォーク農法は、四圃式とも言い、冬穀に使った土地は、翌年は根菜に使う。そして、4年で1周する。

土地	冬穀	根菜	夏穀	牧草
作物	小麦 ライ麦	蕪 甜菜 ビート ジャガイモ	大麦 燕麦 ライグラス	クローバー ウマゴヤシ サインフォイン 大豆 ピーナツ

輪栽式農法が優れている点は、いくつもある。

- 三圃式農法まで単に休耕地だった土地でクローバーやウマゴヤシを耕作した。これによって、土地を肥やすと同時に、家畜の餌を作ることができた。
- マメ科植物（クローバーやサインフォインなど）で窒素栄養分が増えて肥沃になった土地で、人間の主食である小麦を育てられる。
- クローバーなども耕作と考えると、休耕地が0％となる。
- 蕪とクローバー、ウマゴヤシなどを作って保存しておくことで、冬場の家畜の餌となり、飼育数を増やすことができた。
- 家畜は放牧ではなく、厩舎で育てる。このため、排泄物を集めて堆肥を作ることができる。
- 家畜を増やすことで、堆肥の製造量が増え、それによって土地が肥えて、穀物の収穫量が増えた。

このように、輪裁式は画期的な農法で、急速に農業生産が上昇した。このため、農業革命とも言われる。実際1850年のイギリスでは、5人に1人が農地で働けば、全人口を養うことができた。1880年には7人に1人、1910年には11人に1人で良くなっている。さらに、農産物の製造量が増えたことによって、人口も増加し始める。これを人口革命とも言う。

サインフォイン（イガマメ）は、現在のキルギス共和国の高山地帯を原産とするマメ科の植物で、栄養価が高い飼料であると共に、肥料が要らないどころか畑の土質改良に役立ち、さらに花からは良質の蜂蜜がとれるという、まさに一石三鳥の作物だ。

ライグラスは、ネズミムギやホソムギの総称で、日本ではその辺に生えている雑草だが、土壌改良効果のある牧草として植えられることもある。

✔斜面と森林

　ヨーロッパの農地は、近世には平地をほとんど開発し終わってしまった。そのため、斜面に生えている森林を伐採して、そこを畑として使用するようになった。

　しかし、これはうまくいかなかった。

　確かに、最初の数年は森林によって肥沃になった土が、素晴らしい収穫をもたらしてくれた。しかし、肥沃な土は、斜面の上に数十cmほど積まれているだけで、斜面であることもあって、剥落しやすいものだった。このため、数年も経つと、肥沃な土は流れ出して、谷を埋めるようになる。これによって、斜面は不毛な土地へと変化する。肥沃な土が流れ込んだ谷は、元々の土より多い土砂に埋まって、これまた耕作をするのが大変になった。地面が持ち上がったため、今までの水利が使えなくなるところなどが出てきたためだ。結局、農民はその傾斜地を捨てて、新たな森林を切り開き、新たな畑を作ることで、新たな荒廃をもたらすことになった。

　実際、調査によれば、16～18世紀の300年ほどで、フランスのアルプス傾斜地にあった畑は、3分の1から半分ほどが、浸食によって失われた。そして、農地を失った農民は、職を求めて都市にひしめくことになった。フランス革命の原因の1つとして、この表土浸食による食糧不足があると言われている。

　だが、革命は人々を救わなかった。

　革命によって貴族が倒れ、貴族によって維持されていた広大な地所が農民に解放された。その中には、まだ森に覆われた高台も数多くあった。そして、農民たちは、その森林を伐採し、新たな農地としようとした。だが、急斜面の伐採によって発生した土石流は、丘を削り、その下の農地を土砂に埋めた。僅か10年ほどで、低アルプス地方の農地は、4分の1が荒廃して失われた。

　斜面に作る畑は、肥沃な表土をいかに浸食から守るかが、最も重要な施策となる。段々畑や棚田は、その1つの解決だ。一番下の段に溜まった土砂を、一番上の段に運び上げることで、段々畑の中で土砂が流通し、肥沃な土の流出をできるだけ防ぎ、下流へ土砂を送り込まないですむ。

　だが、段々畑は、作るのも維持するのも、手間がかかる。斜面をその

まま耕作した方が、楽だ。また、森林が斜面の肥沃な表土を維持しているということも、実際に表土流出が起こってみなければ分からないし、起こったとしても個々の農家はその土地を捨てるだけだ。このため、政策としての表土保全は、政府が旗を振らない限り実行されない。

畑の土地を増やしたくて、斜面を開発する時には、表土保全の仕組みを作ることを忘れてはならない。

逆に考えると、他国の農業政策に、斜面の森林の伐採と、そのまま畑にすることを教え込むことができれば、その国は、10年以内に農産が減少し、食糧不足になる可能性が高い。

✔ミミズの能力

進化論で有名なダーウィンの最後の著作は、"**The Formation of Vegetable Mould through the Action of Worms, with Observations on their Habits**"というミミズの研究書だった。

それは、土壌に関するミミズの驚くべき働きを調査したもので、10アール当たり、1年で2〜5tもの土壌をミミズは持ち上げている。持ち上げているとは、地面の下で土を食ったミミズが、地表でそれを糞として出す。これを、無数のミミズが無数と言って良いほどの多数回行うことで、それだけの土壌を地面の上に置いてくるのだ。

これによって、毎年毎年地面の上に、新たな土壌が3〜6mmほど堆積する。

読者の方々は、古代の遺跡が何故か土の中に埋まっていることに不思議を感じないだろうか。地震や火山灰で埋もれたというなら分かるが、特に地殻変動がなかった土地でも、なぜか遺跡は地面の下にある。じつはこれも、ミミズの働きなのだ。ミミズが、大地を食って（つまり、少しずつ地面の下の土が減っていく）、それを地表で糞として出す（これが新しい地表の土となる）ことを繰り返すことで、遺跡は土の下へと埋もれていく。もちろん、地表の土は雨や風で飛ばされることもあるし、あまり深い地下ではミミズが働いていないので、年月通りに深くなっていくわけではない。1000年経ったら3〜6mの地下にあるということにはならない。

実際には、ミミズによる土壌生成と、風雨による土壌流出の差で、

農林水産業チート

191

100年で数cmほどずつ埋もれていくことになる。

　逆に言うと、ミミズの全く存在しないところでは、遺跡は地面の下に沈んでいかない。砂漠のど真ん中の遺跡が、意外にもそのまま残っているのは、ミミズによる土壌浸食が存在しないからだ。

✔農具

　農業は、産業革命以前の社会において、最も重要な産業だった。このため、農業の合理化は、最も効率の良い内政チートとなる。

　そこで、農業を楽にするための道具として、様々な農具の開発が考えられる。農具の開発によって、1人の人間がより広い農地を耕作できるようになり、それによって農業以外の仕事に就ける余剰人口を作り出し、産業を発達させるのは、地球でも効果のあった方法だ。

　ただ、農具開発は、余剰人口の吸収先を先に作らなければならない。例えば、千把扱きが、後家倒しと呼ばれたのも、当時後家（夫を亡くした女性）の仕事であった脱穀作業を簡単に機械化してしまったため、彼女達の仕事がなくなって困ったことが背景にある。

　つまり、農具開発によって社会を進歩させるためには、人手不足→農具で解決の順に行うべきだ。上の千把扱きなら、女性の働き口が増える（後家さんもそちらの仕事に就く）→脱穀作業をしてくれる後家さんが減る→千把扱きが登場して後家さんに頼らなくても脱穀できるようになるという順番に行う。これなら、社会に問題が発生しにくい。もちろん、働き口と千把扱きの広がる速度の差などによって、問題が発生する地域もあるだろうが、社会全体としては、最終的に問題はなくなっていき、生産性が上がる。

　実際の歴史を見ると、千把扱きは、元禄年間に大坂で作られた。当時の大坂は、日本の商業の中心であり、女性でも働き口は多数あった。このため、人手不足と賃金上昇が起こり、その対策の1つが千把扱きだった。その意味では、大坂の女性達にとって、後家倒しは半ば冗談でしかなかった。

　だが、千把扱きは僅か50年ほどで日本全国に広まった。その中には、女性の働き口のない田舎も多かった。このようなところでは、後家倒しは冗談ではなく、本当に後家さんたちを貧困に追い詰める憎い農具だっ

た。

　中世ファンタジーの住民のほとんどは農民だ。このため、農民の生活を変える発明は、社会を根本的に変えてしまいかねない危険性がある。そして、その変化によって社会が不安定になってしまうなら、そんな発明はない方が良かったとされてしまう。<u>農業の効率化によって、どのような人材が余剰になるのかを予測し、その余剰人材を吸収する先をあらかじめ用意しておくことが</u>、農具開発による農業振興をうまくいかせる最大のキーポイントである。

○千把扱き

　脱穀とは、成熟した実を茎や枝から分離することを言う。

　千把扱き（歯が多いという意味で千歯扱きと書くこともある）が作られる元禄年間（1688-1704）までの脱穀は、2本の木や竹の棒で穂を挟んでしごくようにしていた、この棒を扱箸（こきばし）と言う。1回に、1把しか処理できないので、大変手間のかかる仕事だった。ただし、力もそれほど必要とせず、ただただ手間だけがかかる仕事なので、未亡人や、貧しい家の子供などの貴重な賃仕事となっていた。

　そこに誕生したのが千把扱きだ。さすがに1000把（わ）も一気に処理できるわけではないが、一度に何把も処理できる千把扱きは、脱穀作業を今までの何倍も効率化した。

　その仕組みは、非常に単純で、僅かな隙間を空けて棒を多数並べたものを作る。

　図の、右側が千把扱きの脱穀部分だ。ここにはまるように、何把もの米や麦の茎を挟み込む。そして、左側の板に足を載せて踏ん張って、米や麦の束を上に引っ張る。

　茎はそのまま歯の隙間をすり抜けるが、実は引っかかって茎から落ちてしまう。歯の下には、大きなゴザなどを敷いて

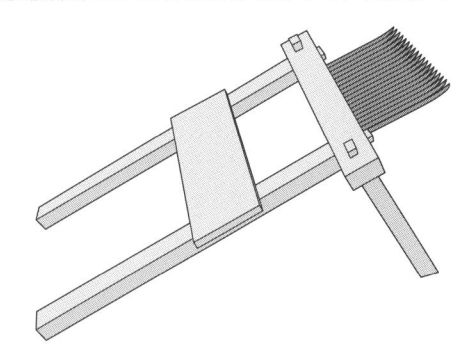

おいて、落ちた実を集める。

　初期の歯は木や竹で作られていたが、さすがに弱いので、まもなく鉄で作られるようになり、さらには鉄を鍛えて鋼にするようになった。それも、引っ張る力に負けないように、断面が長方形になるような形にした。

　歯と歯の隙間は、作物によって変化する。米の場合は５厘（1.5mm）、麦なら１分（３mm）ほど空けると良いとされる。このため、米用の千把扱きと麦用の千把扱きは別に作る必要があった。

○足踏み式脱穀機

　千把扱きを発展させ、より効率よく脱穀できる機械が、足踏み式脱穀機だ。明治の末に発明されたものだが、動力など使っていないので、中世ファンタジーの技術レベルでも充分作成可能だ。

　構造は、簡単で手前に立った作業員が足踏み板を上下に動かして、その動きをスポークを通じてドラムの回転運動に変えるだけだ。

　ドラムには、逆V字型に太い針金が多数植えられている。ドラムが回転する時に稲や麦の束を上に置くと、この針金によって実がこそぎ取られる。このため、千把扱きのようにぎりぎりの隙間で並べる必要はない。

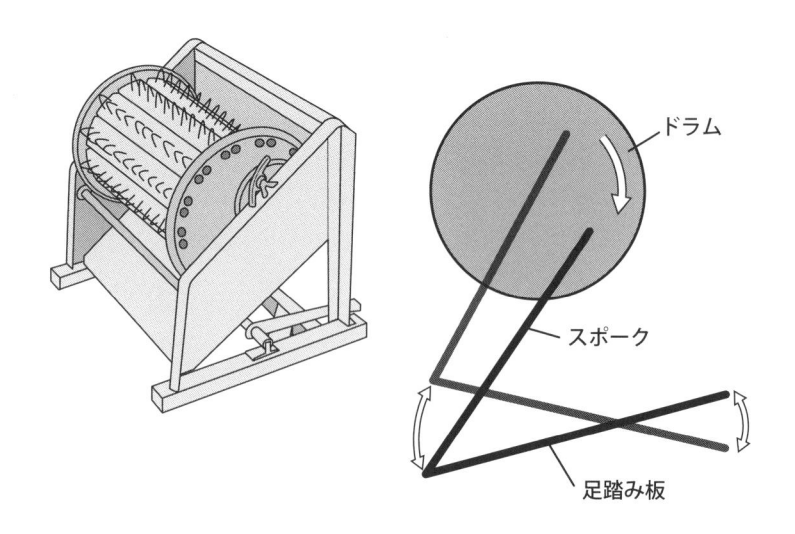

ドラム

スポーク

足踏み板

こそぎ取られた実は、ドラムの下の板によって集められて、左側に集まるようになっている。このため、脱穀機の左側には大きなゴザなどを敷いて、籾を集める。

足踏み式脱穀機は、腕の力がほとんど必要なく、腕に比べて遙かに強い脚の力でドラムを動かし、より効率的に脱穀できるため、明治時代には急速に普及した。

○唐箕

唐箕は、江戸時代に唐の国から来た箕ということで唐箕と呼ばれるものだ。箕は、竹ひごを編んで作った片方の口の開いた籠で、手に持って振ることで、穀物に混ざった不要物（ゴミや籾殻など）を吹き飛ばすものだ。箕のない文化では、スコップ状の道具を使って、籾を持ち上げて落としつつ風を当てることで、軽いゴミを吹き飛ばす。

これらの過程を人力機械化したものが、唐箕だ。

その仕組みは簡単で、右側の中に4枚羽根の扇板があって、持ち手を回して回転させることで風を起こす。

その状態で、上のじょうごから籾を入れると、重い籾（中身が詰まっている）は、そのまま真下に落ちて、一番口から出て右側の箕に入る。

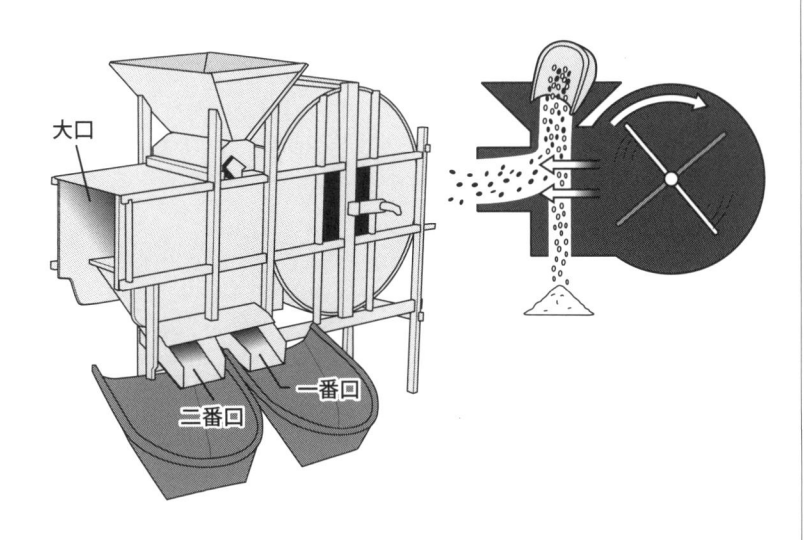

少し軽い籾（中身が少ない）は、少し風で飛ばされて左側に移動して、二番口から出て左下の箕に入る。そして、軽いゴミなどは、風で飛ばされて、左側の大口から外に放り出される。

唐箕は、漏斗から籾を入れる係と、扇板を回す係の2人で作業する。扇板を回す係は、勢いよく回しすぎると重い籾も飛ばしてしまうし、勢いが足りないとゴミも下に落ちてしまう。ちょうど良いくらいの回転にするには経験が必要で、その回転を保ったままでいるには訓練が必要だった。漏斗から籾を入れる係も、一度にたくさん入れすぎると風で飛ばされず、少なすぎると時間がかかりすぎるので、ちょうど良いペースで籾を入れるための経験が必要だ。米だけでなく、麦や豆、蕎麦などの選別にも用いることができるが、それぞれちょうど良い風の勢いは異なるので、作物によって回転速度を調整しなければならない。

現在でも、この扇板を回すところをモーターにしただけの、トーミという機械が存在して、実際に使用されている。

唐箕は、中国でも17世紀の始め頃に作られたもののようで、それ以前の記録は存在しない。当時としては大きな機械であり、大量の麦や米の籾を処理するためのものだ。だが、大きい村に1つ、もしくはそれより大きい地域（大名や領主クラス）で共有すれば、農業の効率を上げることができる。

ヨーロッパでも、17世紀のオランダでタラール（微妙に構造は異なるが、風で籾を飛ばして選別する点では同じ）という名前で作られたのが最初なので、それ以前に作成すれば、農業の効率化で他国に先んじることができるだろう。

○犂

犂の基本は、地面をひっくり返して肥沃な地面の奥の土を地表に出す農具だ。その目的をより簡単に行えるようにするため、時代によって形状が進歩している。

最古の犂は紀元前からあり、アード・プラウと言って、1

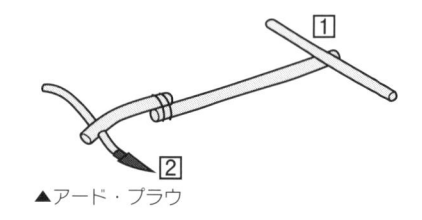

▲アード・プラウ

に牛をつないで2の木の杭を引っ張らせて、地面をひっかくようにする。これによって、杭の通った後の地面がかき回されて柔らかくなり、そこに種や苗を植えることができる。この形の犂は、今でも未開の土地で使われている。初期は、単なる杭だったが、後には図のように地面に刺す先端を前に向けて土に刺さりやすくし、また金属製にして丈夫に作るようになった。

これが大幅に改良されたのは、6世紀頃の中国においてだ。モールドボード・プラウという構造が考え出され、一気に大量の土を上下反転させることができるようになった。しかし、この犂は、ヨーロッパには伝来せず、17世紀になって中国でオランダ人がこれを発見して、ヨーロッパに持ち込んだ。

モールドボード・プラウは、3つの機能から成る。

最初は、地面に縦に切れ目を入れるナイフだ（1）。後には、円盤状のコールタによって切れ目を入れる犂も登場する。

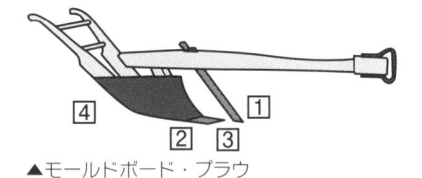

▲モールドボード・プラウ

次に、地面に水平に土に切れ目を入れるシェア（2）だ。特にその先端（3）は硬い金属で作られている。

最後は、縦横に切られた土を持ち上げて、ひっくり返すための斜めにねじれた板、モールドボード（4）だ。

モールドボード・プラウによって、地面を耕すのが効率的になり、また今までの犂と違って土をひっくり返す機能があるため、表面の痩せた土で作物を育てずにすむため、より広い農場でより実りが良くなった。

19世紀には、コールタとシェアを鋼鉄製にしたモールドボード・プラウが作られ、農業には不適だとされた固い大地をも耕すことができるようになった。これによって、さらに農業生産が増加した。

このため、中世ヨーロッパにモールドボード・プラウを導入するのは、充分なチートになる。これだけで、1人の人間が耕せる農地を増やし実りを多くできるので、1人当たりの生産性を倍ほどに増やすことができるからだ。

○竜骨車と踏み車

　竜骨車は中国で発明されたとされる人力揚水機だ。その形が竜の背骨の形を思わせるから、竜骨車という名前が付いたらしい。樋の中を、キャタピラにひっついた羽根板が動いて水を揚げてくる仕組みだ。

　現代のチタンやステンレスなどのさびない金属部品で作成すれば問題は少ないだろうが、竜骨車は、木製だ。このため、キャタピラの連結部分などが弱く非常に破損しやすかった。

　このため、より丈夫で使いやすい人力揚水機が求められた。そして、江戸の中期頃に日本で発明されたのが踏み車だ。

　踏み車は、人間が水車の先端に立って足踏みをすることで、水車を回し、水を手前の樋の高さまで持ち上げるという仕組みだ。

　踏み車は高価なので、必要なところに数人で運んで、竹などで支えて設置し、その竹などを掴んで身体を支えて水車を踏むようになっている。

　ここで、水を動かす羽根板が斜めに付いているところが工夫となっている。普通に放射線状に付けているものよりも、高い位置まで水を持ち上げることができる。ほとんど車軸の高さまで持ち上げることができる

▲竜骨車

のだ。もし放射線状になっていると、車軸の高さまで持ち上げようとすると、羽根板がほぼ水平になってしまい、水を送り出す力がなくなってしまう。だが、斜めになっているので、そんな高さまで持ち上げても、羽根板が斜めで水を樋の方に押し出す力があるのだ。僅か数十cmの差だが、この差が灌漑できるかできないかの差になっている土地はたくさんあった。

　ちなみに、この形の踏み車はヨーロッパではついに作られなかった。このため、踏み車を中世ヨーロッパに導入すると、川の水位が低すぎて開墾できなかった土地を畑にすることができる。一種のチート揚水機として利用できる。

　踏み車の製作には、かなり高い精度が必要となる。羽根板と鞘箱の間の隙間が大きいと、水が漏れて効率が悪い。また車軸がゆるいとがたついて、水が漏れたり、羽根板が鞘箱にぶつかって破損したりする。ただし、畑に置きっ放しにするものではなく、必要な畑に持って行って、その場で設置して使うものなので、あらかじめ家（もしくは寄り合い所）でメンテナンスをしてから使用する。

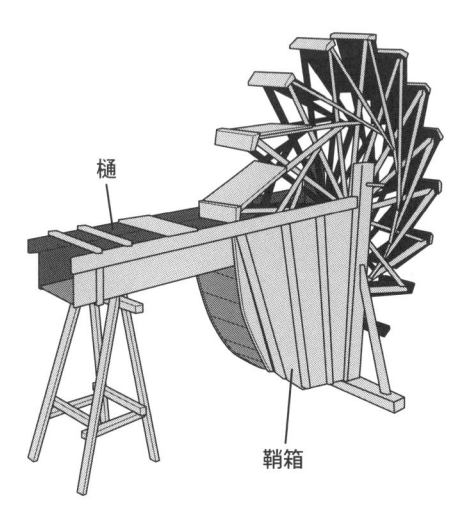

樋

鞘箱

▲踏み車

✔砂糖を作る植物

　古くから甘いものは非常に貴重で、高位高官でなければ手に入らないものだった。このため、砂糖を生産できれば、それだけで大きな収入源となる。

　しかし、砂糖を作るために最も有効なサトウキビの植生が、温帯に合っていないところに、大きな問題がある。

○サトウキビ

　サトウキビは、イネ科の多年生植物で、ニューギニア原産と推測されるが、紀元前にはインドから東南アジアにかけて広がっており、もはや原産地は定めにくい。砂糖が最初に作られたのは、2000年前のインドと言われている。

　根元は最大5cmくらいまで太くなり、花（緑、ピンク、紫など）は最高5mくらいの高さまで伸びた茎に咲く。ただし、収穫は花が咲く前に行う。花が咲いてしまうと、茎に含まれる砂糖分が減少してしまうからだ。

　現在では、広く世界中の熱帯・亜熱帯気候の地域で栽培されており、米（7億t）と小麦（5億t）の生産量の合計と同じくらい（12億t）栽培されている。食用としては、最も多く栽培されている植物だ（2位がトウモロコシで10億t）。いかに人類が砂糖が大好きなのか分かる数値だ。

　実際、ヨーロッパ人が、熱帯地域を植民地とすると、そこには奴隷が送り込まれ、サトウキビのプランテーションが作られた。奴隷と植民地と砂糖は、不可分の存在だとヨーロッパ人は考えていた。だが、牛などを利用して畑を深く耕せば、ヨーロッパ南部のスペインやイタリアあたりでなら、サトウキビの栽培は可能だった。実際、イスラム教徒に支配されていた時代のスペインでは、サトウキビの栽培が行われていた。だが、野蛮なヨーロッパ人は、洗練されたイスラムの農法をまねることができなかったのか、レコンキスタ（ヨーロッパ人にとってのイベリア半島再征服運動）の後には、スペインのサトウキビ栽培は壊滅したようだ。逆に言えば、スペインあたりへの転生者なら、サトウキビ栽培で一儲けできる可能性があるということだ。

　栽培方法としては、春から夏にかけて植えて、秋から冬にかけて収穫

する。また、収穫後も地下茎から再び芽が出るので、それをそのまま育てても良い。

生育には、大量の日照と降雨が必要で、それさえ与えておけばあまり手入れの必要としない簡単に育てられる植物だ。熱帯地方では、雑草に気を付ければ、後は勝手に育つ。ただし、サトウキビは大食らいであって、土地の栄養を大量に消費する。このため、肥料を与えないと、土地がどんどん痩せてしまう。

ただし、日本のような温帯地方で（沖縄や奄美大島のような亜熱帯気候の地域は別）サトウキビを育てるためには、雑草取りや根の発育を促進させる培土（根元に盛り土をすること）などが必要で、それでも、南九州や高知などの暖かい地域でしか栽培できない。

サトウキビの収穫は、根元からばっさり切り取る。この時、茎の先端は苗にできるので残しておくこと。枯れ葉は使えないので捨てて、残った部分を使用する。特に、茎から甘み成分を採るので、間違えて茎を捨てないようにする。

この茎をかじるだけでも、甘い汁が出るので、おやつ代わりにかじることもあった。

収穫したサトウキビは、切断部分から酸化が始まり劣化するので、できるだけ早く製糖を行う。

ちなみに、サトウキビから生成される白砂糖の量は、サトウキビの重量の８％ほどだ。黒砂糖にしたり、廃糖蜜なども含めれば、10%以上になる。

砂糖の製法は、サトウキビの茎を細かく砕き、汁を搾る。繊維かすなどを取り除いたしぼり汁に石灰を入れて、不純物を沈殿させる。石灰は、しぼり汁の微酸性を中和する働きもある。伝統製法では、貝殻（特に牡蠣の貝殻）を焼いて粉にした牡蠣灰を使用する。そして、これを濾過して沈殿物を取り除いておく。

濾過したしぼり汁をそのまま煮詰めて作ったのが、黒砂糖だ。現代では、フリーズドライ製法（真空にして水分を飛ばす）で作成するが、中世ファンタジーでは魔法でも使わない限り難しいだろう。

濾過したしぼり汁をある程度煮詰めると、砂糖分が結晶化した部分と、結晶化しなかった液の混合物になる。これを遠心分離器にかけると、粗

糖（少し色の付いた砂糖、ブラウンシュガー）と廃糖蜜（褐色の濃いどろっとした液体）に分離される。

廃糖蜜は、60％くらいの糖分を含む。現代ではラム酒の原料などに使われるが、糖分としてそのまま使われることはない。しかし、甘みの少ない時代は、そのまま甘味料として使われることも多かった。

現代では、粗糖を精製して上白糖（いわゆる白砂糖）を作っているが、これを中世の技術で再現するのは難しい。黒砂糖か粗糖で十分だ。色の薄いものを作るなら、粗糖を使うと良いだろう。

ただ、黒砂糖も粗糖もミネラル成分などを含み、独特のコクがある。白砂糖のような純粋な甘さにはならないので、料理方法は考えた方が良いだろう。

○甜菜

甜菜は、砂糖大根とも言う。ただし、分類学的には、大根とは別種で、ビートの一種だ。地中海沿岸が原産で、夏は高温乾燥、冬は温暖湿潤な地中海性気候に対応した植物だ。だが、サトウキビが熱帯・亜熱帯の植物であるのに対し、甜菜は寒冷地作物と呼ばれ、東西ヨーロッパ（北欧は除く）で十分に育てることができる。乾燥地帯でも、灌漑などで水さえ与えれば育てることができるので、北海道や中国東北部などでも作られている。

甜菜糖のチートのネタは、ビート自身は、6世紀頃からヨーロッパでは葉物野菜として栽培されていたという点だ。つまり、6世紀以降のヨーロッパなら、多くのビートが存在していた。後は、各地の品種を集めて、最も糖度の高い甜菜を探せば良い。甜菜は、根が太く、白っぽい（ビートの根は赤や紫のものもある）。葉も普通の緑で、茎が赤や紫に染まっていない。甜菜以外のビートにも、1〜2％の砂糖が含まれているが、甜菜には6％も含まれているので、作業効率が3倍以上違う。現在では品種改良によって、15〜20％もの糖分を含む。

15世紀には、太った根が、家畜飼料に使われるようになった。ビートの根に糖分が含まれており、特に甜菜に多くて砂糖を作ることができることが分かったのは、18世紀になってからのことだ。19世紀始めには、甜菜糖の工場が造られている。なにしろ、ヨーロッパ域内で砂糖が生産

できるという画期的な技術だったからだ。

　砂糖の抽出方法は、砕いて汁を搾って、その絞り汁をサトウキビと同じように処理する。ただ、甜菜糖は、粗い抽出でも色が白っぽいので、高級に見える。葉や絞りかすは、家畜の食料にできるので、無駄なく利用できる。ビートの葉は人間が食べることもできるが、甜菜の葉は堅いので、人間が食べるのはあまりお薦めできない。

　甜菜の生育には、10℃以上の気温が必要だが、20℃以下でも問題なく生育するので、ヨーロッパの夏なら十分耕作可能だ。春になったら苗床で苗を作り、ある程度育ったら畑に植え替えると、発芽時期を早めにできるので、より北の地域でも栽培が可能になる。肥料は窒素とカリウムが多めに必要だ。育成期間は200日ほどなので、秋に収穫する。水は基本的には多めに必要だが、収穫2ヶ月前くらいからは水分を控えめにして、糖度を高める。

　塩害には強い（と言うか、育生にナトリウムも必要）ので、塩害を受けた畑で育てて、塩を吸収させることもできる。ただし、根菜なので、土が硬いと育ちにくい。大きな甜菜は、根が1kgになり、数十cmほども伸びるので、地面深くまでよく耕して、土を軟らかくしておく必要がある。

　連作を行うと、そう根病に罹る可能性が高まる。土壌が酸性になると発生しやすいので、石灰などを撒いて、微アルカリ性にしておくと良い。

○砂糖楓

　北アメリカ原産の楓の一種。樹高30m以上にもなる大きな木で、メープルシロップが採取できる。ただし、あまりに若い木から採ると、木を傷めてしまう。現在では、樹齢40年以上で幹の直径が20cm以上の成木に1ヶ所の穴を開けることができる。直径が20cm太くなるごとにもう1ヶ所の穴を開けることができ、最大4ヶ所（直径80cm以上の木）まで開けて良いことになっている。

　と言っても、いつでも採れるわけではない。初春（2〜4月）の昼夜の寒暖の差が大きい時期2〜3週間だけで、夜のうちに根から水を吸った木が、水が多くなって加圧状態になる。この時に、幹にドリルなどで穴を開けると、そこから2％の糖分を含む樹液が、50〜100ℓほど得

られる（１日の生産量ではない、１つの穴から２～３週間で採れる総量がこれだ）。これをメープルウォーターと言う。

　メープルウォーターを濾過して不純物（穴を開けた時の木くずとか）を取り除き、濃縮したものをメープルシロップと言う。メープルウォーターは98％が水分で、糖分は２％しかない。メープルシロップは水分33％、糖分66％なので、メープルウォーターの水分98％中、97％を蒸発させなければならない。つまり、メープルウォーター40ℓが１ℓとなるくらいまで加熱濃縮する。

　そこから、完全に水分を飛ばしてしまって作るのがメープルシュガーだ。

　このため、メープルシロップやメープルシュガーは、採取した樹液に比べると、非常に量が少ない。このため、どうしても高価になる。また、加熱する薪の使用量も多い。現代では、逆浸透膜を利用して、ある程度水分を抜けるので、そこまで加熱の必要はない。だが、中世ファンタジーの技術では、魔法でも使わない限り難しいだろう。

　10アール（1000平方メートル）当たり、40～60本の楓の木しか生やすことはできないので、10アールで80～120ℓのメープルシロップしか採取できない。明らかに、サトウキビや甜菜に比べて面積当たりの効率が良くない。メープルシロップが高価になるのも当然と言えよう。ただし、サトウキビや甜菜が発見されていない時代、メープルシロップの方がまだしも安い時代は存在した（正確には、砂糖が高すぎただけ）。

　効率は砂糖楓が最も高いが、他の楓でも、同様に樹液からメープルシロップ風の甘味を作り出すことは可能だ。また、楓以外でも、クルミ、白樺などの樹液を使って、甘味を作ることもできる。ただし、濃縮時に沸騰させると、苦みなどが出てしまうので、沸騰させないように濃縮しなくてはならず、砂糖楓よりさらに苦労が多い。

　これらの木でも、樹液を採るのは、春先の、まだ芽が出ていない時期で、昼夜の寒暖差が大きい僅かな期間のみだ。

　最近、若い砂糖楓の幹か太い枝の先端を切ってしまい、その先端に負圧を掛けて、出てくる樹液を回収するという新しいメープルシロップの作り方が実験されている。この場合、１本当たりメープルシロップは0.3ℓと成木の５分の１以下しか採ることができない。だが、まだ小さな若

木の場合、10アール当たり1000本以上の木が植えられるので、300〜400ℓのメープルシロップを採取できるという計算だ。これが成功すれば、メープルシロップの生産量が上昇して、原価を下げられるかも知れない。

○リュウゼツラン

リュウゼツラン属は、メキシコあたりを原生地とする植物で、様々な種類があるが、それぞれ非常に有用性が高い。残念なことに、リュウゼツランは成長が遅いのだが、熱帯から寒冷な高地まで、広く栽培できるという点ではたいへん便利なものだ。

リュウゼツランは、開花期になると蓄えたデンプンを糖化し花径に蓄える。このため、花径部から樹液を搾り取って、そのまま甘味料にする。甘味を増すために煮詰めたものはアガベシロップと言い、砂糖の1.5倍ほど甘い。このため、ヨーロッパで育てやすい甘味料として、利用することができる。

茎の中空部から採取できる蜜水（アグア・ミエール）を発酵させた酒がプルケだ。古くから中南米の人々はプルケを飲んでいたことが分かっている。樹液だけでなく葉をすりつぶしてドロドロにしたものを発酵させ、それを蒸留したものがメスカルだ。メキシコの酒として有名なテキーラはメスカルの一種だ。ただし、蒸留技術は、ヨーロッパ人がアメリカに持ち込んだもので、ヨーロッパ人が来るまではメスカルのような酒は存在しなかった。つまり、アメリカに転生すれば、蒸留技術の開発で、一儲けできるだろう。

サイザルアサ（麻ではないが、歴史的にこう呼ばれる）やアオノチュウゼツラン、エネケンなどリュウゼツラン属の葉からは、繊維を採ることもできる。

✔香辛料

香辛料は、金よりも高価な交易品として、金儲けの種になる。だが、その多くは熱帯でしか育たない。

○胡椒

胡椒は、インド原産の蔓植物だ。紀元前からインドの重要な輸出品であり、紀元前4世紀のギリシャで、文献に胡椒のことが書かれている。古代から、胡椒が国を越えて交易されていたことが分かる。

胡椒は、挿し木や接ぎ木で増やす蔓植物で、支柱に巻き付けるようにして育てる。胡椒の種（つまり胡椒そのもの）から発芽させて育てるのは困難だ。根元から5〜10mくらい伸びるので、葡萄のように棚を作って、そこに這わせるのが良い。葡萄と同じように、棚からぶら下がるように花が咲く。そして、葡萄と同じように、胡椒の実がぶら下がる。1房で50〜70粒くらいで、粒の大きさは直径5mmくらいだ。

ただし、胡椒は熱帯性であり、最低気温が7℃以上でなければ枯れてしまう。このため、日本やヨーロッパでは温室を作らなければ、育生は難しい。日本だと、南西諸島くらいなら、育てられるだろう。

胡椒の実は、赤くなると完熟となる。

この完熟した実を乾燥させ、その後水に漬けて皮を柔らかくして剝いたものが白胡椒だ。完熟する前の実を乾燥させたものが黒胡椒だ。

通常は、粉にひいて使うが、可能ならば使用直前にひくのが良いとされる。実のままなら、かなり保存性が良いからだ。

○唐辛子

唐辛子は、中南米原産の植物で、辛み成分カプサイシンを含む。原産地では、紀元前6000年頃から使われ続けてきたと言われる伝統ある香辛料だ。

ヨーロッパ人にとっての唐辛子は、胡椒を求めて西へと船出したコロンブスによって発見された。1493年の第2回航海で寄港したハイチで発見し、ヨーロッパに持ち帰ったとされる。ただ、コロンブスは、唐辛子のことを胡椒だと勘違いしていた。なぜなら、コロンブスは完成品の胡椒しか見たことがなく、胡椒の木など見たことがなかったからだ。そのため、食べると辛い唐辛子を見て、胡椒の原料の植物だと思い込んでしまった。

しかし、唐辛子は胡椒ではなく、その意味ではヨーロッパ人の期待に添うものではなかった。そのため、いったんは忘れられかけた。しかし、

唐辛子は唐辛子で貴重な香辛料であり、徐々に唐辛子として使われるようになった。つまり、コロンブスのヨーロッパへの持ち込み直後に入手し、調味料として使用すれば、儲けの種になった可能性は高い。ただし、ヨーロッパ人の好む香辛料はあくまでも胡椒であり、唐辛子は二の次であったことは理解しておくべきだろう。

唐辛子の伝搬は非常に早く、16世紀には既にインドから日本まで伝わっている。日本では1552年にポルトガル人が大友義鎮（宗麟）に唐辛子の種を献上したとされる。その後西日本に広まり、16世紀末には南蛮胡椒と呼ばれ、日本でもある程度栽培が始まっていたらしい。ただし、観賞用植物、もしくは霜焼け止めなどに使われており、辛み調味料として使われることはなかった。

それを考えると、日本に輸入された直後に、調味料としての用途を発見すれば、一儲けできるだろう。

朝鮮には17世紀に日本から伝わったが、薬として使われていた。朝鮮料理が唐辛子を多用するようになるのは、19世紀の終わりから20世紀の始め頃だと言われている。それまでの朝鮮料理には、唐辛子を使うものはほとんど記録に残っていない。現代の朝鮮人の唐辛子好きを考えれば、もっと早く唐辛子を使用した料理を作れば、大金になったことは確実だ。

唐辛子の利点は、温帯で栽培可能な香辛料だという点。胡椒をはじめ、ほとんどの香辛料は熱帯でしか栽培できない。しかし、唐辛子は、熱帯では多年草だが、温帯でも一年草としてなら栽培できる。

日本でなら、3月に種まきをする。唐辛子の発芽には、地温が28℃以上必要なので、種を植えるのは、プランターか何かにして、太陽に十分当てて夜は室内に取り込んでおくか、温度管理のなされた温室のようなものを作る必要がある。4〜5月に苗の植え付けをするが、生育適温は22〜30℃だ。寒さには極端に弱いので、植え付け時期は土地の気温を考えて行う。逆に、暑さには強いので、夏の暑さはあまり気にする必要はない。植え付けは、40〜50cm離して苗を植える。夏場は、隣と干渉して日当たりが悪くならないようにするため、混み合っている葉を切り取ると良い。特に、一番果を残すと株が弱まるので、必ず摘果する。可能ならば、一番果がついた頃に、追肥をする。7〜9月に白い花を咲

かせ2～3週間後に実がなる。基本的には、温暖な九州や西日本で育てた方が良いだろう。

ヨーロッパ圏内で考えると、南欧ならば問題なく栽培可能だ。ただし、乾燥には非常に弱いので、水を切らさないようにする必要がある。

唐辛子には連作障害があるので、一度植えた土地は、最低でも3年ほど空けてからでないと、唐辛子を育てられない。

胡椒もであるが、唐辛子の採集には、ゴム手袋と保護メガネが必須だ。ゴム手袋は諦めるにしても、保護メガネは欲しい。さもなければ、飛び散った汁で目を痛めてとても作業などできないだろう。

長期保存すると、香気が抜けるし、最悪害虫が発生するので、湿気を避けて密閉容器で保存しておく。使用する時は、ぬるま湯で戻すと刻みやすくなる。

ちなみに、七味唐辛子は、陳皮（ミカンの皮を乾燥させたもの）、胡椒、山椒、麻の実、あぶり唐辛子、芥子の実、生唐辛子の七種からなる。ただし、生唐辛子と芥子の実を外し、代わりに生姜と青紫蘇を入れた七味もある。信州蕎麦などの薬味として利用されている。

唐辛子は非常に辛くて、食べるとカッとなって血圧が上がるような気がする。だが、実際には唐辛子の辛み成分であるカプサイシンには、血圧を下げ動脈壁を柔軟にする薬効がある。

唐辛子は、動物避けに使われることもある。アフリカでは、畑のフェンスに沿って唐辛子を植える。こうすることによって、強い臭いを出し、象などのフェンスを壊して中の作物を食べていく動物を忌避させる。

○コリアンダー

コリアンダーは、胡椒に匹敵するくらい、世界各地で広く使われている香辛料だ。ところが、困ったことに、それぞれの地域で別の名前で呼ばれていること、日本料理には使われないことから、日本人にとっては、なじみが少ない。しかし、実はコリアンダーは、地中海沿岸部が原産地で、日本でも育てることが可能な香辛料なのだ。日本以外では数千年前から使われており、日本でも育てることが可能なのに、なぜか過去の日本では食材としては全く使われていなかった（漢方薬としては使われた）という不思議な香辛料だ。

コリアンダーは、その実を香辛料として使う。乾燥させた実を磨り潰して、コリアンダーシードとして使うと、オレンジのような香りがする。インドカレーなどの風味付けに用いられる。ヨーロッパでは、肉の腐敗防止と香り付けに使われている。

また、その葉は、野菜として、もしくは乾燥させてハーブとして使われる。中華料理では香菜として、風味付けやサラダに使われる。タイ料理ではパクチーと呼ばれて、サラダにしたりスープに入れたりする。ベトナムではザウムイと言って、本場の生春巻きには欠かせない野菜だ。インドではダニヤーと言い、カレーのスパイスに使う。中南米ではクラントロと言って、スープにたいてい入れるし、サルサに挟む野菜に使うこともある。

日本で育てるのは比較的簡単だ。秋蒔きなら9～11月、春蒔きなら3～5月に種を蒔いて、日当たりが良く水はけの良い土地で育てる。寒さには結構強いので、雪に埋もれたりしない限り秋蒔きでも問題なく冬を越す。秋蒔きにした方が味が良いと言われるので、西日本なら秋蒔き、東日本以北は春蒔きが良いだろう。

高さが20cmくらいになったら、葉を採ることができる。上の方の若葉の方がおいしいが、採り過ぎると実を付けなくなる。下の方の葉なら、採っても種を付けることができる。

最終的には50～60cmになって花を咲かせるのが6月頃、実が淡褐色になった頃が収穫時期だ。収穫した実を自然乾燥させると、コリアンダーシードとして使用できる。

ただし、コリアンダーは一年草なので、実がなると後は枯れてしまう。このため、葉が欲しくて、種を採るつもりがないのなら、花芽を剪定してしまうのも手だ。こうすると、夏場になっても、葉を収穫することができる。

コリアンダーは、日本以外では、古くから（地中海沿岸では歴史以前から、中国でも3000年くらい前から）使われているが、日本でだけはほとんど使われていない。このため、日本に持ち込んで、うまい使い方を見つければ、面白い。ただ、特徴的な強い香りを、日本料理とどう調和させるかは、難しいだろう。

✔マメ科植物

　基本的には、植物は土中の窒素を吸収するので、土地は痩せていく。中世の農学者は、その原因を突き止めることができず、休耕することで対応するしかなかった。だが、成長過程で窒素を土中に注入する植物も希に存在する。それがマメ科植物だ。このため、マメ科の植物を畑に植えれば、土地は豊かになる。この仕組みを利用したのが、ノーフォーク農法などの輪裁式農法だ。

　とは言え、マメ科植物でも人間の役に立たない植物を植えたのでは、結局休耕しているのと変わりない。そこで、人間の役に立つマメ科植物をリストアップしよう。

○エンドウ豆

　古代オリエントが原産と言われる豆で、元々は麦を育てていると勝手に隙間に生えてくる雑草だったと言われる。中国には5世紀、日本には9世紀頃に伝わったとされる。ビタミンも豊富で、βカロテンなども含む健康に良い野菜だ。

　現代では、様々な品種に分かれているが、過去世界では、それほど多くの品種は作られていない。また、品種の違いはあっても、栽培方法には大差がない。

　エンドウ豆は、寒さには強いが、暑さには弱い。このため、日本では11月頃に種まきをして、翌年の5～6月に収穫する。だが冷帯になると、夏場に育てる。アラスカなどでも、短期間で育つアラスカ品種のエンドウ豆が育てられており、僅か55日ほどで収穫できる。

　ただし、連作障害はあるので、一度植えたらしばらく豆類を植えてはいけない。幸い、ノーフォーク農法なら4年ごと、フランドル農法では6年ごとに植えることになるので、問題は発生しない。

○インゲン豆

　インゲン豆は、南北アメリカ大陸に分布する作物で、コロンブスが持ち帰った植物の1つだ。16世紀には、育てやすく栄養豊富な豆として、ヨーロッパ各地で育てられるようになった。中国には16世紀末に、日本には17世紀初頭に伝えられた。

　インゲン豆はフェトヘマグルチニンが含まれているため、生もしくは加熱不足で食べると、嘔吐や下痢といった中毒症状を発生するので、80℃以上の温度で充分な時間加熱する必要がある。加熱しさえすれば、毒性物質は分解される。

　インゲン豆は、春に植えると70日ほどで収穫できる。ただし、根が深く張るので、土を30cm以上深く耕す必要がある。

○大豆

　大豆は、中国東北部からシベリアのあたりに自生していたツルマメが原種と言われ、4000年前に中国で栽培されるようになった。その意味では、比較的寒冷地に適応した作物だ。日本にも縄文時代から栽培された証拠が残っているほど古い栽培植物だ。

　特に、仏教の影響で、肉食を忌むようになった日本では、貴重なタンパク源として利用された。また、日本人にとって必須とも言える味噌、醤油が大豆から作成されることを考えても、大豆なしの日本人は考えることが困難だ。

　このように有用な大豆だが、ヨーロッパに伝わったのは18世紀のことで、20世紀になるまで東アジア以外ではほとんど栽培されていない。その意味では、ヨーロッパに早期に大豆をもたらすことができれば、かなり大きなチートになる。なぜなら、大豆は寒冷地でも育ち、根粒菌によって窒素肥料の不足する土地でも栽培でき、しかも乾燥に強いので（というより湿潤に弱い）水の少ない土地でも育てられる。つまり、寒冷で水の少ない東ヨーロッパやロシアで育てるのにむいた作物だからだ。しかも、そのまま食べても良く、搾れば油が採れて絞りかすは飼料にできる。加工食品の原料としても向いているという、万能作物だ。ヨーロッパ人が醤油を発明できなかったのも、そもそも大豆が栽培されていなかったからだ。逆に言えば、大豆を導入できれば、ヨーロッパで日本より先に醤油を発明することも不可能ではない。

　ただ、大豆にはサポニンという苦み成分が含まれており、このことが、大豆が人類の主食になれなかった理由の1つだ。さらに、有害タンパク質成分が含まれているが、これは加熱すれば変質して無害になるので、大豆を生のままで食べないようにさえすれば問題ない。

大豆を導入するためには、大豆の根に棲む根粒菌も同時に導入する必要がある。このため、種だけ輸入しても成功率は低い。大豆の育った土を同時に導入し、そこで大豆を育てて根粒菌のいる土を増やしていく必要がある。

　大豆は日本なら、4月頃に種を蒔いて8月に収穫する、6月頃に蒔いて10月頃に収穫する、7月に蒔いて11月頃に収穫するなど様々な栽培ができる。ただ、種まきの頃にあまりに湿潤だと、かえって成長に良くないので、通常は4～5月に種まきをする。6月に種まきをするのは、梅雨のほとんどない北海道くらいだ。

　芽が出た直後の大豆の子葉は、鳥の好物だ（何しろ、軟らかくなった豆が土から顔を出しているのだから）。畑に直まきした場合は、網などで畑を覆っておかないと、鳥に食べられてしまう。それが嫌なら、苗床を作って双葉が出るまで育ててから、畑に植え替えると良い。

　花が咲いて1ヶ月ほどで鞘の中の実がふくらんでくる。この未成熟な状態で収穫したものが、枝豆になる。通常の大豆は、鞘の中の豆が乾燥してきて振るとかすかに音を立てるくらいになった頃が収穫時期だ。

○レンズ豆

　<u>レンズ豆は西アジア原産の植物で、旧約聖書に登場するほど古くから栽培されてきた。</u>ちなみに、レンズ豆という名は、レンズに似ているからではない。レンズが発明された時に、レンズ豆に似ていたのでレンズという名前が付いた。このため、レンズの存在しない時代から、レンズ豆という名前である。

　レンズ豆は乾燥に耐えるので、西アジアの乾燥地帯でも栽培することができた。さらに、幅広い気候に対応するため、カナダからインド、オーストラリアまで広い地域でレンズ豆は栽培されている。日本にも他の豆とそう変わらない時期に入ってきたはずなのだが、なぜかほとんど利用されていない。

　日本では、春蒔きなら3～6月、秋蒔きなら9～11月頃と、真冬と真夏を除けば結構どんな時期に植えてもなんとかなってしまう、対応力の強い植物だ。春蒔きなら半年、秋蒔きなら9ヶ月後くらいに収穫できる。

○ピーナツ

ピーナツは、南米原産のマメ科の植物だ。16世紀にヨーロッパに持ち込まれたのも、他の豆とあまり変わらない。ただ、受粉した花がそのまま地面まで伸びて地中で結実するという奇妙な生態と、比較的寒冷なヨーロッパでの栽培が難しかったことから、あまり一般化しなかった。

日本には18世紀初頭に伝来し、南京豆という名前で食べられるようになった。落花生とも言うが、これは、花が地面に落ちてそこで実が成ることから付けられた名前だ。

日本で栽培する場合、5月に種まき、6月に植え付け、9～10月に収穫といったスケジュールになる。日当たりが良く水はけの良い土地を好む。

種まきは路地ではなく、苗床で3cmくらいの深さに種を植える。種まきの前に一晩水に漬けておくと、揃って発芽するので、路地への植え付けも一度にできて便利だ。苗床では、たっぷりと水をやった方が良い。

本葉が2枚ほど出たら、路地に植え付ける。1株ごとに40cm位の間隔を空けて植えると良い。根付くまでも、水は多めにやること。根付くと、葉が急激に育ち始めるので、それ以後は水をやる時は、一度に表面が乾かない程度にする。水を多くやりすぎると、病気になることが多い。

草丈が30～40cmほどになったら、土寄せをする。花が咲いた後で、蔓が地面に届きやすくするためだ。花が咲く頃に、カリウム（石灰）を与えると、実が良く育つ。窒素は、自力で手に入れているので、与えなくて良い。

葉が黄ばんできたら、収穫時期なので、株元を掘って株ごと引き抜くつもりで、土を掘り返す。蔓を引っ張っただけでは、切れてしまうことが多い。

収穫した莢は、風通しの良い場所で数日乾燥させる。

ピーナツも、連作障害があるので、続けて栽培してはいけない。四圃式の1つにするなどが向いている。

○アルファルファ

日本名はムラサキウマゴヤシというアルファルファは、中央アジア原産のマメ科の多年草だ。非常に栄養価が高く、乳牛の肥育などに使われ

る。中国から南米まで、世界中でアルファルファは栽培されている。その日本名からも分かるように、馬はアルファルファを好んでよく食べるが、牛はそれほどでもない。またスプラウト（もやしのような芽が出たばかりの状態）にして、サラダ等にして人間が食べることもある。

アルファルファは、土壌改良に使うこともよくある。痩せた土地にアルファルファを植えて数年育てれば、土壌改良になるので、普通の畑として使うことができる。

育てば、アルファルファの草丈は1mほど、根は5～10mも伸びるため、干害にも非常に強い。

日本には明治に輸入されたが、弱アルカリ性で乾燥した土壌を好むため、酸性で水気の多い日本の土地では生育が今ひとつなため、定着しなかった。現在では、北海道の一部で栽培されているくらいだ。

日本で栽培するなら、春先に種を蒔くと、後はほぼ勝手に生育する。頑丈な根株から多数の茎を生やし、最大1mくらいの高さまで伸びる。夏頃には濃い紫から白の花を咲かせて、秋には実を付ける。

ヨーロッパでも、イギリスのようなかなり寒冷な地域でも問題なく生育できるので、家畜の餌にしつつ土地を肥やし、足りない時には人間の食べ物にもできる植物として重要だ。ただし、暖かい地域でなら、同じ土地で大豆やピーナツを育てる方が、得られる栄養価も高くなるので効率が良いだろう。

○クローバー

日本でもいくらでも見かけるクローバー（シロツメクサ）は、マメ科の植物で、ヨーロッパが原産だ。空き地にも生えているように、日本でも、肥料も世話も必要なしに、いくらでも生えてくる。

日本にやってきたのは1846年のことだが、ヨーロッパ人にも重要な植物と見なされていなかったので、頼めばもっと早く手に入れることも可能だ。ヨーロッパでも、地中海沿岸からイギリスの北端までほとんどあらゆるところで育つ。

人間が食べる野菜ではないが、家畜の飼料としては非常に便利であり、また他のマメ科の植物同様に、土地を肥やす働きがある。

芋類

芋類は、デンプン質が多く、その上痩せた土地でも育つ非常に有効な食物だ。実際、世界には芋を主食にする民族も多い。

○ジャガイモ

ジャガイモは、南米アンデス地方の原産で、15～16世紀になってヨーロッパ人によって、初めてアメリカ大陸外へともたらされることになった。日本には、17世紀初頭になってからもたらされたので、残念ながら戦国時代には使うことができない。どうしても戦国時代に使いたいのなら、当時来ていた南蛮人に注文するか、自力で南米に向かうしかないだろう。

当時の南米では、主食の座をトウモロコシではなくジャガイモが占めていたとされる。確かに、アンデスの高地でも育つ食用植物は少なく、トウモロコシより耐寒性に優れたジャガイモが主体になるのは、当然と言える。

ただし、ヨーロッパや日本に持ち込まれた当時のジャガイモは、食料とは見なされていなかった。輸送中に芽の出た芋を食べて食中毒を起こしたことから、悪魔の植物と言われ、毒性があるので食べてはいけないものだと考えられていた。実際には、芽や緑色になったところに、ポテトグリコアルカロイド（PGA）という毒物が多く含まれる。それ以外の部分にも多少は含まれるが、人間に影響が出るほどの量ではないので、無視して良い。このため、食べる時には芽や緑色の部分を取り除けば、問題ない。ただ、栽培に失敗した小さな芋などにはPGAが多く含まれているため、栽培初期には注意が必要だ。

栽培は、穀物などに比べてかなり容易だ。しかも、日本くらいの暖かさがあれば、春秋の年2回収穫することも可能なほど生育も早い。

1. ジャガイモは春植えなら3月頃に植えて、6～7月に収穫する。夏植えなら8月頃に植えて12月頃に収穫する。これは、西日本くらいの基準なので、東北地方やヨーロッパでは、年2回は難しい。

2. ジャガイモの根が充分張れるようにするため、深さ30cmくらいまで土を耕しておく。地はpH5.5～6.0くらいの酸性土が良く、アルカリ性になるとソウカ病が発生するので石灰や植物灰のやり過ぎには注意する。このため、焼畑（植物灰が

多くあるのでアルカリ性になりやすい）でジャガイモを作るのは向いていない。焼畑なら、他の作物を作って、痩せてきたくらいの土地で作る方が良い。

3. 雨がかからず、多少の光（直射日光は避ける）の当たる、10～20℃くらいのところに2～3週間種芋を置き、芽出しを行う。

4. 種芋が大きい時は、50gくらいになるように、さらに均等に芽が残るようにジャガイモを切る（こうすることで、株を増やせる）。切った面を風に当たるように2～3日置いて、切り口を縮ませる。小さな芋は、そのままで良い。ただ、夏植えのジャガイモは、植える時期が8月なので気温が高くて切断面が腐ることがあるので、切らないでそのまま使う。

5. 30cmほど空けて、深さ10cmくらいに種芋を植える。基本的には切断面を下に、芽を上にして植える。栽培に慣れて芋が充分育つようになったら、切断面を上にする逆さ植えをすることもある。こうすることで、弱い芽は地上に出てくることができず、強い芽だけが育つことになる。しかし、初期にこんなことをすると、全部の芽が出てこないことになりかねないので、最初は素直に切断面を下にして植える。春植えの場合、霜が降りると芽がやられるので、稲藁などで土壌をカバーしておく。

6. 芽が20cmくらいになったら、1つの種芋から出ている芽が2本くらいになるように、芽かきをする。生育の良い2本くらいを残して、他の芽を間引きする。

7. 芽かきが終わったら、土寄せをする。ジャガイモは、根ではなく茎が太ったものだ。このため、ジャガイモは種芋の上に新しいジャガイモができる。種芋は深さ10cmくらいに植えているので、このままでは新しい芋ができる空間が狭い。最悪ジャガイモが一部地上に出てしまう（太陽に当たって緑色になりPGAを発生させる）。畝と畝の間の土を寄せてきて、5cmくらい地面を盛り上げる。

8. 1回目の土寄せから2週間くらいしてから、2回目の土寄せを行う。この時も、5cmくらい土を盛り上げるので、合計で10cmくらい土を盛り上げることになる。これによって、種芋と地面の間が20cmほどになり、新しいジャガイモができる空間ができる。

9. 花が咲く頃に、地中のジャガイモも太り始める。花を放置すると、花に栄養が行ってしまうので、花を見つけたら、摘んでおく。あまり暖かく日照時間が多いと、葉が茂り花が咲いて、逆に芋が成長しない。

10. 地上部分が枯れた頃に、ジャガイモを収穫する。まだ地上部分が青いうちに収穫すると、皮の薄い新ジャガになるが、これは種芋には向かない。

11. 収穫は、晴れた日に行い、掘り出した状態で2時間ほど畑で表面を乾燥させる。その後、土のついたままで1週間ほど陰干しする（この時、腐ってきた芋は取り除く）。そして、そのまま冷暗所に保存すれば1年くらい持つ。水洗いすると、すぐに痛み出すので、水洗いは食べる時にする。保存しているジャガイモから芽が出たら、芽は取り除いておく。さもなければ、芽に栄養を取られて芋がしわしわになる。

12. 基本的には、ジャガイモは収穫後数ヶ月内生休眠（環境が良くても芽が出ない）

状態にある。このため、7月に収穫した芋を即座に8月に植えてもほとんど芽が出ない。

13. ジャガイモは連作障害があるので、一度ジャガイモを作った畑では、2〜3年はジャガイモ以外（トマトなど同じナス科の植物も避ける）の作物を植える。

14. 芋の内部に中空があったり、実割れしていたり、変形していたりするのは、栄養が多すぎて芋の成長がいびつになっているので、肥料を減らすと良い。

ジャガイモの最大の問題は、外見の悪さにある。ジャガイモを初めて見る人間は、これを食べ物とは考えにくいだろう。

南米では、冬場にチュノーというジャガイモを乾燥させた保存食品を作っている。夜外に出して凍らせ、昼にそれが溶けて水が落ちる。これを繰り返すと、水が抜けてカラカラのジャガイモができる。高野豆腐やかんぴょうと同じ作り方だ。これは保存性が良く軽いので、携行食にも使える。

○サツマイモ

サツマイモも、メキシコあたりの熱帯アメリカが原産の植物だ。ヨーロッパには15世紀にコロンブスが持ち帰ったと言われている。しかし、涼しいヨーロッパでは栽培が難しく、広まらなかった。だが、暖かいアフリカ・インド・東南アジアなどに持ち込まれて、栽培されるようになった。そこから中国を経由して、17世紀初頭に日本に伝来したようだ。琉球（沖縄）から薩摩（鹿児島）を経由して伝わったのでサツマイモ、中国から来たので唐芋とか甘藷（中国での名称）と呼ばれることもある。日本で広く栽培されるのは、八代将軍徳川吉宗の頃に青木昆陽が広めてからと言われる。

このため、日本で戦国時代にサツマイモを使いたければ、当時来ていた南蛮人に注文する必要がある。

ただ、それとは異なるコースも考えられる。実は、南太平洋ポリネシアの島々に住む人々は、南米から太平洋を渡って移住した説がある。この説が正しければ、サツマイモも同時に持ち込まれているはずだ。これを実証しようと試みたのが、ノルウェーの探検家トール・ヘイエルダールだ。彼は、当時と同じ大型筏を作り、南米のペルーから船出した。そして、見事ポリネシアまで到着し、移住が可能であったことを実証した。

この航海を本にまとめたのが、有名な『コンチキ号探検記』だ。このことを考えると、ポリネシアまで航海すれば、サツマイモを手に入れることが可能だったのではないかと考えられる。

サツマイモは、窒素固定菌と共生しているので痩せた土地でも育ち、高温や乾燥には非常に強く、しかも誰でも育てやすい植物なので、飢饉対策にも有効だ。さらに連作障害も少ない。サツマイモは、ヒルガオ科の植物なので、ナス科のジャガイモと輪作可能であるところも利便性が高い。

育て方は以下のようになっている。

1. サツマイモは、3〜4月頃に15℃以上の環境で、種芋を土に植える。蔓が生えてくるので、植えて2ヶ月ほどで蔓を切り取って挿し穂（サツマイモの苗）にする。挿し穂は、全長25〜30cmほど、節が7〜8あって、葉が5〜7枚ついたものを使う。葉が厚くて、濃い緑のものが、良い挿し穂だ。挿し穂を作る時は、毎日水やりを行う。

2. サツマイモの生育温度は25〜30℃なので、日本でのサツマイモ栽培は、5〜6月に定植→10〜11月に収穫が標準的だが、東北地方以北では、6月定植→10月収穫となる。九州沖縄では、3月末〜5月に定植→9〜11月に収穫と幅が広い。ヨーロッパでも南欧でなら、栽培可能だ。幸い乾燥には強いので、雨の少ない地中海性気候でも問題ない。

3. サツマイモを植える畑は、畝の高さが30cmくらいの、高めの畝を作る。これは、水はけを良くするためだ。サツマイモは乾燥には強いが、地面が湿気すぎていると腐ってしまうこともある。

4. 畝に、苗を植える。植え方はいくつかある。サツマイモは、茎の節のところから根が出て、その根が太って芋になる。このため、どんな植え方でも、苗の節の部分を2〜3ヶ所埋まるように植える。一般的なのが斜め植えで、苗を水平に近い斜めに植える。水平植えは、苗の下の部分を深さ3cmくらいに地面に平行になるように植えて、そこから先を少し曲げて、地面の上に出す。サツマイモは、節の下にできるので、最低でも畝の部分の土は軟らかく耕しておくこと。苗の植え付けから1週間ほどは、根が貧弱なので、毎日水やりを行う。その後は、葉がしおれない限り水やりはほとんど必要なく、日本でなら雨水だけで充分育つ。南ヨーロッパは、夏場の雨が少ないので、時々は水をやった方が良いだろう。

5. 株が成長して、伸びた節が地面に付くと、そこから根が生える。すると、そこにも芋ができるので、1本の株に多くの芋ができすぎて、個々の芋が貧弱になる。このため、蔓返しを行う。これは、蔓を引き上げて反転させ、節が土に付かないように葉の上に乗せてしまうことだ。蔓が多すぎるなら、途中で切ってしまっても良い。蔓は栄養が多く含まれているので、あく抜きすれば食材に使える。

6. 植え付けてから110〜120日くらい（日本なら10〜11月くらい）で収穫が可能になる。雨の後に収穫すると、芋の水分が多すぎて腐りやすいので、数日晴天が続いた日の午前中に収穫する。そうすれば、その午後に掘った芋を乾かすことができる。
7. 収穫した芋は、1本ずつ切り離して、天日で2〜3日表面を乾燥させる。その後は、日の当たらない、12〜15℃くらいの場所に保存しておくのが、最も良い。9℃以下だと糖化が進みすぎて腐敗しやすく、20℃以上だと発芽してしまう。
8. サツマイモは、デンプン質なので、収穫直後はほとんど甘みがない。収穫後に、陰干しを1〜2週間行うことで、デンプンが分解されて糖分になる。可能なら、1〜2ヶ月置いておいた方が、甘みが増す。

✔ 綿

　綿は、人類が知る前から世界各地に自生していた。知られる限り、インド綿、アメリカ綿、オーストラリア綿など、世界各地にその土地原産の綿がある。このため、世界のどんなところに生まれようとも、綿の種を手に入れられる可能性がある。

　綿は5000年以上前から、インド、パキスタン、メキシコ、ペルーなどで栽培されていた。ヨーロッパや日本が、綿を知らなかったのは、たまたま近くに綿が生えていなかったからだ。と言うのも、綿も元々は、熱帯から亜熱帯にかけての植物で、生育には25℃以上が必要とされる。だが、この条件さえ満たすなら、温帯でも綿を育てることは可能だ。

　本来は多年草で、毎年花を咲かせる。しかし、温帯では冬になると寒さで枯れてしまうので、一年草として育てることになる。実際、現代アメリカのコットンベルト（綿を育てている地域）は北緯37〜39度で、日本では東北地方に相当する。ヨーロッパでも南欧なら問題なく育てることができるし、日本でも北海道などを除けば育てられる。ただし、戦国時代は、小氷期で現代より寒かったので、東北地方での栽培は難しいだろう。

　日本で育てる場合、発芽温度が20〜25℃なので4〜5月頃に種まきをする。蒔いてから発芽まで10日ほどかかるので、生えてこないと土をほじくらないこと。弱アルカリ性の土壌を好むので、石灰などで調整する。7〜8月に開花時期、開花から30〜50日経った9〜11月に開絮（かいじょ）（果実がはじけて、綿が溢れること）時期となる。植えて2ヶ月ほどで、1.5mほどの高さまで育つ。品種によっては、3mほどになるアジアワ

タや、80cmほどにしかならないドワーフコットンなどもある。現代では、遺伝子組み換えワタの栽培面積が80%を超えているが、さすがに中世ファンタジーの技術では不可能だ。

はじけたワタは、水に濡れると萎んでしまったりカビが生えたりするので、急いで収穫する。このため、収穫時期には大量の人手が必要となる。アメリカで奴隷が大量に使用されたのも、1つはこのワタの収穫のためだ。

ワタは、大量生産のできる植物だ。しかも、ワタから作る木綿は肌触りの良い繊維で、水分の吸収性が良く、他の繊維と混紡することも容易い。ここまで理想的な繊維なので、歴史を見ると亜麻など他の植物繊維を圧倒することになる。先んじて木綿産業を興せば、他業者と圧倒的な差を付けられるだろう。

ちなみに、ワタを栽培すれば、火薬のニトロセルロース（p.017参照）の製造が可能になる。強力な爆薬であり、無煙火薬の原料でもあるので、軍事面でも有効だ。

種は、油脂を採るのに使われる。石けん・マーガリン・食用油などがワタの種から作成できる。その他の部分からもセルロースを取り出せれば、様々な工業用途に使用できる。

ただ、ワタから綿糸を採取するのは、機械化するのが難しい作業だ（現在は可能）。このため、大量の労働者を必要とする。アメリカが奴隷貿易を行って大量の黒人奴隷を使ったもう1つの理由が、ワタから綿糸を作るためだった。

また、ワタは土の栄養を大量消費する作物だ。このため、ワタを連続栽培していると、土壌が痩せてくる。また、単一栽培のため、病虫害にも弱くなる。実際、ワタ栽培には、大量の肥料と農薬が投入されている。現在では、ワタの栽培面積は、全耕作地の3％ほどでしかないが、その3％に、農業用殺虫剤の4分の1が消費されている。遺伝子組み換えワタが主流になったのも、この大量の殺虫剤の使用量を減らしてコストダウンを図るためだ。

このような力ずくの栽培が不可能な中世ファンタジーでは、ワタは輪作の1つにする必要がある。だが、それでもワタは儲かるから、育てるべき作物だ。

絹

絹は、紀元前2500年頃に中国で発見されたらしい。その肌触りのなめらかさ、冬暖かく夏涼しい温度調節能力、伸び縮みする便利さ、色鮮やかに染料がのること、いずれも衣料用繊維として得難い性質だ。このため、絹を求める商人とそれを運ぶ交易路は、中国から遙かヨーロッパまで延びることになった。それがシルクロードだ。

そもそも、カイコから絹が採れるということが秘密にされていたし、その秘密がばれた後も、カイコの育て方自体が特殊でなかなか育てられなかった。カイコが桑の葉しか食べないことが分からず、幼虫を死なせてしまうことも多かっただろう。

現在のカイコは、完全に家畜となった昆虫で、自然界で生きていくことは不可能だ。カイコの幼虫を、桑の木にとまらせてやっても、翌日には木から落ちているか、鳥などに食べられて、死んでしまっているほどだ。カイコの成虫は蛾の一種だが、空を飛ぶ能力が退化していて、あまりうまく飛ぶことができない。このため、成虫を外に出しても、鳥に食われるのがせいぜいで、とても交尾して子孫を残すことなどできない。卵から成虫まで、完全に人為的環境でのみ生きられる生物なのだ。

中国では紀元前から絹の生産が行われていたが、その製法は長らく秘密にされていた。カイコの密輸は死罪とされた。日本では、紀元200年頃に養蚕が始まったらしい。ヨーロッパでは、キリスト教の司祭が6世紀頃に秘密裏に持ち帰ったのが、養蚕の始まりとされる。ただし、ヨーロッパでその秘密を手に入れた者も、他者に教えようとはしなかったので、秘密はなかなか広まらなかった。それでも、14世紀頃には、イタリアで絹織物産業が成立するほどには、広まっている。

このように、各地で絹は大いに求められ、その製法を手に入れるためなら聖職者を産業スパイに仕立てることすら行われたわけだ。

確かに、絹の生産は非常に古くから行われてきた。しかし、その製法は可能な限り秘密にされていたと考えられる。絹を生産していない地域にとっては、羨望しているにも関わらず手に入らない技術なのだ。その状況で、絹を作る技術を持っていれば、それは十分なアドバンテージとなる。

カイコの成育は、以下のように行われる。

産まれた直後のカイコの卵は、白～淡黄色で、1.5mmほどの大きさだ。これが、1週間ほどかけて淡黄色→ベージュ色→あずき色→ねずみ色と変化していく。通常は、ねずみ色になった卵は、このまま変化しない。そして、低温（0～5℃くらいでそれ以下になってはならない）の時期を過ぎて、再び気温が上昇し25℃くらいになった頃に（冬が終わって、カイコの葉が出る頃に）、孵化する。

　カイコの幼虫は、白っぽい灰色で、桑の木に置いてみるとよく目立つ。このことからも、カイコが自然環境で生きていけない昆虫であることが分かる。繭になる前に、4回脱皮する。生まれた時を1齢、脱皮すると2齢3齢と上がっていくので、5齢まで大きくなる。脱皮の時には、それぞれ1日ほど眠ったように動かなくなる。これを、それぞれ1眠2眠と数える。それぞれのデータは表の通り。ただし、育成期間については目安なので、カイコの品種（現代では3000種以上ある）や環境によって変化する。温度を20℃以下や30℃以上にすると、幼虫は死んでしまうので、温度管理には注意が必要だ。

時期	育生期間	室温	餌	餌の量
1齢	1～3日	27～28℃	柔らかい桑の葉	0.5g
1眠	4日	27～28℃	なし	
2齢	5～6日	27～28℃	桑の葉	0.5g
2眠	7日	27～28℃	なし	
3齢	8～10日	25～26℃	桑の葉	0.5g
3眠	11日	25～26℃	なし	
4齢	12～15日	24～25℃	桑の葉	2.5g
4眠	16～17日	24～25℃	なし	
5齢	18～28日	24～25℃	桑の葉→なし	20g

　5齢の25日目くらいになると、餌を食べなくなり、少し身体が縮んでくる。さらに、身体が飴色に透き通ってくる。こうなったカイコを熟蚕と言う。こうなると、繭を作る直前なので、繭を作る場所に移動させる。カイコは、囲まれた場所で繭を作る性質があるので、縦横3×4.5cmくらい、高さ4cmくらいの小さな箱の中に入れる。通常は、大きな薄い箱を格子で区切って、小さな仕切りをたくさん作り、そこに1

つずつカイコの幼虫を入れていく。この状態になったら、餌は食べないので、幼虫だけ入れれば良い。この幼虫の移動を上蔟（じょうぞく）と言う。上蔟のタイミングは、5齢になってからの飼育温度の℃日累計が190℃日を越えた日とされる。例えば、25℃×8日で200℃日なので、8日目には上蔟できると考えるわけだ。

26～28日にかけて、幼虫は繭を作って（これを営繭（えいけん）と言う）、その中でサナギになる。繭が床に着かないように、まず周囲の壁に足場となる糸をかける。そして、その足場にぶら下がるように、繭を作る。この時、一生に一度だけ、尿（2～3cc）を出す。この尿は、繭を汚さないためと、体内の不要なタンパク質を排出するために行う。繭は壁などで支えられて床には着いていないので、繭自体が汚れるわけではない。ただ、繭を回収する時に引っ付かないように、仕切りの底には尿を吸収できる濾紙などを敷いておくと良い。

1匹の繭は、1本の糸からなり、太さ0.02mm、長さ1300～1500mほどで、重量は0.3gほどだ。3000匹のカイコから900gほどの絹糸ができて、服が1着作れる。

ちなみに、カイコ1匹を繭を作る（成虫になる）まで育てるのに、桑の葉が23gほど必要となる。

サナギの状態は、29～40日ほどで、平均すると41日目に羽化が行われる。

ちなみに、絹糸を採るためには、32～38日目くらいの、サナギが繭の中ではっきり固まった時期に繭からサナギを取り出して、繭を採取する。これより早いと、サナギはまだ液状だったり、表皮が弱すぎてすぐに破れて中の体液が漏れ出したりするので、繭が汚れてしまう。これより遅いと、サナギが羽化しようとして繭を中から切り裂いて出てくるため、繭の糸が途中で切断されて長い糸が作れない。

41日目に羽化すると、その翌日から雄雌が交尾して産卵を始める。1匹のメスは、400～500個の卵を産む。そして、卵を産み終えた直後の50日目に蛾の状態でカイコは死ぬ。次の生産のために、全てのカイコから繭を採取してしまってはならない。必ず、多めに成虫を育てて、翌年の卵を確保しなければならない。

卵は、1～2ヶ月は25℃くらいの温度を維持する。その間に色が灰

色になるので、その後は少しずつ温度を下げていく。冬場は 0 ～ 5 ℃くらいで、それ以下にしてはならない。春になって、少しずつ温度を上げていく。25℃くらいにして 2 週間位すると孵化する。

　繭は糸にして初めて商品価値を持つ。そのためには糸になる繭を選び、糸に加工しなければならない。

　まず、繭はどうやって採取するのか。32 ～ 38 日目くらいの繭を、選別する。繭の中には、サナギになった状態で死んでしまったりして、液体がにじみ出ている繭もある。また、カイコが最後に出した尿で汚れてしまった繭もある。これらを混ぜると、全ての繭が劣化してしまうので、破棄する。これを選繭と言う。

　選んだ繭だが、カイコの出した糸は互いに接着している。それに、カイコも生きているので、このままでは羽化してしまう。すると、繭が切り裂かれてしまうので困る。そこで、湯で煮て、カイコを殺すと共に、接着物質であるセリシンを溶かす。繭は浮いてくるので、袋に入れて上から押さえて湯に沈める。煮終わったら、袋を取り出し、袋のまま水洗いして汚れた液が出なくなるまで洗う。そして、その後で乾燥させる。この作業を煮繭と言い、できた繭を煮繭と言う。この作業（特に煮ている時）は、独特の異臭がするので、慣れない現代人は嘔吐してしまったり食事が取れなくなってしまったりするだろう。

　繭を茶筅のようなもので、軽くひっかくようにすると、繭から糸が出てくる。何本も出てきた場合は、そこから端っこを見つける。これを数本まとめて糸繰りを行う。

　絹とは、これだけの手間をかけても、十二分に儲かる高額商品なのだ。

✔意外と知られていない作物

　食品として栽培されているものの、意外と知られておらず、その割に栽培が簡単なものを紹介する。もしかしたら、転生先でも見つかるかも知れない。

○夕顔

　夕顔は、食物繊維の豊富なかんぴょう（p.248参照）の原料となる作物で、ウリ科の一年草でヒョウタンの近縁種だ。元は同一種だったのが、

栽培されるうちに分かれたとも言われる。ヒョウタンは最古の栽培植物で、北アフリカからインドあたりが原産地とされ、あまり寒いと枯れてしまう。

　種まきは気温が25℃になってから、2cmくらいごとに種を蒔いて、生えてきた芽の中から元気なものを選んで、数十cmから1mくらい離して植え替える。かなり大きくなるので、このくらい離しておいた方が、太陽も良く当たって生育も良くなる。蔓植物なので、支柱を立てて支える。藤棚のような棚を作ると、そこに巻き付いて花を咲かせる。

　初夏から夏にかけて夕方に白い花を咲かせて朝萎むので、夕顔と言う。花が咲いてから30日ほどで、丸もしくは長細い実がなる。

　残念ながら、連作障害の大きい作物なので、翌年は別の作物を植えた方が良い。

　夕顔の実は、かんぴょう作りの前日の夕方に採取しておく。

○**胡麻**

　胡麻は、小さい割に非常に栄養価が高い。しかも、「ごまかす」とは、「胡麻化す」とも言われ、胡麻を使えば、どんな不味いものでもごまかしておいしく食べられるからとも言われる味の良い食品でもある。さらに、大変軽量で小さいので、持ち歩くにも、どこかに保存しておくにも都合が良い。

　胡麻は、インド原産の一年草であり、暖かいところを好む。発芽には20℃以上の気温が必要なので、西日本でなら5月頃に蒔いて、9月頃に収穫する。広い耕地は必要なく、栽培に手間もかからない便利な野菜だが、胡麻の鞘は成熟すると僅かな風でもはじけてしまうため、収穫時期になるとこまめに見回って、成熟した鞘を即座に収穫する必要がある。鞘は下から順に成熟するため、葉が黄色くなったら収穫と考えると良いとされる。

　胡麻を食べる場合、すり胡麻や切り胡麻、練り胡麻などにするが、こうしてしまうと保存性が良くないので、すったり切ったりは食べる直前に行う。

　胡麻は、可能ならば密閉された容器に入れて湿気が入らないようにして保存する。生の胡麻を、そのまま火にかけて、煎り胡麻にしても保存

できる。

○蕎麦

ソバは、中国南部原産のタデ科の一年草で、50〜120cmほどの茎の先端に花を付けて実を結ぶ。痩せた土地や酸性土でも育ち、しかも種を蒔いてから3ヶ月以内に実ることから、救荒作物（飢饉などの対策に育てる作物）として栽培されている。ただし、作付面積当たりの収穫量は少ないので、米や小麦の代わりにソバを植えれば良いというのは間違いだ。米や小麦の育たない土地でもソバならなんとか育つことを利用して、あくまでも小麦や米の補助として植えるものだ。

ソバは、幅広い気候に対応し、日本だと九州から北海道までソバを育てることができる。しかも、雨の少ない地方でも育てることができるため、人間の生きる土地なら、ほとんどのところで栽培できる。実際、日本には縄文時代に入ってきたことが分かっており、その頃から栽培され続けてきた。

ただし、水が多いと根腐れが起きたりするので、水はけの良い土地が必要だ。また、収穫期に雨が多いと、実が穂についたままで発芽してしまうこともあり、雨は少ない方が良い。また、連作障害もあるので、同じ場所でソバを育てるのは避ける。酸性土でも育つことは育つが、弱アルカリ土の方が生育は良い。基本的に荒れた開墾地は酸性土なので、焼畑をすることで灰で酸性を中和する。

ソバの実は、同じ穂でも熟し具合が異なるので、収穫期を決めるのは難しい。全部が熟す（黒化すると言う）まで待つと、実が落ちてしまうことも多いので、一般には黒化率が80％くらいで収穫する。

収穫したソバの実は、石臼などでひいて粉にする。これが蕎麦粉である。殻を取った甘皮を残した玄蕎麦（米の玄米に相当する）をひいた蕎麦粉を全層粉と言い、色の黒く粗い蕎麦粉になる。風味があり歯ごたえも良いので、田舎蕎麦として愛好する人も多い。

○椎茸

椎茸は、中国や日本など東アジアで食べられているキノコで、長らく栽培できなかった。このために日本でも中国でも、大変高価なものだっ

た。そこで、なんとか人工栽培できないものかと、様々な工夫がなされてきた。

　江戸時代には、原木に鉈目（鉈で傷を付けたもの）を付けて放置するという手法が使われてきた。椎茸の胞子が原木に付くかどうかは、運次第という栽培法だ。運良く椎茸が生えれば大儲け、失敗すれば原木の費用その他が全て無駄になるという、危険なギャンブルだった。借金で原木を買って、失敗して一家離散という光景も珍しいものではなかった。

　椎茸の完全な人工栽培法は、1942年の森喜作による純粋培養菌種駒法が世界初の発明だ。と言っても、それまでにも、様々な工夫がなされてきた。19世紀には、椎茸の良く生えた木を粉末にして原木の鉈目に振りかける、胞子を水に混ぜて榾汁として鉈目に注ぐなど、椎茸の増える確率を上げる工夫が色々となされている。20世紀初期には、原木に穴を開け、そこに椎茸が既に生えている榾木の木片を埋め込む埋榾法で、かなりの確率で椎茸を生やすことができるようになっている。実際、昭和初期には、埋榾法を用いて、椎茸の栽培が実用化されていた。

　戦国や江戸時代の技術では、椎茸菌の純粋培養は難しいので、この埋榾法あたりが難易度と成功率のバランスが良くて実用的ではないかと考えられる。

1．榾木となる椎・栗・櫟などの広葉樹を伐採する。直径10〜20cm、長さ1mほどの木を使うことが多いが、5〜10cmの榾木でも問題なく椎茸は育つ。それより太い木は育つのに時間がかかりすぎるし、重くて作業しにくいので、椎茸栽培には不向きだ。伐採時期は、10〜11月と言われるが、4〜6月頃の伐採の方が効果が高いという研究もある。ただし、夏場に伐採した榾木は椎茸が生育しにくい。

2．榾木を、そのまま乾燥させる。ただし、生木から10%も軽くなるほど乾燥させては、乾燥させすぎで、せいぜい5％程度軽くなったところで乾燥は終わりだ。乾燥期間の目安は、春夏なら数日、秋で1〜2週間、冬場は1ヶ月ほどである。

3．榾木にドリルで穴を開け、種木を埋め込む。戦国や江戸の技術ではドリルはないので、錐や丸鑿で穴を開ける。埋榾法では、既に椎茸のなっている木の破片を種木に使う。

4．種木を植えたら、伏せ込みを行う。これは、榾木のこれ以上の乾燥を防ぐために、土や落ち葉などで覆ってしまうことを言う。これによって、榾木の中に菌糸を成長させる。伏せ込みの途中で、乾燥したり温度が上がりすぎたりすると、害虫が付いたり雑菌が発生したりするので、伏せ込みは涼しい日陰で行う。

5．伏せ込みが終わったら、涼しい日陰の場所に榾木を並べておく。

6. 子実体（食べられるキノコ部分のこと）は、充分に榾木に菌糸が発育し、適切な湿度温度なら、１年くらい経った頃から発生し始める。温度は15～25℃くらい、35℃を超えると菌糸が死に始める。湿度は50～70%くらいの高めが良い。
7. 榾木は、最大6～7年持つ。それ以上経つと、榾木の栄養が吸い尽くされて、椎茸が発生しなくなる。椎茸が発生した榾木は、次の椎茸栽培の種木に使えるので、出来の良い椎茸の採れた榾木を次期栽培の種木に使用する。

　現代では、鋸屑（のこくず）にふすまや米ぬかなどを混ぜた培養床に椎茸菌を植え、屋内培養を行う。半年ほど培養して、充分菌糸が発達した培養床を固めて、種木の代わりに利用している。それどころか、菌床栽培といって、そのまま菌床で椎茸まで育てる方法も広まっている。ただ、現代の技術でも菌床栽培の椎茸は、榾木を使った栽培に比べて香りが乏しい。

○パイナップル

　パイナップルは、ブラジル原産の多年草だ。中南米で広く栽培され、ヨーロッパ人がやってきた頃には、各地で栽培されていた。ヨーロッパに持ち込まれたものの、スペインでなんとか栽培可能だったが、それ以北では屋外栽培は不可能だ。日本でも、南九州あたりならなんとか栽培できる。

　簡単に栽培でき、しかもおいしいため、ヨーロッパ人がアフリカやインド、東南アジアに持ち込んだ。16世紀中に東南アジアまで、17世紀始めにはフィリピンまで伝来している。ところが、そこで足踏みし、日本には19世紀になってやっと持ち込まれた。

　年平均気温が20℃以上になる熱帯・亜熱帯で育つ。一番簡単な方法は、クラウン（パイナップルの実の葉っぱの生えている部分）を切り取って、そのまま土に乗せてしまうことだ。切り口を数日乾燥させてから植えると、雑菌が入らず腐敗しにくい。

　最低気温が10℃以上あれば、なんとか冬を越すことができるので、九州あたりなら、冬場に成長できない分だけ大きくなるのに時間はかかるが、栽培可能だ。

○竹

　竹は、世界で最も成長の早い植物であり、しかも建材としても使用可

能なほど堅牢だ。竹と言うと、日本のもののように思うかも知れない。確かに日本には竹が多く、世界の竹のうち半数の種は日本にあると言われる。だが、中国をはじめとする東アジアには広く分布し、さらにはインドやアフリカにも竹は存在している。しかし、環境的には充分生育できるはずなのに、アメリカやヨーロッパには竹が存在しない。

竹は、先端を斜めに切るだけで竹槍ができるなど、簡易な武器を作るのに向いている。竹束（竹を円筒状に束ねた日本の防具）は、火縄銃の弾すら防ぐことができる上に、大きさ（長さ180cm、太さ30cm、もっと大きいものもある）の割に軽いので、個人で持ち歩くことができる。また、軽くまっすぐなので矢のシャフト（棒の部分）にも使いやすい。

さらに、簡易な建物を作るだけの強度がある上に、中空なので断熱性も高い。竹筒を水筒にするとか、節を抜いてパイプにするとか、笊・籠・釣竿などを作るとか、竹炭にするといった手工業品・工芸品の材料にすることももちろんできる。

そして、何よりも成長が異常に早いので、竹資源を手に入れるのは木材資源を手に入れるよりも遙かに容易である。

もちろん、タケノコを食べることもできる。

このため、ヨーロッパに早期に竹を導入できれば、軍事・建築・手工業などにおいて、非常に有効な素材を手に入れることができる。竹の有無は、国力に影響するほどだと考えて良いだろう。

問題があるとすれば、竹林が繁殖しすぎて、広がりすぎてしまうことくらいだ。これに対しては、タケノコを食べる習慣を広めることで対応できる。竹林の周辺部は人が出入りしやすく、住民が手近なところからタケノコを採って食べていると、竹林はあまり広がらない。だが、この習慣がなくなると、竹林は広がっていく。現代日本でも、タケノコを採らなくなった竹林が無秩序に広がる竹害が発生している。

○ココヤシ

ココヤシ（椰子の木）は、竹と同じくらい有用かつ多用途な植物として知られている。このため、熱帯気候の土地では、ココヤシを育てるのは必須と言って良いだろう。原産地は西太平洋からインド洋にかけてのどこか。正確なところは分かっていない。

ココヤシは10〜30mにもなる大きな木だ。しかし、気温さえ暖かければ、割とどんなところでも育つ。しかし、最低気温が15℃以下になるようなところでは、寒さで枯れてしまう。このため、日本ではほとんどの地域で栽培不可能と考えて良い。沖縄ですら、気温が低いので本来の大きさにまで成長できないし、実がならないことも多い。

　ココヤシの用途は多岐にわたる。

　まず、まだ青い実の中心の透明な液体はココナツジュースだ（ただし、想像より甘くない）。水と糖分と塩分が入っており（成分比は、ココヤシの品種や産地によって多少異なる）、しかも無菌のココナツジュースは、熱帯における天然のスポーツドリンクだ。熱中症の時に与える経口補水液としても十分な効果が期待できる。しかも、人体に悪影響のある成分は入っていないため、どうしようもない場合ではあるものの、生理食塩水代わりに静脈注射したり、点滴の代わりに使うことすら可能だ（実際に、緊急時の短期的使用だがココナツジュースの点滴を行った事例がアメリカの学会誌に掲載されている）。無菌なので、生物学で組織培養を行う時の培地にココナツジュースを使うこともある。

　青い実の固形胚乳は、生で食べられる。赤ん坊の離乳食に使うこともできる。

　熟した実の利用方法も幅広い。固形胚乳は、そのままお菓子やチャツネなどに使うこともできるが、ココナツミルクとして使用する方が多い。ココナツミルクは、固形胚乳もしくはそれを乾燥させたコプラを水と一緒に弱火で煮込んで裏ごししたものだ（残りカスも飼料などに使える）。ココナツミルクは栄養がたっぷりで、しかも甘く、東南アジアなどではカレー等に入れてマイルドにするのにも使われる。

　また、コプラを圧搾して、ヤシ油を採取できる。ヤシ油は、20℃以下で固体になるほど融点が高い。20〜25℃ではクリーム状に、それ以上では液体になる。食用にも使えるが、石けんの材料にも適している。また消化吸収しやすいので、乳幼児食や病人食にも向いている。

　ココナツの中果皮からはコイアというきめの粗い繊維が採れる。この繊維は非常に丈夫で、カーペットなどの他、船舶ロープなどにも使われる。

　幹は材木として使われる。太平洋上の小島などでは、ほぼ唯一の材木

と言って良いので、船もココヤシの幹で作る。それ以外の土地でも、成長が早くその割に丈夫なココヤシは、インド洋で使われたダウ船の材料として盛んに使われている。

　このように便利なので、南洋では椰子1本あれば生きていけるという言葉さえあるほどだ。残念ながら、日本やヨーロッパのような転生先では使えないが、南方に進出した場合は、是非確保したい植物だ。

○コーヒー

　コーヒーは、アフリカ原産のコーヒーノキの実を焙煎して作る。現在のブラジルコーヒーなどは、アフリカからアメリカ大陸へと持ち込まれて広まったものだ。嗜好飲料として、最も世界で飲まれている飲み物だけあって、過去の時代であっても、広く販売できるに違いない。

　熱帯で育つ常緑樹で、樹高10mほどに高くなる。光沢のある葉に、白い花を咲かせる。実は黄～赤～紫色で、この実を焙煎してひいた粉末から煮出したものがコーヒーだ。

　栽培する場合は、実の採取の都合上、3mくらいの高さに剪定してしまう。ただし、最低気温が10℃以下になると枯れてしまうので、日本やヨーロッパでの栽培は難しい。温室栽培を行うしかないだろう。

　本来の生育環境である熱帯で栽培する場合、水と肥料はかなり多く必要とする。ところが、熱帯産の樹木であるにもかかわらず、コーヒーノキは直射日光に弱い。このため、バナナやマンゴーといった背の高い木をシェードツリー（木陰を作る木）として植えて、直射日光が当たりにくくする。シェードツリーを植えると、その落ち葉が天然の肥料となるので、都合が良い。しかし、いろんな植物が混在して植わっているので、機械化するには向いていない。コーヒーの収穫も、人手でするしかない。

　現代のコーヒー栽培では、直射日光に強い品種を作成し、単一栽培を行う。この方が、機械による農作業も可能になり、人件費がかからない。しかし、単一栽培だと、どうしても土壌が弱くなるので、より多くの肥料・農薬を必要とする農業になる。

　中世ファンタジー世界では、どうせ機械などないから元から人手で農作業をすることになるし、日光に強い品種改良もなされていないので、シェードツリーを利用することに何の問題もない。それにこの方が、単

一栽培に比べて土壌が強く、病虫害も起こりにくい。

○ユーカリ

オーストラリア南部を原産とする常緑高木。ユーカリと呼ばれている
ものは、数百種もあり、高さも数mくらいの種から、100mを超える種
もある。

ユーカリは成長が早く、また根を地下深くまで伸ばして地下水を吸い
上げるので乾燥に強い。このため、砂漠化しつつある地域の緑化に各地
で使われている。

ユーカリは、非常に油脂を多く含む植物で、葉を水蒸気蒸留すれば、
エッセンシャルオイル（精油）を採ることができる（ユーカリの中の数
種のみ）。ペパーミントをさらに強くしたような臭いがするので、アロ
マオイルとして、また医薬品として使われる。防腐・殺菌・解熱・消炎
などの効果があり、うがい剤に使う、火傷や切り傷・虫刺されに塗るな
どの使い道がある。また、血糖値を下げたり、利尿剤に使うこともある。
ただし、多量に使うと毒なので、常用すべきではない。

ユーカリの香りは蚊が嫌うので、マラリアの流行地域では、家の周囲
にユーカリの木を植えると、マラリア予防にもなる。

ユーカリは非常に成長が早いので、紙パルプの製造にも向いている。
もちろん、材木としても使えるので、杉よりも成長の早い材木として日
本でも植えることができるだろう。

樹皮からは、うがい薬や咳止めシロップなどに使われるキノタンニン
酸が採れる。ただし、キノタンニン酸は、ホルムアルデヒドと化合して
キノホルムを生成するので、スモン病の原因となる。

ユーカリは、オーストラリア南部の産なので、気候的に日本でも育て
ることができる。東北地方などでは、あまり大きく育たないので製材用
には向いていないが、パルプ用なら充分だ。九州や沖縄なら、大きく育
つので、材木にすることもできる。

葉も油脂を多く含むので、簡単に燃え上がる。また、テルペン（可燃
性有機物の一種）を放出する。このため、オーストラリアでは山火事が
多い。このため、ユーカリを栽培する場合、風通しの良い（テルペンが
拡散する）土地で栽培するか、防火帯を作るかした方が良い。

過去の時代にユーカリを入手するには、どうしてもオーストラリアに行く必要がある。ヨーロッパ人がオーストラリア大陸を「発見」するのは、17世紀以降のことだ。ただし、東南アジアの人々は、南方にある大きな大陸について知っていたのではないかと言われている。アボリジニの伝承には、どこからかやってきた肌の白い人たち（アボリジニより白いという意味なので、黄色人種も含まれる）との交流物語がある。異説の1つには、山田長政がオーストラリア大陸を白人より先に発見していたというものすらある。

このため、戦国後期から江戸初期に東南アジアへ交易に行った日本人なら、自力でオーストラリア大陸を「発見」することは可能だと思われる。

ヨーロッパ人にとっては、東南アジアに到達した16世紀なら、オーストラリア大陸の情報を得て、南方へと進んで大陸へと到達することも可能だと思われる。

○ヒマワリ

米国から中央アメリカあたりを原産とする一年草だ。花としても美しいが、ヒマワリの重要さは、世界で最も重要なノンコレステロール油の原料である点だ。

アメリカの原住民にとって、ヒマワリの種は健康食品だった。それをスペイン人が1510年にヨーロッパに持ち帰る。しかし、観賞用以外の用途に使われることはなかった。それが変わったのは、100年ほどしてロシアに持ち込まれてからだ。ロシア正教では、聖枝祭の前の6週間を大斎として食事制限を行う。このため、油脂製品はほとんど食べることができない。ところが、ヒマワリの種は、当然のことながら禁止食品に載っていない。このため、ロシアではこの時期に煎ったヒマワリの種が盛んに食べられるようになった。

ヒマワリの栽培自体は、ロシアでも可能なくらいで、温帯ヨーロッパや日本などでも問題なく可能だ。

ロシアでは、スターリンの命令によって、ヒマワリの改良が行われ、僅か20年ほどで、花の直径が30cmにもなる巨大ヒマワリの繁殖に成功している。これによって、ヒマワリの生産性が高まり、ヒマワリ油が

50％も増産できるようになった。ロシアに多くの被害を与えたスターリンだが、ヒマワリに関してだけは、感謝されている。また、このような実例があることから、ヒマワリの改良は比較的短い期間で実行可能であることが証明されている。ヒマワリの原種を手に入れたら、改良してみて損はない。

○ゴムの木

　ゴムは、現代科学技術において必須の製品だ。多くの産業、水道やガスなどは、接続部分から漏れないことが前提として整備されている。そして、それはゴムによって密閉されているのだ。

　もちろん、現代ではシリコンゴムなど、様々な原材料のゴム製品があり、密閉する物質・温度・圧力など用途別に使い分けられている。しかし、これらは、天然ゴムの発見と、それによって液体や気体を密閉するということができるという発想が生まれ、その発想があって初めて開発されたものだ。その意味でも、ゴムは現代科学技術の基礎なのだ。現代科学でチートしたい主人公は、何が何でもゴムを入手すべきだ。

　ゴムの木で最も重要なのは、天然ゴムを製造するためのラテックス（乳状の液体）を採取できるパラゴムノキだ。原産はアマゾン川流域で、熱帯でなければ、パラゴムノキを栽培することはできない。現代の日本で栽培されている観賞用のゴムの木は、インドゴムノキで、この植物からでもラテックスを採取することはできるが、パラゴムノキほどの効率は望めない。

　ゴムの木の樹皮を傷付けると、ラテックスを分泌する。これを集めて、ゴムの原料とする。ラテックスが何のために分泌されているのか、明確には分かっていない。しかし、ゴムの木以外にも、様々な植物が傷付けられるとラテックスを分泌する。

　ラテックスを採取できる植物は温帯にも存在するので、温帯でもゴムを製造することは不可能ではない。その代表が、タンポポだ。タンポポの葉や茎を切った時に出る白い液体がラテックスだ。実際、タンポポのラテックスによるゴムは、過去には製造されていたこともある。ただ、１本のタンポポから分泌されるラテックスは、非常に少量なので、タンポポラテックスの回収には、大変な人手が必要となる。

ラテックスをゴムにするには、加硫法を用いる。硫黄を加えて、加熱するのだ。これによって、ラテックスは弾性のあるゴムになる。ただし、硫黄を加えすぎると（重量の30〜40％）かえって弾性が失われて黒く硬くなる。これがエボナイトだ。

エボナイトは、酸・アルカリなどに強く、強度もあり、絶縁性も高い。ボウリングの球などの硬く丈夫な製品に用いる。特に絶縁性が高く変質しにくい材質として、電気産業を興す時には重要となる。電磁気学でチート（p.063参照）するなら、是非作成しておきたい原材料だ。

○藍

インディゴ・ブルー（インドの青という意味）とはジーンズを染める染料だ。日本では、インディゴのことを藍色と言う。ジーンズに使われているように、多くの人に好まれる色合いだ。このため、インディゴを製造できれば、かなりの利益を得ることができるだろう。

ジーンズの染料となるインディゴ・ブルーは、南蛮藍という南インド原産の植物から生成する。そのため、インディゴ・ブルーの名がある。

インディゴは水に溶けない染料なので、抽出するには化学反応が必要だ。最も古典的な方法が、腐った尿に漬けることだった。このため、酷い悪臭がして、インドの染料業者は、周囲から忌避されていた。

ただ、これによってインディゴは、水に溶けるロイコインディゴに変化する。ロイコインディゴは、薄い黄緑だ。この溶液に繊維を漬けて、布を黄緑に染める。そして、乾燥させると、ロイコインディゴが酸化して、青いインディゴに戻る。

日本では、タデアイというタデ科の植物から藍が作られている。そして、別の方法でインディゴを生成している。

1. タデアイの葉を小さく刻んで、乾燥させる。
2. 土間のある建物の中で、100日ほど発酵させる。3〜4日ごとに、水をやって切り返しを行う。これによって、すくもという染料ができる。
3. すくもは、インディゴが生成されていて青いので、灰汁・ふすま（小麦の外皮）・石灰・日本酒などと共に加熱する。すると、好熱嫌気性のバクテリアが水素を発する。これによって、インディゴが還元されてロイコインディゴになる。こちらの方が悪臭がしない。

4. ロイコインディゴ状態で染めて、しばらくすると再びインディゴに戻って青くなるのは同じだ。

○リンゴ

リンゴの原産地は、中央アジアからヒマラヤあたりのどこかだと言われているがよく分からない。そこから品種を増やしながら中東や中国あたりまで広がっていった。日本で育てられているリンゴには、セイヨウリンゴとワリンゴがある。

野生リンゴは、実も小さく苦いので、品種改良しなければ食べられたものではない。ただし、トルコでは有史以前からリンゴの栽培が行われていた痕跡もあり、よほどの原始時代でなければ、栽培種のリンゴは存在するはずだ。

アダムとイブの神話にも登場するように、西アジアでは紀元前からリンゴの栽培が行われ、食べられる果実として利用されていた。

現在のセイヨウリンゴは、1500年ほど前に西アジアから広まり、ヨーロッパでも栽培されるようになった。ただし、ヨーロッパで大々的に栽培されるようになったのは、16～17世紀のことだと言われる。日本には、明治になってから持ち込まれ、ワリンゴを押しのけて広く栽培されるようになった。

ワリンゴは、中国原産で日本には奈良時代に持ち込まれたと言われる。その後、ずっと日本で栽培されてきた。現在では、生産性の高いセイヨウリンゴに押されて、ほとんど栽培されていない。このため、早期に日本にセイヨウリンゴを導入できれば、大きな利益が得られるだろう。

リンゴの最大の特徴は、亜熱帯から亜寒帯まで広く栽培可能という点だ。逆に、暑さには弱いので、熱帯では栽培できない。米の栽培できない土地ですら、リンゴの栽培は可能なのだ。しかも、比較的保存性も高く、栄養も豊富だ。

このため、戦国時代のような小氷期であっても、日本でリンゴの栽培は問題なく行える（さすがに蝦夷地では難しいだろうが）。日本に来たヨーロッパ人からセイヨウリンゴの種もしくは苗木を入手できれば、ワリンゴよりも利益が大きい。

○桑

絹を作るためにはカイコを飼わなければならない。そして、カイコを育てるには、桑が必要だ。

桑は、数〜十数mほどの高さになる落葉樹で、雌雄異株だ。中国が原産と言われ、熱帯から温帯にかけての地域で、栽培することができる。

実は、桑はカイコに食べさせるだけの植物ではない。桑の実はマルベリーと言って、甘酸っぱい食べられる果実だ。赤いうちは未熟で、赤黒くなって成熟したと分かる。また、桑の葉をお茶っ葉として飲むこともできる。血糖値を抑制する効果がある。実際、桑の葉を食べたカイコの糞にも同じ効果があり、蚕砂という漢方薬となっている。

○タバコ

百害あって一利なしとも言われる煙草ではあるが、それでもタバコは綿に次ぐ重要な非食料作物だ。現在では煙草の害が広く知られているが、かつては万能薬と考えられていた。習慣性があるので、タバコを普及させると、非常に儲かることは確実だ。

タバコは、アルゼンチンからボリビアにかけての南米亜熱帯地域を原産とする一年草だ。しかし、南北アメリカ大陸に広がって栽培されていた。ヨーロッパには、西インド諸島でその地の住民が吸っているのを見て、16世紀にスペイン人が持ち帰った。

初期には、磨り潰した葉の粉末を鼻から吸う嗅ぎタバコが、フランスで大流行した。スペインでは葉巻が、アメリカは噛みタバコ（タバコの葉を直接口の中で噛んで味わう）、イギリスではパイプと、国ごとに特徴があるものの、様々な方法でタバコは利用された。日本にも、16世紀後期にはタバコが持ち込まれて吸われるようになり、1601年には平戸にタバコの種が持ち込まれ僅かながらも栽培が始まっている。

タバコの鎮静作用は古代から利用されてきた。アメリカの古代文明は、多くの儀式にタバコの煙を使っている。また、鎮静作用を利用して、頭痛やイライラの解消に役立ったからだ。

ヨーロッパでは、万能薬として、頭痛・歯痛・マラリア・ペストなど、様々な病気に効くとして、薬剤師の常備薬となった。ただし、現実にはこれらの効果は眉唾である。タバコには鎮静作用以上の効果はない。

タバコの栽培は、種から育てる。タバコの種に太陽光を当てつつ（タバコの種は光を感知する）25℃以上にすると発芽が始まる。発芽は沖縄で12月、東北地方で3月頃だ（気温が25℃に足りないので、温室や光の当たる室内などで発芽させる）。発芽用の苗床で種に光を当てて発芽させ、葉が数枚に育ったら、育生用の苗床で1ヶ月ほど育てる。その後畑に移植して、大きくする。育ったタバコの葉は20～50cmほどにもなる。上の方の葉がニコチン分が高く6％ほど、下の葉は低くて1％ほどだ。花が咲くと葉の味は落ちるので、種を採る株を除いて、花は取ってしまう（心止めと言う）。葉の収穫時期は、鳴折（葉の根元を折るとポキッと音が鳴る）が良いとされる。一度に収穫してしまわず、数日置きに下の葉から収穫していく。

収穫した葉は、葉脈を取り除き、ゆっくり乾燥させてデンプン質を糖に変えていく。こうすることで煙草がうまくなる。乾燥したタバコを刻んで、煙草にする。紙巻きタバコは、製造が難しい（きれいに紙で巻けない）ので、パイプ、嗅ぎタバコ（粉にまで磨り潰す）、噛みタバコなどが主になるだろう。船などの火気厳禁の場所では、噛みタバコが使われることが多い。

○オリーブ

実からオリーブオイルが採れるオリーブの木は、地中海沿岸が原産の常緑樹だ。葉が小さく、乾燥に強いため、温帯地域ならほとんどのところで栽培可能だ。最大10m以上にも成長する。

その実は、20％ほども油脂が含まれており、そのほとんどがオリーブオイルに加工される。植物油を採る栽培植物としては、非常に効率が高い。しかも、樹木なのでいったん育てば20年以上にわたって実を付けてくれる。このため、ヨーロッパでは広く栽培されているので役に立たないが、日本に持ち込めれば、チート植物として植物油を大量に採取できるだろう。

オリーブオイルの採取方法は、以下のようにして行う。

1. 実をふやかして、中の種を取り除き、果肉部分を加熱せずに圧搾すると、ヴァージンオイルが抽出できる。ヴァージンオイルは酸味が少なく、香りが良い。

2. さらに、加熱して圧搾すると、少し質の落ちるオリーブオイルが採れる。
3. この絞り粕からも、二次回収油のオリーブ粕油が採れる。また、石けんの材料にすることもできる。
4. 種は乾燥させると、燃料になるので、オリーブの加熱などに使用する。種から、オリーブ核油を採ることもできるが、オリーブオイルよりも質が落ちる。

　日本でのオリーブ栽培は、1910年に小豆島（暖かくて雨が少ない）で初めて成功した。しかし、日本でも東海や瀬戸内、九州などでならオリーブは問題なく栽培できる。北陸や甲信越から北では、地植えでオリーブを育てるのは難しいだろう。ありがたいのは、ヨーロッパ原産なので、ヨーロッパ人が来航すれば、すぐに注文して手に入れられる点だ。その意味で、オリーブの存在を知っているだけで、日本国内において有利な立場に立てる。

　ただし、栽培に関して注意しなければならない点が、オリーブは自家受粉できないという点だ。このため、オリーブを栽培する場合には、最低でも2本以上植えなければ実がならない。

　オリーブは種から育てるのは難しい。種の発芽率が、高くないためだ。最悪の場合1％しかない。だが、どうしても種から育てる場合、以下のようにする。

1. 種の植え付けは、3～4月に行う。
2. 周囲の実を取り除き、種だけにする。
3. 種の尖った部分を切って、芽が出やすくする（芽切り）。オリーブの外郭は堅すぎて、芽が出せないことが多いからだ。ただし、切りすぎて中身まで切ってしまうと失敗だ。外郭だけをうまく切ること。
4. 芽切りした種を1日水に漬けて、水分を吸収させる。
5. 養分のある土に、深さ2～3cmほどの深さに種を埋める。土は、触るとかすかに水気を感じるくらいに保つ。
6. 発芽までには、1ヶ月以上かかることもあるので、なかなか芽が出ないからと言って、諦めないこと。

　通常オリーブを増やす場合は、挿し木を行う。

1. 5～7月に、新芽を付けた枝の先を15cmくらい切り取る。
2. 根元に近い側の樹皮を水中でそぎ落とす。

3. 切り口を1時間くらい水に漬ける。
4. 湿らせた川砂に枝を挿す。土壌は酸性を嫌うので、植える川砂には少し石灰を入れてアルカリ性にしておく。乾燥させないように、半日陰で2ヶ月ほどおく。現代では、土をビニールやラップで覆って乾燥を防ぐが、過去の日本なら油紙や藁などで覆って、こまめに水をやることで対応する。
5. 芽や根が出てきたら、成功だ。最初は弱いので、鉢に植えて管理すると良い。
6. 安定したと思ったら、地面に植え替える。

　もう1つ、太い枝を使った挿し木もある。こちらの方が成功率が高いが、太い枝を用意しなければならないので、剪定の時など、太い枝が出た時に行う。

1. 9～2月に剪定で切った直径5cmほどの枝を30cmほどの長さに切る。
2. 切り口を数時間水に漬ける。
3. 先端だけが地上に出るくらいに深く枝を埋め、乾燥させないように、半日陰で1ヶ月ほどおく。
4. 1ヶ月ほどで芽が出る。また、半年から1年くらいで根も生えるので、鉢などに植えてしばらく管理する。
5. 安定したと思ったら、地面に植え替える。

○カカオ

　南米の熱帯雨林を原産地とするカカオは、チョコレートとココアの原材料として知られている。どちらも、美味しいお菓子として非常に人気があり、高価でも人気の儲けの種となるだろう。ただし、砂糖がなければ、その美味しさを引き出すのが難しいため、カカオでチートするためには、同時に砂糖の生産を忘れてはならない。

　生育には、高温多雨で湿潤な気候と、水はけの良い土地という、ある意味矛盾した条件が必要で、熱帯の丘陵地などに生育する。温帯で育てるのは不可能だ。

　高さ5～10mほどの木で、幹に直接白い花が咲き、半年ほどで15～30cmほどの実がなる。この実の中に数十個のカカオ豆が入っている。収穫したカカオ豆は、バナナの葉で挟んで1週間ほど発酵させ、その後天日干しにする。

　南米では、砂糖が知られておらず、カカオ豆は砕いてトウモロコシや

唐辛子、バニラなどと一緒にシチューにするなど利用されてきた。

　だが、誰かは分からないが、カカオ豆を砂糖と一緒にした者がいて、素晴らしいおいしさになることを知った。チョコレートの発明である。16世紀には、このチョコレート（当時のチョコレートはホットチョコレートのこと）がヨーロッパ王侯貴族の間で流行し始めた。

　1800年代になると、オランダのカスパルス・ファン・ハウテンがカカオの実の脂肪分を減らして固め、それを粉砕して粉にするという手法を開発した。ココアの発明だ。日本ではバンホーテンとして知られている。

✔加工食品

　様々な加工食品を製造できれば、作物を無駄にせず、用途にあった使い方ができる。また、他に販売して金儲けをすることも可能だ。

○味噌

　味噌は大豆と米もしくは麦を麹菌で発酵させた日本の発酵食品だ。ただし、同様の食品はアジアに広く分布している。どんな穀物を使うか、どんな菌を使うかによって、かなり変化の幅があるため、造ってみたものの、味噌とは違うものができたということもあり得る。

　日本の味噌は、大豆と米や麦から作成する。重量比では、大豆2、米または麦2、塩1の割合になる。米を使ったものを米味噌、麦（大麦か裸麦）を使ったものを麦味噌、大豆のみで造ったものを豆味噌と言う。

　製法は、簡単に説明すると以下の通り。

1. 米もしくは麦に、コウジカビ（麹菌とも言う）を付けて増殖させる。米なら米麹、麦なら麦麹ができる。コウジカビは、食品（パンや餅などのテンプン食物）を置いておくと、勝手に生えてくる。ただ、こうして生えてくるカビには、麹菌だけでなく青カビなど多くの種類があるので、どれがコウジカビなのかは、実験するしかないだろう。
2. 米麹もしくは麦麹2に対し、塩1の割合で混ぜる。塩分が強いため、ほとんどの菌は死ぬか不活性化する。だが、麹菌の出した酵素類は残るので、タンパク質・テンプン・脂質は、それぞれアミノ酸・グルコース・脂肪酸に分解される。塩が足りないと、菌を殺しきれず雑菌が繁殖するので、塩をあまり減らしてはならない。
3. 大豆を一晩水に漬けてふやかす。その後、軟らかくなるまで茹でる。茹でて軟ら

かくなった大豆を磨り潰し、人肌程度まで冷ます。この時、可能な限り欠片の粒の残らないように磨り潰すこと。さもないと、酵素が大豆と反応せず、アミノ分解が進まないので、旨味が出ない。

4. 冷ました大豆と米麹（もしくは麦麹）を樽に入れて混ぜる。味噌を造る樽や攪拌棒は、原料を入れる前に、数回熱湯消毒しておく。さもなければ雑菌で味噌が腐るので注意する。原料は、酵素反応が進むように、良くかき混ぜる。ただし、空気はできるだけ入らないようにする。空気が多いと、麹菌ではなく好気性の雑菌が繁殖するからだ。味噌蔵では、味噌を入れた樽に落とし蓋をして大量の石を積み上げる。これは、重みで味噌の中に空間ができないようにするためだ。

5. 途中で、1〜2度は、味噌を攪拌する。だんだんと、茶色になってくれば、完成が近い。

6. 数ヶ月で味噌が完成するが、完成までの期間は、温度に左右される。温度が低過ぎると、酵素の反応が進まず、味噌の旨味が作られない。

　味噌は必ずしも大豆で造らなければならないと言うわけではない。江戸時代の百科事典である『和漢三才図会』には、そら豆で造る味噌を玉味噌と呼んで区別はするものの味噌の一種としているし、八丈島では大豆が採れなかったので（大豆は塩害に弱いので島では作りにくい）エンドウ豆を使った味噌が造られていた。これらは、現代の食品法制では味噌とは認められないが、江戸時代の人々にとっては充分に味噌だったと考えられる。

○醤油

　醤油は、元々は、味噌を作成した時にできた液体（たまり醤油）の需要が高まり、最初から醤油そのものを作る方法が江戸時代初期に開発されたものだ。ただし、アジア各地には、醤油と完全に同じではないものの、似た調味料が存在している。醤油という言葉自体は、それ以前から存在したが、それらは現在の醤油とは違うものだと考えられている。

　醤油の原料も、味噌と同じで、大豆・小麦・塩だ。そして、その作り方のコツは、「一麹、二櫂、三火入れ」と言われる。

1. 大豆を水に漬けて充分水分を吸収させた後で、高温で蒸す。これは、殺菌と、大豆タンパクの性質を変えて麹菌の影響を受けやすくするため。古い製法では、茹でることもあったという。現代では高温高圧で蒸すことで、溶解性を高めている。

2. 小麦は、炒って砕く。炒るのは、デンプンをアルファ化（糊状）するため。砕く

のは、表面積を増やし、麹菌と接する部分を増やすため。古い製法では、砂と一緒に加熱し、その後で、砂をふるい分けた。その後で、小麦を粉砕して粉にした。ただし、粉砕は、粉にする部分と、粒の部分が混ざっているくらいが良いとされる。粉は、大豆の表面に付いて、不要な菌の増殖を抑え、粒は隙間を作って空気の流通を良くする。

3. 温度30℃、湿度100%くらいの蒸し暑い部屋に、麹の元を数日保管する。こうすることで、麹の元に充分麹菌が発生し、醤油麹になる。他の菌が繁殖しないようにするため、この部屋はできる限り清潔にする。この麹の善し悪しが、醤油の味の最も重要なポイントだ。

4. 上の大豆と小麦を混ぜて、麹菌を付ける。これが麹の元だ。麹の元も30℃くらいの温度で麹菌を増やす。麹菌を付けなくても、放置しておけば、周辺に存在する麹菌が付いて繁殖することもある。だが、この場合は、他の雑菌も繁殖することが多く、成功率が下がる。可能なら、良くできた麹菌を残し、次の製造に備える。そうやって、より良い麹菌を選択することで、より良い醤油ができるようになる。

5. 麹菌が発育すると、菌糸によって空気の通りが悪くなる。このため、10〜20時間に1回くらい、麹をほぐして通気を良くする。古典的製法では、櫂という木の棒を突っ込んでかき混ぜていた。この攪拌の具合が、醤油の味を決める第2のポイントだ。こうして、2〜3日かけて、醤油麹を作る。

6. 醤油麹に、食塩水を加えて、諸味を作る。諸味は、雑菌による腐敗を止めるために、食塩濃度が15%以上になるようにする。食塩水によって、麹菌は不活性化し、繁殖が止まる。これを樽に入れて保存する。ただし、麹菌の出した酵素は働き続けて、タンパク質やデンプンを、アミノ酸や糖分に分解し続ける。

7. 1〜2ヶ月経ってアミノ酸や糖分が生成されると、それを使う乳酸菌や酵母菌（塩分に耐えられるもの）が、糖分を様々な酸やアルコールに分解し、旨味や香りを作る。こうして、半年以上熟成させることで、諸味が完成する。古い製法では、秋から早春に仕込んで、暑い夏を越させて1年以上熟成期間をかけて作った。

8. 諸味を圧搾して、醤油を絞り出す。最初は透明な醤油が出てくるが、強く搾っていると少し濁った醤油が出る。こうして出てきた醤油を、生醤油と言う。絞り粕は、牛などの餌に使うことができる。塩分はほとんど水に溶けているので、絞り粕に残る塩分は少なく、家畜に与えても問題ない。

9. 生醤油を数日置いて、濁り成分を沈殿させる。また、表面には、醤油油と呼ばれる油脂が浮くので回収し、石けんの材料や切削油などに使用する。こうして、透明な部分を掬って生醤油のできあがりだ。生醤油は、おいしいものの、保存期間が短い。これは、生醤油の中には、麹菌その他の菌が入っており、反応を進めてしまうからだ。

10. 生醤油を沸騰させて、醤油を作る。これによって菌を殺し、反応を完全に停止させる。これを火入れと言って、醤油の味を決める第3のポイントでもある。

　上記の方法を本醸造と言い、古典的な方法だ。現在でも、醤油の

85%は本醸造で作られている。

　原料の大豆は、油を絞って脱脂加工大豆にしてから醤油の原料にすることもできる。こうすることで、大豆油と醤油の両方が製造できて、効率が良い。

　確かに、そのままの大豆を使った方が、脂肪が分解されたグリセリンも醤油に含まれることになり、味がまろやかになると言われる。現代の商品としては、丸大豆醤油として売られているのが、そのままの大豆を使った醤油だ。しかし、大豆油を採取できることは大きな利点であり、またキレのある脱脂大豆醤油を好む人もいるので、どちらが良いとも一概には言えない。

　ちなみに、醤油は食塩濃度16～18％ほどで、海水（約3.5％）よりも遙かに食塩が多い。海水より塩辛く感じないのは、それ以外の味が加わって塩辛さが緩和されているからだ。海水程度では塩分濃度が低くて、麹菌は不活性化しない。醤油麹に加える食塩水も、それ自体を舐めると異常なほど塩辛い。それを理解しないで薄い食塩水を加えてしまうと、醤油ができないので間違えないようにする。

　小麦と大豆を使わず、稗や粟、大麦などを使用しても、醤油風の調味料を作ることは可能だ。現在の日本の法律では醤油とは認められないが、そんな法律などない世界でなら、気にせず作ってみても良いかも知れない。ただ、大豆のようにタンパク質を多く含む植物は少なく、胡麻や落花生などでも作ることは可能だが、やはり風味は異なる。

　醤油１ℓに必要な原料の目安は、大豆180g、小麦180g、食塩165gである。そして、できあがった１ℓの醤油には、アミノ酸などの旨味成分が240g、食塩160gが含まれている。

　醤油の価格は、江戸時代になって手工業的に生産できるようになってかなり安くなり、１升（1.8ℓ）で50～70文くらいだった。同じ量の米の1.3～2.7倍くらいだ。室町以前は、金持ちしか使えない高価な調味料だった。醤油が、同量の米の価格以下になったのは、昭和も後半になってからのことだ。

　醤油は、江戸時代に出島を通してオランダにも輸出されていた。遠距離、しかも熱帯地方を通過して醤油を輸出するために、当時は煮沸した醤油を瓶詰にして、栓にコールタールを塗って密閉するという方法を用

いていた。つまり、同様のことをすれば、異世界であっても醤油を遠くまで輸出することは可能だ。輸出された醤油は、香辛料・調味料の一種として、スープやソースに混ぜて使われた。17～18世紀のヨーロッパ人にとって、醤油は胡椒などと同じく、遙か遠くからもたらされた高価で珍しく美味しいソースだった。1765年刊行のディドロの『百科全書』には醤油の項目があり「日本で作られた一種のソースで、……全ての肉料理の風味を引き立たせ、特に骨付きハムに素晴らしい風味をもたらしてくれる。……ごく少量加えることによって料理に、深い味わいを与えてくれる。中国産の醤油もあるが、日本産のものが極めて優れている」とある。醤油は、胡椒ほどではないにせよ、ヨーロッパ向けの貴重な輸出品となり得たことが分かる。実際、江戸後期には、年間40万本（200kℓ）もの醤油が、輸出されていた。ただ、開国の頃にオランダの力が弱まり、同時に中国の安い醤油に押されて、明治になると醤油の輸出はかえって減少してしまっている。明治初期にイギリスなどを通じて醤油のブランド化を図れば、醤油の輸出を増やし、日本料理をより早く世界に売り込むことができるかも知れない。ついでに、不味いと評判のイギリス料理も、もう少しは美味しくなるかも。

○麩

　麩は、小麦に含まれるグルテン（植物性タンパク質）を加工したもので、保存性のあるタンパク源として貴重である。原料は小麦なので、ヨーロッパ文化圏でも充分製造可能な食品だ。

　製法は、以下のようになっている。

1.　小麦粉に水か食塩水を加えて、長時間練りながら、上水を取り替えてデンプン質を洗い流す。この上水は、デンプン質を含む水なので、家畜などに与える水にすれば、家畜に水と栄養を与えられる。また、乾燥させれば、浮き粉というデンプンの粉になり、餃子の皮やくず餅の材料など、淡泊で透明度の高く柔らかい食材になる。
2.　残った部分は、ねばねばしたグルテンになる。ただし、完全にデンプン質を取り除いてはならない。取り除きすぎた場合は、浮き粉を追加するなどして調整する。
3.　グルテンを練って熟成させて、成形する。
4.　この麩を蒸すと、生麩になる。

5. 生麩を油で揚げると、揚げ麩になる。
6. この麩を、焙り焼きしたものが、焼き麩である。
7. ほとんどの焼き麩は大きいので、適当なサイズに切断する（これが市販されている麩）。

　生麩はすぐ食べないといけないが、焼き麩は乾燥している限り保存性も良い。成形の形には、地方ごとに様々なバリエーションがある。
　タンパク質とミネラルが豊富なので、冬場の栄養補助に有効である。

○凍り豆腐

　凍り豆腐は室町～安土桃山時代の間のいつ頃かに発見された食物と言われ、豆腐を氷点下で凍結させ、その後解凍すると共に風に当てて乾燥させたもの。関西で高野豆腐とも呼ばれるのは、高野山の精進料理として作られたからだと言われる。また、東北では凍み豆腐とも呼ばれるが、こちらは伊達政宗が兵糧として開発したという伝説がある。
　乾燥状態では、固めのスポンジ状で、軽く、半年以上保存することが可能だ。このため、携帯食・保存食に向いている。
　製法は、

1. 豆腐を水切りし、氷点下で凍らせる。
2. 風の当たる場所で、乾燥させる。日中に氷が溶けても、そのまま干しておくことで、水が抜ける。
3. これを何日も繰り返すことで、完全に水が抜けた凍り豆腐になる。

　このように、簡単に作れ、保存性が良い。凍った豆腐を、凍ったままで何日か保存しておくと、熟成されてよりおいしい凍り豆腐になる。
　伝統的製法で作られた凍り豆腐は、水戻しに半日かかる。また、水戻ししても、結構硬い。このため、現代の凍り豆腐は水戻しの時間を短縮し、口当たりを柔らかくするために、様々な添加物を付加している。しかし、時間がかかること、硬いことを除けば、品質に問題はないので、添加物を加えなくとも問題はない。

○干し芋

　サツマイモを加工した保存性のある食品で、19世紀に発明された。

そのままでも食べられる上に（焼いた方がうまいが）、何日も保存でき、しかも手を汚さず摘んで食べられる。さらに、甘みまで感じられるので、軍用携行食糧として非常に利便性が高い。戦国時代などに発明すれば、かなり有効だろう。これが江戸時代に発明されなかった理由として、そもそも軍用携行食糧を開発しようという動機が存在しなかったという理由が考えられる。サツマイモがある程度普及したのは、八代将軍徳川吉宗の時代で、既に合戦をしようなどという空気はどこにもなかった。

　製法は以下の通り。

1. 秋に収穫した芋は土がついたままで保存する。
2. 11月後半から3月初旬までの寒風の吹く時期に加工を行う。
3. 蒸す直前に芋を洗い、せいろで蒸す。
4. 蒸した芋の皮をむく。
5. 平干し芋は厚さ1cmほどに、角切り芋は2cm角に切る。乾燥させると、これが半分くらい（平干し芋なら厚さ5mmくらい、角切り芋なら1cm角くらい）になる。
6. すだれ状にぶら下げて、1週間ほど自然乾燥する。乾燥しすぎると硬くなるが、乾燥が不十分だとカビが生える。表面に白い粉が付くが、これは麦芽糖の結晶なので、問題ない。

　ヨーロッパのように寒くて乾燥した冬の方が、干し芋を作るには向いているだろう。糧食として用意できれば、兵の士気も上がる（当時甘味は非常に贅沢なものだった）に違いない。

○干し椎茸

　生椎茸は傷みやすい。しかも干し椎茸より香りも味も劣ると言われる。このため、椎茸の多くは乾燥させて干し椎茸にする。

　椎茸は、少しでも水分があるとカビや虫が発生するので、天日乾燥では間に合わないこともある。このため、江戸時代でも炭火による乾燥が行われていた。幸い、椎茸は高価なので、金をかけて炭火を使っても充分に儲かる。

　現代では、50℃くらいの熱風に15〜20時間くらい当てて熱風乾燥させ、その後遠赤外線を当てて内部まで80℃くらいに温めて、乾燥している。戦国時代の技術でも、炭火に直接当てるのではなく、炭火の遠赤

外線で温めて乾燥させれば、干し椎茸が作れる。その時、そのままではなく薄く切った椎茸を干せば、中に水分が残ることも少なく、成功しやすい。

　ただ、天日干しの椎茸には充分に価値がある。天日に当てると、太陽光線によってビタミンDが増え、味も良くなる。現代の市販の天日干し椎茸も、熱風乾燥等の後で天日に数時間あてたものが多い。このため、戦国時代の技術でも、熱風や炭火の遠赤外線などで乾燥を行った後、天日に数時間当てれば、商品価値が高まる。

○干し大根

　大根を千切りもしくは薄切りにして乾燥させたもの。冬場に作り、生野菜の不足する冬場に使用するが、遠洋航海などにも使えるだろう。

1. 大根を洗い、首の青い部分と尾（先端の細い部分）をカットする。切り方は、各地で違いがあり、千切り・銀杏形の薄切り・輪切りなど様々。ただ、分厚く切ってはならない。
2. 地方によっては、干す前に湯がいたり蒸したりする。
3. 外気温が5℃以下の寒い時期に、日光が当たり風があるところに大根を干す。干し方も、すだれなどの上に並べるところもあれば、千切りなどでは棒に引っかけて干すところもある。
4. 1～2日ほどで乾燥が終わるので、湿気の少ないところで保存する。ただし、長期保存すると、アミノ酸と糖が酸化して茶色くなる。多少茶色くなっても問題なく食べられる。
5. 使う時は、水に漬ければ簡単に戻る。製造の時に湯がいたり蒸したりしてある大根は、加熱ずみなので、調理も簡単だ。

○かんぴょう

　かんぴょうは、夕顔の実を採ったその夜に、製造する。夜中の3時頃に、4～5cmの分厚さに切って、かつらむきをする。食べられるのは表皮部分で、中心部は種が多いので使用できない。現代では、実の中央に金属棒を刺して回転させ、かんなのようなもので剝いていくのが一般的だ。

　帯状になったかんぴょうは竹竿に引っかけて室内乾燥させる。乾燥させると非常に軽くなり、6～7kgの実から150gくらいのかんぴょうが

できる。ちなみに、かんぴょうが少し茶色っぽくなっているのは、酸化のせいだ。この色を濃くしないために、通常は二酸化硫黄（いわゆる亜硫酸ガス）で燻蒸する。こうすることで、漂白・防腐・防カビ・防虫ができ、保存期間も長くなる。かんぴょうに残った二酸化硫黄は、水で戻すとほとんどが水で流れてしまうので、安全性には問題がない。二酸化硫黄は、火山ガスなどに多く含まれているので、火山の近くなら、そのガスに当てると良いだろう。多少茶色くなっても気にしないのなら、そのままでも構わない。

○ザワークラウト

　ザワークラウトは、ビタミンCが豊富で、腐敗しにくいため、船の壊血病予防に有効（p.278参照）だ。ヨーロッパのザワークラウトの同等品は、日本には存在しない。

　ちょっと分かりにくいが、ザワークラウトはキャベツを乳酸菌発酵させた発酵食品である。酸っぱいが、酢などを加えてはいない。

　製法は、キャベツを千切りにして、かめや瓶に詰め、キャベツ重量の２％ほどの塩を加え、味付けに香辛料などを適量加えた上で、重しを乗せて数日置く。夏なら３日、冬場でも７日ほどで、食べられるようになる。それ以上置いておくと、酸っぱさが強くなっていくが食べられなくはない。西洋ネズの松かさを乾燥させたものやキャラウェイの種など、ヨーロッパに自生するハーブ類を香辛料として、塩と一緒に入れることが多い。ドイツの各家庭では、どのようなハーブを入れるかで、家庭ごとの味を作っている。

✔種子

　作物の種は、冷暗所にあれば何十年も生き延びて、発芽することができる。このため、文明崩壊や世界的大災害に備えて、世界の何ヶ所かに種子貯蔵庫が存在している。残念ながら、異世界転移や転生した時には使えないが、マッドマックス的な世界の破滅の後なら、非常に有用な場所だ。

　その最も有名なものが、ビル・ゲイツによって作られた、北極圏のスヴァールバル諸島スピッツベルゲン島の中心都市ロングイェールビーン

の近郊にあるスヴァールバル世界種子貯蔵庫だ。

　何より、ここが重要なのは、永久凍土層の中に建築されている点だ。電気のある限り、－18℃に保たれている。施設が故障し冷却機能が働かなくなっても、凍土層のおかげで－4℃に保たれ続ける。

　さらに、地球温暖化による海面上昇に備えて、海抜130mの岩盤の内部に設置されているので、海に沈むこともない。

　現在でも100万種ほどの種子がそれぞれ500粒くらいずつ保存されている。最終的には450万種ほど集めるのだという。

　永久凍土に保存された種子は、最大で1000年以上保存できると言われている。文明が崩壊し、長い年月をかけてようやく立ち上がった時に、役に立つだろう。

　同様の種子銀行には、イギリスのウエストサセックス州にある王立キュー植物園のミレニアム・シード・バンクがある。ただ、冷蔵設備が壊れたら、種子の保存状態は悪化するだろう。

　日本には、茨城県つくば市にある農業生物資源研究所に農業生物資源ジーンバンクが設置されている。

　いずれも、荒廃した世界型の冒険には役立つだろう。また、つくば市が異世界転移するという物語なら、使えるかも知れない。

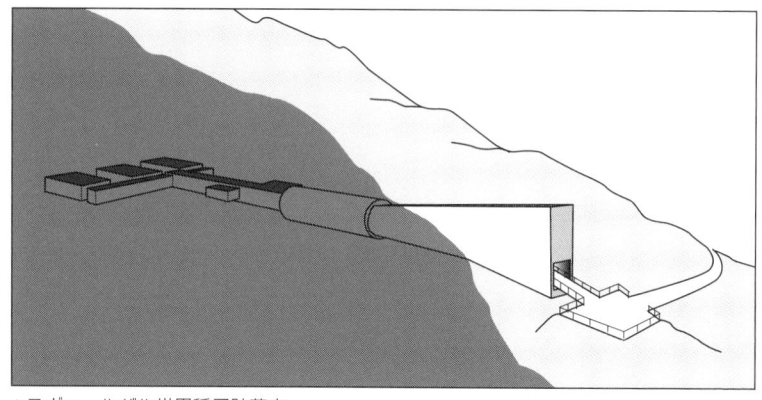

▲スヴァールバル世界種子貯蔵庫

✔️土壌と改良

土壌の性質は、粒の大きさとその比率で決まる。ざらざらした砂、細かい粘土、その中間のシルトの比率だ。

耕作に最も適した土壌はロームと言い、砂40％、シルト40％、粘土20％だ。

砂質土壌は、砂が60％以上のものを言い、水はけが良いので放牧地などに向いている。

粘土土壌は、粘土は35％以上のものを言い、硬くて耕すのが困難だ。このため、石灰などを多く撒いて、砕けやすい土を作る必要がある。

土を耕すとはどういうことなのか。いくつかの目標がある。

- 硬い土壌を軟らかくして、作物が根を張りやすくする。
- 雑草を切り刻んで、また地面の深いところに埋めて、生えてこなくする。
- 肥やしや植物性肥料（腐りかけた植物）などを、地面にすき込んで作物の栄養にする。

これをいかに効率よく行うか、人類は何千年も工夫を重ねてきた。

畑を掘り返すための鋤は人間が使うものだが、これでは効率が悪いため牛に引かせる犂が使われるようになった（p.196参照）。

✔️漁業

中世ファンタジーの時代には、動力船がないので、大規模漁業が不可能だ。しかし、それでも現代の知識を用いてチートを行うことは可能だ。

○鰹節

日本では8世紀頃には鰹節の原型ができており、15世紀には現在の鰹節とほぼ同じものが完成していた。また、世界的に見ても、魚の身を乾燥させた食品は各地にある。北欧のクリップフィスクは、鱈を塩漬けにして乾燥したものだ。それを灰汁で軟らかくしたものはルーテフィスク、塩漬けにせず乾燥させたものはボクナフィスクと言う。

鰹節も、それら魚類乾燥食品の一種だが、その後にカビを付けてさらなる乾燥と熟成を行う点が独自性と言える。

1. 生切り：まず、鰹を頭と尾を取り除いて3枚におろす。
2. 煮熟（にじゅく）：かごに並べて重ね、90℃の湯で蒸し煮する。時間は2時間弱。沸騰させてしまうと、質が落ちるので注意する。この煮汁には、鰹の出汁が出ているので、そのまま煮物に使ったり、乾燥させて調味料を作ったりできる。
3. 水に漬けて冷まし、鱗や皮、骨などを取り除く。こうしてできたまだ水分の多い鰹を、生利節（なまりぶし）もしくは生節（なまぶし）と言う。節と言うが、乾燥しているわけではないので、そのまま食べられる。ただし、保存は利かない。
4. 焙乾（ばいかん）：サクラ・ナラ・クヌギなどの木を80〜90℃で燻蒸し、独特の香りを付けると共に、魚の生臭さを消す。
5. 熟成：焙乾が終わった鰹を天日干しで乾燥させる。熟成後、再び焙乾→熟成と何度も繰り返して、乾燥させる。こうして乾燥した鰹が荒節（あらぶし）だ。削り節は、たいていこの荒節を削ったものだ。
6. カツオブシカビという株を噴霧してカビ付けする。閉め切った部屋でカビを繁殖させて味を熟成させる。この行程を1回だけ行ったものも荒節と言い、関西の鰹節はこの荒節が多い。
7. カビ付けと繁殖→カビの削り落としの工程を何度も行って、ついにはカチカチとぶつけると金属音がするくらいまで固めたものが、本枯節（ほんかれぶし）もしくは枯節と言い、江戸ではこちらが鰹節だ。

　鰹節は、太陽の当たらない冷暗所に保存する。本枯節は、カビを落とさない限り何年でも持つ。荒節は、枯節に比べて乾燥度が低いので、そこまで保存できない。

○桜海老

　体長3cmくらいの小型のエビで、体表に多数の発光器官があり、夜になると水中で光っているのが見える。駿河湾の水深200〜300mあたりに生息し、夜になると20〜50mくらいに上昇する、上下の回遊を行う。生息域は狭く、東京湾などにも多少棲んでいるくらいだ。あと、台湾沖にある程度いる。

　桜海老漁が始まったのは1894年（明治27年）だ。それまでは、希に網にかかることはあったものの、少数しか取れない上にその生態も、どうやって取るのか、そもそも漁をするほどたくさん生息しているのかなど、全く分かっておらず、利用されないで放置されていた。

　この年、由比浜の漁師が、アジ漁に出かけた時、浮き樽を忘れてしまった。アジ漁では、浮き樽を付けた網を水面の近くに広げて漁をするのだ。しかし、浮き樽を忘れてしまい、仕方なくそのままで漁を行った

ところ、意外にも多くの桜海老が取れてしまった。深いところに棲む桜海老は、網を深いところに入れないと取ることができないものだったからだ。

実は、江戸時代の漁技術でも、桜海老を取ることは可能だった。ただ、桜海老の生態や住処が分からず、どうやって取るかが分からなかっただけなのだ。このため、駿河湾沿いの漁師なら、桜海老で一儲けできる。駿河湾に領地を持つ大名なら、桜海老漁で藩の産業が1つ生まれる。

猟期は、3～6月の春漁と11～12月の秋漁がある。

朝に取った桜海老を、殻のまま網の上に広げて4～5時間天日干しにすると、乾燥海老になって味が凝縮されておいしい。カラカラになるまで乾燥するには、もっと時間がかかる。

○スルメ

イカを開いて内臓や眼球を取り除き、足と一緒に天日干しにしたもの。身を平らに広げるために、竹串などを用いる。スルメの水分量は全重量の20％以下で、長期保存が可能だ。

硬くて噛み切りにくく、よく噛まなければ食べられない。噛めば噛むほど味が出るので、噛むことに苦痛はない。

通常のスルメは干す時に表皮を剥かないが、剥いてから天日干しにした製品もある。

スルメの製造は、非常に古い時代から行われており、少なくとも平安時代には存在が確認されている。このため、日本など東アジアでは有効な知識ではない。ただ、ヨーロッパなどの、タコやイカの形を気味悪がるところでは、足を除いた開いたイカは、硬くてほぼ三角で元のイカとかけ離れた形状なので、有効に使えるかも知れない。

○昆布

コンブ科の海藻で、日本での利用の歴史は古く『延喜式』（927）にも記載されているほどだ。日本では東北以北でしか採取できないので、平安時代にすら、昆布のために東北地方（もしくは北海道）との交易が行われていたことが分かる。

現在では、昆布は養殖ものが全流通量の2割を占めるようになったが、

養殖が始まったのは昭和30年代であり、かなり最近の技術だ。天然昆布は、1年ごとに豊作と不作のサイクルができる。より安定して昆布を収穫できるようにと、養殖昆布が作られるようになった。

1. 12月に遊走子（胞子体）の採取をして、水中に張るロープに付ける。遊走子は、葉の下部にある胞子嚢にできる。これが発芽して雄性配偶体と雌性配偶体のいずれかになる。雄性配偶体が精子を出して、雌性配偶体に受精し、芽胞体になる。
2. 芽胞体を選別し、養成綱に根縛りする。芽胞体は、1年かけて昆布（水昆布）に育つ（この時にも遊走子は生成される）が、いったんは根を残して枯れてしまう。ここから、本養成が始まる。いったん枯れた昆布の根からは、前年より大きく分厚い昆布（成昆布）が生える。養成綱は、外海に面した波の荒い岩礁地帯に設置すると、育ちが良い。
3. 養成綱には、昆布以外の海藻も着生するので、それを除去する。これをホソメむしりと言うが、3～4月頃に行う。昆布の主産地である北海道では、3月はまだまだ水が冷たく、辛い作業になる。
4. 6～7月には、養成綱を引き上げて、収穫できる。昆布がその日のうちに干せるように、天気の良い日にだけ収穫を行う。
5. 昆布は、小石を敷き詰めた干し場に、平らに広げて干す。

　下図は、現代の養成綱の構造だが、似たようなものは、戦国時代や江戸時代の技術でも製作可能だ。綱は作ることができるし、ブロックは適

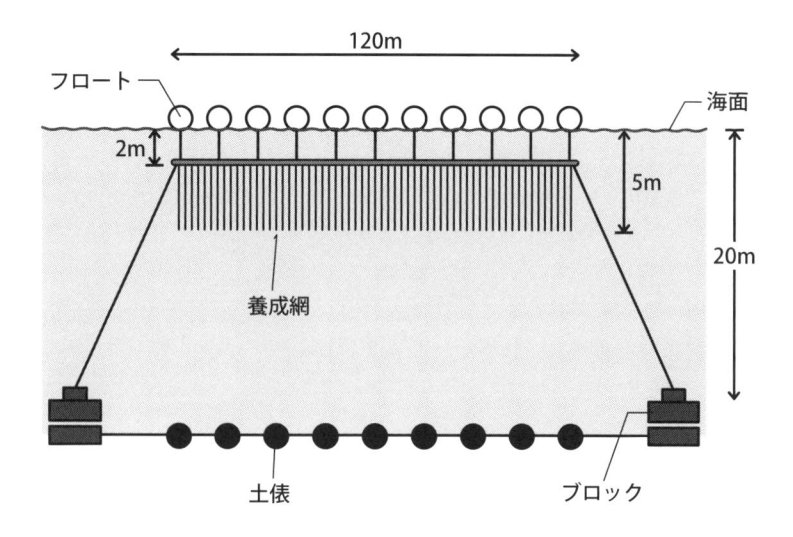

当なサイズの石を網でくくれば良い。フロートは、軽い木を使って浮きにすることができる。

　現代のサイズそのままに作るのは、技術や素材の強度の問題から無理があるだろうから、一回りか二回り小さいものを作るべきだろう。

○青海苔

　全世界に広く分布しているアオノリを集めて乾燥させ、粉末にしたもの。品種によって、沿岸部に生えていたり、外海の岩礁に生えていたりするので、たいていのところでアオノリもしくはその同類を採取することができる。

　干潮の時に海苔鉤という櫛のような形の道具で海底をかいて海苔を採る。そして、良く水洗いした後、ロープに引っかけて乾燥させる。乾燥には、冬の乾燥した冷たい風をあてると良い。

　同様に、アオサを採ったら、同様に乾燥させ、こちらは堅いので粉末状にしてふりかけや佃煮などにする。

✔真珠

　中世ファンタジーの世界では、魚介類の養殖はほぼ行われない。漁業技術を上げてより多くの魚を取っても、少ない人口に食べさせる程度なら、漁業資源に影響があるほどの漁獲は考えにくいからだ。

　このため、わざわざ手間をかけて養殖を行う必然性がない。技術の問題ではなく、コスト問題で損だからだ。

　しかし、そんな中でも、養殖を試してみる価値のあるものも存在する。それが真珠だ。なにしろ、天然真珠は滅多に採れないので、大変高価だった。現代の価値と比較して、２～３桁価値が高いと考えると良いだろう。真珠貝を採取して真珠が採れる割合は1000分の１以下、売り物になる真珠は１万分の１以下とされる。１万個の真珠貝を採って、ようやく売れる真珠が１個手に入るかどうかというところだ。日本では、形が悪かったり小さすぎたりするため売れない真珠は、磨り潰して薬の原料として販売されていたが、この薬でさえ非常に高額だった。

　こんな真珠だから、その価格はルビー・サファイヤ・ダイヤモンド以上とされた。現代日本では、冠婚葬祭などによく使われる真珠のネック

レスだが、あれを天然真珠で作ろうとすると、同じサイズで同じ色合いの真珠を何十個も集めなければならず、その手間は膨大で、価格はとんでもないものになった。現代で言うなら、2カラットのダイヤモンド（直径8mmくらい）を連ねて作ったネックレスよりも高価だったのだ。20世紀の始めに、ニューヨークの富豪婦人がカルティエの二連真珠ネックレスを手に入れるために、五番街のビル1棟と交換したという話が残っているくらいだ。

　真珠の養殖が始まるまでは、世界各地で、日本でもイギリスでもアルゼンチンでも真珠の採取は行われていた。その中でも、天然真珠の産地と言えばペルシャ湾で、全世界の50％の真珠が採取されていた。砂漠地帯でろくな食料が作れない湾岸諸国は、真珠の輸出によって食料を輸入していた。おかげで、養殖真珠ができて真珠価格が暴落した後は、クウェートで餓死者が出たとも言われる。

　養殖真珠は、まず1896年に作られた御木本幸吉の半円真珠（真珠貝の貝殻に、半球型の真珠がくっついている）が最初だ。だが、この方法は、後に公知（既に知られた手法である）として、特許無効になる。さらに、この方法では半円の真珠しか生成できず、なんとか真円の真珠を作ろうと努力が払われた。そして1907年に、見瀬辰平と西川藤吉がそれぞれ独自にピース式の特許出願した（ちなみに、この特許争いは、先発明主義か先願主義かの日本最初の裁判となり、西川が病気で寿命が僅かしか残っていないことから、先願した見瀬が譲歩して特許は共有することになった）。その後、見瀬が誘導式、御木本が全巻式という別方法を開発したが、最初のピース式が最も便利であったため、現代でもこの方法で養殖真珠が作られている。

　真珠は、温帯で生育するアコヤガイ、熱帯・亜熱帯で生育するクロチョウガイ、淡水で生育するイケチョウガイなどから作られる。いずれも養殖可能だが、生育条件などが異なっている。

○アコヤガイ

　アコヤガイは、水温13℃以上ある穏やかな湾内で、植物プランクトンの多い海で育成できる。10℃以下になると貝が死んでしまうので、冬場で寒くなるなら、避寒漁場が必要になる。

稚貝から真珠が採れるまで5年ほどかかる、気の長い養殖である。

しかも、現代の技術をもってしても、大まかに言って、貝の50％は死亡し、25％は売り物になる真珠を作らず（全く真珠を作らないものも含む）、売り物になる真珠ができる貝は残り25％だ。さらに、真珠を作った25％の貝の中で上質のものは5分の1（最初の貝の5％）でしかない。さらに、花珠と呼ばれる最高級の真珠は50分の1（最初の貝の0.5％）ほどだ。

中世ファンタジーの技術で養殖するなら、さらに割合は悪くなるだろう。だが、それでも天然真珠を探し回るよりは儲かってしまうのが真珠のすごさだ。

アコヤガイによる養殖真珠は、以下のような手順で作られる。

1. 2～3月頃に、雌貝から採取した卵子に、雄貝から採取した精子を振りかけて、人工授精を行う。貝は、貝殻が厚くて丈夫で、同時に内側の色がきれいなものを選ぶ。しばらくすると、稚貝が生まれてくる。
2. 孵化した稚貝は、2～4週間ほど水槽で浮遊しつつ成長し、定着する。定着したなら、沖出し籠に入れて、10mmくらいに成長するまで海で育てる（9～10月くらいまでかかる）。
3. 成長するにつれて、だんだんと籠を大きくしていく。
4. 翌年の10月頃に、**抑制**もしくは**卵抜き**を行う。真珠は貝の生殖巣にできるので、あまりに生殖巣が成長して貝の中で一杯に詰まっていると、真珠が成長しない。そこで、貝をわざと窮屈な状態で育てることで、来年春の挿核まで、生殖器を成長させない（抑制）。もしくは、貝に刺激を与えて、無理矢理産卵させる（卵抜き）。このいずれかを行う。
5. 3年目の4～5月（水温が18℃以上）に、**挿核手術**を行う。しかし、無理やり貝を開かせようとすると、貝殻が割れたり、貝柱が切れたりする。そのため、手術の前に**貝立て**を行う。挿核手術を行う数時間前から貝立て用の箱に貝を隙間なく詰め込む。すると、水中の酸素が足りなくなり、貝は呼吸困難に陥る。挿核手術の直前には、**栓さし**を行う。これは呼吸困難を起こした貝を広くて海水のある場所に移すと、貝は呼吸をしようと貝殻を開く。この時に、貝に木栓（くさび）を挟んで、閉じないようにする。
6. 挿核手術は、真珠貝にピースと核を入れる。
7. 核とは、真珠の中心となる物質で、一般に他種の貝殻を球形に削って使う。核の大きさは、作りたい真珠の大きさで決まる。2mmの細厘珠から7.5mmの大珠である。もちろん、大珠の表面が完全にコーティングされて真珠になる確率は、細厘珠より低い。養殖真珠の大きさが揃っているのは、同じサイズの核を入れる

からだ。このため、真珠のネックレスなどが作りやすくなる。現代では、ミシシッピー川のイシガイなどを使うが、中世ファンタジーでは近在の物質を使うしかないだろう。

8. ピースとは、真珠貝の外套膜を2mm角くらいに切ったものだ。もちろん、挿核手術をする貝をこれ以上傷付けるわけにはいかないので、貝を1つ犠牲にして、その外套膜を切ってピースを作る（この貝をピース貝と言う）。ピースにする貝は、真珠質の分泌が多いものが良い。真珠の表面の色や輝きは、基本的にピースによって決まる。

9. 挿核手術は、くさびで開いた貝殻の隙間から中を覗きながら行う。細かい作業を小さな隙間から行うため、高度な技術が必要とされる。最初は、失敗続きとなるだろう。

  （ア）まず、生殖巣が見えるようになるまで、ヘラで鰓をかき分ける。

  （イ）生殖巣の表面を、メスで切る。

  （ウ）切ったところから、生殖巣の中に核とピースを入れる穴を開ける。

  （エ）穴の奥にピースを入れる。ピースはピース針という細くて長い針を使って入れる。

  （オ）核をピースが表面に張り付くように入れる。核は、核挿入器という核を握って穴の中に置いておく専用工具を使う。核の大きさは、貝の大きさによって変える。

10. 手術を終えた貝は、体力を回復させるために、穏やかな海で**養生**させる。

11. 養生を終えた貝は、真珠を育てるために、潮の流れが多く、プランクトンの豊富な沖合にある真珠筏に吊す。初期には、地播き養生と言って、貝をそのまま海底に戻していたが、タコやヒトデに食べられたり、赤潮や台風にやられたりと、安定しない。そこで、真珠筏に入れて管理しやすくした。ここで、真珠貝は小粒なら7ヶ月、大粒なら1年～2年半ほど育てられる。ただし、掃除や貝の入れ替えなど、様々な管理が必要だ。

  （ア）真珠貝や養殖籠に海藻・牡蠣・フジツボなどが付くと、生育が悪くなるので、籠や貝の掃除は頻繁に行う。

  （イ）アコヤガイに適した海水温は13～25℃で、10℃以下や30℃以上では死んでしまう。このため、秋から冬にかけて、筏を暖かい水域に移動させる。夏場は、海の表面が熱くなると、筏の紐を伸ばして、より海底に近い海水温の低いところに移動させる。

  （ウ）死んでしまった貝をそのままにしておくと、隣接した貝も死んでしまうので、即座に取り除く。

  （エ）赤潮や台風などで被害を受けないように、筏を適宜移動させる。

12. 真珠を取り出すために貝を採取することを**浜揚げ**と言う。浜揚げは、真珠の表面が最も美しくなるとされる12月下旬から2月上旬の厳冬期に行われる。浜揚げの直前の1～2ヶ月の環境を安定させることが、真珠表面を美しくすることにつながる。この時期に環境が揺らぐと、真珠の表面が均一にならない。このため、

この時期の貝は、最も環境の良い化粧巻き漁場で育生される。

13. 浜揚げは、以下のように行う。

（ア）貝を引き上げて、いくつか貝を開けてみる。真珠がちゃんと入っているよ
うなら、その筏の貝を全部引き上げる。まだ未熟なら、もうしばらく待つ。

（イ）引き上げた貝は、貝柱を切って貝殻を開く。そして、中の真珠を取り出す。
貝柱は食用になるので、別に出荷される。

（ウ）真珠は海水で洗い、その後粗塩を入れた水で洗って、不純物を取り除く。

14. 得られた真珠は選別を行う。真円でない真珠も多いので、それらは一部はバロッ
ク真珠（いびつな真珠）として安く販売される。真円の真珠は、色・大きさ・傷
などによって等級分けされる。中世ファンタジーの時代には等級はないが、それ
でも真珠の出来による価格の差は存在する。また、イヤリングやネックレスなど、
同じ色と大きさの真珠は必要とされるので、選別は重要な作業だ。

現代では、稚貝を育てるところから始めるが、初期の養殖真珠なら、
海中に棲む大人のアコヤガイを採取して、挿核手術から始めることもで
きるだろう。

第11章

工芸チート

工芸品は、中世ファンタジーでも盛んに作られている。特にファンタジーでは、ドワーフという工芸に優れた種族が存在することによって、かなり高度な製品が作られている。

しかし、それでも現代科学の後押しを受けた新たな技法は、中世ファンタジーにおいて大きなインパクトを持つ。特に、ジュエリー、中でもダイヤモンドの利用においては、光学の発達は明確な差をもたらしている。

✔カット

　宝石のカット方法は、中世ファンタジーの時代と現代とで、大きく異なる。透明な宝石は、カットによってその価値が遙かに高くなるからだ。

　このため、中世ファンタジーの時代には、真珠や瑪瑙、珊瑚のような不透明な宝石の価値が、現代よりも高かった。そして、透明な宝石は適切なカット方法が知られておらず、その価値は現代よりも低く見られていた。逆に言えば、カットによって大儲けできる可能性があるということだ。

　宝石のカットは、大きく分けて、カボション・カットとファセット・カットがある。

○カボション・カット

　カボション・カットとは、半球もしくは半楕円体に研磨するものだ。光の反射や屈折を利用せず、石そのものの模様や輝きを見るためのカットだ。

　楕円形にすることが多いのは、円形にすると僅かな歪みも人間は感知してしまうが、楕円形だと長径短径があるため歪みを感知しにくいからだ。

　全体を丸く磨くものなので、正確な研磨が必要ないこともあり、中世でも問題なく宝石のカットができた。このため、中世の宝石はほとんどがカボション・カットである。このため、中世の宝飾では、金と金細工の美しさを飾るものとして宝石が使われていた。宝石そのものの美しさを鑑賞するようになるのは、ファセット・カットが広まってからのことだ。このため、ダイヤモンドのような宝石は意外と価値が低いものとされていた。

　現代でも、不透明な宝石やスタールビーのように石の模様を見せたい場合には、カボション・カットが使われる。しかし、基本的には透明な宝石をカボション・カットにすることはほとんどない。

○ファセット・カット

　現代の宝石に多用されているのが、ファセット・カット（平面による多面体を作るカット法）だ。ファセット・カットは、ゴシックの時代、

15世紀頃から広まった。この頃から、金細工の添え物としてではなく、宝石そのものの美しさを見せる宝飾品が作られるようになった。ただし、この美意識が定着するには1世紀ほどかかる。17世紀になると、宝石はファセット・カットするのが普通になる。

ファセット・カットは、宝石内部に入り込んだ光を反射・屈折させることで、その輝きの美しさを見せるカットで、宝石の屈折率などによって適した平面同士の角度がある。このため、角度が僅かでも異なると美しさが損なわれるため、中世ファンタジーの技術では作成の難度が高い。また、宝石の材質によってカットは変えなければならない。例えばダイヤモンドを美しく見せる代表とも言えるブリリアント・カットをルビーに施しても、ルビーの美しさを有効利用できない。

なぜ、宝石ごとにカットのやり方を変えなければいけないかと言うと、宝石の材質の違いによって屈折率や反射率が異なるからだ。例えば、ダイヤモンドで、理想と言われるブリリアント・カットだが、僅かにでも歪むと、以下のように光を美しく反射してくれない。

このため、ダイヤモンドのブリリアント・カットには、縦横比などに厳密な基準があり、その比率に則ってカットしないと、美しさが損なわれてしまう。

もちろん、他の宝石は屈折率や反射率が異なるので、違うカットが必要になる。

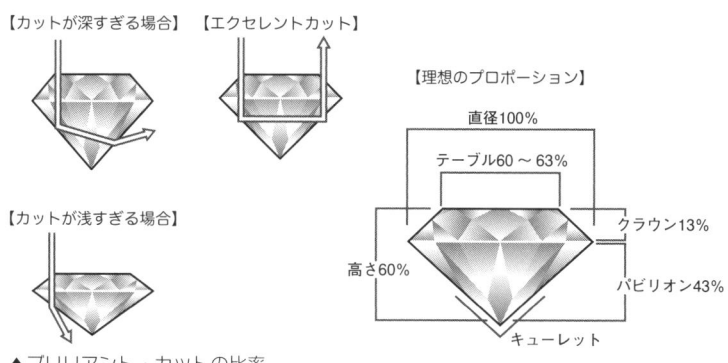

【カットが深すぎる場合】　【エクセレントカット】

【カットが浅すぎる場合】

【理想のプロポーション】

直径100%

テーブル60〜63%

クラウン13%

高さ60%

パビリオン43%

キューレット

▲ブリリアント・カットの比率

ファセット・カットには、様々な種類のカットがある。代表的なものを挙げておく。

カット名	説明
ポイント・カット	14世紀頃に使われたピラミッドのように先が尖ったカットで、最も初期のファセット・カット。宝石内部の屈折が不足するため、宝石の輝きという点では劣る。このため、このカットが流行していた当時は、ダイヤモンドはその真価を見いだされず、ルビーやサファイアの評価の方が高かった。
テーブル・カット	15世紀頃に開発された、上面を平らにして内部の光の反射によるきらめきを見せるカット。
ローズ・カット	17世紀頃に開発された上面を複雑にカットすることできらめきを見せるカットだが、下面は平ら。
オールド・マイン・カット	18世紀初頭にベネチアで開発されたカットで、下面を尖らせることで内部反射を増やしきらめきを多くするカット。現在のブリリアント・カットにつながる。ただし、上から見ると四角形になっている。研磨面は58面ある。
オールド・ヨーロピアン・カット	オールド・マイン・カットが四角いところを、丸く削ったカットだが、研磨面は58面で同じ。
ステップ・カット	20世紀初頭に流行した、四角いカット。
ブリリアント・カット	1919年トルコフスキーがダイヤモンドの光学特性に合わせて開発したカット。ダイヤモンドを最も美しく見せると言われている。研磨面は58面で変わらず。

ポイント・カット

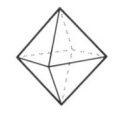 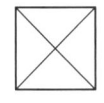

テーブル・カット

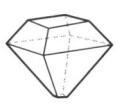 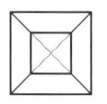

ローズ・カット

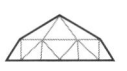 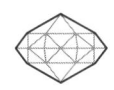

オールド・マイン・カット

 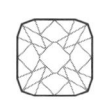

オールド・ヨーロピアン・カット

 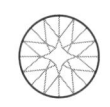

ステップ・カット

 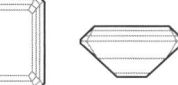

✔宝飾品とファッション

　宝飾品は、当然服を着てから着けるものだ。このため、ファッションと合うかどうかも大きな問題になる。特に、宝飾を付ける位置とファッションの関係が重要になる。

　15世紀を例に取ると、前期はゆったり広がった袖が流行していた。このため、その開いた袖から出る手首を飾りたいという欲求が高まって、ブレスレットの需要が大きくなる。

　ところが、中期以降になると、襟ぐりの大きく開いたドレスが流行する。すると、丸見えになる首筋を飾りたくなる。こうして、ネックレスもしくは、ペンダント＋チェーンが流行した。

　中世の始め頃は、ベルトを着ける習慣がなかったので、当然ベルトを飾ることもない。しかし、中世後期以降にベルトを使うようになると、ベルト、特にバックルに宝飾を使うようになる。

✔宝飾品と灯り

　中世までは、貴族であっても夜は寝てしまう。つまり、宝飾品は昼に使うものだった。このため、明るい光の下で美しい宝飾品が求められた。

金細工も、エナメル加工などを施して様々な色合いに染められていた。こうすることで、明るい太陽の下で美しい色を示す宝飾品として、愛用されていた。

　しかし、18世紀になると、金さえあれば夜も起きていられるようになった。つまり、宝飾品を夜も使うようになったのだ。すると、ろうそくなどの比較的暗い灯りの下で美しく見える宝飾品が要求されるようになった。このため、金は金のまま光を反射し、宝石はファセット・カットできらめくような宝飾品が好まれるようになる。

第12章

医学チート

高度な治癒魔法の普及している世界にでも転生しない限り、医療技術の高さは、人間の生死に直結する。そして、過去世界は、医療技術が高いとは言いがたい。つまり、医学知識の有無は、異世界での生存率に大きく影響する。

✔医療のリスク

　ほとんどの人間は、死にたくない。このため、その世界的には異端の医療であっても、それで命が助かるのなら、目をつぶってもらえる可能性が高い。そして、命が助かれば、異端の医療を評価してもらえる。いや、助かった人間の地位が高ければ高いほど、その医療を異端ではないとしなければならない必然性が、患者の側に生じる。さもなければ、異端の医療で命が助かった患者が失脚してしまうからだ。

　もちろん、医者を殺して異端の医療をなかったことにするという手段もないわけではない。しかし、病気の再発や、同様の難病に自分や家族が罹る可能性を考えると、異端であろうとも凄腕の医者を殺してしまうのは惜しすぎる。よほどの愚か者でない限り、今後も患者として診てもらうつもりなら、その医者を隠蔽することはあっても、優遇しないわけにはいかない。

　つまり、患者を治療できさえすれば、医者の地位はほぼ安泰だ（例外は、患者がバカな権力者だった場合）。実際の可能性はどうあれ、再発の可能性はある、もしくは家族にも発病の可能性があると言っておく方が、医者の身の安全はより高くなるだろう。

　しかし、異端の医療を試したくなるのは、よほどの重病に罹った時なので、それを助けることができるのか、不安も大きい。そして、異端の医療を行って結局治療に失敗したなら、その反動は非常に大きい。まず確実に命はないと考えるべきだろう。

　つまり、多くの医療チートは、ハイリスクハイリターンだ。

✔感染症と非感染症

　病気には、感染症と非感染症がある。この両者への対処は、全く異なる。

	感染症	非感染症
原因	寄生虫・真菌・細菌・ウイルスなど、人体に有害な生物によって起こる。	体内のバランスの乱れ、必要栄養素の欠乏や過多、有害物質の摂取、遺伝病、先天性の病気、心因性の病気など。
感染	人にうつることがある。	人にはうつらない。うつるように見える場合は、空気や水、食生活といった環境によって発病している。
治療	病原体を直接殺すか、人間の免疫を高めて間接的に殺す。	病気の原因となる環境を改善する。遺伝病や先天的な病気の治療は難しい。
抗生物質	細菌性の病気に効く。ウイルス性の病気には効かない上に有害。	全く無効。
例	シラミ・ノミ・疥癬・アメーバ赤痢・腸内寄生虫・マラリア・水虫・タムシ・結核・破傷風・肺炎・梅毒・傷の化膿・風邪・インフルエンザ・狂犬病・HIV	脚気・壊血病・水銀中毒・鉱毒・アレルギー・リウマチ・心筋梗塞・脳卒中・急性アルコール中毒・栄養失調・てんかん・不安神経症・ヒステリー

✔医療衛生

　細菌が発見されたのは1676年のことだが、当時はとても小さい生物がいることが確認されただけだった。細菌によって病気が発生することは、1859年のパスツールの研究による。このため、19世紀半ばまで、衛生や消毒という概念は存在しなかった。

　医療においても同じで、汚れたままの器具で手術を行ったり、汚い手で傷を手当てしたり、そもそも傷口を洗浄するという考えすらなかった。

　このため、破傷風その他の感染症が蔓延し、怪我人の多くが死亡した。特に、戦場において、不潔な野戦病院によって、死ななくても良い人間が多数死んだ。クリミア戦争（1853−1856）では、病院での負傷兵の死亡率は40％にも達した。この問題が病院の不潔さにあることを明らかにしたのが、フローレンス・ナイチンゲールだ。

　多くの妨害をはねのけ（当時は、まだ女性が男性のやることに口を出すなど言語道断だった）看護をしていたが、彼女も当初は衛生状態の重要性を知らなかった。

　彼女は帰国後、病院の死亡率を統計としてまとめ、ようやく衛生管理

の重要性に気づくと、この結果から負傷兵の死亡率を疫学的に下げる方法を提言し、政策に反映させた。このため、ナイチンゲールは統計学者としても知られている。

　実際、ナイチンゲールが看護婦として働いたのは、クリミア戦争時の2年間だけで、後は統計学を利用し医療衛生の確立に力を尽くした社会運動家というのが、彼女の真の顔だ。

　つまり、この時代以前に、負傷兵の衛生管理を行えば、それだけで死亡率が格段に下がり、戦略的に味方が有利になる。なにしろ、敵の負傷兵は半数が死に、味方の負傷兵は大半が生き残るのだから。だらだらと長期戦を戦えば、それだけで、敵はいずれ敗北する。

　では、実際の衛生管理として、どんなことをすべきだろうか。実は、ものすごく単純なことをすれば良い。逆に言うと、この程度すら当時はやっていなかったのだ。

- 病院を掃除して、埃が舞わないようにする。埃に、細菌が付着して、感染が広まる可能性がある。掃除して、可能なら雑巾がけをして、埃をなくす。
- 医療器具をきれいな水で洗う。昔は、他の患者の血の付いたままの器具で、次の患者の手術をすることすらざらだった。アルコール消毒ができるなら、さらに良い。
- シーツや患者の下着などを洗濯して、干す。当時は、前の患者の血の付いたままのシーツなど、普通にあった。包帯も、次の人に使う前に洗って干しておく。
- 傷口をきれいな水で洗う。傷口に、土や武器の破片、衣類の端などが残っていてはいけないので、大きなものは手やピンセットで取り除く。その後で、細かいものを取り除くために洗浄する。マーキュロクロム液（赤チン）やヨードチンキのような殺菌薬があれば使用する。なければ、アルコール洗浄でも良い。

　アルコール消毒は、度数の高いアルコールで表面を拭くことで、殺菌することだ。日本の消毒用アルコールは度数80%前後なので（無水アルコールよりも、度数70〜80%の加水アルコールの方が殺菌力は高い）、ウォッカやテキーラなどの度数が高い酒（一般に蒸留酒）でもある程度は代用できる。度数60%以上の酒なら、数秒で殺菌効果がある。それより低い、10〜20%の酒でも、10分ほど漬けておけば殺菌効果がある。10%以下の酒では、殺菌効果は期待できない。

　参考のために、酒のアルコール度数を示しておく。一般には、蒸留酒はアルコール度数が高い。そして、蒸留を何度も繰り返すと、アルコー

ル度数が高くなっていく。医療用に使いたいなら、5回くらい蒸留すると、60%以上になるだろう。

酒	度数
ビール	3～9%
ワイン	10～15%
日本酒	15%
ウイスキー	40%
ウォッカ	40%以上
テキーラ	40%以上
スピリタス（度数最高の酒）	96%

✔公衆衛生

公衆衛生とは、衛生を考えた生活を社会の構成員が行うことで、病気に罹りにくい社会を作ることを言う。

古来、汚れたものやゴミ、糞尿、屍体などを適切に処理しないと、伝染病が流行することは、知られていた。これは、それら汚いものから瘴気がでるからだと言われていた。これを瘴気説と言う。

現代では意味が分からない社会的習慣や宗教的禁忌も、できた当時は、社会において公衆衛生的に意味のある行為だったことが多い。屍体に触れると穢れるという考えも、屍体から感染症をうつされる人が多数いたからだと言われている。イスラム教において豚を食べてはいけないのも、イスラムの興ったアラビア半島は非常に暑く、豚肉は腐りやすくて食べて健康を害する人が多かったからだと言われている。

このように、様々な習慣やタブーなどによって、ある程度の公衆衛生は守られてきた。そもそも、全く守られていないのなら、そんな社会は早々に崩壊してしまう。

しかし、より現代的な公衆衛生の概念を持ち込むことで、社会における死亡率を下げることができる。例えば、以下のようなことだ。

• 病気になって咳をする人は、マスクをして痰や唾液が飛び散らないようにする。

- 食事をする前、トイレをした後には、手を洗う。
- 外から帰ってきた時には、うがいをして手を洗う。
- 糞尿を窓から道に捨てたりせず、きちんと決まった場所に集積して処理する。
- 人間の住む部屋は適宜掃除して、埃が舞っている状態にはしない。
- 可能なら、下水道を造って汚水を処理する。それがダメなら、町のあちこちに汚水溜めを作って、収集して処理する。

　あまりに当たり前のことではあるが、これを社会全体に広めるのは大変だ。例えば、糞尿を窓から捨てるのは、中世ヨーロッパの都市では当たり前のこととされていた。中世都市は、糞尿の臭いにあふれた町だった。

　このような世界で、糞尿をきちんと決まった場所に捨てさせるのは、かなりの強権が必要となる。違反した人間をむち打ちするくらいのことはしなければならないだろう。領民には、公衆衛生の意味など理解できないので、恨まれるかも知れない。だが、疫病での死亡者が減っていけば、いずれは理解されるかも知れない。

✔疫学

　疫学とは、個人を治す医学ではない。集団を対象として、病気がいかなる原因で発生するかを調査し、その知見を利用して病気の発生そのものを低下させることを目的とした学問だ。統計学の医学的利用と言えるものだ。

　疫学は、ジョン・スノウ（1813−1858）のコレラの研究から始まる。1854年当時ロンドンではコレラが発生して、恐れられていた。当時のコレラは、空気感染すると考えられていたからだ。しかし、それならば発生地点からじわじわと広がっていくはずである。しかし、実際のコレラの発生は点在しており、ばらばらに発生していた。もちろん、当時はコレラ患者が発病前に動き回って感染させたのだと考えられていたが、スノウは、患者発生の共通点が他にもないか調査した。

　すると、患者は特定の井戸の水を飲んでいることが分かった。スノウは、井戸水汚染を主張し、幸いこの主張はロンドン市当局に受け入れられた。特定の井戸を封鎖するだけですんだからだろう。だが、これによってコレラの発生は一気に減少した。後の調査で、最初の患者の糞便

が汚水溜めに捨てられて、その汚水溜めと井戸とが90cmしか離れていなかったので、ここから混入したものと推測されている。

　また、ロンドンの水道は、テムズ川から取水していたが、当時のテムズ川は大変汚かった。このため、各水道会社の取水口の位置と、患者の発生マップを調査すると、特定の位置の取水口から取水する水道会社の配水地域にコレラ患者が多いことを見つけ出した。

　ここで重要なのは、スノウは、コレラの原因を知らなかったという点だ。コレラ菌の発見は、1883年のコッホの業績だ。つまり、スノウはコレラの原因が何なのか知らないままで、ただ感染源とその感染経路を疫学的に推定するという手法を使って、コレラの発生を減少させることに成功した。

　ビタミンB₁の不足によって発生する脚気（かっけ）（p.275参照）の予防に、麦飯や洋食を食べさせてビタミン不足を補うという高木兼寛（たかぎかねひろ）の業績も、この疫学的手法によって行われたもので、高木自身はビタミンB₁の存在を知らなかった。

　そして、この手法は、ファンタジー世界の謎の伝染病にも適用できる。なぜなら、真の原因が分からなくても、患者を減らすことができるからだ。

　ただ、疫学的手法は、無意味な共通点を見つけてしまうこともある。

　例えば、江戸で脚気患者の共通点を探すと、確かにビタミンB₁の少ない白米を食べているという共通点も出てくるかも知れないが、金を持っているという共通点も出てくるだろう。なら、金をたくさん持っていると、金の重み（と言うか呪い）で病気になるという説だって考えられてしまうのだ。

　これは、因果関係と相関関係の問題だ。白米を食べると脚気になるのは、因果関係だ（原因と結果が証明できている）。しかし、金持ちであることと脚気になることは相関関係にすぎない。つまり、金持ちであるから白米を食べられるという因果関係と、白米を食べるから脚気になるという因果関係が存在するため、金を持っていると脚気になるように見える。

　確かに、金持ちしか白米を食べられない世界でなら、金持ちであることと脚気になることには、白米を通じて間接的ながら因果関係が存在す

ると考えられなくもない。しかし、日本陸軍の例のように、貧しい人間でも陸軍に入って白米を食べられるようになると脚気になるため、金持ちであることと脚気になることは因果関係でないことが明らかになった。

このような誤謬をなくすために、疫学的調査は以下の手順で行う。

- 記述疫学：結果（通常は病気の発生）状況を観察することで、要因（結果を引き起こす原因）が何か、仮説を立てること。この時点では、仮説に過ぎないので、誤りは発生しうる。いくつもの仮説を考えて、どれがより本質的な要因かを検討する必要がある。記述疫学の利点は、調査と仮説の立案なので、小規模に行える点だ。最低、個人でも実行できる。

  コレラの例なら、コレラに罹った人を調査して、特定の井戸から水を飲んだ人が多いことを発見することだ。
- 分析疫学：仮説の立証。ケースコントロールとコホート分析がある。

  ケースコントロールとは、ケース（結果が発生した例）とコントロール（対照群として結果が発生しなかった例）のそれぞれについて、要因に曝露した（要因に接触することを疫学ではこう呼ぶ）かどうかを数え、有意な結果（明白な違い）があるかどうかを検出すること。

  コレラの例なら、病人が特定の井戸の水を飲んだか調査し、コレラに罹っていない人にもその水を飲んだかどうか調査して、その割合に大きな差があるかどうかをテストすることだ。

  コホート分析とは、要因に曝露した例を集めて一定期間観察し、結果がどのくらいの数で発生したかを検出すること。

  コレラの例なら、特定の井戸の水を飲んだ人で、コレラにまだ罹っていない人を調査して、その後コレラに罹ったかどうかの追跡調査を行うことだ。

  いずれにせよ、追跡調査が必要なので、それなりの人員と費用がかかる。このため、記述疫学の段階で、可能性の高い仮説から優先する。
- 介入疫学：観察すべき集団に対して、要因への曝露を増減し（疫病の場合、増やすわけにはいかないので、なんとか減らした集団を作る）、その影響を調査する。この調査に成功すれば、まず間違いないと言える。ただし、多くの人員と費用がかかるので、分析疫学で最も高い可能性が出た要因について、だめ押しの確認を行うつもりで、実施する。

  コレラの例なら、特定の井戸を使っていながらまだコレラに罹っていない人の一部に、別の井戸から水を使うよう依頼して、コレラの発生率の差を見ることだ。

疫学は、ファンタジー世界や知識のない過去世界（例えば、中世マヤ文明の人々の罹る病気について知っている人など滅多にいないだろう）に送り込まれた時、その世界の未知の疫病に対抗するのに有効な方法論

だ。

　また、疫学の考え方（つまり統計学の考え方）は、医療以外にも利用できる。ファンタジー世界なら、魔力の高い人と低い人の生活を比較して、魔力が高くなる要因を発見する。経験点をたくさん得ている人と、僅かしか得ていない人を比較して、有利な経験点の得方を見つける。このような、何が要因か分かっていないが差がある現象から、観察と実験で真の要因を見つけ出すということに利用できるのだ。

✔ビタミン欠乏症

　ハイリスクハイリターンの医療の中で、珍しくローリスクハイリターンな医療がある。それが、ビタミン欠乏症だ。人間には各種ビタミンが必要だが、それが足りなくなると病気になる。日本のような先進国ではほとんど存在しない病気だが、発展途上国ではまだ問題だし、過去やファンタジーの世界では、ビタミンという概念が発見されていないだろうから、病気の原因すら分からずに、多くの患者が亡くなっていてもおかしくない。

　これらの病気は致命的なことが多いにもかかわらず、その治療は知識のある人間には非常に簡単だ。それだけでチート医療のネタとして、非常に有効に使えるだろう。1つのビタミン欠乏症を治癒できるだけで、名医として名が残る。他の病気の治療が全くできなくても問題ない。それこそ、脚気専門医とか名乗れば良いのだ。

○脚気

　ビタミン欠乏症の代表とも言えるのが、脚気だ。現在では、ビタミンB₁欠乏症と分かっている。しかし、当時の人にとっては、手足がしびれて動かなくなり、しまいには心臓が止まって死に至る恐ろしい病気で、しかも原因不明で治療法も分からない。そして、そのことは広く知られているため、現在の病状は軽くても、患者は将来を考えて、深刻に受け止めるしかなかった。

　日本では、平安時代頃から高位の貴族の罹る病気として知られていた。江戸時代には、江戸で白米を食べる習慣が広まり、そのため江戸の人間だけが罹る「江戸患い」と呼ばれた。地方の人間でも、参勤交代で江戸

に来て病気に罹る者も多かった。当時の人々は、蕎麦（ビタミンB₁が比較的多く含まれる穀物）を食べると脚気になりにくいことを知って、よく食べるようになった。江戸でうどんよりも蕎麦が流行したのは、そのためもあると言われている。

　明治になると、白米を食べる習慣が地方にまで広まった。大正期には、毎年数万人もの人が脚気で死ぬという恐ろしい国民病となっていた。

　脚気問題では、帝国陸軍と帝国海軍の争いが有名である。帝国海軍の軍医高木兼寛は、脚気米食由来説を唱えており、海軍の飯を麦飯にしたり洋食化することで患者を大きく減らした。しかし、帝国陸軍軍医総監石黒忠悳と軍医森林太郎（鴎外）らは細菌説を唱え、日本医学会全体としても、高木の説を認めなかった（現在では、世界的に高木の業績は評価されており、エイクマンやホプキンスといったビタミン学者と並んで、南極の地名高木岬となっている）。このため、ビタミンの存在が明らかになるまで、帝国陸軍では脚気が蔓延した。

　ビタミン欠乏症が確定した後でも、ビタミン自体が高価であり、昭和になっても毎年脚気で1万人以上の人が死んでいた。

　ビタミンB₁の必要量は1日成人男性で1.1mgだ。食事でこの必要量を毎日食べていれば、軽い脚気なら勝手に治る。毎食を玄米食に変えるだけで0.27mg摂取量が増えるので、軽い不足ならこれで十分だ。これ以上の不足は、豚肉を100gほど食べさせれば、それで治る。大豆もビタミンB₁の豊富な食品で、食べると良い。

　そして、これらを食べる時に、ニンニクを一緒に食べると、ビタミンB₁が、アリチアミンというビタミンB₁誘導体（体内に吸収しやすく、しかも体内でビタミンB₁に変化する物質）に変化するので、摂取効率が非常に高くなる。

　以下に、食品ごとの、ビタミンB₁含有量を示しておく。

食事	ビタミンB$_1$
玄米1膳（110g）	0.09mg
豚肉（100g）	0.69〜0.98mg
乾燥大豆100g	0.88mg
豆腐	0.10mg
昆布100g	0.80mg
きなこ100g	0.07mg
うなぎ100g	0.75mg
鮭100g	0.26mg

　ビタミンB$_1$は水溶性なので、上の例で分かるように、大豆には多くのビタミンB$_1$が含まれているが、水に晒して洗い流す豆腐にはあまり含まれていない。これは、水に晒されたことで、ビタミンB$_1$が洗い流されてしまったのではないかと考えられている。

　逆に水溶性であることを利用して、米ぬか100gほどを水に漬けて漉すと、その水溶液にはビタミンB$_1$が1日の必要量程度含まれている。これを薬として飲ませる。一度に飲ませると吸収しきれないので、3度の食事の時に分けて飲ませた方が良い。

　上の水溶液にニンニクをすり下ろして搾った液を混ぜて摂取させると、ビタミンB$_1$がアリチアミンになって吸収しやすく、体内でビタミンB$_1$を1mgほど生成するので、さらに効率が良い。高価な上級の薬とすることができるだろう。

　この程度の薬でも十分に役に立ち、脚気患者の半数以上は救える。

　もちろん、もっと高度な方法で、ビタミンB$_1$を抽出し、安定した誘導体にできれば、それに越したことはないが、それには高度な化学産業が必要になる。実際、それが実現して日本で脚気が怖い病でなくなるのは、昭和30年にアリナミンが発売されてからのことだ。

　脚気の治療を行って有利なのは、江戸時代の日本だ。江戸患いと言われるだけあって、日本の中心都市である江戸で広まっている病気だ。しかも、白米をたくさん食べている金持ちに病人が多い。

　つまり、薬の材料となる米ぬかが簡単に手に入る上に、患者が金を

持っている。脚気で死んだと言われる徳川将軍までいるくらいだ。江戸の片隅ででも、脚気医を名乗って出店すれば、かなりの確率で成功できるだろう。

○壊血病

壊血病は、大航海時代の船乗りに最も恐れられた病気だ。最初は歯茎から血が出るもしくは皮膚に黒っぽい斑点が出る等の症状から始まり、歯がぐらぐらになって抜け、下血し、最後には体中から血を流して死ぬ。当時は、原因不明の病であり、1つの船で誰かが病気になると、次々と他の船員たちも病気になったので、伝染病だとも考えられていた。

実際には、ビタミンC欠乏症で、長期（数ヶ月）にわたってビタミンCが不足することで、このような症状が発生する。

ヨーロッパが域内での船舶輸送しか行っていない中世は、何ヶ月も航海を続けるということがなかった。船でビタミンC不足の食事をしていても、少し経てば港に入り、そこで普通の食事ができる。このため、壊血病はあまり発生しなかった。

だが、大航海時代になって、ヨーロッパを出た船は何ヶ月もかかって目的地に到着する。十字軍は、船ではなかったが、食料の問題で壊血病に悩まされた。ヴァスコ・ダ・ガマのインド航路発見の時は、180名の乗組員のうち100名が壊血病で死んだ。このように、ヨーロッパ人が遠征に行くようになると、ビタミンC欠乏症の患者が出てきてしまうのだ。

と言うのも、ヨーロッパは緯度が高く、元々ビタミンCを取るための野菜や果物が欠乏気味だ。そのような人間が、ビタミンC不足の食事を取ると、壊血病になりやすいのだ。

壊血病がある程度解決されるのは、18世紀半ばになって、保存食として船にザワークラウト（キャベツの酢漬け、p.249参照）を持って行くようになってからのことだ。他にも、麦汁・乾燥スープ・濃縮オレンジジュースなども対策食品として使用されたが、これらは加熱してあったために、ビタミンCが壊れてしまっており（ビタミンCは熱に弱い）、実は役に立っていなった。

壊血病の予防には、ビタミンCを含んだ食品を食べていれば良い。ただ、ビタミンCは加熱に弱く壊れてしまうので、加熱しない保存食が必

要になる。

　日本なら、ぬか漬けのような漬け物（ぬか漬けにするとビタミンB$_1$も摂取できるので、脚気にもなりにくい）、野菜の酢漬け、干し柿、昆布など。ヨーロッパなら、ザワークラウトの他に、レモンの蜂蜜漬けなど。唐辛子は食物の保存の他に、ビタミンCを補う食品としても優秀だ。

　注意すべきは、人体はビタミンCをたくさん体内にとどめておけないので、壊血病になったからと言って、一気に大量のビタミンCを摂取しても、あまり役に立たない。毎食、ビタミンCが多めの食事をとり続けることが必要だ。

　壊血病の治療で有利になれるのは、何と言っても大航海時代のヨーロッパだ。もしも壊血病予防が確実にできるなら、その方法は国家機密として絶対に他国にばれないようにしなければならないほどの、アドバンテージとなる。口封じの対象にならないように、気を付けなければならないほどだ。

　ヨーロッパで壊血病の対策を行うなら、船にザワークラウトを載せるのが最も確実だ。ただ、船員の評判は良くないだろう。出港してから少しの間は、果物を食べさせれば良い。また、甲板で、パセリの栽培など行っても良い。パセリは育てやすく、小さくて邪魔にならず、葉っぱを採ってもまた生えてくるし、塩害にも比較的強いので、船の上でも育てやすい。しかも、グラム当たりだと、ザワークラウトの8倍のビタミンCを含んでいる。同じように育てやすいが、もやしはパセリに比べて20分の1以下しかビタミンCを含んでいない（茹でるとさらに5分の1になる）ので、壊血病予防食品としては、あまり役に立たない。

　というわけで、出発からしばらくは果実を食べ、それ以降はザワークラウトを主体にパセリで目先を変えるのが良い。

　瓶詰めなどの密閉ができるようになれば、ライムジュースなどの柑橘系ジュースを積むこともできる。イギリス人のことを悪口でライミーと言うのは、壊血病予防にライムジュースを飲んでいたからで、それに対してドイツ人をクラウツ（キャベツ野郎）と言うのは、ザワークラウトを食べていたからだと言われる。ただ、当時のライムジュースは酸性が強すぎ、飲んだ後で歯を磨かずに放置しておくと（そして当時の船員たちは歯磨きなどしない）、歯が酸でやられてボロボロになったので、船

員たちには不評だった（現代のライムジュースは調整してある）。

○夜盲症

　夜盲症は、夜にものが見え辛くなる、いわゆる鳥目と呼ばれる病気だ。夜盲症には、先天性のものや、眼の病気によるものなども多いので、必ずしもビタミンA欠乏症とは限らない。ただ。中世における後天性夜盲症の何割かは、栄養失調によるビタミンA不足が原因と考えられる。

　このため、現代に比べれば、ビタミンAによる夜盲症の治療成功率は高いだろう。ただ、貴族や士官など、ある程度地位のある人間は栄養失調になる可能性も低いので、その意味では治癒率も高くないかも知れない。

　いずれにしても、栄養があり、ビタミンAを多く含む食品を食べさせることで、夜盲症を治せる可能性がある。

　日本では、まず海苔だ。海苔以外の海藻類もビタミンAが豊富だ。また緑茶にも多く含まれている。

　野菜類では、パセリが一番だが、パセリを大量に食べるのは難しい。唐辛子にも多く含まれるが、これまた香辛料なので、僅かしか食べられない。量を食べられる野菜としては、ニンジン・ほうれん草・カボチャなどに多く含まれる。他には、紫蘇・アシタバ・モロヘイヤ・春菊などにも多く含まれている。

○くる病

　くる病はビタミンD欠乏症で、骨の湾曲や変形が起こり、子供だと成長が阻害される。ヨーロッパの高緯度地帯などの太陽光線の少ない地域で乳幼児に発生することが多い。

　ビタミンD不足の他に、カルシウムの不足でも起こるので、不足成分が何なのか、患者の生活を観察して調査する必要がある。

　ビタミンDの不足なら、鰹、鰯、鰊などの海産物を食べさせる。キクラゲにも多く含まれているが、これは中華食材で、東アジアでしか食べられていないので、ヨーロッパ系世界では入手が難しいだろう。

　カルシウムなら簡単で、小骨のある魚をそのまま食べさせると良い。エビやカニも良い。野菜類でカルシウムが多いのは、バジルやタイム、

セージなどの香辛料だが、高価なので使うのは難しいだろう。

○ペラグラ

　ペラグラとは、イタリア語で「皮膚の痛み」と言う。ナイアシン欠乏症だ。ナイアシンとはビタミンB_3ともニコチン酸とも言われるビタミンの一種で、この不足によってペラグラが発症する。元は、南米でよく発生していた。トウモロコシを主食とするイタリア北部でも猛威を振るい、イタリア語の病名が広く使われるようになった。

　光に当たると痛みを感じるようになり、皮膚（特に顔）に左右対称に赤い発疹が出る。発疹の位置は独特で、手は手袋のように、脚は足とふくらはぎにブーツのように、首の周囲にネックレスのように発疹が出る。発疹はなかなか消えず、病変は茶色の鱗のようになる。口や消化器に炎症ができて、吐き気・下痢（血が混ざることもある）・便秘などの症状が出る。口内炎でヒリヒリ痛むこともある。さらには、疲労・不眠・無感情となり、脳症が発生して幻覚・記憶喪失・錯乱などが起きる。最終的に死に至る。

　ナイアシンは、通常は、必須アミノ酸の１つであるトリプトファンから体内で合成することもできる。このため、通常はペラグラが発病することはない。しかし、何らかの原因でナイアシンもトリプトファンも不足すると、発症する。

　このナイアシン不足の原因となるのが、トウモロコシだ。トウモロコシにもナイアシンは含まれているが、そのままでは吸収できない。このため、トウモロコシを主食とする地域で、ペラグラが発生しやすいのだ。

　しかし、ニシュタマリゼーション（アルカリ処理）を行うことで、吸収可能なナイアシンに変化する。

　中米インディオの伝統料理であるトルティーヤ（図）の製法は、まずトウモロコシを石灰・木灰・貝殻などと一緒に煮て、一晩冷ます。こうすると、果皮が溶けて取り除けて、練り物を作りやすくなる。しかも薄くの

ばして焼けるしっとりした粉ができるのだ。

　さらにアルカリ処理によって、ナイアシンが吸収可能になる。タコスを作るのにも使われるトルティーヤだが、単にトウモロコシの粉を焼いただけではなく、実はペラグラを予防するという大きな意味があったのだ。おそらく、歴史にも残っていない時代のインディオが発明したのだろう。だが、それを知らずにトウモロコシだけを輸入したヨーロッパ人は、ペラグラを発症するようになった。

✔寄生虫

　中世の頃、ほとんどの人間が何らかの寄生虫を体内に飼っていた。その中には、それほど悪さをしないものも多かったが、中には致命的な寄生虫も存在した。

○日本住血吸虫症

　日本住血吸虫とは、ほ乳類に寄生する寄生虫だ。

　最終宿主は人間を含むほ乳類（犬、猫、牛など）で、患者（患畜）の糞に卵が含まれている。この卵が水中で孵化し、中間宿主であるミヤイリガイ（殻長7～8mmの淡水巻き貝）の体内で成長する。そして、セルカリア幼生となって水中に出てくる。ミヤイリガイは、水田周辺の溝などに多数生息しているため、脚を突っ込むなど皮膚を接触させると、セルカリア幼生が皮膚を破って体内に入る。

　寄生虫は肝臓で成体となり、消化管の血管へと移動して卵を産む。卵によって血管が詰まり、粘膜組織が壊死して消化管内に脱落する。こうして、再び糞と一緒に卵が排出される。

　これが、日本住血吸虫の生育サイクルだ。

　困ったことに、ミヤイリガイは、水陸両棲であって、水中から外に出て動き回ることができる。多数生息する地域だと、窓にびっしりミヤイリガイが張り付いているといった光景すら見られた。このため、水だけでなく、窓などに着いた露ですら、セルカリア幼生が潜むことすらあり、ミヤイリガイが宿主だと分かった後の甲府では、「朝露踏んでも地方病」ということわざすらできたほどだ。

　セルカリア幼生に感染した患者は、まず発熱や下痢を起こす。この初

期症状だけで治まる患者も存在するが、彼らは完全治癒したのではなく、吸虫の保持者だ。だが、ここで治らず慢性になると、手足がやせ細り、皮膚が黄疸を起こし、腹水で腹がふくれて、ついには動けなくなる。典型的な、肝硬変の症状だ。さらには脳炎なども併発して死亡する。症状が出てから、数年で死亡すると言われる。

　日本住血吸虫症が発生したのは、山梨県甲府盆地、福岡・佐賀県の筑後川流域、広島県福山市などで、特に山梨県で患者の発生が多かった。『甲陽軍鑑』には病人の記述があるので、少なくとも戦国時代には病気の存在が知られていたことは確実だ。だが、記録がないので、人々が病気をいつ認識したのかは分かっていない。武田信玄の甲斐国は、日本住血吸虫症がなければ、もっと国力を上げることができた可能性がある。

　日本住血吸虫症は、寄生虫病の特効薬として知られるプラジカンテルによって治療できるが、仮に体内の寄生虫を殺しても、同じ地域に住んで、ミヤイリガイの住む水に脚を突っ込んでいては、再び感染してしまう。

　1904年（明治37年）に桂田富士郎が日本住血吸虫を発見した。そして、1913年（大正2年）に宮入慶之助が中間宿主のミヤイリガイを発見し、感染ルートを突き止めた。しかし、それでも山梨県がこの病気の終息を宣言する1996年（平成8年）まで、90年もかかった。

　しかし、完璧ではないにせよ、対策は存在する。そして、そのいくつかは、戦国時代でも実施可能だった。

1.水への接触を避ける

　基本は、水田・用水路に素足で入らないことだ。しかし、ゴムのない時代、長靴などを製作できないので、農民はどうしても病気に罹りやすい。それでも、脚絆や腕袋などを使うことで、感染確率を下げることはできる。そして、少なくとも子供の水遊びなどは、避けさせることができる。山梨県は、なんと大正時代にもかかわらず、カラー表紙にカラーイラスト入りの冊子を子供に配布して、啓蒙に努めた。

2.糞便からの移行経路を絶つ

　糞便（人間以外のほ乳類のものも含む）から水への移行経路を絶つことでも、病気を減らすことができる。このため、糞便を集めて、きちん

と堆肥（p.181参照）にすることで、途中の高温によって卵を殺すことができる。

3.ミヤイリガイの撲滅

日本住血吸虫の中間宿主はミヤイリガイのみ（他の淡水貝は宿主になれない）なので、ミヤイリガイを減らせば病気を減らすことができる。

蛍の幼虫は、ミヤイリガイの天敵なので、増やすとミヤイリガイを減らしてくれる。また、住民が箸で1つ1つつまんで捨てるという気の遠くなるような作業も行われた。

だが、最も有効な手段は、生石灰と側溝のコンクリート化だった。

水に対する重量比1～2％の生石灰を混ぜた水は、24時間以内に90％以上のミヤイリガイを殺すことができる。後には、もっと良い薬品も開発されたが、明治以前の技術水準で利用可能であり、なおかつ日本国内で十分な量を入手できる点で、生石灰は非常に有効だ。

コンクリート化は、ミヤイリガイの産卵の問題だ。流水速度が毎秒1mを超えると、ミヤイリガイの卵が水草などに付くことができず、流されてしまうため、ミヤイリガイが繁殖できなくなる。その意味では、漆喰でも何でも良くて、用水路を直線的にして流速を速めて、ミヤイリガイが生息しにくい環境が作れれば良い。ただし、泥がたまって水草が生えて流速が落ちてしまうと意味がないので、メンテナンスは重要だ。

✔ワクチン

ワクチンは、病気を治す薬ではない。あくまでも予防薬であって、既に病気に罹っている人間には、役に立たない。

ワクチンは、人間の免疫力を利用した、感染症予防法だ。人間には免疫力があって、一度罹った病気には、罹らなく、もしくは罹りにくく、もしくは罹っても軽症ですむことが多い。この能力を利用して、重篤な病気の免疫を付けようというのがワクチンの仕組みだ。

もちろん、免疫を付けるために重篤な病気に罹っていたのでは意味がないので、以下のようなあまり害のない方法で免疫を付ける。

1. 共通した免疫を付ける別の病原菌で免疫を付ける。

2.　細菌の毒性を弱めて、弱った細菌によって免疫を付ける。
3.　細菌を殺して、そのタンパク質だけを注入して免疫を付ける。

　1と2は細菌が生きているので「生ワクチン」、3は細菌が死んでいるので「不活化ワクチン」と言う。生ワクチンは、細菌が生きているので細胞性免疫と液性免疫の両方が付くため効果が高い。しかし、細菌が生きているので病気に罹ってしまう可能性も僅かだが存在する。不活化ワクチンは逆で、液性免疫しか付かないが、細菌が死んでいるので病気に罹る可能性はまずない。
　これらは、細菌の性質によって、使い分けることになる。

○天然痘ワクチン

　世界最初のワクチンは、1796年にジェンナーが牛痘という天然痘の近縁種の病気を利用して、天然痘のワクチンを作ったのが最初だ。それ以前にも、天然痘患者の膿を接種することによって免疫を得る人痘法が古くから存在していたし、これもワクチンの一種と言えなくはない。しかし、人痘法は、そのまま天然痘に罹ってしまう可能性もそこそこの高確率（数％程度と考えられている）だったので、危険過ぎる方法だった。
　ジェンナーは、牛痘という牛の天然痘が、人の天然痘によく似ており、しかも牛痘に罹った人間はその後天然痘に罹らないという農民の言い伝えから、牛痘でも天然痘の免疫が得られるのではないかと考えた。幸い、牛痘は天然痘と違って、人間が罹っても死ぬような重症にはまずならないことが知られていた。
　そこでジェンナーは牛痘に罹った牛の膿を使った牛痘法を発明し、皮下注射することで、天然痘の免疫を得ることを実証した。
　その後も天然痘撲滅の努力が続けられ、1980年にはWHO（世界保健機構）から天然痘絶滅宣言が行われた。ワクチンによる疫病の根絶は、これが最初の例で、現在のところ2例目はまだ存在しない。このように、天然痘ワクチンが成功したのには、以下の3つの理由があった。

・種痘による予防効果が強力で、一度ワクチンを打てば、ほとんど感染しなくなる。しばらくすると効果が消えるワクチンや、感染確率が下がるが一定の割合で感染し

てしまうワクチンは、効果が目に見えにくい。

- 天然痘は人から人へと感染する病気で、媒介動物が存在しない。媒介動物が存在すると、人間の患者がいなくなっても、媒介動物に潜んで生き延びている細菌が存在するかも知れない。
- 不顕性感染がごく少数だ。つまり、天然痘に感染すると、ほとんどの人間が発症するため、保菌者のままでうろうろして、感染者を増やしてしまう人間がほとんどいない。

　この条件に数多く当てはまる細菌ほど、ワクチンで根絶しやすいことが分かる。逆に、これに当てはまらない項目が多い細菌ほど、根絶しにくい。

　人類が最初に発見したワクチンが、天然痘ワクチンであったのは、非常に幸運だったと言えるだろう。もしも、異世界で上記項目に当てはまらないワクチンが最初に開発されてしまったら、ワクチンはあまり意味がないものと見なされ、研究があまり進んでいない可能性もある。そのような場合は、どのような条件ならワクチンが有効に働くかという研究（上の条件を発見すること）から開始して、周囲を説得することから始めなければならなくなるだろう。

○狂犬病ワクチン

　あらゆる細菌に、牛痘のような都合の良い近縁種があるわけではない。だが、1881年、パスツールは実験室で継代培養（菌の一部を新しい培地へと移し、再び培養すること。そして、それを何世代も続けること）することで、弱毒化した病原体を作り出すことができると実証した。その1つが、狂犬病ワクチンだ。

　狂犬病は、発病すると死亡率100%と言われる恐ろしい病気だ。ワクチンなしで生き残った例は、歴史上10人を超えない。現在ですら、世界で毎年数万人が狂犬病で命を落としている。潜伏期間が噛まれた場所によって大きく変わるのが特徴で、噛まれた箇所から1日数〜十数mmの速度で広がっていく。そして、脳神経に侵入すると発症する。このため、頭などを噛まれると2週間ほどで、足先などでは数ヶ月かかることもある。また、噛まれなくても、傷口や粘膜（目や唇など）を舐められるといった事例でも感染することがある。

狂犬病と言うが、ほとんどのほ乳類に感染するので、犬以外の動物に噛まれて感染することもある。このため、動物に噛まれた場合は、即座に予防処置が必要だ。

- 噛まれた傷口を石けん水などで良く洗い、消毒液やエチルアルコールなどで消毒する。幸い、狂犬病ウイルスは弱いウイルスなので、ほとんどの場合、これで死んでしまう。
- 噛んだ動物に狂犬病の可能性があるなら、ワクチンを打つ。

　パスツールは、狂犬病で死んだ幼児の唾液をウサギに注射すると、ウサギは36時間以内に死亡した。そのウサギの脊髄を取り出して乳剤として別のウサギの脳に注射すると、やはり死亡した。さらにそのウサギの脊髄を別のウサギの脳に……と繰り返していくと、ウサギに対する病原性の高い狂犬病ウイルスができる。

　しかし、このウサギに対する病原性の高い狂犬病ウイルスは、その代わりに犬に対する病原性が低くなっていた。ウサギの脊髄乳液を犬に注射しても、強い毒性を発揮しないのだ。

　パスツールは、このウサギの脊髄を固定毒、狂犬病の犬にかまれて死んだ犬の脊髄を街上毒と呼んで区別した。さらに、この固定毒を1週間ほど乾燥させて毒性をさらに弱めたものを犬にワクチンとして注射してみた。すると、ワクチンを注射した犬は、狂犬病に罹らなかった。

　それどころか、狂犬病の犬にかまれた後で、ワクチンを接種しても、狂犬病を発病しないことが分かった。

　固定毒は14日乾燥させると、ほとんど無毒になる。だが、7日以内の乾燥なら、ウサギを殺す力を持っていた。この固定毒をさらに長期間乾燥させたものでも、毎日注射することで犬の狂犬病の発病を止めることができた。

　こうして、犬に対するワクチンができたが、人間に有効かどうかは、まだ分からなかった。

　パスツールは、1885年に、狂犬病の犬にかまれて瀕死の重傷を負った子供に、狂犬病のワクチンを注射し、発病を抑えることに成功した。

　とは言え、ワクチンの効果は完全ではなかった。残念ながらワクチンの効果がなく、発病して死亡した人間もいた。このため、パスツールを

非難する者も現れた。

　狂犬病の発病率は当時よく分かっていなかった。かまれた後の処置などで発病率は異なるし、そもそもその動物が本当に狂犬病だったのかを確かめる術もなかった。そのため、発病率は60％説から５％説まで様々だった。だが、パスツールのワクチンを使った場合の発病率が1.19％と、最低の予想発病率よりも低いことが統計的に確認され、その有効性が実証された。

　パスツールのワクチンは、そもそも生ワクチンだったのか不活化ワクチンだったのかすらはっきりしないし、その製造過程の問題から、ロットごとに効果の強弱があり、安定したものではなかった。

　だが、それでもあるとないとでは、生存率が全く違う優れた薬品だった。しかも、中世ファンタジーの技術水準で十分に製造可能であり、狂った動物にかまれた患者にとっては、命を助けてくれる可能性のある最後の頼みの綱だった。

　また、現在使われている不活化ワクチンも、なんとか製造できなくはない。

　20世紀の狂犬病ワクチンは、固定毒の脳内注射によって発病したウサギやヤギの脳を乳剤にして、フェノール（石炭酸）で不活化したものだ。狂犬病の動物に噛まれた患者に、これを２ｍℓずつ２週間連続して注射することで、狂犬病の発生をほとんど抑えることができる。しかし、他の動物の脳物質であるため、どうしても副作用が存在する。最悪の例だが死亡例もある。だが、こちらの方がより効果が高いので、副作用を計算に入れても生存率は高くなる。また、中世ファンタジーの技術でも製造可能なので、こちらを使うことも検討して良いだろう。

　現代では、脳物質を含まない組織培養ワクチンが実用化され、日本ではこれが使われている。しかし、中世ファンタジーの技術水準では組織培養を均一に行うのは困難で、さすがに製造できないだろう。

○BCG

　結核は、長らく死病のナンバー１の地位を占める病気だった。現在ですら、HIVに次いで第２位の死因となる感染症だ。しかも、比較的若い世代が感染し死亡するので、地味に国力を落とす厄介な疫病だ。

1908年から、パスツール研究所が牛から分離した牛型結核菌をグリセリン加牛胆汁馬鈴薯培地（ジャガイモデンプンと牛の胆汁、グリセリンからなる培地）で培養し、13年間230世代継代培養した。こうして培養された菌は、牛、馬、羊、ウサギ、モルモットなどの動物で進行性結核症を起こさなかった。しかも免疫は共通していた（その菌への免疫を付ければ、元の結核菌への免疫も付く）。この新たな菌をBCGと名付け、結核のワクチンであると発表された。

1921年から、フランスで新生児へのBCGの経口投与が行われるようになり、ノルウェーやスウェーデンにも広まった。これによって、結核の予防ができるようになり、国力の毀損を大きく減らせるようになった。

○弱毒化ウイルス

ワクチンを作るためには、弱毒化ウイルスを作ることが重要だ。だが、ウイルスを弱毒化する確実な方法は、いまだに存在しない。しかし、比較的成功率の高い方法は存在する。

- 動物継代培養

  人以外に感染する動物や有精卵などで継代培養を続ける。こうすると、動物や卵に最適化され、人体ではあまり増えない菌が残る。これによって、BCG以外にも黄熱病ワクチンが作られた。

- 低温培養

  ウイルスを30℃くらい（人体の温度としては低すぎる）で継代培養を続けると、低温では増えるが、高温（人体の内臓温度）ではあまり増えない変異株が生まれ、そしてそれが旧来のウイルスを駆逐してしまう。このウイルスは、人体に入れてもほとんど増えず、抗体を生成するだけで消滅していく。

- 培養細胞での継代培養

  たとえ、ヒト細胞を培養細胞にして増やしたとしても、それは人工環境であり、人間の体内環境とは大きく異なる。このため、そこで最適化したウイルスは、人体の中ではあまり増えることができない。

このような環境下で、様々な変異原を与えて、ウイルスの変異を起こさせる。変異原には、紫外線、放射線、ニトロソ化合物やアルキル化剤やクリセン等の発がん性物質などがある。中世ファンタジーで使いやすい化学物質としては、コールタールやそこから抽出したクレオソートな

どが考えられる。

　このようにして、培養環境でのみ増える能力に特化して、人体内で増える能力が衰えたウイルスを弱毒化ウイルスと言う。これを摂取すれば、病気に罹ることなく抗体が生成できる。

　ただし、どうしても弱毒化と免疫原性（抗体を作らせる能力）は相反する。このため、ある程度弱毒化ウイルスができたところで、最終的には人体に接種し、さらに接種後の人体を病原に曝露させることで、効果を確認する必要がある。これは、一種の人体実験であり、最悪の場合、ワクチンで発症したり、その後の病原への曝露で発症したりする。現代では不可能だが、中世ファンタジーのモラルでは、死刑囚などに減刑の代わりに実験するなども可能となるだろう。

　こうして、様々な細菌を培養して毒性の低いものを作り出し、ワクチンとして開発できるようになった。麻疹・おたふく風邪・ポリオ・風疹などは、このようにして弱毒化したワクチンを作成することで、予防接種できるようになった。

　不活化ワクチンは、殺した細菌や細菌の出す化学物質だけを取り入れることで、免疫を得る。このため、細菌と戦うT細胞免疫（異物である細菌の細胞を攻撃する）は得られない。しかし、その分安全性は高い。

✔生薬

　医薬品が化学合成できなくても、植物や動物に含まれる薬理成分を利用することができる。漢方などは、まさにそれを利用した医学であり、全部ではないが、その大半は現代でも立派に通用する。

　ただ、中世ファンタジー世界における生薬は、長年の経験による薬理成分の利用例も多いが、逆に単なる迷信で有害無益なものも多い。

　そこで、現代でも分かっている薬理作用を、いくつか紹介する。

○サリチル酸

　アスピリン（アセチルサリチル酸）は、現代を代表的する消炎鎮痛剤だ。おそらく世界で最も利用者の多い医薬品だろう。しかし、アスピリンは、19世紀末に化学合成された薬品なので、簡単には利用できない。

　それまでは、胃腸障害があるのを覚悟の上で、サリチル酸を利用して

いた。サリチル酸は、柳属の樹皮に含まれるサリシンが体内で分解されてできる。

　柳の樹皮の鎮痛作用は、シュメール文明の時代から知られており、ヒポクラテスの著作にも紹介されている。ただ、強酸性で、胃穿孔を起こすので、多量の水などと一緒に飲む。

○除虫菊

　シロバナムシヨケギクとも言い、地中海原産の白い花を咲かせる植物で、子房（花の種になる部分）にピレトリンやシネリン（どちらもピレスロイドの一種）を多く含む。このピレスロイドは、昆虫類に効果の高い神経毒で、ほ乳類や鳥類には効果が少ないため、蚊取り線香として利用する程度では、人体に害はない。

　除虫菊の栽培は、日本では冬場に蒔いて、翌年の5〜6月に開花する。開花した花を摘んで乾燥させる。加熱するとピレスロイドが揮発してしまうので、陰干しで半年ほど時間をかけてゆっくり乾燥させ、磨り潰して粉にする。こうしてできた乾燥させた花の粉にはピレスロイドが1.3%ほど含まれている。除虫菊の茎や葉にも、花ほどではないが、ピレスロイドは含まれている。もったいないので、花が咲いた除虫菊の地上部分全てを採取して陰干しし、全部を粉にしてしまうこともある。この場合、後で混ぜるデンプンなどを減らすことで調整する。

　この乾燥させた粉と、デンプン、タブ粉（タブノキを乾かして粉にしたもの。粘液質が多いので、固めるために使う）などを混ぜて固めたものが、蚊取り線香だ。蚊取り線香は、19世紀後半に日本で発明されたので、それ以前に作成すれば、有効かつ長時間持続する殺虫剤として、非常に有用だ。特に、野営を行う軍隊にとって、屋外でも効果のある蚊取り線香の価値は非常に高い。もちろん、市販した場合の儲けも大きいだろう。

　初期の蚊取り線香は、通常の線香と同じ棒状だったので、せいぜい1〜2時間しか持たず、夜寝る時に途中で効果が切れてしまった。そこで、現在の渦巻き型蚊取り線香が考案された。渦巻き型は、実は長さが90cmほどあり、約9時間の燃焼時間がある。このため、就寝中に消えてしまうことがなく、広く使われるようになった。

○ペニシリン

　世界初の抗生物質ペニシリンは、現代でも使われているし、ペニシリン派生の様々な抗生物質アンピシリン、アキモシシリンなども、広く使われている。

　ペニシリウム属のカビ（青カビの一種）が、葡萄球菌を殺すことは、1928年にイギリスのフレミングによって発見された。そして、カビの培養液を濾過（ろか）した液体は、800倍に薄めても殺菌作用が残っているほど強力な物質だった。これがペニシリンだ。

　ペニシリンの薬効が明らかになったのは1941年で、その年に人間への臨床試験が行われた。だが、その分子構造が明らかになったのは1946年、合成に成功したのは1957年のことだ。

　中世ファンタジーの技術でペニシリンの合成は無理がある。だが、幸いにして、カビ培養液を濾過しただけでも、ペニシリンは含まれている。もちろん、この状態では、ペニシリン以外の様々な物質が含まれていて危険もあるが、それでもこのままでは死ぬという状態なら、試してみる価値は充分にある。

　梅毒のような時間はかかるがいずれは死に至る病気は、可能ならペニシリンの単離（ペニシリンのみを他の物質から分離すること）が可能になるまで待った方が良いが、中世ファンタジーの技術レベルではそもそも困難なので、待てない場合は使用してみる価値はあるだろう。

　特に、急性肺炎、壊死性筋膜炎（怪我により体内で嫌気性細菌が増殖して膿を出す）のような、急性で死に至る病気には、他に手がないこともあり、危険を冒す価値がある。

　もうちょっとマシなペニシリンを作るには、以下のような手順を追って行う。

1.　青カビを培養する。蜜柑やパンなどに生えている青カビを取って、培地（栄養その他の生育環境を提供するもの）に移動する。培地は、米や芋の煮汁などの栄養を含んだ液状の液体培地と、それをゼラチンで固めた固体培地がある。ただ、現代では、コンタミネーション（他の微生物の混入）が判別しやすく、混入した場合の分離もしやすい固体培地が主流だ。
2.　欲しいのは培地に出された生成物なので、青カビのすぐ下の培地部分を取り出す。固体培地の場合は加熱して水に溶かす（ゼラチンなら30℃くらいで溶け出す）。

液体培地の場合は、そのまま使用する。
3. 漏斗で濾過した液体に油（菜種油などで良い）を入れて攪拌する。すると、脂溶性物質と水溶性物質に分けることができる。ペニシリンは油に溶けず水には溶けるので、静かにして油が分離したら取り除き、水分の方だけ残す。
4. 煮沸消毒した木炭を水分に入れる。ペニシリンは炭に吸着しやすいので、炭にくっつく。この炭を取り出す。
5. 炭を水洗いする。次に酢で洗う。これによってアルカリ性の不純物が取り除かれる。ただし、塩酸のような強い酸で洗ってはならない。ペニシリンは酸には弱いので、変質してしまう。
6. 最後に炭を石灰水や重曹水など弱アルカリ水に漬けて、ペニシリンを抽出する。この弱アルカリ水にペニシリンは含まれている。

作成したペニシリンの薬効は、調べておくべきだろう。

- 患者の体液を、寒天培地で培養する。寒天培地にするのは、菌の位置が固定されているので、生き残ったか死んだかが見分けやすいからだ。培地は、効果を比較するために、複数作っておく。
- 培養して増えた菌に、ペニシリン（仮）を少し垂らす。可能なら、ペニシリン（仮）なし、1滴、2滴と、量を比較して効果を見ると良い。
- 数日後に、培養された菌が死んでいたら、ペニシリンである可能性が高い。

注意しなければならないのは、ペニシリンは熱に弱く、変質しやすいので、加熱して分離しようとすると消滅してしまう。常に常温のままで処理すること。薬効の確認も、加熱せずに常温で調査する。
また、ペニシリンは酸にも弱いので、口から飲むと胃酸でだめになってしまう。注射するしかないだろう。

○マラリアとキナの木

マラリアの特効薬であるキニーネを採取できるのが、キナの木だ。キナの木が解熱剤であることは、ケチュア民族（インカ帝国を興した民族）が既に発見していた。マラリアに効くことまでは、彼らは発見していない。と言うのは、ヨーロッパ人が来るまで、南アメリカにはマラリアは存在しなかったからだ。
マラリアはペストよりも遙かに多くの人間を殺している恐ろしい伝染病だ。現代ですら、毎年2億人もの人間が感染し、数十万人が死亡して

いる。特に、ヨーロッパ人が南方へと進出する際、その最大の障害となったものがマラリアだ。だが、ヨーロッパ人にとって、マラリアに効く薬は南アメリカに到達するまで存在しなかった。

日本人にとっても、マラリアは人ごとではない。日本で瘧と呼ばれる熱病は、ほぼマラリアだったと考えられている。

つまり、マラリアは実は熱帯特有の病気ではなく、ヨーロッパや日本でも普通に感染する。例えばアレクサンドロス大王やクロムウェル、平清盛などの死因も、マラリアだと考えられている。彼らが、その時点で死んでいなかったら、世界史や日本史は大きく変わったことは明白だ。

マラリアは、マラリア原虫の感染によって発病する。そして、マラリア原虫を持つ人間の血をハマダラカなどの蚊が吸うと、マラリア原虫の媒介者となってしまう（400種ほどある蚊のうち13％ほどがマラリア原虫を媒介する）。この蚊が他の人間の血を吸うと、その人間もマラリア原虫に感染してしまうのだ。このため、蚊帳がマラリア予防には有効に働く。実際、現代のアフリカ各地においても、マラリア対策として多くの蚊帳が利用されている。

このマラリアの、自然界において唯一の薬となるのが、キニーネだ。キニーネの代替物を化学合成できるようになるのは、19世紀半ばになってからのことだ。ただし、キナの木にもキニーネなどを多く含むものと、ごく僅かしか含まないものがある。ケチュア族がキナキナ（キナの中のキナ）と呼ぶ木は、キニーネなど30種類以上のアルカロイドを含む、非常に薬効の高い木だ。当時はキニーネを単体分離することなどできなかったので、キニーネを多く含む樹皮の粉末を飲ませた。

ケチュア族は、キナキナの薬効をヨーロッパ人に親切に教えてあげた。そのためか、キナの薬を、マラリアに罹った人間に投与してみた。おそらく、高熱が出たので、熱冷ましにでもなればと与えたのだろう。ところが、その薬は思った以上に高い効果があった。ヨーロッパ人は、マラリアに効く薬を初めて手に入れることができたのだ。

この薬効に気づいたイエズス会は、1650年から10年間、この薬を独占していた。だが、当時はこの「ペルーの樹皮」は、瀉血と同レベルのインチキ療法だと考えられていた。特に非難していたのが、イギリスのロバート・タルボット卿だ。彼は独自のマラリア療法で名声と財産を築

き、爵位まで受けた。1681年に彼が死んだ時、その秘密を墓に持って行ったと信じられていた。だが、後にフランス王ルイ14世がタルボット卿の治療薬の秘密を明らかにした。それは、キニーネそのものだった。要するに、郷はイエズス会の独占する薬を秘かに入手し、それを利用して名声を築いたのだ。

結局、キナキナは、マラリアの特効薬として乱獲された。このため、ペルーでは絶滅寸前にまで追いやられてしまう。

しかし、強欲なヨーロッパ人はキナキナを絶滅させはしなかった。インカと似たような気候の土地を探して、東南アジアでキナキナの栽培を始めた。特にオランダが、インドネシアでキナキナの大農園を作った。特に、病気に弱く成長の遅いボリビアキナの木を、耐寒性のある台木に接ぎ木することで、丈夫なキナの木を作った。これによって、1884年にはインドネシア産キニーネの生産量が南米産を超えるまでになる。その後60年間オランダはキニーネ生産のトップにあり、アムステルダムで加工された樹皮が世界中に輸出されていた。

これが失われるのが、第二次大戦だ。日本のインドネシア占領によって、連合国はキニーネ不足に陥った。しかし、連合国は、これに対しキニーネと同等の薬効を持つ化学合成薬を作ることで対抗した。アメリカは、1934年にドイツで開発されたクロロキンを、1943年に独自に再発見し、抗マラリア剤として使用した。この発明に失敗していれば、連合国は東南アジアをたたき出され、その地に日本の衛星国ができあがったかも知れない。さらには、1944年には、ウッドワードらがキニーネそのものの全合成に成功し、大々的に新聞で発表された。実は、彼らの合成は、実験室レベルでは可能なものの工業的生産を行うには無理があるものだったが、それでもアメリカはそれを大々的に発表して、国民を安心させなければならなかったのだ。

ちなみに、現代ではキニーネの工業的化学合成は可能である。しかし、それでもなおコストを考えると、キナの木から精製する方が有利である。

マラリアに関しては、面白い利用法がある。梅毒のマラリア熱療法だ。梅毒の病原体は、実は高熱に弱い。このため、梅毒患者をわざとマラリアに感染させ、高熱によって梅毒菌を殺す。そして、充分殺した後で、キニーネを用いてマラリアを治療するというものだ。

○ジギタリス

　別名キツネノテブクロとも言う西ヨーロッパ原産の二年草だ。心不全の薬として知られており、過去にはてんかんの薬としても使われていた。ただし、実際に医学に使われるようになったのは、18世紀になってからのことで、それまではジギタリスの効能は医学の分野では迷信として無視されていた。と言うのも、昔からの薬草師（ほぼ魔女と同一視されていた）の使う薬草であったため、かえって医師たちは忌避して使おうとはしなかったからだ。それと言うのも、ジギタリスの薬効成分であるジギトキシンやギトキシンは猛毒であり、下手な量を与えたら、患者が毒で死んでしまう。

　ジギタリスの葉を乾燥させて、水で抽出したものを利用するが、その量はごく僅かで良い。実際例として、誤って葉っぱ6枚を食べた人間が死にかけて入院している。血中濃度から考えると、この人物は許容量の30倍ほど食べたことになる。心不全の薬として与えるなら、葉っぱ数分の1枚以上で中毒（吐き気を中心とする症状）が発生し始めるので、それ以下の量にする。実際の用量は、ジギタリスの性質（生育条件や時期などによって薬効成分の含有量は変化する）や患者の体重などによって変わるので、ごく少量から実験するしかないだろう。

　日本では、ジギタリスは、5月頃に種を蒔き、翌年の春に花を咲かせる。このため、二年草と呼ばれる。乾燥した土地を好むので、地中海性気候での栽培にも向いている。花から種が採れるが、その夏には草は枯れてしまう。ヨーロッパでも、育てる時期はほぼ同じだ。

　花はきれいなので、ヨーロッパでは、主に観賞用に育てられていた。日本には江戸時代に観賞用として輸入された。だが、秘密でも何でもない草なので、戦国時代でもヨーロッパ商人が来ている時代なら、注文さえ出せば、入手可能だ。

○コカ

　コカは、南米原産で高さ2～3mの常緑樹だが、コカインを抽出できることから、麻薬扱いされている。日本でも、所持・栽培などが禁止されている。だが、元々のコカの葉には僅かしか麻薬成分は含まれておらず、元気回復剤として、コカの葉を噛むのは南米の労働者の習慣として

定着していた。

コカの葉は、楕円形で、裏に主脈に平行な2本の模様が入っている。噛むと僅かな苦みを感じる。花は黄緑色で、実は赤く楕円型をしている。乾燥した葉は、表が緑、裏が灰色になる。ペルーやボリビアでは、この乾燥した葉数～十数枚に熱い湯を注いで作ったコカ茶が合法となっている。コカインそのものではなく、葉を噛んだりコカ茶を飲む程度では、中毒になる危険はないというのが、ペルーやボリビア政府の立場である。

コカインは非常に依存性の高い麻薬だが、鎮痛力が非常に高いため、苦痛を伴う手術などに使われることもある。また、終末医療の苦痛除去など、依存性の影響が無視できる用途には医療用として使われている。

✔毒物

薬品は数多くあるが、毒物は自分が使う場合も、敵が使う場合も、いずれも致命的な効果がある。うまくいけば敵を何の損害もなく倒すことができるが、失敗すれば敵が無事な上に毒を使った側を倒す大義名分を与えてしまう。

このため、毒は以下のような特徴が必要だ。

1.　人に、その毒の存在が知られていない。知らない毒なら防御もできないし、使ったことを知られることもない。
2.　毒の痕跡が残らない。毒を受けた者を調査することで、毒の存在が明らかになれば、毒を使った犯人捜しが始まる。もちろん、実際に毒を使った人間も容疑者に入れられてしまうだろう。
3.　毒が感知できない。服薬させる毒なら、無味無臭であってほしい。口に入れた瞬間に違和感があるようでは、毒を飲ませるのは難しい。
4.　可能なら、症状が現れるまでに時間がかかる方が良い。その間に、毒殺者は現場を離れて逃げ出したり、証拠隠滅を図ることができるからだ。
5.　持ち運びやすい。これは、持っていても毒に見えないことと、実際に持ち運ぶのが楽であるということ。この両方の意味がある。
6.　毒消しがある。ミスして、自分や仲間が毒を受けてしまった時のために、毒消しが存在して欲しい。
7.　入手しやすい。これは、手に入れるのが簡単だということ、毒薬もしくは素材を入手したことからばれたりしないこと。この両方の意味がある。
8.　処分しやすい。使い残した毒薬を、消滅させるもしくは捨てるのが楽にできる。

これら全てを満たす毒は滅多に存在しないが、現代人ならば現代の知識を応用した毒を考えることができる。もしもダイオキシンを生成できれば、中世ファンタジーの住人は、そもそもそんな毒の存在すら知らないのだから、防御も調査もできないわけだ。

　毒を使う場合は、上記の利点のうち、今回の用途にはどのポイントが必要なのかを考えた上で、毒を選択すべきだ。例えば、毒を使ったことがばれても構わないから、早急に確実に殺したいのか。それとも、毒を使ったことがばれないのが最も重要で、多少時間はかかって良いのか。それに応じて、使うべき毒は変わってくる。

　毒薬の種類は数多くある。ここでは、あくまでもその中の数例を挙げただけに過ぎない。毒の本は本当に多数あるので、それらを参考にすると良いだろう。

　毒薬にも、いくつかの系統があるが、それらを使い分けることも必要だ。

　まずは毒草だ。植物の生成するアルカロイドには、動物にとって有毒なものも多い。これらは、比較的入手しやすいこと、調理することで食べ物に混ぜ込みやすいこと等の利点がある。しかし、長年存在してきただけあって、その存在が知られているという大きな欠点を持つ。

　動物毒も、毒草に近い。昔からあるだけに、存在は知られている。ただし、手に入れやすいことは確かだ。

　有機化合物は、現代の化学合成技術によって作成された比較的新しい毒物だ。サリンなどの毒ガス、ダイオキシンなどベンゼン塩化物、ニトロベンゼンなどの芳香類など、中世ファンタジーの人間は、その存在を全く知らない。それ故に、防御も探知もできない。ただ、これらを合成するためには、それなりの化学合成技術を必要とするため、作成するのが大変である。

　無機化合物は、青酸カリ、塩化水素、アジ化ナトリウム、一酸化炭素などの無機物で、その効果はそれぞれ全く異なるので共通した性質はない。

　元素は、ヒ素、カドミウム、水銀など多くは金属だ。これらも、金属によって毒性が全く異なる。

○ヒ素

ヒ素は、毒の条件の4を満たす。

毒物の代表として、長く使われた。ただし、ヒ素と言われているもの
は、ほとんどは亜ヒ酸（三酸化二ヒ素）のことだ。

日本で「石見銀山ねずみ取り」として売られていたものも、ヨーロッ
パで「ボルジアの毒」と呼ばれたカンタレラも（異説あり）、三酸化二
ヒ素である。

三酸化二ヒ素は、無味無臭の白い粉末で、水に良く溶ける。天然には
方砒素華として、他の砒素鉱物と一緒に産出する。

三酸化二ヒ素は水に溶けると亜ヒ酸となって、弱酸性を示す。しかし、
それほど強い酸ではないので、ワインなどに入れてしまうと、ほとんど
分からなくなってしまう。

○一酸化炭素

一酸化炭素は、毒の条件の1、2、3、8を満たす。

一酸化炭素こそ、中世ファンタジーにおける最高の毒と考えることが
できる。なぜなら、中世ファンタジーの住人は空気は空気としか考えて
いないことがほとんどなので（もちろん、坑道の中などに「悪い空気」
があることは知っていたが）、大気の成分に無味無臭の毒が含まれてい
ることを知ることはほぼ不可能だ。

これが二酸化硫黄などのように臭いが酷く、呼吸器を刺激する気体な
ら、感知することも可能だ。実際、火山の近くなどで二酸化硫黄による
中毒が発生することがあるが、人間は被害を受ける前から、その悪臭を
感じて逃げることができる。臭いを感じるのは0.5ppmからで、呼吸困
難になる30ppmよりずっと濃度が低い。

だが、一酸化炭素は完全に無味無臭であり、初期症状は頭痛や吐き気
などで、どちらかと言うと風邪でも引いて熱でも出てるのではないかと
考えてしまう。空気に0.5％含まれているだけで数分で死に至る。

化学的に生成するには、硫酸と蟻酸を混合する。硫酸とシュウ酸を混
合しても、一酸化炭素と二酸化炭素の混合気体が発生する。

コークスを高温（1800℃）で燃焼させているところに水をかけても、
一酸化炭素が発生する（製鉄で、酸化鉄を還元させるのに使う）。水を

かけると温度が下がるので、再び温度が上がるのを待ち、上がったら再び水をかける。

もちろん、不完全燃焼によって一酸化炭素が発生するのはよく知られた事実だ。

一酸化炭素はほとんど水に溶けないので、水上置換によって集めることができる（二酸化炭素は水に溶けるので、水上置換によって二酸化炭素濃度を減らすことができる）。また、悪臭のするガスなどは、ほとんど水に溶けるので、水上置換をすることで、悪臭を減らすこともできて、感知されにくくなるので、一石二鳥と言える。

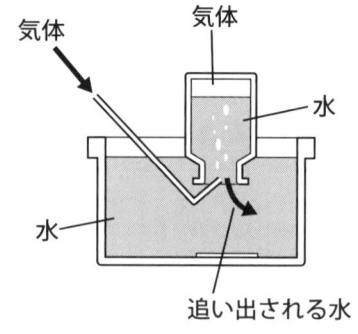

▲水上置換法

高濃度（数％以上）の一酸化炭素を吸い込むと、人間は数秒で昏倒し死に至る。これは、酸素濃度の不足ではなく、一酸化炭素が血液中のヘモグロビン（赤血球に含まれており、酸素を体内に運ぶ役目を果たす）と酸素よりも強力に結合してしまい、体内に酸素が送れなくなってしまうからだ。一酸化炭素中毒で昏倒した場合、放置すると死亡する可能性が高い。対処としては高圧酸素療法があるが、中世ファンタジーの技術

一酸化炭素濃度	人体への影響
0.005%	数時間吸っても影響がない
0.01%	運動すると軽い頭痛を起こす
0.03%	軽い頭痛
0.04%	数時間吸うと、呼吸器や循環器に影響が出る
0.05%	数時間吸うと、激しい頭痛、めまい、視力・聴力障害、脱力、失神
0.1%	1時間で吐き気
0.12%	30分以内に動けなくなり、後遺障害が発生する
0.2%	1時間で死の可能性
0.5%	数分で死の可能性
5%	数秒で昏倒して、死の可能性

では不可能だ。

もしも、主人公が一酸化炭素を発生させる魔法を開発したなら、敵の顔の前に発生させるだけで、敵は昏倒し、死に至る可能性が高い。酸素呼吸生物である限り、この症状を避けることはできない。ただ、ファンタジー生物がヘモグロビンを使って酸素を体内に運んでいるのかどうかが問題だ。人間やドワーフ、ゴブリンなどは大丈夫だろうが、ドラゴンなどはそこが怪しい。アンデッドはそもそも呼吸していないだろうから、全く効果がないだろう。

○イヌサフラン

イヌサフランは、4、5、7、8を満たす毒物だ。

ユリ科の多年草で、ヨーロッパの湿地に自生している。紀元前から危険性の知られている草で、1世紀の薬学者ディオスコリデスの『薬草誌』にも、イヌサフランを食べるとキノコ中毒のように窒息して死ぬと書かれている。

秋に6枚花弁のピンク〜ムラサキ色の美しい花が咲き、花が枯れてから冬に葉が出る。球根ができて翌年も、そこから花や葉を伸ばす。サフランとの区別は、花弁の中に雄しべが6本あるのがイヌサフランで、3本がサフランだ。

◀イヌサフラン

サフラン▶

球根や種には、0.2〜0.5%のコルヒチンが含まれており、コルヒチンの致死量が1〜6mgなので、10g（球根1個）くらい食べれば死ぬ可能性が高い。症状は、摂取してから2〜12時間ほどで嘔吐・下痢・腹痛などが起こり、一見コレラ感染にも見える。そして、心臓血管性虚脱によって36時間以内に死亡する。

このように、症状の発生に時間がかかるため、毒殺には便利な毒物だ。毒を与えてから、症状が出るまでに、現場を遠く離れることができるか

らだ。

残念ながら、解毒剤は存在しない。

✔診断

医者ではないので完全な診断は不可能だが、素人でもある程度の見通しを付けることは可能だ。そして、そのレベルの診断ですら不可能な医学レベルの時代が、長かった。

○全体診断

病人に触れる前に、外見的状態を観察する。顔色、呼吸、意識の有無などから、病気を診断することもできる。

- 顔色が悪いのは、貧血の症状の1つ。特に、まぶたや唇の裏が白っぽいのは、かなり危険な兆候。病気でなくても、怪我による出血でも、貧血から死亡というコースはあり得る。
- 皮膚が黒ずんでいるのは、飢餓による栄養失調の可能性がある。
- 皮膚が青紫になっている状態をチアノーゼと言う。血液中の酸素濃度が下がった時に表れ（酸素と結合していないヘモグロビンが暗赤色だから）、呼吸器疾患や心臓疾患の可能性がある。ただし、一酸化炭素中毒では、一酸化炭素と結びついたヘモグロビンは、酸素と結びついたヘモグロビン以上に鮮やかな赤色なので、チアノーゼにならないので注意すること。
- 灰白色で冷たく湿っぽい皮膚はショック状態を意味する。
- 黄色い皮膚と目は、黄疸であり、肝臓もしくは胆嚢の病気だ。

○呼吸診断

息の仕方にも、病気の症状がある。息の深さ、速さ、困難さなどで、さらに呼吸時の胸の動きを観察することも重要だ。

- ヒュウヒュウ、ゼイゼイする呼吸音は、肺の病気の可能性が高い。
- 意識のない（睡眠時も含む）人の呼吸が、ゴロゴロ音がしたり、いびきをかいたりする場合、舌や粘液などが喉に詰まって呼吸の妨げになっている可能性がある。
- 息を吸い込む時、肋骨の間の皮膚や首の付け根の鎖骨の後ろなど、陥没していないか調べる。陥没しているようだと、肺に空気が通りにくくなっていることが分かる。喉に何か詰まった、肺炎や喘息、気管支炎などで呼吸が苦しいといった原因が考えられる。

○脈拍診断

脈拍は、年齢によって変化するが、休息時の脈は基本的に以下の通り。

年齢	脈拍（1分当たりの拍動）
大人	60～80
子供	80～100
乳児	100～140

ただし脈拍は、運動、精神のいらつき、驚愕、高熱などによって、上昇する。一般に、体温が1℃上昇すると、脈拍が20増えると言われている。

脈拍は、回数と共に、その強さも重要な診断ポイントだ。

- 弱くて速い脈拍は、ショック状態になっているかも知れない。
- 速すぎたり遅すぎたりする異常な脈拍は、心臓病の可能性がある。
- 高熱なのに脈拍が遅い場合、腸チフスの可能性がある。

○眼球診断

目の動きや瞳孔の部分などを見ることで、患者の脳の状態などを知ることもできる。

- 目をゆっくり上下左右に動かしてもらう。この時、びくびくしたり、一様でない動きをする場合、脳に損傷がある可能性がある。
- 瞳孔が非常に大きく広がっている場合、ショック状態にある可能性がある。
- 瞳孔が大きすぎたり小さすぎたりする場合、毒物の摂取の可能性がある。
- 白く輝いているように見える時は、白内障の可能性が高い。
- 瞳孔の大きさが左右で明らかに違う場合、非常に危険な状況にある。
- 瞳孔が大きい方が痛んで、吐き気もある場合、緑内障の可能性が高い。
- 瞳孔が小さい方が非常に痛む場合、紅彩炎の可能性がある。
- 意識不明の人、もしくは頭を打った人の左右の瞳孔が違う場合、脳に損傷がある、もしくは脳卒中の可能性がある。

○耳の診断

耳の痛みと感染は、調査しなければならない。

- 子供が、自分の耳を引っ張っている場合、耳の感染症である可能性が高い。
- 耳を引っ張ると痛みが増す場合、耳管の感染症だ。灯りをあてて、耳の穴を覗いてみる。

○鼻の診断

　鼻が詰まっているかどうかをまず調べる。乳幼児は、鼻が詰まっていても訴えることができないので、まず鼻で呼吸しているかどうかを調べる。内側を灯りで照らして、粘液や膿や血が出ていないかチェックする。赤く腫れていないか、嫌な臭いがしないかも、調べる。

○喉の診断

　灯りで、口と喉を見る。この時、細い棒で患者の舌を押し下げるか、さもなければ患者自身に「あー」と声を出させると良い。喉が赤い、扁桃腺が腫れている、膿が出ているなどを調べておく。

○腹部診断

　腹部は多くの内臓が入っているので、どこが悪いのかはっきりさせないと診断が難しい。

　腹が硬いか柔らかいか、患者が腹筋を緩めることができるかどうかを観察する。非常に硬い腹は、虫垂炎や腹膜炎の可能性がある。

　腹部の痛みは、様々な病気で発生する。しかし、病気によって痛む場所が異なるため、痛みの場所によってある程度の診断が可能だ。また、痛みが一様でずっと続くのか、それとも痛くなったり楽になったり変化するのかによっても、診断が分かれる。

　主な病気に関して、どの当たりが痛むのかを、次ページに図示してみた。

　胃潰瘍は、胃の凹みのあたりの痛みとなる。

　虫垂炎は、最初はへその周囲が痛いが、後には、痛みの場所が右下へと移動する。

　胆のうは、胃の凹みより少し右の位置が痛み、その痛みが背中の方まで達する。これは、胆嚢が比較的背中に近い位置にある臓器だからかも知れない。

【胃潰瘍】

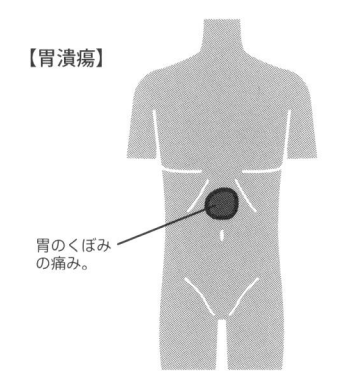

胃のくぼみ
の痛み。

【虫垂炎】

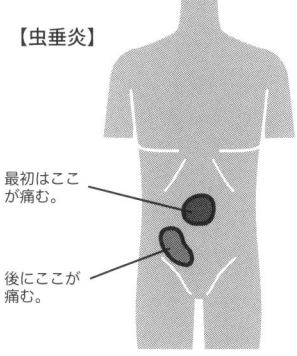

最初はここ
が痛む。

後にここが
痛む。

【胆のう】

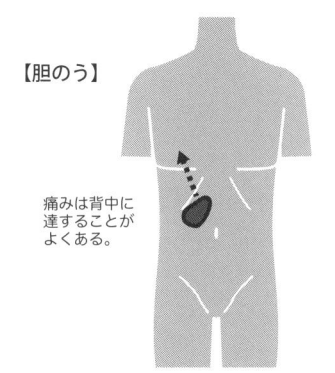

痛みは背中に
達することが
よくある。

【肝臓】

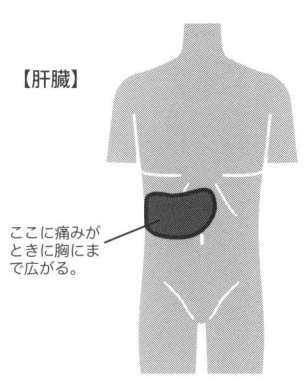

ここに痛みが
ときに胸にま
で広がる。

【泌尿器系】

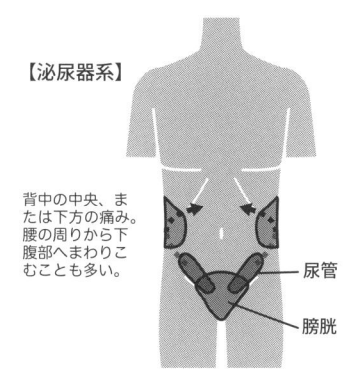

背中の中央、ま
たは下方の痛み。
腰の周りから下
腹部へまわりこ
むことも多い。

尿管

膀胱

【卵巣の炎症または腫瘍、
あるいは子宮外妊娠など】

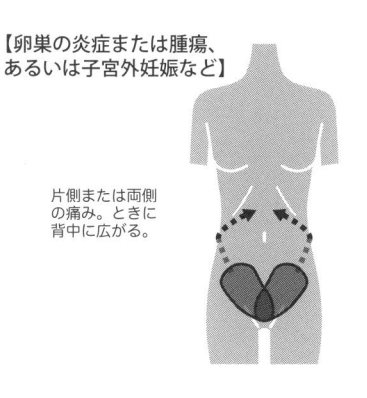

片側または両側
の痛み。ときに
背中に広がる。

肝臓は、右の脇腹にまで届き、さらには胸のあたりまで痛い。ただ、肝臓が痛み出すのは、本当に末期のことなので、肝臓が痛んできたら、死が近いと考えて間違いない。

泌尿器は、腎臓から膀胱へ伸びているので、腎臓は背中の中央あたり、そこから下腹部へと伸びるのは尿管、下腹部の痛みは膀胱の病気だ。

子宮や卵巣も、下腹部から背中に広がる痛みなので、泌尿器の痛みと混同しやすい。

○筋肉診断

筋肉が痩せているかどうか、左右に差があるかどうかをチェックする。

- 片側だけ痩せているなら、子供ならポリオを疑う。大人の場合は、背骨の損傷や病気を疑う。
- 全身の筋肉が痩せているようなら、栄養失調もしくは結核のような慢性病を疑う。
- あごが硬直している場合、破傷風か、さもなければ喉の重篤な感染症かも知れない。ただし、あくびをした後や、あごを打った後なら、あごが外れているだけかも知れない。
- 病気の子供が首や背中が硬直して後ろ向きに反るようだと、髄膜炎の可能性が高い。
- 筋肉が硬直している場合、痙性麻痺と言い、脳の問題であることが多い。ただし、リハビリである程度なら回復可能だ。

○神経診断

感覚の一部が喪失しているかどうかも、診断の役に立つ。

- 斑文があって、その内部の感覚がない場合、ハンセン病である可能性が高い。
- 両手もしくは両足に感覚がない場合、糖尿病もしくはハンセン病である可能性がある。
- 体の片側だけ感覚がない場合、背骨の疾患もしくは脳の疾患だ。

✔療養

どんな病人でも、快適に過ごせれば、それだけ回復が早い。特別に重い病気でない限り、人は薬を使わなくても、休息や食事によって病気から回復できる。このため、いかに病人を世話するかは、治療の中でも非常に重要な部分だ。病人の世話の基本は以下のようになっている。

- まず、新鮮な空気と光があり、暑すぎも寒すぎもしない場所であること。
- 病人は充分な水分が必要だ。特に熱がある場合、容易に脱水症状を起こしてしまう。
- 清潔は、いついかなる時も重要だが、体の弱っている病人には、さらに必要だ。可能なら毎日入浴させるべきだし、それが無理でも清潔な布とぬるま湯で、体を拭く。
- ほとんどの病人には特別食は不要で、食欲さえあれば普通に食べさせて良い。どちらかと言うと、栄養のある消化に良い食べ物を与える。弱っている病人には、食べられるだけの量で良いので、その代わりに1日何度でも与える。食べにくければ、スープやジュースにする。甘い飲み物をたくさん飲ませるのも良い。
- 体位をベッドの上で変えさせるのは、寝たきりの病人にとって必須だ。さもなければ、床ずれを起こして皮膚が破れ、死に至る可能性もある。
- 病人の状況を観察し、記録しておく。特に、体温・脈拍・呼吸数などを1日4回チェックし、病状の変化を観察する。また、危険な兆候がないかチェックする。

✔怪我の手当

　中世ファンタジー世界では、現代より怪我が多い。ファンタジー世界は当然のようにモンスターがいるし、中世世界でも屋外で仕事をする人が多いため、どうしても怪我が多くなる。

　そして、怪我の手当が適切でないと、人は容易く死ぬ。

○清潔

　怪我の手当で最も大事なことは、清潔だ。傷口に菌が入ることが最も怖いことだ。破傷風は当然だが、それ以外の菌でも、様々な悪影響がある。

　そのために、傷口に触れる可能性のあるもの、手、医療器具は滅菌する。一番簡単なのは熱湯消毒だ。ただし、手を熱湯消毒するわけにはいかないので、石けんでよく手を洗って、可能ならばアルコール消毒する。石けんがなくても、アルコールがなくても、とにかく手を洗う。

　そして、傷口を水で洗う。ただし、この水に菌があっては台なしなので、湯冷ましが良い。もちろん、水を入れる入れ物も熱湯消毒する。傷口があまりにも汚い場合は、石けんを使っても良い。石けんは肉を損傷することもあるが、それよりもきれいにすることが優先だからだ。

　傷口の中に、砂粒やその他の異物が入っているなら、ピンセットなどで取り除く。もちろん、ピンセットは煮沸すること。

○止血

　怪我をした時に、出血を止められないと、出血多量で死んでしまう。このため、適切な止血法を知っておくことは、中世ファンタジー世界であろうと重要だ。ファンタジー世界であっても回復魔法が存在するとは限らないし、まして過去世界にはそんなものはない。

　人間は、体重の７～８％が血液だと言われている。体重60kgなら、$60 \times 0.08 = 4.8$kgだ。この血が減ると、様々な症状を起こす。

出血量	血量	症状
～10%	～500g	脈拍数の増加
10～20%	500～1000g	めまい、立ちくらみ
20～30%	1000～1500g	低血圧、青白い皮膚、口の渇き、頻脈
30～50%	1500～2500g	大幅な血圧低下、皮膚が蒼白に、意識障害、死の危険
50～　%	2500～　g	確実に死亡

　このため、出血が少ないうちに、早めの止血が必要となる。

【簡単な止血】

　ちょっとした傷ならば、傷そのものを押さえていれば（直接圧迫止血法）、しばらくすると血小板の作用で血が止まる。

　もしくは、傷口を心臓より高い位置に持っていって、出血を減らす（高位保持法）。これでも、ちょっとした傷なら止血になる。

　しかし、それでは止まらない傷をどう止めるか。

【止血点】

　心臓の鼓動に同期して出血する（＝動脈が傷ついている）負傷では、傷口を押さえても血を止めきることはできない。この場合、間接圧迫止血法を使う。

　人体には、動脈が比較的表皮に近いところを通っている箇所がいくつかある。これを止血点と言い、ここを押さえることで、動脈に流れる血流そのものを止め、出血を止める。ただし、この方法を使うと、そこから先の部位に血が流れなくなるため、最悪壊死に至る。このため、最低

限壊死しないだけの血を流してやる必要がある。ただ、人間の指で押さえる程度では、完璧に血流を止めることは不可能なので、よほど握力の強い人間でない限り、気にしなくても良い。

出血箇所	止血点	解説
上腕	脇の下	脇の下には腕への動脈が通っている
	鎖骨の凹み	鎖骨の凹みには、腕への動脈がある
前腕	上腕中央	上腕の内側中央を動脈が通っている。筋肉と骨の間くらい
	肘の内側	静脈注射をするあたりの少し奥には動脈もある
手	手首内側	手首の内側は、脈拍を測る動脈が通っている
指	指の付け根	指の付け根を、両側からつまむ
下肢	鼠径部	股の内側の胴と脚の区切りのあたりに動脈が比較的表面を通っている
	膝の裏	膝の裏の内側の筋の近くに、動脈がある
頭	耳の前	頭の表面への動脈が、耳の前を通っている

　止血点は、慌てて探してもなかなか見つからないので、普段の怪我をしていない間に、指を当てて脈拍を感じる場所を探しておくと良いだろう。

【止血帯】
　止血点を押さえても血が止まらないような大きな負傷では、止血帯を使う。ただし、胴体や頭の怪我には使うことができない。止血帯を使えるのは、四肢の負傷だけだ。
　上腕や大腿に紐か細く折った布を巻いて縛る。そこに棒を差し込んで回転させて絞り込み、血流を完全に止めてしまう。棒は、巻き戻らないように別の紐などで縛って固定する。
　こうすると、血は全く流れなくなるので、その間に止血を行う。中途半端に縛ると、動脈を止められずに静脈だけ止めてしまって、血が流れるばかりになるので注意する。かと言って、強すぎると、縛った箇所の細胞が潰されてしまう。このため、血が止まったかどうかを確認しなが

ら棒を回して、調整する。

　また、1時間以上血を止めておくと、縛ったところから先が壊死してしまうので、30分に1回、1〜2分の間、止血帯を緩めて血を流す。

○傷口を塞ぐ

　以下の条件が成立している場合は、傷口を塞いだ方が良い。

- 傷ついてから12時間以内である。
- 傷口が清潔に保たれている。
- 動物のかみ傷でない。
- 何らかの感染の兆候がない。

　上の条件に当てはまる場合、傷口を塞いでおいた方が治りが早い。傷口を塞ぐ方法は、いくつかある。

【糸で縫う】

　人体を糸で縫う方法は、結構古い。血管を縛って止血する血管法は16世紀のアンブロワーズ・パレまでさかのぼることができる。しかし、それ以前の止血法と言えば、焼灼止血法と言って、傷口を焼くことでタンパク質を凝固させ血を止めるという、怪我を火傷に変える方法だった。確かにこれでも血は止まるが、代わりに重度の火傷を負うので、火傷の治療が適切でないと、患者は死亡する。

　傷口を縫う場合、以下の点に注意する。

- 糸、針は、20分以上煮沸する。
- 傷口は、あらかじめ洗浄しておく。
- 最初の一刺しは傷の中央に刺して、まず結ぶ。
- 皮膚が硬くなっている場合、煮沸したペンチで針を持って刺す。
- 傷口がふさがるように、縫う。
- 糸は、5〜14日そのままにしておき、その後、糸を切って結び目を引っ張って糸を抜く。
- 閉じてあった傷に感染症の兆候が見えたら、即座に糸を切って、傷口を開放する。

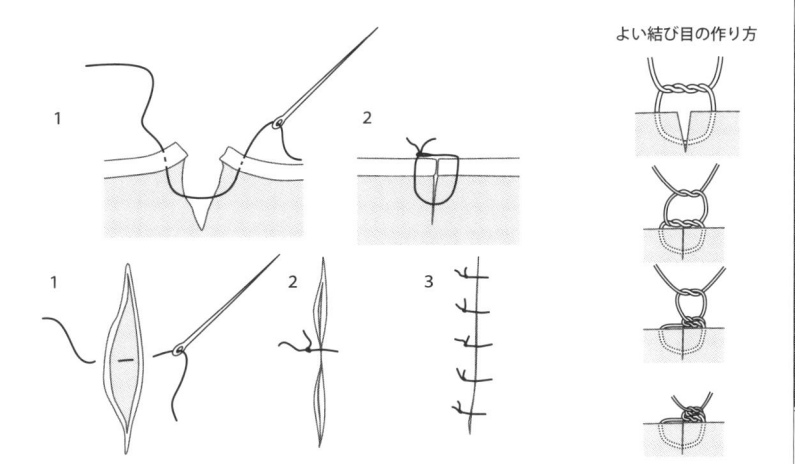

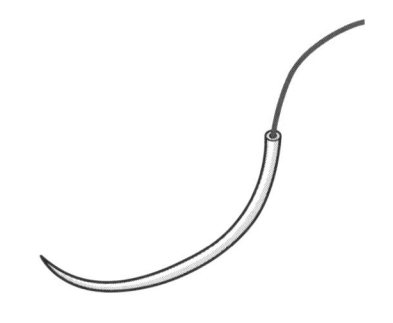

よい結び目の作り方

後には、傷口を縫いやすいようにするため、半円形の結紮用の針が作られた。これを使えば、皮膚を引っ張らなくても結紮ができる。このような針は、中世ファンタジーの技術レベルでも製作可能なので、作っておくと役立つかも知れない。

この針を使う場合のコツは、針の先が皮膚に垂直に当たるように当てることと、押すのではなく、回して縫うことだ。

【瞬間接着剤】

瞬間接着剤は、止血に使うことができる。ただし、内部が汚れていると膿んでしまうので、まず消毒薬などで洗ってきれいにする。

傷口の両端を引っ張り合わせて、合わせ目の表面だけ（内部には入らないようにする）に瞬間接着剤を塗って、裂け目をつないで閉じる。少し待っていれば、瞬間接着剤が固まって、出血を止めてくれる。

素人が傷口を縫い合わせようとするよりは、よほど当てになる。たまたま持っていたなら、いざという時には試してみると良いだろう。

✔応急手当

　我々は医者ではない。しかし、それでも中世の人間に比べれば、遙か
に高度な医学知識を持っている。これを利用して、ある程度の手当を行
うことは可能だ。

　現代なら、医師法違反になる事例もあるが、中世ファンタジーの世界
には、そんな法律は存在しない。

○高熱への対処

　熱は、本来は体の免疫反応の一部で、熱によって細菌などを殺そうと
するものだ。しかし、高熱が続くと、人間自体がもたなくなる。全身が
痙攣したり、脳に損傷が与えられたりするので、危険でもある。特に、
幼い子供の高熱は致命的だ。

　40℃以上の熱が続くなら、直ちに下げなければならない。38℃くら
いになるまで、以下のような対応を行う。

- 患者を涼しい場所に寝かせる。熱がある場合、毛布などでくるんではいけない。こ
  れでは熱が上昇するばかりだ。
- 衣服を脱がせる。
- うちわなどで扇ぐ。
- 水（冷たくないもの）を患者にかける。もしくは濡れた布を胸と額に置く。布は、
  温まらないように扇ぐか、適宜取り替える。
- 患者に水（冷たくないもの）を飲ませる。
- あれば、解熱剤を飲ませる。

○ショック症状への対処

　大火傷、大量出血、脱水、重い病気などによって、生命が危険になっ
ている状態を言う。以下のような症状を示している時、ショックと言う。

- 弱くて速い脈拍（1分間に100回以上）。
- 青白くて冷たい皮膚、冷や汗。
- 血圧が下がりすぎている。
- 意識がない、もしくは錯乱している。

このような状態で重大なのは、脳に酸素が回らず、脳細胞が死んでしまうこと。血液不足になって、心臓が止まることなどだ。そこで、以下のような対処を行う。

- ベルトなど、体を締め付けているものを緩める。
- 患者の脚側を、頭より少し上げて寝かせる。これによって、脳により多くの血液が回るようにする。ただし、頭に傷を負っている場合は、半座位（座った姿勢から後ろにもたれた状態）にする。
- 怪我の治療を施し、出血は一刻も早く止める。傷口は、直接手で触れないようにする。触れる場合、アルコール消毒などをした手で行う。
- 患者が寒気を訴える場合は、毛布などで覆って温める。
- 意識があるなら、水もしくは経口補水液を与える。脱水症状があるなら、多めに与える。意識がない場合は、静脈内輸液を行う。
- 看護するものが冷静を保ち、患者を安心させる。
- 意識がない患者が嘔吐している場合、口内を掃除する。異物が気管に入らないようにする。
- 意識のない場合、口から何も与えてはならない。

○意識不明への対処

　意識がなくなるというのは、かなり危険な兆候だ。しかし、正しい対処をすれば、命が助かる可能性はある。

- まず、呼吸をしているか。呼吸をしていない場合、まず頭を反らせて、口と喉を一直線にする。そして、喉に何か詰まっていたら、取り除く。それでも呼吸しないようなら、人工呼吸を行う。
- 出血しているようなら止める。
- ショック状態にあるなら、ショック症状への対応を行う。
- 熱射病（高熱なのに発汗がない）の症状なら、日陰で頭を脚より上にして、冷水をかけてうちわで扇ぐ。
- 意識不明の患者を寝かせる場合、顔色によって頭の位置を調整する。青白い場合は、頭が脚より低くなるように、赤い場合は頭が脚より上になるようにする。

○喉が詰まった場合の対処

　喉が詰まると呼吸ができない。呼吸ができないまま4分経過すると、脳が死んでしまうので、即座に対処しなければならない。しかし、子供

などのような体格の小さい人と、大き
な大人とでは、どうしても対処が違う。

　子供など、体ごと持ち上げられる場
合の対処は以下のようにする。

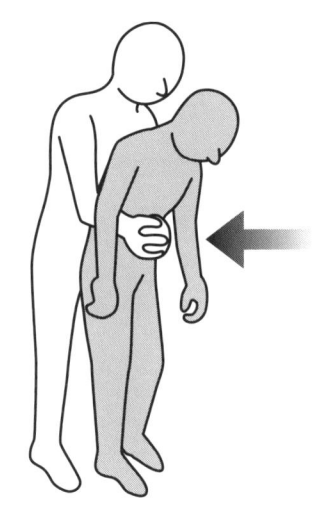

- 患者の後ろに立ち、両腕を腰に巻き付ける。
- こぶしをへその上、肋骨の下にもってくる。
- 急激に、上向きに引き上げるようにして、
  腹を押す。
- 肺が圧迫されて、空気が飛び出し、同時に
  喉に詰まったものも排出される。
- 1回ではうまくいかなかったら、もう何回
  か繰り返す。

　患者の体格が大きくて、上の方法が不可能な場合は、以下のようにす
る。

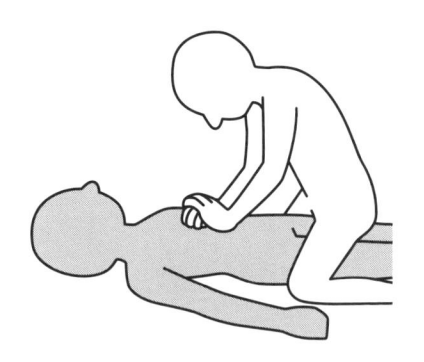

- 患者を上向きに寝かせる。
- 顔を片側に向ける。
- 患者の上に乗って、両手を重ねて
  患者の腹と肋骨の間に置く。
- 上向きに強く押す。
- 肺が圧迫されて、空気が飛び出し、
  同時に喉に詰まったものも排出さ
  れる。
- 1回ではうまくいかなかったら、
  もう数回繰り返す。

　このようにしても、呼吸が回復しなかった場合、マウスツーマウス法
で人工呼吸を行う。

○溺れた場合の対処

　溺れた場合も、基本的に呼吸ができない状態なので、対処も似たよう
なものになる。ただ、完全に呼吸がとまっているはずなので、呼吸停止
の4分の制限が、シビアなものになる。より素早い行動が重要になる。

ファンタジー世界で、いくら怪我や病気が治ったとしても、肺の中に水が入ったままでは、結局死んでしまう。その意味では、どんな世界に行っても役立つ対処法だ。

・とにかく、急いでマウスツーマウス法で人工呼吸を行う。可能なら、溺れた人が水から出る前でも、立てるくらいの水深になったら、早速始めても良い。多少肺に水が入ったままでも良いから、まずは人工呼吸を行う。
・肺にいっぱい水が入っており、人工呼吸すらできない場合、岸に着いたらすぐに、溺れた人の頭を脚より下に下げて、横向きに寝かせ、喉が詰まった時の対処と同じように、腹を押す。いくらかでも水を吐き出させて、息を吹き込めるようになったら、即座に人工呼吸に切り替える。

【マウスツーマウス法人工呼吸】

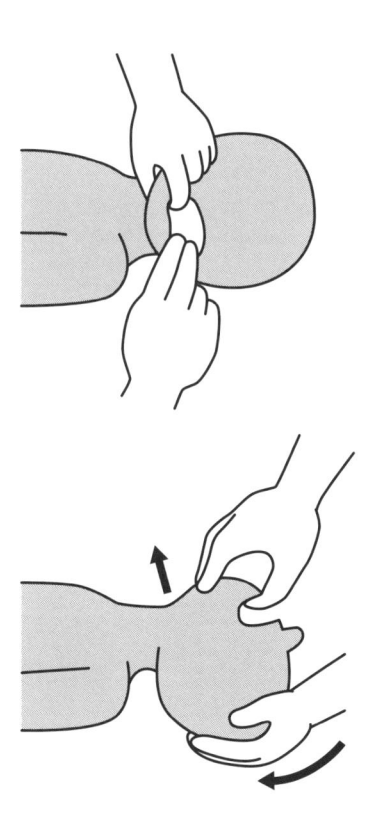

　とにかく、呼吸が止まって4分で、脳死が始まるので、一刻も早く人工呼吸を行う。そして、最も効果が高いのが、マウスツーマウス法だ。

　その手順は、以下の通り。

・口内や喉をチェックし、何か詰まっていたら取り除く。舌は前に引き出しておく。
・急いで静かに、頭を上に向けて寝かせ、頭を下げてあごを引く。こうすることで、口と喉と気管を一直線にして、空気を通りやすくする。
・患者の鼻をつまみ、空気が漏れ出さないようにする。そして、口を自分の口で塞ぐ。決してキスするように、唇と唇を合わせてはならない。それでは、空気が漏れてしまうからだ。自分の口は広げて、患者の唇の外側を覆ってしまう。端から見ると、大口を開けて、患者の顔に張り付いているように見える。決してキスシーンには見えない。

この点で、多くの漫画や小説は、間違っている。

- 患者の胸が持ち上がるまで、肺に強く空気を吹き込む。そこで、ちょっと空気の流れを止め、それから空気をはき出させる。そして、また空気を吹き込む。吹き込むのは、5秒に1回くらいの割で行う。

- 乳幼児の場合、口で、乳幼児の口と鼻を両方とも覆ってしまい、空気を吹き込む。ただし、乳幼児の肺は弱いので、静かに吹き込むこと。その代わり、3秒に1回くらいのサイクルで、吹き込む。

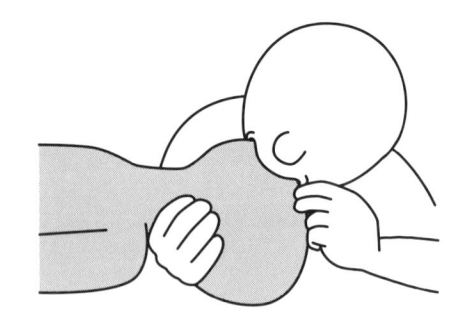

- 人工呼吸は、患者が自発呼吸を行うまで、もしくは死んでいることが分かるまで行う。このため、長い時には、1時間以上しなければならないこともある。非常に疲れるので、可能ならば交代要員を用意した方が良い。

✔水による治療

　人間は薬がなくても生きられるが、水がなければ死んでしまう。適切な水の与え方をするだけで、いくつかの病気は予防できるし、病気に罹っても自力で治るまで体を保つことができる。

　重要なのは、水が汚染されていないことだ。井戸の周辺には柵などを作って、汚物や動物が入り込まないようにする。肥だめなどを、井戸の側に設置するなど最悪だ。

　水による予防には、以下のようなものがある。

病名	水の使い方
下痢、寄生虫腸の感染症	飲料水の煮沸や濾過、手を洗う。これによって、細菌などが口から入るのを防ぐ。
皮膚感染症	風呂に入る。皮膚を清潔にすることで細菌の増殖を防ぐ。
破傷風	石けんと清潔な水で良く洗う。傷口から細菌の侵入を防ぐ。

　病気になった時の手当として、以下のような手がある。基本的に、飲ませる水は濾過・煮沸をして清潔なものを使う。

病名	水の使い方
下痢、脱水	水分をたくさん取る。体内から失われた水を、できるだけ補う。水を飲むことで、下痢便の量が増えても構わない。
発熱	水分をたくさん取る。熱が出ると、蒸発によって多くの水が失われている。高熱ならなおさら、多くの水を取ること。
高熱	衣服を脱がせ、体を冷たい水で拭く。高熱は、病気と闘うために必要なことだが、熱によって体力を奪われすぎてもいけないので、ある程度冷やす。
泌尿器科感染	通常女子の罹るもので、軽いものなら、水分をたくさん取ることで治る。
咳、喘息等	水分を多めに取り、暖かい水蒸気を吸うことで、咳や痰を軽くする。
ただれ等	皮膚の病気は、軽いものなら石けんと清潔な水で洗うことで治るものも多い。
感染創等	他におできなども、温湿布で軽くなる場合が多い。
筋肉痛	他に関節のこりなども、温湿布で疲労を和らげることができる。
捻挫	初日は冷たい水で冷やす。翌日以降は、湯で温める。
かゆみ	冷湿布ですっきりする。
軽い火傷	冷たい水で冷やす。
咽頭炎・扁桃腺炎	温かい食塩水でうがいをする。
目に異物	酸・アルカリ・ゴミなど、即座に多量の水で洗い30分続ける。
鼻づまり	食塩水を嗅ぐ。
便秘・硬便	大量の水を飲む。浣腸は、即効性があるが多用してはいけない。
ただれ・水疱瘡	水疱に氷を1時間ほど当てる。

○脱水

　水が必要な状況で最も典型的かつ危険なのが脱水症状だ。特に、子供の脱水は、素早く症状が進み、致命的だ。脱水症状とは、以下のようなことを言う。

・喉が渇く。
・排尿は少量もしくはなしで、尿は濃い黄色。
・体重が急に減る。

- 口が乾燥している。
- 目がくぼんで潤いがない。
- 幼児の場合、泉門（頭の頭蓋骨の隙間）がへこんでいる。
- 皮膚の弾力性が失われ、つまんで持ち上げても、元に戻らない。

　このような状態になったら、一刻も早く水分補給をしなければならない。

○経口補水液
　水を飲ませる場合、そのままの水よりも、経口補水液を使った方が良い。もちろん、市販のスポーツドリンク等があれば便利だが、存在しない場合は、自力で作成することも可能だ。

種別	原料
飲料水型	清潔な水１ℓ、小さじすり切り半分の食塩、小さじすり切り８杯の砂糖（粗糖や蜂蜜でも良い）を混ぜる。可能なら、フルーツジュースや潰したバナナなどを混ぜると、栄養的にも良い。
お粥型	清潔な水１ℓ、小さじすり切り半分の食塩、小さじ山盛り８杯の粉末状穀物（小麦粉など）を混ぜ、５～７分煮て水気の多い粥を作る。これを冷やしてから与える。粥なので腐敗する可能性があり、必要量だけ作成すること。

　脱水症状を示す患者には、この経口補水液を昼夜を問わず、５分ごとに少しずつ飲ませる。小さな子供でも１日１ℓ、大人なら３ℓほど飲ませる必要がある。
　患者がはき出してしまうこともあるが、全量をはき出しているわけではないので、僅かずつでも吸収されている。なので、はき出すことがあっても、何度でも諦めずに与え続ける。

✔下痢
　下痢は、中世の子供の死因の１つとも言える危険な病気だ。特に、栄養失調の子供がなりやすく、元々体力のないそういう子供は、正しい対処を行わないと、体力を消耗して死んでしまう。

　しかし、正しい対応さえすれば、薬など与えなくても、数日で回復する。もちろん、下痢の裏に恐ろしい病気が隠れていることもあるが、そういう例は少ないので、一応気にかけておくだけで良い。

　下痢の人間（特に子供）に対する対応は以下の通りだ。ちなみに、これは感染症などによる下痢でも、変わらない。例えば、コレラによる下痢でも同じだ。

• 水分補給をする。水でも茶でも良いが、経口補水液ならなお良い。なぜなら、下痢による最大の危険が、脱水症状だからだ。
• 充分な食事を与える。ただし、消化の悪いものは不可。食欲がない場合は、少量の食事を、１日に何度も与える。それすら受け付けない場合、粥やスープ、重湯などでも良い。なぜなら、下痢による２番目の危険は、栄養失調だからだ。

　注意すべきは、栄養失調との関係だ。

• 栄養失調は下痢を起こす。
• 下痢は栄養失調を起こす。

　このため、悪化のスパイラルを起こして、死んでしまう。

　下痢をしている時に、水や食事を与えると、ますます下痢が酷くなるように見えるし、実際に排便量も増える。だが、それでも全く吸収されていないわけではない。僅かであっても、水分と栄養を補給し続けることが重要だ。

✔下剤と浣腸

　下剤と浣腸は、民間療法で非常に多用されている。しかし、ほとんどの病気に役に立たないばかりか、患者を疲弊させて有害であることの方が多い。

• 患者が強い腹痛を訴えている場合、決して下剤や浣腸を与えてはならない。
• 腸に銃創や剣創など傷がある場合、決して下剤や浣腸を与えてはならない。
• 体の弱い人に、強い下剤や浣腸を用いると、より疲弊して悪化するだけだ。
• ２歳未満の乳幼児には、素人が下剤や浣腸を用いてはならない。

- 高熱、嘔吐、下痢など脱水症状になりがちな症状がある場合、下剤や浣腸を用いてはならない。脱水症状が進んで患者が死ぬ可能性がある。

✔肺炎

　肺炎とは、肺の炎症を起こす病気の総称だ。ウイルス性肺炎、細菌性肺炎、真菌性肺炎など感染性の他にも、数は少ないが、アレルギー性肺炎、薬剤性肺炎など非感染性の肺炎もある。

　肺炎を起こした場合、気道（鼻や喉、気管など）が狭くなり、かすかな異音を出すので、聴診器で聞き取ることができる。

　肺炎は、長らく死亡率の第１位を占める恐ろしい病気だった。現在は、抗生物質のおかげで、日本では４位に下がっているが、それでも恐ろしい病気であることに変わりはない。

　肺炎になると、以下のような症状を示す。

- 寒気がして高熱を出す。例外的に、クラミジア肺炎などは無熱性肺炎だ。
- 咳や痰が出る。痰の色や粘性で、肺炎の原因がある程度分かる。
- 胸が苦しい、もしくは痛む。
- 呼吸が浅くなる。

　肺炎の治療は、その原因によって異なってくる。

- 細菌性肺炎なら、ペニシリンなどの抗生物質が効く。しかし、ウイルス性肺炎などその他の肺炎には、効かないばかりか、かえって害悪だ。
- 安静にする。
- 痰を取り除く。
- 水蒸気を吸わせて、咳を和らげ、痰の粘性を下げる。
- 水分補給をする。

✔プラシーボ効果

　プラシーボとは、偽薬のことを言い、患者をその気にさせるだけの、一切の薬理作用を持たない薬のことだ。

　本来、プラシーボを与えても、病気が良くなるはずがない。ところが、プラシーボであるにもかかわらず、「この薬で良くなりますよ」と言われた患者の病状が実際に改善する。それも、１例や２例でなく、結構多

くの人が治るのだ。

それも暗示の効きそうな分野だけではない。

例えば、「これは痛み止めです」と言って薬を与えられたら、患者が痛みをあまり感じなくなるというのは、割と理解しやすい。一種の暗示によって、痛みを感じなくなることは、良くあることだ。親が子供に「痛いの、痛いの、飛んでけ〜」と言うと、子供が痛さを僅かなりとも忘れるのと同じことだ。

だが、患者本人には直接は分からないような、検査によって分かる数値などまで、プラシーボによって変化することがある。

また、逆に毒物だと思って摂取すると、患者の体調が悪化することもある。

患者の意識のありようが、治療に大きく影響することが分かる。

✔民間療法

様々な民間療法が存在する。その中には、役に立つものもあるが、有害無益なものも多い。確実ではないが、一般には以下のようなことが言える。

- 1つの病気に対して、治療法の数が多いほど、その治療法は役に立たない。役に立たないからこそ、様々な方法が試されて残っている。逆に、1つの病気に対する治療法が1つだけある場合、民間療法であっても、それは実際に効果があることが多い。
- 不潔だったり気持ち悪い療法は、有害無益なことが多い。基本的に、不潔であることは、それだけで有害だ。
- 人間や動物の汚物を使う療法は、有害無益なことが多い。それどころか、最悪の場合、感染症を蔓延させる。
- 病気と治療法とに類似点がある場合、それは感染魔術（魔術では、似たようなもの同士は、影響が移っていくという考えがある）であることが多く、役に立たない可能性が高い。

✔聴診器

1816年にフランスのラエンネックによって発明された。それまでは、直接体に耳を当てて聞き取るしかなかったが、聴診器は清潔でなおかつ良く聞き取れた。しかも、女性の胸の音を聞く時にも、相手に恥ずかしい思いをさせなくてすむ。

ラエンネックの聴診器は、単なる木の筒であった。長さ31cm、直径3.8cmの円筒に、僅か7mmの穴が開いていた。直径が太いのは、できるだけ外の雑音が入らないようにするためだった。

まもなく体に当てる側を漏斗のように広げて、音を聞き取りやすくしたトラウベ型聴診器が広まった（右図）。そして、その後、漏斗と耳当ての部分をゴム管でつな

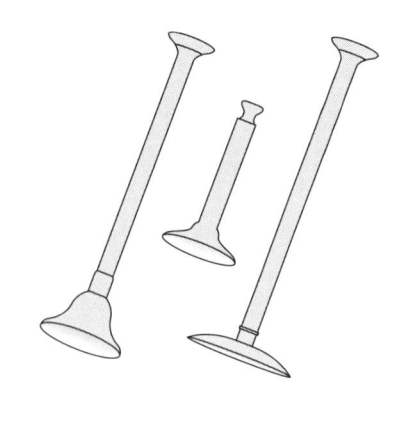

ぐことで、医師が無理な姿勢で音を聞かなくても良くなった。

さらに、1855年には、アメリカのカマンによって、現在の形に似た、ゴム管で両耳に伸びるタイプの聴診器が発明された。これによって、医師は患者の顔を見ながら、聴診することができるようになった。

ただし、ゴム管の製造にはゴムが必要なので、最初はトラウベ型聴診器から作ると良いだろう。

聴診器によって、肺に出入りする空気の音、心臓の鼓動、腸の蠕動運動などを聞き取ることができ、異常音を発していることも分かる。

✔妊娠と出産

妊娠と出産は病気ではないが、それでも過去の時代、女性にとって命がけの難事だった。出産時に胎児と共に死んでしまう母親は、多数存在した。この割合を減らすことができれば、それだけで人口は増え、国力は上昇する。

○妊娠の兆候

妊娠の症状は、以下の通り。

- 生理が来ない。
- つわりがある。つわりとは、むかつきや吐き気がすることで、妊娠２～３ヶ月頃に酷くなる。

- 排尿が頻繁になる。
- 腹部が大きくなる。
- 胸が大きくなる。または、触ると痛むようになる。
- 5ヶ月目くらいからは、子宮の中で胎児が動き始める。

○妊婦の健康

妊婦の健康的生活は、基本的には普通の人間の健康的生活と変わらない。

- 充分に栄養を取る。特に、タンパク質、ビタミン、ミネラルなどを重視する。特に、鉄分の多い食事をすること（鉄鍋での調理も可）。
- 清潔を保つ。
- 出産1ヶ月前くらいからは、羊膜が破れやすくなっているので、刺激を与えないこと。膣洗浄やセックスは避ける。
- 薬もできるだけ飲まない。特に、中世の薬は毒物が多いので、できるだけ避ける。
- 喫煙や飲酒をしない。受動喫煙も避ける。
- 麻疹や風疹の子供には近づかない。
- つわりには、ミントティーが吐き気を抑えてくれる。食事は少量を多数回取るようにする。
- 脚がむくみがちになるので、休憩の時には脚を上げて休む。脚を布で巻いて圧迫するのもあり。ただし、寝る時は必ず外すこと。
- 妊娠中の膣からの出血は、大変危険な兆候だ。流産の可能性が高まる。最悪、子宮外妊娠だった場合、手術しなければ妊婦の命は危ない。

○出産準備

出産の準備に必要な品物のリストだ。

- 清潔な布たくさん。古布でも良いが、きっちり洗濯して、天日で乾かす。
- へその緒を切るカミソリかハサミは、煮沸消毒しておく。
- へそを覆うための布きれ。へその緒を縛るためのリボンか布紐。これらは、最も清潔であること。可能なら、紙に包んで、オーブンに入れて加熱する。
- 大きなボウル。1つは手を洗うために、もう1つは後産を受けて調べるため。
- 煮沸消毒した針と糸。出産口が裂けた場合に縫うため。

出産は病気ではないので、正常な出産なら産科医も産婆も見ているだけで良い。下手に手を出すのは良くない。だが、以下のような状況では、

経験豊かな産婆や産科医の助けが必要だろう。

- 早産。予定日より、3週間以上早い陣痛。逆に、晩産。予定日より2週間以上経っても生まれない。
- 分娩前の出血。
- 妊婦が病気に罹っている。糖尿病や心臓病は非常に危険。
- 妊婦の貧血。
- 母親が15歳以下、もしくは30歳以上（現代では、初産で35歳以上、経産婦で40歳以上が高齢出産とされるが、栄養状態の悪い過去世界などでは、30歳以上でも母胎の負担が大きい）。
- 逆子。胎児の頭が上になっている。正常な胎児は頭が下になっており、頭から出てくる。

　逆子かどうかの判定は、妊婦の腹を触って、頭の位置を調べる。

- 妊婦に息を全部吐き出してもらい、親指と2本の指で、恥骨のすぐ上（子宮の下端）とみぞおちあたり（子宮の上端）を押してみる。
- 胎児の頭は小さく硬く、胎児の尻は柔らかく大きい。このため、正常なら、上端が大きく、下端が小さく感じるはずだ。これが逆になっていると、逆子である可能性が高い。
- 胎児の尻だと思われる部分を横に押してみると、胎児の全身が動く。しかし、頭だったら首が曲がるので、全身は動かない。ただし、出産間際で、既に頭が下がっている場合、頭のある位置が狭く、そもそも動かない。

　逆子の出産は危険なので、産科医が必要になる。ただし、過去世界の産科医は当てにならない。

○分娩

　分娩は3つの期からなる。

- 第1期：子宮の収縮から、子宮口が開き、胎児が産道へ侵入するまで。
- 第2期：胎児が産道を降りて出産に至るまで。
- 第3期：誕生から胎盤（後産）が出るまで。

　第1期は、初産では10〜20時間、経産婦でも7〜10時間はかかる。

母親は、早く産んでしまおうと思いがちだが、時間がかかるのが当然だと安心させる。

出産を楽にするため、膀胱や大腸は空にしておく。しかし、母親の元気を維持するためにも、水分やその他の飲み物を頻繁に摂取させる。可能なら、軽い食事も与える。

また、この時期は、頻繁に姿勢を変え、痛みのない時期には、起き上がって歩き回らせる方が良い。長時間横たわったままだと、かえって良くない。

また、第1期の間に、母親の腹・生殖器・尻・脚などを洗浄する。あるなら石けんを使う。

注意すべきは、この時期に、母親の腹をなでさすってはならないということだ。母親自身にも、させてはいけない。

第2期は、第1期より楽で、2時間以上かかることは滅多にない。

新生児の頭が出てきたら、助産師は頭を支えるが、決して引っ張ってはならない。また、手や指を母親の胎内に突っ込んでもいけない。

頭が出た後で、新生児は横向きになって胴体を出そうとする。この時、肩が引っかかっている場合のみ、そうっと頭を押し下げて上の肩を抜き、次に頭を押し上げて下の肩を抜く手助けをしても良い。ただし、この場合も引っ張るのは厳禁だ。

出てきた新生児は、以下のような世話をすること。

- 新生児が出てきたら、口や喉から粘液が出るように、頭を下げる。呼吸ができるようになるまで、そのままにする。
- へその緒を切るまでは、新生児の位置は母親の心臓より下にしておく。
- 新生児の体を拭く。新生児が呼吸を始めない場合、タオルか布で背中を擦る。
- それでも呼吸を始めない場合、指に清潔な布を巻き、鼻と口の粘液を取り出す。
- 誕生後1分経っても呼吸を始めないなら、直ちにマウスツーマウス法で人工呼吸を行う。
- 清潔な布で胎児をくるみ、風邪など引かせないようにする。

へその緒は、勝手に切ってはいけない。

- 新生児が生まれた直後は、へその緒は脈打って血液を流していて、青く太い。この

状態で切ってはいけない。待っていること。

- しばらくすると、へその緒は白く細くなる。そして脈が止まる。ここで、へその緒を2ヶ所紐で縛る。
- 2ヶ所の結び目の中間で、清潔なカミソリ・ハサミで切る。

　生まれた新生児は、処置がすみ次第、母親の胸に乗せてやる。新生児がおっぱいを飲むと、後産が早く出ると言われる。

　第3期は、胎盤が出るまでだ。出てきた胎盤は、一通りチェックして、子宮に一部残っていないか調べる。残っているようなら、子宮が硬くなるまでマッサージする。すると硬くなった子宮が残りを押し出してくる。

　後産の時に、カップ1杯ほどの出血は正常である。それ以上の出血が出たり、いつまでも止まらなかったりするのは異常だ。この場合、子宮マッサージを行う。子宮マッサージで子宮が硬くなると、出血は止まる。ただし、また柔らかくなって出血するようなら、再びマッサージをする。

　それでも出血が止まらないようなら、へその真下で腹を体重をかけて押し下げる。出血が止まっても、長い時間押し続ける。

✔妊娠と避妊

　ヨーロッパ中世の道徳では、結婚した女性はすべからく子供を身籠もって、健康な赤ん坊を産むべしとなる。逆に、娼婦に代表される、妊娠してしまうと商売あがったりな仕事もある。いわゆる冒険者や傭兵なども、妊娠すると明らかに弱体化してしまい危険だ。

　そこで、妊娠のコントロールという概念が必要となる。

　とは言え、経口避妊薬（ピル）の製造は、技術レベルが高すぎて不可能だ。コンドームの製造も、薄いゴム製品の製造自体が困難であり、また仮に可能となっても、より優先される用途があるため、とてもコンドーム製造までは回ってこないだろう。そのため、当時の技術で可能な妊娠制御法が必要となる。

　もちろん、避妊法には完全な方法はない。このため、PIという数値を使う。これは、1年間でどのくらいの確率で避妊に失敗するかを表す数値である。PI:10とあれば、10％の確率で1年以内に妊娠してしまうと

いう意味だ。男女が通常通りに性交を行っていれば、PI:85つまり、1年以内に85％の確率で妊娠してしまうので、避妊法を使うことは、それなりに有効ではある。

　奇妙なことに、避妊法（その逆の妊娠促進法）については、20世紀になるまでほとんど研究されていない。この知識を持つことで、跡継ぎの欲しい貴族たち、逆に妊娠したくない娼婦たちなどを味方に付けることができるだろう。社会の上層である貴族たち、寝物語を聞くことで様々な情報に通じている可能性のある娼婦たち、彼らを味方にできれば、中世ファンタジーの世界で成り上がるのも難しくないだろう。

○オギノ式

　中世の技術でも可能な方法の1つが、オギノ式だ。

　これは、日本の産婦人科医荻野久作が発見し、1924年（大正13年）に『排卵の時期、黄体と子宮粘膜の周期的変化との関係、子宮粘膜の周期的変化の周期及び受胎胎日に就て』という論文で発表したもので、本来は妊娠しやすい時期を知ることで、子供の欲しい親、不妊治療などに役立てようという研究だった。1930年には、ドイツの学会誌に同内容の論文を掲載している。

　だが、これを見たオーストリアの医師が、避妊法としてのオギノ式を提唱した。しかし、この方法は、当時既に不確実な方法であることが知られており、荻野自身は避妊法としての使用には反対意見を述べている。しかし、荻野自身の反対にも関わらず、この方法はオギノ式と呼ばれて、広く使用されている。

　オギノ式は、まず自分の月経周期を知ることから始まる。人間の月経周期は、基本的には28日か29日周期だ。生理不順などで、周期の変化が大きい人は、オギノ式を利用できない。

　これによって、次の生理開始日が予測できる。この日の14日前を中心に前後2日の計5日間が排卵日（卵子が子宮に出てくる日）と予測できる。これに、女性の子宮内における卵子の生存期間である1日と、精子の生存期間である3日を考える。

　つまり、次の生理開始日の14日前を中心に、その前5日間、その後3日間、合計9日間が受胎可能性のある期間である。この期間に性交を

避ければ、受胎しないというのがオギノ式避妊法だ。PI: 9程度と考えられている。ただ、この計算だと、1ヶ月のうち3分の1近く危険日となる。さらに月経期間を考えると、月の半分ほども性交ができないので、娼婦などにとっては休業日が多すぎて痛い上に、それでも10%近く失敗してしまう。だが、それでもしないよりは有利と考えられる。

逆に、オギノ式受胎法は、精子の生存期間である3日を考えると、この期間中にできれば毎日、最低でも3日に1回ずつ性交を行えば、かなりの確率で妊娠できると考えられている。

○排卵法

腟の観察によって、子宮が活動状態にあるかどうかをチェックし、排卵を検出するという方法で、1950年代に考案された。この方法は、かなり確実性が高い（PI: 1〜2）が、毎日腟口を観察しなければならない点がなかなか煩わしく、またよほど親しいパートナーがいない限り実行は難しい。

しかし、人工的避妊を拒否するカトリック教会が認めている避妊法は、オギノ式とこの排卵法だけだ。

また、娼婦のように商売をしている人間にとっては商売道具のチェックであるし、また娼館のように何人もの娼婦を抱える店では、互いにチェックできることを考えると、教会の思惑とは別に、中世の娼婦たちこそ、この方法の恩恵を受けることができるかも知れない。

排卵法のポイントは、排卵が近づくと、子宮が受精可能になるために腟口も粘液を出して濡れてくるという点だ。排卵日をXデイとして、その前後は、以下のようになると考えられている。

日付	状態	受精可能性	膣の状態	粘液
X−15〜12	生理中	×	経血	
X−11〜6	休止	×	ドライ	
X−5	排卵準備	△	ネバネバ	不透明
X−4		△	ウェット	
X−3〜1		○	スベスベ	透明
X	排卵日	◎	スベスベ	
X+1〜3		○	ネバネバ	
X+4〜14	休止	×	ドライ	不透明

　もちろん、人によってどのくらいならドライでどのくらいならウェットなのか、粘液の不透明性はどのくらいか、異なっている。ある人のウェットが、別の人のドライより乾燥しているということも充分あり得る。このため、ある程度長期の観察を行って、個人個人のデータを集めなければ、正確な避妊（もしくは妊娠）はできない。

　しかし、跡継ぎを生まねばならない貴族の正妻なら、腹心の侍女の1人や2人抱えているだろう。そういう侍女に命じて、観察させれば良い。

　ある程度多くの娼婦を抱えているような娼館なら、娼婦同士でチェックさせれば良い。それどころか、そのデータを娼館全体で集めて統計を取ることができれば、他の娼館に比べて大きなアドバンテージとなるだろう。

✔ 蚊帳（かや）

　蚊帳は、寝る時など、部屋につり下げて蚊を防ぐ道具だ。医学とは直接関係ないが、伝染病予防の観点から非常に重要なので、ここに入れておく。

　冷房のない時代、夏場は扉や窓を開け放って風通しをよくするのだが、当然のことながら、蚊も入り放題になる。ところが、マラリアを媒介するハマダラカや、ネッタイシマカなどが媒介するデング熱や黄熱病、コガタアカイエカの媒介する日本脳炎など、蚊の媒介する伝染病は両手では数えられないほどある。

　その対策として、蚊帳がある。アフリカでは、蚊帳は一般的ではなく、

マラリア患者を減らすために日本の蚊帳を援助として送っていることから、海外に蚊帳がないという誤解をしている日本人もいるようだ。しかしそれは誤りで、古代エジプトの頃から蚊帳は存在している。クレオパトラも蚊帳を使っていたと言われる。

　それに、日本の蚊帳は、中国から伝来したものだ。『日本書紀』の応神紀に、天皇に仕えるはずの女性が蚊屋衣縫になったという記載があるが、さすがに応神天皇は架空の人物だと思われるので、『日本書紀』が書かれた奈良時代に蚊帳が存在した証拠と見るべきだろう。

　その後も、昭和になってクーラーが一般化するまで、日本では夏場は蚊帳を吊って寝るのが普通だった。

　蚊帳は編み目１mmほどの網を、四方と天井に張って、それを室内にぶら下げたものだ。四方の網は、床に付くようになっているので、きっちりと床との接地面を押さえれば、どこからも蚊が入ってこない。

第13章

数学チート

数学は、学問の王と言われる。実際、物理学・化学・生物学などの自然科学分野であろうと、経済学・社会学などの社会科学分野であろうと、さらに医学や商業・工業といった総合的応用的分野であろうと、最低限の数学的素養がなくては最終的な結果を出すことはできない。

✔数学の重要性

　数学と言うと、その時点で毛嫌いする人が多いが、数学能力こそ、最大の内政チート能力だ。

　転生者が内政チートできるのも、当人たちは気がついていないかも知れないが、その背景には小中高校における数学教育によって積み重ねられた数学的素養があるからなのだ。これによって、我々は計量的にまた論理的にものを考えることができる。数学を学んだことのない人間は、そもそも計量的に論理的にものを考えようと思い付くことすらできない。なぜなら、そういう考え方自体が、数学教育によって培われるものだかららだ。

　数学的素養なしで、突然製鉄の方法を教えられても、あまり意味がないのはなぜか。それは、その方法が何故その方法である必要があるのかを論理的に考えることができないからだ。それでは、製鉄法の改良を行うこともできないし、後継者に方法を伝える時もその方法である理論的背景を説明することができない。このような技術は、結局は秘儀になってしまう。つまり、わけの分からないままに、前例を踏襲するしかできない頭の固い集団を作るだけなのだ。そして、何代にもわたって伝承していくうちに、伝達ミスのために誤った方法が伝えられる。しかし、秘儀である以上、それが誤っているのかどうかすら、後継者たちは判断できないのだ。こうして、せっかくの技術も、年月と共に失われ、忘れられてしまう。こうやって失われた過去の技術は、結構多い。

　<u>数学的素養は後継者に、継承された情報が正しいのかどうかを判断する能力と、継承された情報を改良する能力を与える。</u>この２つの能力があって、初めて技術は発展的に継承され、進歩してゆくのだ。

　つまり、子供たちに数学を教えないままに技術チートを行っても、当人が死ぬと、せっかくの技術も秘儀になってしまい、いずれ失われる。もちろん、自分が生きている間だけなら問題ないだろう。しかし、子孫や弟子たちがだんだんと衰退していくのを知っていて、安心して死ねるだろうか。

　自らの作った国や組織の維持と発展を願うならば、数学教育を軽視してはならない。

✔ 数字と計算

　数学を行う前に、まず算数レベルから整える必要がある。これら初等算数教育を受けた人材ですら、数が少なくて足りないのが、中世ファンタジー世界の現状だ。よって、<u>きちんと計算のできる人材の人数を揃えるのは非常に重要だ</u>。計算のできる人間の身分が低いのなら、身分のある者の従者か部下などにして形式を整えるなどしてでも、確保しておく必要があるだろう。

　しかも、中世ファンタジー世界では、この程度のことですら、きちんとした決まりがなく、各地方で異なる非合理的なルールが使われていることが多い。このため、数値の表記や、数学記号（算術演算子や論理演算子、他）などを統一する必要がある。そうしておいて、初めて人々に教育することができる。

　初等算数教育のために、以下の項目を決めておくことが必要だろう。

○記数法

　まず、記数法を整えなければならない。実は、<u>多くの言語は、記数法が計算向きではない</u>。例えば、14082を、日本語では一万四千八十二と書く。つまり、一や四という数値と、万や千という桁表記が併用されている。これは、ゼロを発明できなかったからだ。このため、桁表記を外すと一四八二となってしまい、一という数値が万なのか千なのかを決めることができない。これは、英語をはじめとするヨーロッパ系言語でも同じで、fourteen thousand and eighty two となり、やはり数値表記と桁表記とが併用されている。

　最古のゼロは、空位を表すためにバビロニアで作られた。14082なら、一四〇八二と表記するのだ。これによって、桁表記を表す文字なしに、数値を表現できるようになった。これを**位取り記数法**と言う。しかし、この空位のゼロすら、あまり使われることはなく、各国の言語は計算できない数値表記ばかりとなっていた。

　ゼロを利用する表記が広まるのは、インドからだ。<u>数値としてのゼロは、7世紀のインドで発明</u>され、それと同時期に、位取り計算のためのゼロも、インドから広まっていった。算用数字もしくはアラビア数字と呼ばれる012…789も、アラビアではインド数字と呼ばれていたものだ。

それが、アラビアからヨーロッパに輸入された時に、ヨーロッパ人が誤解してアラビア数字と呼んだのが始まりだ。

ゼロによって位取り記数法が使えるようになった。万や千のような桁表記文字が必要なく、数字が何桁目に表記されているかで、その数値を決めることができる。また、筆算の時も、縦書き計算をすることで、位が同じものを加減算したりすることによって、計算ができるため、大きな桁の計算を簡単に行えるようになる。

ゼロの概念を教え込むのはなかなか困難だろうが、記数法としてのゼロなら、表記の都合だけの問題なので比較的教えやすい。特に、大人になってしまった人間には、記数法としてのゼロだけ教えて計算を楽にすることを優先すべきだろう。

○計算

計算とは加減算と乗除算のことで、計算能力があるかどうかはその人間に教育の基本ができているかどうかを判断する最低基準だ。

中世世界では、貴族ならまだしも、農民たちなどは、まともな教育を受けていないので、1桁の加減算が怪しいレベルの人間も多数存在する。貴族たちですら、ちょっと複雑な計算（123×456とか）になると、もはやできない人間は多かった。ファンタジー世界でも同等だと考えて良いだろう。

このため、教育はまず計算能力を付けるところから始めることになる。1桁と1桁の加算乗算は暗算でできるようにする。桁数が増えると暗算では難しいので、筆算（数値を縦に並べて計算する方法）を教える。さすがに、筆算の方法まではここに書く必要はないだろう。

この程度でも初期の人材としては充分だが、演習はたくさん行わせること。なぜなら、数学のできない人間の多くは、計算が遅いからだ。計算が遅いので、問題を解く時間が足りなくなる。結局、数学ができなくなる。この悪循環を行っている人が多い。

計算を速くするために、算盤などで訓練することも必要かも知れない。

筆算で、現在ほとんど知られていないのが、平方根を求める開平法だ。現在では√キーのある電卓などで求められるため、ほぼ忘れられた技術だが、電卓の存在しない世界では、知っているといないとでは大きな違

いが出る。もちろん、平方根の概念を教えてからのことではあるが。

　開平法は、除算と乗算を平行するようにして行う。右は、2413（これを被開平数と言う）の平方根である49.122…を求める筆算である。

1. 小数点を基点として、2桁ずつまとめて表記する。今回の例では、小数点以下を6桁3ブロックに分けているので、小数点以下3桁まで求めることができる。そこに、除算のような√をかぶせておく。

2. 最初の桁（24）以下になる二乗数を求める。今回なら4（$4^2=16$）だ。この4を、24の上の商の位置1ヶ所と、右の加算風のところに上下に2ヶ所の合わせて3ヶ所に書く。

```
        4  9 . 1  2  2
  √24 13.00 00 00        4
     16                  4
      8 13              89
      8 01               9
        12 00          981
         9 81            1
         2 19 00      9822
         1 96 44         2
           22 56 00   98242
           19 64 84      2
```

3. 4の二乗の16を24の下に置いて減算し、結果の8を書き、さらにその右に次の2桁（13）を書く。今回の例では813になる。

4. 右側の筆算では、4＋4＝8を書く。

5. 次に、8x×xが813以下になるようなxを求める。今回の例では9だ。この9を8の横と、その真下に書く。さらに、商の位置にも書く。今回の例では、89と9となっている。

6. 左側の筆算に89×9＝801を、813の下に書いて減算すると、12となる。そこに、次の2桁（00）を追加しておく。今回の例では、1200となる。

7. 右側の筆算で、89＋9＝98を書く。

8. 次に、98x×xが1200以下になるようなxを求める。今回の例では1だ。この1を98の横と、その真下に書く。さらに、商の位置にも書く。今回の例では、981と1となっている。

9. 左側の筆算に981×1＝981を、1200の下に書いて減算すると、219となる。そこに、次の2桁（00）を追加しておく。今回の例では、21900となる。

10. 7.～9.は、4.～6.と同じであることが分かるだろう。後は、商の桁が続く限り続ける。

11. 商は、被開平数2桁ごとに1桁の商を書くので、間違えないこと。そして、商が平方根となる。

○九九

　九九は、乗算の$1×1$～$9×9$までを表にして覚えるものだ。加算九九なども存在するが、あまり使われない。この九九計算が高速にできるとできないとでは、その人の計算能力に大きな差が存在する。

一時は、2桁九九（20×20まで、もしくは99×99までの計算を覚える）もブームになったが、筆算や算盤を前提とする場合1桁の九九で充分なため、また学習者の負担を軽くすることを考えて、九九までに留めておいた方が、広まりやすいだろう。

　欧米人は九九ができないと誤解している日本人も多いようだが、少なくとも現代では大半の欧米人は9×9までの乗算くらい覚えている。単に、九九という形で覚えていないだけだ。ただ、九九のように調子で覚えていないので、どうしてもワンテンポ遅れることが多い。それが日本人には、九九を覚えていないと見えるのだ。

　ただし、中世ファンタジー世界になると話は別だ。貴族ならまだしも、農民たちなどは、まともな教育を受けていないので、1桁の加減算が怪しいレベルの人間も多数存在する。当然九九など誰も覚えていない。その意味では、それぞれの言語向けの九九を作って唱えさせるのは、教育システムとしてうまく行く可能性が高い。

✔ 算盤と計算尺

　社会が発展して大きな集団になると、それだけ計算量が大きくなる。

　政治においても、管理する人口が増えるわけだし、税金や予算も増える。商業でも、売り先が増える分だけ生産量が多くなる。作れるならダムや発電機、そこまで科学が発達していなくても用水路や道路網を作るにしても、多くの人の需要を考えると、巨大なものを作らざるを得ない。

　このため、社会の発展は計算量の増加に直結している。同じ税金の計算をするにしても、収税する人数が増え、さらに計算桁数が増える。つまり、社会の発展の二乗の割で、計算量が増えるのだ。内政チートを行ってしまった人間が、事務室に閉じこめられて書類の処理に追われるシーンがよく書かれているが、実は大変リアルなことなのだ。現代社会に、コンピュータも電卓もなくなったら、数日で世界は破滅するのではなかろうか。

　そう考えると、社会の発展のためには、役人・商人・職人ら、特に経営・運営レベルの人間の計算能力向上が必須ということが分かる。しかし、残念ながら、コンピュータどころか、電卓すら中世ファンタジーには存在しない。

そこで、使われるのが算盤と計算尺だ。算盤は、多くの内政チートものので登場する定番なので、知っている人も多いだろうが、計算尺は現代の人にはあまりなじみがないかも知れない。しかし、電卓の登場する1960年代以前は、ほとんどの理系の人間、様々な分野の設計士らの必需品であった。

　この2つは、同じ手動計算機ではあるものの、用途が全く違う。このため、うまく棲み分けをして利用すると良いだろう。

　算盤は、乗算も高速に行えるが、何よりも桁数の多い加減算を高速に行える計算機だ。このため、会計計算のように、加減算が多く、全ての桁で計算が合っていなければならない用途に向いている。

　計算尺は、乗除算を基本に、平方根・立方根、三角関数などを素早く計算することができる。その代わり、精度はそれほど高くなく、2 ～ 3桁がいいところだ。しかし、科学測定や工学において、あまりに高い計算精度を求めても、測定器や工作機の精度から測定・作成不可能で意味がない（少なくとも、計算尺が使われていた時代はそうだった）。このため、理系の人間は算盤ではなく、計算尺を使うことが多かった。

○**算盤**

　算盤と言うと、日本式のものを思い出すだろうが、実は算盤に似たものは、地中海世界でもアバカスと呼ばれて、古代エジプトの時代から使われていた。そして、ローマ時代には、ほとんど日本の算盤と理論的構成は同じものが存在していた。

　ファンタジー世界なら存在しないかも知れないので、算盤を持ち込む意味はあるかも知れない。しかし、ヨーロッパ中世世界に算盤を持ち込もうとしても、そんなの知っているよと言われる可能性は実は高い。

　ただ、串で刺した珠を移動させることによって、高速に珠を動か

▲アバカス

しても飛んでいってなくなってしまったりしないこと。エッジのある珠の形状によって、指 1 本で動かせて、しかも指の掛かりが良いこと（アバカスは珠を指でつまんで移動する必要があった。また、串に刺さっているタイプでも、珠が丸いので引っかかりが悪かった）。これら長年の改良によって使いやすく、高速な計算が可能で、しかもサイズも小さい算盤は、改良型アバカスとして高く評価されるだろう。ただ、算盤の桁数は多すぎると見られる可能性は高い。

これは、算盤による乗除算は、九九の存在によって 1 桁の乗算を反射的に行えることを前提としているからだ。このため九九の存在しないヨーロッパでは一般的ではなく、アバカスで乗除算はほとんど行われていない。アバカスの桁数は加減算ができれば充分なので、算盤に比べて少ないものが多い。乗算をするためには、被乗数と回答を算盤の別のところに置かないといけないので、全体として算盤の桁数が多く必要なのだ。

九九教育を行うことで、算盤による乗除算が行われるようになって、初めて算盤の桁数の多さが意味のあるものと見なされるだろう。

○計算尺

計算尺は、対数を利用することで加算によって乗算を行う手動計算機だ。上下にある固定尺に挟まれた滑尺を移動させることで、計算を行うものだ。計算尺の基本理論は、

$$\log_e a + \log_e b = \log_e (ab)$$

という対数の公式を利用することで、乗算を加算によって求めている。このため、計算尺の基本目盛りは、対数目盛りになっている。

かけ算を行う場合、D（固定尺の下から 2 番目）とCI（滑尺の中央赤色）を使う。例えば 2×7 を求めてみよう。

1. D尺の 2 に、カーソル（赤い縦線）を置く。
2. カーソルに、CI尺の 7 を合わせる。
3. CI尺の端の下のD尺を読むと、1.4である。
4. 2×7は十の桁の数値であることを概算で知る。
5. 1.4を十の桁の数値に合わせると、14である。
6. 答えは14だ。

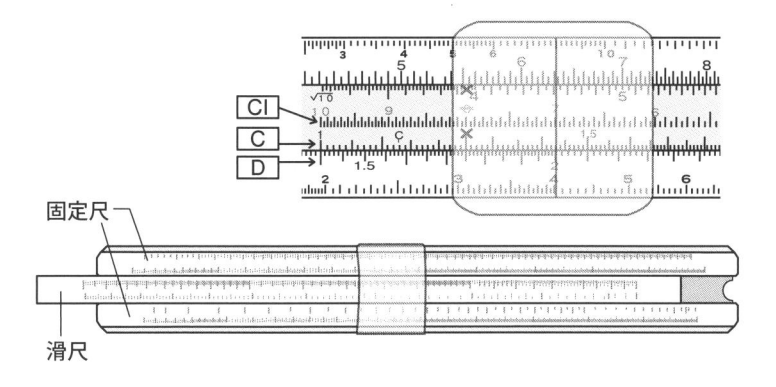

固定尺

滑尺

かける数値の頭が小さい（1〜2くらい）の時は、DとCで乗算を行うこともできる。例えば、1.4×1.5を求めてみよう。

1. D尺の1.4にC尺の端を合わせる。
2. C尺の1.5の下をD尺で見る（カーソルを合わせた方が正確）と、2.1である。
3. 1.4.×1.5は一の桁の数値であることを概算で知る。
4. 2.1は一の桁の数値なので、修正不要で、答えは2.1だ。

これらのどちらを使うべきなのかは、数値による。尺の数値を合わせると滑尺が外れそうになったり、端の位置が固定尺から外れてしまったりする場合、他の使い方を選択する。

他に、平方根や立方根、三角関数なども求めることができるため、1970年くらいまでは、ほとんどの技術者は、計算尺を持ち、その使い方に習熟していた。これが変化するのは、1960年代に登場した電卓（初期は数十万円した）が1980年代に安く性能が上昇して（関数電卓が作られた）、技術者に行き渡るようになってからだ。

✔方程式

方程式は、16世紀頃に使われ始めた等式の一種だ。

現代では関数方程式などの、より高度なものも存在するが、基本となる代数方程式は、1つ以上の変数を含んだ等式のことだ。通常、その方程式から、変数の値を求める。これを「方程式を解く」と言う。

方程式の利点は、様々な問題を方程式という形式に落とし込むことで、様々な問題を解くことを、方程式を解くという統一的な方法で解決できるというものだ。

　例えば、2つの一見別の問題がある。

- 鶴と亀が合計10匹います。その足の合計は28本です。鶴と亀はそれぞれ何匹いるでしょうか。
- A君とB君は、10km離れたところから歩いて近づくと1時間で出会うことができます。ある時、28km離れたところから歩いて近づこうと約束したのですが、A君は寝坊して2時間も出発を遅らせてしまいます。結局B君は4時間も歩いてようやく出会えました。A君とB君の歩く速度は何kmでしょうか。

　この2つの問題は、外見的には別物だが、方程式にすると同じだ。

$$\begin{cases} x+y=10 \\ 2x+4y=28 \end{cases}$$

どちらの問題も、方程式にすると同じになり、同じ方法で解である x $=6$ 　y$=4$ が得られる。この同じ方法で解が得られることが、汎用性の高さとして評価できる点。鶴亀算や旅人算のような計算方法では、それぞれ別の手法で問題を解くため、汎用性に劣る。

　さらに、数値（例えば合計25匹で、足の数が84本だとか）が異なっても、同じ方法で方程式が作れ、さらに方程式の解法という一般的な方法で答えが求められる。

　つまり、方程式を完全に利用するには、以下の2つの新しい概念が必要になる。

- 実際の問題から数学的に解ける部分を抽出して、方程式という汎用的な形式に落とし込む。
- 方程式の一般的な解法によって解を求め、それを元の問題に還元する。

　そんなことは現代の我々にとっては当然のことだ。しかし、中世ファンタジー世界の住人にとっては、必ずしも当然ではない。そもそも、変数という概念すら、確定したのは18世紀のことだ。オイラーやコーシーですら、「変量」と呼び「変数」という用語は使われていなかった。

つまり、以下の変数の概念も、方程式を使うためには必要となる。

- 適当な文字を「変数」と呼んで、数と同じ扱いをして式の処理を行う。

式の処理としては、以下のような原則を利用して、移項などを行う。

- A＝B ならば、A＋C＝B＋C
- A＝B ならば、A－C＝B－C
- A＝B ならば、AC＝BC
- A＝B ならば、$\dfrac{A}{C}=\dfrac{B}{C}$（ただし、C≠0）

方程式の一般的解法としては、以下の解法について知っておくと、使い勝手が良い。

- 一次方程式
- 連立一次方程式
- 二次方程式

ただし、二次方程式の一般的解法には、平方根の概念とそれに伴って無理数の概念が必要になるので注意すること。

だが、二次方程式を解けるようになれば、砲弾や投石の軌道計算ができるために命中率を上げることができる。それを考えると、解ける人間を増やしておくと、戦いの時に有利だ。

✔幾何学

ユークリッド幾何学は、図形を扱うあらゆるジャンルの基本的知識だ。建築・土木・測量など、社会生活の大きな部分は、ユークリッド幾何学によっている。

田畑の面積を計算することすら、数学的素養のない人間にはできないのだ。そして、田畑の面積を求めなくては、租税を定めることすらできない。

三角形や四角形の求積法や、三角関数や図形の相似を使った距離の計測は、測量技術の基本だ。そして、測量こそが、国を治める基本技術と

言える。

○三角関数

　数学嫌いの人が、その中でも何が嫌いかと聞いて筆頭に挙げるのが三角関数だ。だが、困ったことに、実用数学で最も使うのが三角関数だ。

　特に、<u>軍事分野では三角関数は必須</u>と言える。三角測量と砲術に使うからだ。

○三角測量

　<u>測量技術は、国を治めるための最も基本的な技術</u>だ。そもそも、中世ファンタジー世界には、まともな地図がない。さらに、写真技術もないから、航空写真を撮ることもできない。

　このため、国と国の位置関係や距離など、人間の体感によってのみ知ることができる。つまり、あまり当てにならないということだ。

　だが、軍事行動を行うためには、正しい地図が欲しい。正しい地図を持っている軍と、そうでない軍が戦ったら、ほとんどの場合正しい地図を持っている軍が勝利する。それくらい地図の力は大きいのだ。平和ボケの日本に住んでいると感じないかも知れないが、世界には正確で詳細な地図が軍事情報として禁止されている国すらある。

　そこまで大規模なものでなくても、村の農地の広さを知らないと、税金を正しく課すこともできない。そのためには、村の地図を作るのが一番だ。

　そこで、測量して地図を作るのだが、その基本となる技術が三角測量だ。

　三角測量は、既知の直線の両端から、測定したい地点への角度を求めることで、三角形を作成し、それによって三角形の辺の長さを求めるものだ。

　図で言うなら、点Aと点Bの位置と距離が分かっているなら、線分

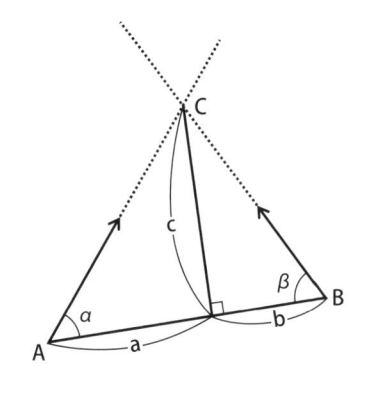

ABを底辺として、点Cをもう1つの頂点とする三角形を作図することができる。そして、三角形の2つの角度αとβが分かれば、三角形が確定する。すると、交点Cの位置が分かり、線分ACや線分BCの長さも求めることができる。これが、三角測量の原理だ。

　計算式としては、以下のようになる。

$$\begin{cases}(\sin\alpha/\cos\alpha)a = (\sin\beta/\cos\beta)b \\ a+b=\overline{AB}\end{cases}$$

　この方程式を解いて、aとbを求め、さらにACやBC、cなどを求めることができる。

$$a = \frac{\sin\beta}{\sin\alpha + \sin\beta}\,\overline{AB}$$

$$b = \frac{\sin\alpha}{\sin\alpha + \sin\beta}\,\overline{AB}$$

$$\overline{AC} = \frac{a}{\cos\alpha} \quad \overline{BC} = \frac{b}{\cos\beta}$$

$$c = \overline{AC}\sin\alpha = \overline{BC}\sin\beta$$

　上のような計算によるものではなく、三角形の相似を使って図で求めても良い。

　17世紀の数学者スネルの業績が三角網だ。三角測量を地形全てに広げて、地形全体を三角形でマッピングする。そして、それぞれの三角形の辺の長さや角度を計測して、地図を作っている。16世紀以前なら、未知の新技術となるだろう。

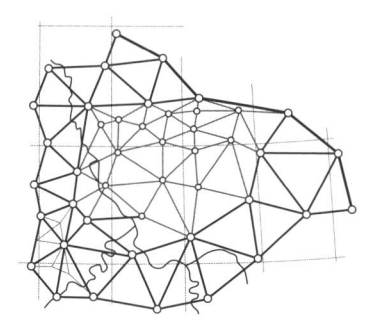

　厳密に言うと、地図と実際の地形は、実際の地形には高低があるという点で違いがある。このため、真上からみた地図上の距離と、実際の距離には、違いがある。例えば、α地点からβ地点の距離は、

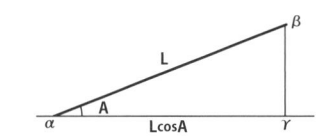

実際にはLであるが、真上から見た地図上の距離 α−γ は、α地点から β地点を水平から見上げた角度Aによって、L cosAという値になる。

　これを抜きにして地図を描くことはできない。

　また、三角測量は、地図作成以外にも、航海における位置の確定や、砲撃時の照準などにも使う。特に、照準を行うためには、敵までの正確な距離が必要となる。

○砲術

　大砲の弾道は、基本的には重力下における等加速度運動として計算されて、その弾道は放物線軌道を描く。

　そもそも、中世の人間は、砲弾が山なりの弾道を描くことは知っていたが、何故そうなるのか分かってい

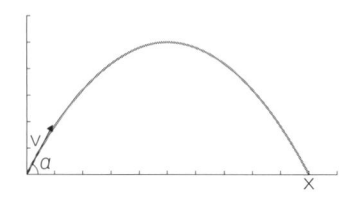

なかった。中世の運動論は、アリストテレスの運動論で、「力をかけていないものは止まってしまう」というものだ。現代の我々の知る「力のかかっていない物体は、静止しているか等速運動を行う」「力がかかると、それに比例して加速度がかかる」というニュートンの運動論を知らない。もちろん、重力も知らないし、運動方程式も知らない。アリストテレスの運動論では、砲弾の弾道をまともに計算できない。このため、何度も試してみて、実験的にこうなるということしかできなかったのだ。そのような世界に、運動方程式と重力加速度による等加速度運動の計算は、革命的な砲術の進化をもたらす。

　もちろん、空気抵抗や風の影響もあって、正確には放物線ではないが、戦艦の主砲のような遠距離射撃をするならまだしも、中世ファンタジーに登場できる、せいぜい数百mほどしか届かない大砲では、空気抵抗による誤差よりも、角度の計測誤差や火薬の成分のばらつきによる誤差などの方がよほど大きいので、計算する意味がない。

　まず、砲弾の初速度vを求めるために、水平で広い場所を使い、射角45°で砲弾を発射する。発射位置を（0　0）とすると、以下の式で着弾点（x　0）の値を代入して、変数vとtを求める。tは、発射してから着弾するまでの時間だが、実際にはtは使わないので、vだけ求める。gは

重力加速度なので、地球上では9.8だ。だが、異世界ではもしかすると異なるかも知れない。

$$\begin{pmatrix} x \\ 0 \end{pmatrix} = \begin{pmatrix} 0 \\ -g \end{pmatrix} t^2 + \frac{\sqrt{2}}{2} \begin{pmatrix} v \\ v \end{pmatrix} t$$

$$v = \sqrt{2gx}$$

　実際には、同じ量の火薬を入れて、同じ規格の砲弾を発射しても、火薬の成分の揺らぎや砲弾の重量誤差などで、初速度vは変化する。当然、到達距離xも変化するので、何度も到達距離を計測して、標準初速度vを求める必要があるだろう。

　残念ながら、中世ファンタジーの技術レベルでは、そのくらいの誤差が出ることは覚悟しなければならない。

　標準初速度vを求めたならば、同じ方程式に着弾させた一点（x　y）の座標を代入して、角度αを求める。

$$\begin{pmatrix} x \\ y \end{pmatrix} = \begin{pmatrix} 0 \\ -g \end{pmatrix} t^2 + \begin{pmatrix} v \cos\alpha \\ v \sin\alpha \end{pmatrix} t$$

$$t^2 + \frac{-(2gy - v^2) \pm \sqrt{(2gy - v^2)^2 - 4g^2x^2}}{2g^2}$$

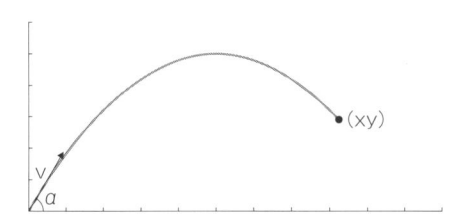

　上の式でt^2を求め（t^2はプラスの値であること）さらに、その平方根を取ってtを求める。

$$\cos\alpha = \frac{x}{vt}$$

　さらに、$\cos\alpha$を求めて射角αを求める。

こうして、弾道計算を行うことで、大砲の命中率を上げて、勝利の確率を上げるのだ。

✔論理学

　論理学そのものは、古代ギリシャの時代から存在する、大変古いものだ。おそらく、ファンタジー世界でも古くから存在しているだろう。

　ただ、論理学は、幾何学などを行うための学問として、さもなければ弁論学としての論理学として使われるくらいで、実学としての工学や医学、農学などにまで論理を適用することはなかった。と言うのは、これらは学問ではなかったからだ。

　しかし、実学にも論理性を採り入れることは、実学の再現性を高めるためには非常に有効だ。

○命題

　「AならばBである」これを命題と言う。例えば、「ソクラテスは人間である」厳密には「あるものがソクラテスならば、あるものは人間である」だ。これは、正しい命題だ。逆に、「ソクラテスは蛙である」は、誤った命題だ。

　命題には、元の命題の逆・裏・対偶という概念がある。

元の命題	AならばBである。
逆	BならばAである。
裏	AでないならBでない。
対偶	BでないならAでない。

　一般に、元の命題が正しくても、逆・裏は正しいとは言えない。

　つまり、「ソクラテスは人間である」は正しい命題だが、「人間はソクラテスである」や「ソクラテスでないなら人間ではない」は正しくない命題だ。

　しかし、元の命題が正しければ、対偶も必ず正しい。

　つまり、「ソクラテスは人間である」は正しい命題なので、「人間でないならソクラテスではない」は正しい命題なのだ。

ところが、詭弁を弄する人間の中には、元の命題が正しいことを利用して、あたかも逆や裏が正しいかのような弁論を行う者がいる。そして、それにだまされる人間も結構多い。

　詭弁だけではなく、実学においても、「AならばBである」が正しくてもその逆や裏が正しいとは限らないということを忘れてしまい、ついつい使ってしまって失敗するという例が多い。

　もちろん、正しい命題の逆や裏が必ず誤りであると言っているわけではない。要するに別の問題なので、別に検討して確認する必要があると言っているだけだ。

✔集合論

　集合は19世紀の数学者カントールによって考え出された概念で、すなわち中世ファンタジー世界の人間の知らない数学概念だ。

　集合とは何らかの定義によって集められたものだ。

　$\{1,2,3\}$ なら、1と2と3からなる集合だし、$\{赤,黄,青\}$ といった数字以外の集合も考えられる。これらは、要素（集合に入っているもの）が有限の集合だ。ただし、有限の要素であっても、東京都内のビルの集合とか $\{\}$ で表現しきれないものでも集合にできる。

　集合の要素は無限にあっても良い。自然数の集合なら $\{1,2,3,\cdots\cdots\}$ だし、整数の集合なら $\{\cdots\cdots,-3,-2,-1,0,1,2,3,\cdots\cdots\}$ だ。実数の集合のように、$\{\}$ で囲って表現できない集合も考えられる。

　要するに、何が入っていて、何が入っていないのか、明確に判定できるものなら、集合にできる。ただし、集合の集合を考えるようになると、カントールのパラドックスなど色々矛盾が出てきて、より高度な公理的集合論を考えないといけないので、それは当分は止めておいた方が良い。

　和集合・積集合・補集合・差集合などの考え方を活用することで、物事を論理的に、しかも多数のデータを扱いながら分析・検討することができる。集合論のなかった時代にも、このような思考を行える人間はいただろう。しかし、それは天才の領域で、普通の人間にはできることではない。ところが、我々は集合という概念を学んだことによって、中世では天才しかできない思考を行うことができる。これは、大きなアドバンテージとなるだろう。

現代からの輸入チート

現代社会と行き来できる、もしくは現代社会の品物を魔法か何かで手に入れることができる場合、何が最も有効だろうか。

これは、初期と後期では、大きく違ってくる。

✔初期

　初期とは、まだ何の権力も人脈もなく、単なる平民もしくは余所者として、他人と交渉しなければならない状況を言う。

　このような状況で、高価なものを大量に持っているのは、大変危険であることは言うまでもない。盗賊、強欲な商人、腐敗した権力者など、欲しがる者はいくらでもいる。そして、そういう連中が、真っ当にお金を払ってくれるはずがない。脅迫・暴力・権力など様々な方法で無理矢理取り上げようとするだろう。そして、ほとんどの現代日本人は流血などに慣れておらず、脅迫や暴力に勝てない。

　もちろん、この世には金の卵を産む鶏を殺したら損だということが理解できる頭の良い人間も多い。しかし、金の卵を産む鶏を殺して解体してしまう愚か者も、同様に数多くいる。問題は、初期の段階では、自分の周囲にいるのが、頭の良い人間なのか愚か者なのか、判断できないところにある。このため、リスクを考えると、愚か者である場合の対策をせざるを得ない。

　つまり、必要以上に目立たず、必要以上に儲けず、しかし多少の存在感はある。そういう立場を求める必要がある。そこで、初期の段階で中世ファンタジー世界に輸入できる品物は、以下のようなものであるべきだろう。

　貴重な物品だが、わざわざ犯罪を犯して取り上げるほどではない価格のものを少量。親の形見だとか、難破して全てを失ったがこれだけは握っていたといった説明によって、これ以上は手に入るわけではないことにする。金額的には、農民が1年で得られる収入より少ない程度が妥当だろう。

　このような条件なら、町のチンピラやスリなどに警戒すれば、金持ちや権力者に目を付けられることはない。

　中世ファンタジー世界にも同等品が存在して汎用に使われているが、輸入品の方が便利なものなら多数あっても良い。その上で、需要が大きすぎないものが良いだろう。

　このような条件なら、大商人の市場を荒らすこともなく、ちょっと便利なものを扱う行商人として、目立たずにやっていけるだろう。

○人工宝石

　宝石そのものは、過去も現在も貴重であることに変わりない。おそらくファンタジー世界でも同じだろう。

　しかし、人工宝石は、現代の技術によって作られたものだ。このため、過去においては、現代に比較して非常に高額になる可能性がある。しかし、高額すぎない宝石を1回限り換金するのなら、最後に残された財産とか親から大事にするよう渡された形見とか、適当な口実を用いて、金に換えることは可能だ。

【ルビー・サファイア】

　コスト的に有効なのは、合成ルビー・サファイアだ。カラット数の大きなルビーでは、価格が1000倍以上違うが、成分的には全く同じものなので、中世ファンタジーの技術レベルでは鑑定ができない。このため、合成ルビーなどを使った安いジュエリーが、非常な高価で買い取られることも考えられる。

【真珠】

　真珠も過去と現代の価格差の大きい宝石だ。真珠には、天然真珠と養殖真珠があり、養殖真珠には海水養殖の真珠と、淡水真珠がある。養殖の真円真珠が作られたのは20世紀初頭の日本でのこと（p.253参照）で、これによって、世界の真珠価格は暴落した。

　逆に言うと、それまでは真円の真珠は天然物しかなく、非常に高価なものだった。そして、天然物だけに、その大きさや色は様々であり、イヤリングにするために同じ大きさと色の真珠を2つ揃えるだけでも、なかなか大変なことだった。まして、現代では高価（養殖真珠で10万円単位、淡水真珠では1万円単位）ではあるが普通に存在する、同じ大きさと色の真珠を連ねたネックレスは、天然物しかない時代には、途方もない金と手間と時間がかかる大貴族でもそうそう持てない貴重品だった。あまりに高価すぎるので、買い手を見つけるのも困難だろう。出所を疑われて、命が危なくなるかも知れない。よほど権力やコネを得てからでないと、持ち出すべきではないだろう。

　淡水真珠は、淡水に棲む真珠貝の近縁種を養殖して真珠を作らせたも

ので、現代では海で作る養殖真珠よりさらに安く手に入る。その上で当時の技術では、その差を見つけるのは困難だ。ちょっと輝きが淡いので安く鑑定されるかも知れないが、その程度ですむだろう。淡水真珠の1粒ネックレスとかイヤリングなど、そこそこ裕福だった親の残してくれた最大の財産と主張して売り飛ばすには、ちょうど良いかも知れない。

【ダイヤモンド】

このように差額で儲かる人工宝石の中で、ダイヤモンドだけは儲からない宝石だ。

合成ダイヤモンドで、美しい宝石を作るには、超高温・超高圧が必要で、現代の技術を以てしてもコストがかかりすぎる。このため、宝飾用の合成ダイヤモンドは、現代でも作られていない。現在作られている合成ダイヤモンドは、切削用の工業用ダイヤモンドだけだ。

そもそも、ダイヤモンドの美しさは繊細なカットにある。カットによって多数の面を作り、外から入った光が面に反射してきらめく輝きこそが、ダイヤモンドの価値なのだ。だが、美しいカットを行うことが中世の技術では難しかったため、中世のダイヤモンドはあまり美しくない。このため、硬いだけの美しくない宝石として、あまり高価なものではなかった。

製造に金がかかる上に、高く売ることのできないダイヤモンドは、中世ファンタジーに持ち込んでも得にはならないだろう。

○調味料

中世ヨーロッパにおいて、同重量の金と同じ価値があるとされたのが、胡椒をはじめとする香辛料だ。しかし、現代ではスーパーで数百円程度で買える。

このため、胡椒を売ることができれば、かなりの金になる。ただ、これも継続的に売ると大商いになるため、ぽっと出の余所者が行うには難がある。せいぜい、自分のただ1つ残された財産とでもしておくのが良いだろう。

塩や砂糖も、香辛料ほどではないにせよ、かなり高価なものだ。特に、現代の真っ白な塩や砂糖は、あまりにもきれいすぎて疑われてしまうか

も知れない。塩なら岩塩、砂糖なら黒砂糖やブラウンシュガーなどの方が怪しまれないだろう。

○雑貨類

雑貨でも社会を変革してしまう影響力のあるものは存在する。広い階層に頻繁に使われる品物は、社会を変えてしまう可能性がある。

例えば紙と鉛筆などは、ごく少量なら別だが、社会における必要量を満たすほどの量の紙が輸入されると、社会が変化してしまう。羊皮紙が駆逐されてしまうからだ。

少量でも定期的に入荷するなら、貴族や王族専用の道具になる。これでも、充分社会が変革されたと考えることもできる。少なくとも、貴族階級の行動を変化させることになったからだ。

だが、少量でなおかつ不定期にしか入手できないものは、好事家のコレクションや、マニアの愛用品程度で終わってしまう。これなら、社会には何の変化も起こらない。

100円ショップで売られているような安物の老眼鏡ですら、充分にあれば社会を変える力になる。老眼になって仕事ができなくなった老人の職業寿命が延びてしまうからだ。官僚や細工職人といった細かいものを見なければならない職業は、老眼が酷くなると仕事にならない。だが、彼らが老眼鏡によって年を取っても仕事ができるようになると、長い経験を積んだ人間が年老いても充分に働けることになる。

良い点としては、平均技能が上昇し、それが積み重なることによって、技術が進歩することが期待できる。官僚機構なら、政策見積もりがより正確になるだろう。細工物なら、より精緻で芸術性の高い細工が作られるだろう。

悪い点としては、上がつかえてしまうことだ。官僚機構なら、老人がいつまでも上位の地位を占めて若手が活躍できない。細工職人なら、親方がいつまでも引退しないものだから、弟子がいつまで経っても独り立ちさせてもらえないということになる。

✔後期

主人公が確固とした地位を得て、他人からそうそう手出しをされない

ような状況になった場合、輸入できるものの範囲は大きく広がる。

　高価なものをいくらでも用意できるし、それこそ武器弾薬の類でも問題ない。

　逆に、影響力が大きすぎて、以下のような問題が生じるので、注意しなければならない。

　輸入するものが、世界に対して悪い影響を与えないようにする。例えば、プラスチックの大量輸入は、現代のプラスチックゴミと同じ問題を発生させる。

　輸入するものによって、世界の変化が大きすぎて混乱を生じさせないか。槍と弓の中世戦闘の世界に、火縄銃程度ならまだしも、連射できる現代の小銃を持ち込むのは変化が大きすぎて、世界に大混乱を生じさせかねない。

　輸入するものによって、中世ファンタジー世界側の産業が壊滅してしまわないか。いくら安いといえども、現代の砂糖を輸入しまくると、中世ファンタジー側の砂糖製造業が壊滅してしまう。それでは、国力が衰え、最終的に国を危うくする。

　輸入するものが、自分の地位をかえって危うくしないか。例えば、せっかく王になったのに、民主主義思想やそれを発生させてしまう物品を輸入してしまうと、革命によって倒されてしまうかも知れない。特に、経済システムを進歩させてしまうような品物は、その先に資本主義思想や民主主義思想を生み出す可能性がある。

　自分の影響力の大きさを考えた上で、中世ファンタジー世界側が栄えるような輸入を行う必要があるだろう。

○教育

　このような状況で、最も有効な輸入は、教育だ。

　高度な教育も必要だが、国の平均教育レベルの底上げは、是非必要だ。

　少なくとも、文字の読み書きと、ある程度の計算能力までは、国民の大半に広めておきたい。

　教育は物品の輸入をしなくても、可能ではある。しかし、筆記具や紙などの教育に使用する物資は、現代社会の方が圧倒的に安上がりだ。こ

のため、現代からの輸入品を使って<u>教育費用を抑えること</u>は、教育の初期には確実に意味がある。ただし、<u>永遠に輸入が可能かどうか分からない</u>ので、教育に必要な物資の製造業を育てておく必要はあるだろう。

　ただし、教育程度が高まると、権利意識も高まるので、王になった人間にとっては、かえって損になるかも知れない。教育程度をそこそこで留めておくか、いっそのこと王ではなく資本家に転身するか、考えた方が良いだろう。

○インフラ

　インフラ（インフラストラクチャーの略）とは、経済や福祉のための公共施設のことで、社会資本とも言う。

　道路・港湾・鉄道・空港といった交通関係、上下水道・ガス・電気など、住宅地・病院・公園といった住環境、これらは整備するのに費用がかかるが、一度作ったら何十年と使い続けることができる。

　そのため、これらの整備のための物資（鉄筋やセメント、浄水設備や発電機など）を輸入すれば、当分は更新する必要がない。そして、これら輸入品が稼働している間に、自分たちで同等とまではいかなくとも相当品を作れるように社会を進歩させる。

　こうして、現代から輸入できなくなる時代に備えるのだ。

　そのためには、<u>インフラの技術は、あまり高度すぎない方が良い</u>。あまりに高度すぎて、再現できない技術は、いずれ失われるからだ。中世ファンタジー＋αくらいから始めて、徐々に技術の上昇を図った方が良いだろう。

　もちろん、自分たちのためにこっそり使うためなら、現代のハイテク機器でも気にする必要はない。上の要求は、あくまで社会全体に広める場合の注意点だ。

○工作機械

　様々な物品を作るためには、機械が必要だ。そして、機械を作るためにも機械が必要だ。そのため、機械を作る機械、工作機械が必要だ。我々の歴史は、工作機械を作るための工作機械を作るための……とさかのぼって、最初は手作りの機械から段々とボトムアップで作ってきた。

しかし、最初から工作機械があれば、この苦労を省略できる。

　もちろん、全ての機械が壊れた時のために、基礎理論をおろそかにするわけにはいかないが、最初の立ち上げを早くできるのは、大きな利点だ。

あとがき

　こうして考えてみると、現代の教育を受けているということが、中世ファンタジーの人間と比較していかにチートであるかが分かってくる。

　例え、ファンタジーの住人が魔法を使えるとしても、その魔法を数学的論理的に研究し、それを進歩させることができるだけの基礎的素養を、我々は学んできているのだ。

　個別の分野ならば、中世ファンタジーの住人であっても、我々現代人より優れている人々が多数存在するはずだ。

　しかし、それらの分野を俯瞰的に見下ろし、多くの分野の知識を横断的に使用して、総合的に判断する能力を我々は学んできている。

　あっちの錬金術師の持つ火の秘薬と、こっちの鍛冶屋の作った筒を組み合わせて大砲を作り、運動方程式を用いて命中させることが、現代人にはできる。

　それこそが、現代人であるということの最大の利点であり、中世ファンタジーの住人に対する最大のチート能力なのだ。

　この本に書いたことは、現代の知識のほんの一部に過ぎない。現代の知識はもっと広大であり、中世ファンタジーに応用できる知識はもっとたくさんあるはずだ。幅広く多くの知識が学べる現代の教育に感謝しながら、他にも学んだ内容が中世ファンタジーに持ち込めないか考えてみて欲しい。

　そういう意味に置いては、転生ファンタジーとは、現代の教育を見直し、その優れた点を再発見する機会なのかも知れない。

　それでは、良き転生をされんことを。

索 引

図版索引

『土の文明史　ローマ帝国、マヤ文明を滅ぼし、米国、中国を衰退させる土の話』デイビッド・モントゴメリー 著　片岡夏実 訳　築地書館

『「塩」の世界史　歴史を動かした、小さな粒』マーク・カーランスキー 著　山本光伸 訳　扶桑社

『緑の世界史』上下巻　クライブ・ポンティング 著　石弘之、京都大学環境史研究会 訳　朝日新聞社

『中世の経済と社会』M・M・ポスタン 著　保坂栄一、佐藤伊久男 訳　未来社

『ドイツ中世農業史』ゲオルグ・フォン・ベロウ 著　堀米庸三 訳　創文社

『開拓時代の生活図鑑』バーバラ・グリーンウッド 文／ヘザー・コリンズ 絵　中村麻美 訳　あすなろ書房

『昔のくらしの道具事典』小林克 監修　岩崎書店

『昔の道具大図鑑　明治・大正・昭和に活躍！石油ランプからベーゴマまで』小泉和子 監修　PHP研究所

『シリーズ昔の農具1　くわ・すき・田打車』小川直之 監修／こどもくらぶ 編　農山漁村文化協会

『ススメ！石けん生活』森田光徳 監修／山田カオリ まんが／ススメ！石けん生活製作委員会 著　幻冬舎メディアコンサルティング

『稲の日本史』佐藤洋一郎 著　角川書店

『日本の米づくり3　イネ・米・田んぼの歴史』根本博 監修／常松浩史 著　岩崎書店

『明治農書全集』第十一巻　古島敏雄ほか 監修　農山漁村文化協会

『堆肥・有機質肥料の基礎知識』西尾道徳 著　農山漁村文化協会

『堆肥のつくり方・使い方　原理から実際まで』藤原俊六郎 著　農山漁村文化協会

『医者のいないところで　村のヘルスケア手引書』デビッド・ワーナー 著　河田いこひ 訳　国際保健協力市民の会

『ワクチン今昔物語』未来の生物科学シリーズ20　高橋理明 著　共立出版

『住血吸虫症と宮入慶之助　ミヤイリガイ発見から90年』宮入慶之助記念誌編纂委員会 著　九州大学出版会

『最新醤油味噌醸造法』栩野明二郎 著　醸造評論社

『自家製味噌のすすめ　日本の食文化再生に向けて』石村眞一 編著／石村由美子ほか 著　雄山閣

『しょうゆの不思議』日本醤油協会 著　日本醤油協会

『発酵の技法　世界の発酵食品と発酵文化の探求』Sandor Ellix Katz 著　水原文 訳　オライリー・ジャパン

『あなたの知らないカビのはなし』熊田薫 監修／粕谷亮美 文・編／鈴木逸美 絵　大月書店

『図説世界史を変えた50の植物』ビル・ローズ 著　柴田穣治 訳　原書房

『文明を変えた植物たち　コロンブスが遺した種子』酒井伸雄 著　NHK出版

『食べられる野草と料理法　新・摘み草入門』福島誠一 著　ふこく出版

『毒草大百科』奥井真司 著　データハウス

『図説世界史を変えた50の鉄道』ビル・ローズ 著　山本史郎 訳　原書房

『スパイス、爆薬、医薬品　世界史を変えた17の化学物質』ペニー・ルクーター、ジェイ・バーレサン 著　小林力 訳　中央公論新社

『世界を変えた火薬の歴史』クライヴ・ポンティング 著　伊藤綺 訳　原書房

『ゼロからトースターを作ってみた』トーマス・トウェイツ 著　村井理子 訳　飛鳥新社

『自分で作るハブダイナモ水力発電』中村昌広 著　総合科学出版

『カラー図解鉄と鉄鋼がわかる本』新日本製鉄（株）著　日本実業出版社

『鋼の時代』中沢護人 著　岩波書店

『コンクリートのおはなし』吉兼亨 著　日本規格協会

『コンクリートの科学』おもしろサイエンス　明石雄一 監修／コンクリートの劣化と補修研究会 編著　日刊工業新聞社

『電気洗濯機100年の歴史』大西正幸 著　技報堂出版

『電気の歴史　人と技術のものがたり』高橋雄造 著　東京電機大学出版局

『日本近代技術の形成〈伝統〉と〈近代〉のダイナミクス』中岡哲郎 著　朝日新聞社

『この世界が消えたあとの科学文明のつくりかた』ルイス・ダートネル 著　東郷えりか 訳　河出書房新社

『総合馬術競技　トレーニングおよび競技』パトリック・ガルウ 著　後藤浩二朗 監修／吉川晶造 訳　恒星社厚生閣

『補給戦　何が勝敗を決定するのか』マーチン・ファン・クレフェルト 著　佐藤佐三郎 訳　中央公論新社

『簿記の考え方・学び方』中村忠 著　税務経理協会

『じょうずなワニのつかまえ方　21世紀版』ダイヤグラムグループ 著　主婦の友社、くまごろうアソシエイツ 訳　主婦の友社

『ジュエリーの歴史　ヨーロッパの宝飾770年』ジョーン・エヴァンズ 著　古賀敬子 訳　八坂書房

『真珠をつくる』和田克彦 著　成山堂書店

現代知識チートマニュアル

2017 年 4 月 27 日　初版発行
2022 年 10 月 10 日　8 刷発行

著者　　　山北　篤（やまきた　あつし）

イラスト　福地貴子
編集　　　新紀元社 編集部
　　　　　川口妙子
DTP　　　株式会社明昌堂

発行者　　福本皇祐
発行所　　株式会社新紀元社
　　　　　〒 101-0054　東京都千代田区神田錦町 1-7
　　　　　錦町一丁目ビル 2F
　　　　　Tel 03-3219-0921
　　　　　Fax 03-3219-0922
　　　　　http://www.shinkigensha.co.jp/
　　　　　郵便振替　00110-4-27618

印刷・製本　中央精版印刷株式会社

ISBN978-4-7753-1495-1
Printed in Japan